BASTEI
LÜBBE

ED McBAIN

LANGE NICHT GESEHEN

Ein neuer packender Roman
über das legendäre 87. Polizeirevier

Ins Deutsche übertragen
von Helmut Bittner
Überarbeitet, ergänzt
und mit einem Nachwort
von Uwe Anton

BASTEI
LÜBBE

BASTEI-LÜBBE-TASCHENBUCH
Band 13716

Erste Auflage
Januar 1996

Deutsche Lizenzausgabe 1996
Bastei-Verlag Gustav H. Lübbe
GmbH & Co., Bergisch Gladbach
Originaltitel: Long Time No See

Lektorat: Uwe Anton/
Dr. Edgar Bracht
Titelbild: Bilderberg/
Frieder Blickle
Umschlaggestaltung:
Klaus Blumenberg
Satz: KCS GmbH,
Buchholz/Hamburg
Druck und Verarbeitung:
Brodard & Taupin,
La Flèche, Frankreich
Printed in France

ISBN 3-404-13716-7

Der Preis dieses Bandes
versteht sich einschließlich der
gesetzlichen Mehrwertsteuer

Dieses Buch ist
Ronnie und Lucille King gewidmet.

Die hier geschilderte Stadt existiert nicht. Die Personen und Schauplätze sind frei erfunden. Die Darstellung der Polizeiarbeit allerdings basiert auf authentischen Ermittlungsmethoden.

1. KAPITEL

Er stellte sich die Stadt als eine Art Milchstraße vor. Wie einen Haufen Planeten, der sich um eine strahlende Sonne drehte. Asteroiden und Kometen strömten durch die Finsternis des Raums. Manchmal schienen hinter seinen Augen Farbfontänen emporzuschießen, Leuchtspurmunition zog Zickzackbahnen und verlosch, Himmelsraketen schwebten durch die ewige Nacht seiner Blindheit.

Er war blind, aber er kannte diese Stadt.

Manchmal wurde es hier im November schon bitter kalt. Für ihn war dieser Monat immer der schlimmste. Im November konnte er sich einfach nicht warm halten. Sogar der Hund schauderte im November vor Kälte. Der Hund war ein großer schwarzer Labrador mit der Ausbildung als Blindenführer. Der Hund hieß Stanley. Er mußte immer lachen, wenn er sich den Hund vorstellte. Ein Schwarzer mit einem schwarzen Hund. Erst heute vormittag hatte ihm jemand eine Münze in die Sammelbüchse geworfen, dem Klang nach einen Vierteldollar, und dann gefragt: »Wie heißt der Hund, Mann?« Er hatte sogleich erkannt, daß ein Neger mit ihm sprach. Er konnte allein an der Stimme erkennen, war für einen Menschen er vor sich hatte, auch seine Hautfarbe und Nationalität.

»Der Hund heißt Stanley«, war seine Antwort gewesen.

»Dann paß schön auf, Bruder Stanley,«, sagte der Mann und ging weiter.

Bruder Stanley. Der Hund war schwarz, deshalb wurde er automatisch als Bruder angesehen. Stanley hatte den Schwätzer bestimmt angeschaut, als habe er einen Verrückten vor sich. Guter alter Hund. Ohne ihn wäre er verloren. »Brav, Stanley«, sagte er und tätschelte den Kopf des Tieres. Der Hund antwortete nicht. Er gab überhaupt nur selten mal Laut, der alte Stanley. Ein Glück nur, daß er den Hund hatte. Die Mitbewohner des Häuserblocks hatten das Geld für den Ankauf des Tieres aufgebracht, als er mit zerschossenen Augen aus dem Krieg heimgekehrt war. Stanley war kein deutscher Schäferhund, aber genauso ausgebildet. Sein Hund führte ihn in der Stadt überall hin. Er *liebte* diese Stadt. Er hatte sie schon gemocht, als er noch sehen konnte, und liebte sie immer noch. Heute abend, auf dem Wege zur Innenstadt, hatte ihm in der Untergrundbahn ein Mann seinen Platz angeboten. Der Stimme nach ein Italiener. »He, Kumpel, wollen Sie sitzen?« Dabei hatte er seinen Ellbogen leise berührt. Der Fremde wußte offenbar über den Umgang mit Blinden Bescheid. Er packte nicht einfach zu, so daß man zu Tode erschrak. Ganz leicht hatte er ihn am Ellbogen berührt, mehr nicht. ›He, Kumpel, wollen Sie sitzen?‹ So wie er das sagte, mußte er ganz bestimmt mit Blinden vertraut sein. Ganz sicher. In seiner Stimme klang nichts so, als spräche er zu einer alten Dame oder zu einem Krüppel. Nein, er sprach schlicht von Mann zu Mann. Wenn du meinen Sitzplatz willst, kannst du ihn haben. Sonst hätte er das Angebot zurückgewiesen. Dieser Mann aber spielte nicht den Mitleidigen. Er wollte es ihm nur ein wenig leichter machen. Das war annehmbar.

Wenn man erblindet …

Wenn man zwanzig Jahre alt ist und auf einmal erblindet, halten einen die Leute plötzlich für einen alten Mann. Vor zehn Jahren war er aus dem Krieg heimgekehrt, Augen weg, dunkle Brille auf, Mama und Chrissie hatten schrecklich geweint. *Laßt es gut sein, laßt es gut sein,* hatte er gesagt, *das ist doch nichts weiter, das ist doch nichts.* Scheiße, von wegen das ist nichts. Ich bin *blind*. Das ist es.

Aber dann lernt man, wie man wieder sehen kann. Wie man den alten Stanley dazu benutzt, sich überall hinführen zu lassen. Wie man Blindenschrift liest und mit Hilfe der Leittafel schreibt. Solche Sachen, wie die Schuhbänder zuschnüren, kann man sowieso – die meisten Leute schauen nicht mal hin, wenn sie ihre Schuhe zuschnüren. Wenn es um die Schnürsenkel geht, spielt es keine Rolle, ob man blind ist oder nicht. Und mit ein paar Münzen in der Sammelbüchse klappern ist leichte Arbeit. Man braucht sich nur ein selbstgemaltes Schild um den Hals zu hängen, und schon ist man selbständiger Geschäftsmann. Sein eigener freier Unternehmer. ›Gott vergelt's‹ hatte Chrissie für ihn auf ein Stück Karton gemalt. Die Schnur, an der er das Schild um den Hals trug, war links und rechts oben durch eingebohrte Löcher gezogen und befestigt. Das Schild, die blecherne Sammelbüchse und Stanley, der schwarze Labrador, so war er auf dem besten Weg, ein Vermögen zu verdienen. Immer und ewig sollte er dankbar sein für den Krieg. Wie sonst wäre er zu einem eigenen Unternehmen gekommen?

Das war vor zehn Jahren gewesen.

Volle Schwerversehrtenpension. Sammelbüchse. Rassel, rassel mit Münzen darin und lausche auf den Klang weiterer Geldstücke, die hineingeworfen werden. Zähl sie am Ende des Tages zusammen. Bring sie heim zu Isabel, wo ihr sie beide gemeinsam zählt. Setz dich an den Küchentisch, breite die Münzen auf der Wachstuchdecke aus. Ihre Hände, seine Hände betasten die Münzen, sortieren, tasten, tasten. Vor sechs Jahren hatte er Isabel in einer Bar am Stem kennengelernt. Er hatte sich damals schon zu einem recht erfolgreichen Bettler entwickelt. Er schlurfte hinter dem alten Stanley einher, lauschte auf die summenden Geräusche der Stadt rings um ihn herum, pickte sich einzelne Laute heraus. Das war seine Unterhaltung, während er langsam den Gehweg entlangschritt, die klappernde Büchse in der Hand und ein Schild um den Hals – ein neues übrigens, das von einem Mann gemalt worden war, der an der South Twelfth einen Laden betrieb –, wobei seine rechte Hand Stanleys Führgeschirr hielt. Er hatte einen guten Tag gehabt. Deshalb kehrte er auf einen Drink in eine Bar ein. Es mußte etwa vier Uhr nachmittags gewesen sein. Neben ihm saß eine Frau. Sie roch nach Parfüm und Whisky. Im Hintergrund spielte der Musikautomat.

»Was darf es sein, Jimmy?« fragte der Barkeeper.

»Bourbon mit Wasser.«

»Wird gemacht.«

»Mein Daddy hat immer Bourbon mit Wasser getrunken«, sagte die Frau.

Der Stimme nach eine Weiße. Aus den Südstaaten.

»Wirklich?«

»Ja. Daheim hält man viel von Bourbon mit Quellwasser. Ich komme aus Tennessee.«

»Ja«, antwortete er.

»Bitte, das ist für dich, Jimmy.«

Das Geräusch des auf die Theke gestellten Glases. Seine Hand tastete forschend umher, bekam das Glas in die Finger. »Prost«, sagte er und trank.

»Prost«, sagte die Frau. »Ich heiße Isabel Cartwright.«

»Ich bin Jimmy Harris.«

»Freut mich.«

»Sind Sie weiß?« fragte er.

»Sehen Sie das nicht?«

»Ich bin blind«, erklärte er.

Sie lachte leise. »Ich auch«, sagte sie.

Sechs Monate später heirateten sie. Blind wie die Fledermäuse, alle beide. Nahmen sich eine Wohnung an der Seventh in der Nähe von Mason, wollten nicht in dem verkommenen Stadtteil von Diamondback wohnen, nicht weil er jetzt eine weiße Frau hatte, sondern nur, weil Diamondback weder für Weiße noch für Schwarze einen guten Ruf hatte. Den Namen hatte dieses Viertel von den Schwarzen erhalten, sollte wohl sarkastisch oder komisch klingen, war aber so spaßig wie eine Klapperschlange und auf jeden Fall genauso tödlich. Ihr Vater kam zur Hochzeit von Tennessee herauf. Bis zu diesem Zeitpunkt hatten sie sechs Monate zusammengelebt. Es hätte ihnen nichts ausgemacht, wenn der alte Mann geschimpft und getobt hätte, sie hätten ihn einfach nach Hause geschickt, wo er in seinem Bourbon mit Quellwasser ersaufen mochte. Aber er war ein netter, alter Knabe, sagte, er wüßte, daß seine Tochter gut aufgehoben wäre. Zwar mußte sie durchaus einen Mann heiraten, der nicht die Hand vor seinem schwarzen Gesicht erkennen konnte, aber immerhin, er würde gut für sie sorgen.

Nun, das hatte er getan.

Manchmal tanzten sie zusammen.

Sie stellten das Radio an und tanzten danach. Vor dem Krieg war er ein guter Tänzer gewesen. Musik, er hörte innen drin immerzu Musik. Das war wie mit den zuckenden Lichtern hinter seinen blinden Augen. Früher hatte er immer gemeint, blind zu sein bedeute ständig Finsternis. Stimmte gar nicht. Lichter blitzten auf. Elektrische Impulse des Gehirns, Erinnerungsbilder oder sonst etwas. In seinem Kopf war immer etwas los. Vor den Augen konnte er nichts sehen, dafür sah er um so mehr hinter ihnen. Berührte ihr Gesicht. Ein schönes Gesicht. Blondes Haar, sagte sie. Der alte Jimmy Harris hatte sich da eine tolle Biene aufgerissen. Er liebte sie halb zu Tode. Für sie schüttelte er die verdammte Sammelbüchse, und im Bett nahm er sie vor, daß ihre Knochen knackten.

Seiner Schätzung nach befand er sich zwei Häuserblocks von dem Gebäude der Seventh Street entfernt, in dem sie wohnten. Er war mit der Untergrundbahn bis zur Fourth gekommen und überquerte jetzt den Hannon Square, auf dem die Statue des Generals aus dem Ersten Weltkrieg auf einem Pferd sitzend ein kleines Rasenstück beherrschte, das von Walnußbäumen umgeben wurde. In seinem verdammten Krieg hatte es keine Pferde gegeben. Punjistöcke und Dorfüberfälle, umzingelt das Dorf, kämpft euch mitten hindurch – das war *sein* Krieg gewesen. Immer den Blick auf den Dschungelboden richten. *Gut gemacht, Jimmy, den hast du erwischt.* Seine M-16 war immer noch auf Automatik geschaltet. Er hatte die Büsche rechts vom Pfad, woher das plötzliche Maschinengewehrfeuer kam, mit einem Kugelregen bestrichen. Dort war es auf einmal still. Die Stimme des Sergeanten. *Gut gemacht, Jimmy, den hast du erwischt.*

Er wartete.

Er trug über dem baumwollenen Dschungelhemd eine Tarnjacke aus Kunststoff, dazu Feldhosen, mit Leder besohlte Dschungelstiefel aus Segeltuch mit Wasserabflußlöchern, schwarze Nylonsocken, einen Helm mit Tarnnetz und ein stählernes Feldkochgeschirr mit einem Tarnüberzug. An den Schulterriemen seines Gürtels baumelte ein Behälter für Erste Hilfe mit Notverbandpäckchen, Salztabletten und Fußpuder, ferner ein Munitionsbeutel mit Magazinen für sein automatisches Sturmgewehr, ein Claymore-Beutel mit sechs M-26-Sprenggranaten und zwei Rauchgranaten, ein Bajonett, eine Schutzmaske und zwei Flaschen mit Wasser. Er duckte sich ins Unterholz, wartete, lauschte. Er hörte den Zugführer über Funk die Schützengruppe Bravo zur Unterstützung anfordern.

Die Granate kam von irgendwoher weit rechts drüben. Der Warnungsruf eines der Männer von Gruppe Alpha erreichte ihn zu spät. Er drehte sich um, sah gerade noch, wie die Granate durch die dumpfe Dschungelhitze heranzischte wie ein seltener Tropenvogel. Er wollte sich hinwerfen, weg von der Granate und flach in die Büsche hinter sich, als sie etwa einen Meter über seinem Kopf explodierte. Reines Glück, daß ihm dabei nicht der ganze Kopf weggeblasen wurde. Ihm wurde nur die Stirn aufgerissen, und seine Augäpfel verwandelten sich in eine Art Rührei. Der Arzt im Frontlazarett meinte, er habe Glück gehabt, daß er überhaupt noch am Leben sei. Das geschah, nachdem Bravo ihnen zu Hilfe gekommen war. Seit jenem Tag hatte er nichts mehr gesehen. Am 14. Dezember war es passiert. Elf Tage vor Weihnachten, vor zehn Jahren. Seither war er blind.

Jetzt, im November, trugen die Nußbäume am Hannon Square keine Blätter. Er hörte den Wind in den nackten Zweigen seufzen. Er näherte sich der Statue – es gibt Dinge, die ein Blinder spüren kann, so von Objekten widerhallendes Echo, zurückgestrahlte Wärme, Bewegungen, die Veränderungen des Luftdruckes hervorrufen oder die man auf dem Gesicht spürt. Irgendwo oben an der Culver Avenue wurde knirschend an einem Bus die Gangschaltung eingerückt. Das hörte er genau. In der Luft hing der Geruch von Schnee. Er hoffte, es würde nicht schneien. Schnee erschwerte es ihm, zu …

Stanley blieb plötzlich stehen.

Jimmy zog am Geschirr. Der Hund rührte sich nicht vom Fleck.

»Was hast du denn?« fragte er.

Der Hund knurrte.

»Stanley?« sagte der Blinde.

Stille ringsum, bis auf das Knurren des Hundes.

»Wer ist da?« fragte er.

Er roch etwas, das er sofort erkannte. Den gleichen Geruch hatte er bei der Operation im Feldlazarett wahrgenommen. Der Novemberwind trug ihm den Gestank zu. Chloroform. Bis herauf in das Ledergeschirr in seiner Hand spürte er, wie der Hund sich spannte und verkrampfte. Dann begann das Tier plötzlich zu winseln. Der Chloroformgeruch wurde betäubend stark. Er drehte den Kopf weg und fühlte, wie das Gewicht des Hundes am Geschirr zog. Stanley fiel auf den Gehweg. Er versuchte, den Hund auf den Füßen zu halten. Mühte sich ab. Er beugte sich nach rechts, der Windseite zu. Der Hund lag jetzt auf dem Gehweg. Über sich hörte Jimmy das Rauschen und Knistern der Zweige des Walnußbaums. Er kam sich plötzlich verloren vor. Er wollte das Führgeschirr nicht loslassen, denn – völlig unvernünftigerweise – er hatte das Gefühl, erst richtig blind zu sein, wenn er den lederbezogenen Handgriff losließ. Der Hund war für ihn gleichbedeutend mit Augenlicht. Aber er wußte, daß Stanley bewußtlos war, wußte, daß man das Tier mit Chloroform betäubt hatte. Seine Hand öffnete sich. Er ließ das Geschirr los, als entglitte ihm eine lebensrettende Sicherheitsleine. Er trat von dem Tier zurück. Der Novemberwind rauschte in seinen Ohren. Keine Schritte.

»Wer sind Sie?« fragte er.

Schweigen. Nur der Wind.

»Wer sind Sie? Was wollen Sie?«

Plötzlich fühlte er sich von hinten gepackt. Irgendwer drückte ihm den Ellbogen unter das Kinn. Der Kopf wurde ihm nach hinten gerissen, das Kinn emporgehoben. Und dann Schmerz. Eine wie Feuer brennende Linie quer über die Kehle. Sein Hemdkragen wurde plötzlich naß. Warm. Die weit gespreizten Finger seiner linken Hand stießen zuckend in die leere Luft. Er keuchte erstickt, rang nach

Atem. Im nächsten Augenblick sank er neben dem Hund auf den Gehweg. Blut strömte aus der aufgeschlitzten Kehle, rann in hellroten Bächen bis zum Fuß des Denkmals, floß darum herum, dann schräg über das Pflaster und verschwand in den Berberitzenbüschen.

Die Frau, die an jenem Donnerstag zehn Minuten vor acht Uhr die Leiche fand, stammte aus Puerto Rico und verstand kein Englisch. Sie schaute auf den Mann und den Hund hinunter, hielt beide zunächst für tot und entdeckte dann, daß das Tier noch atmete. Zunächst wollte sie einfach weitergehen und die ganze Sache vergessen. Es lohnte sich nie, sich in anderer Leute Angelegenheiten einzumischen, schon gar nicht, wenn ein Mann auf dem Gehweg lag, dem man in den Hals hineinsehen konnte. Da erst ging ihr auf, daß das Tier ein Blindenhund war, und der Ermordete tat ihr auf einmal unendlich leid. Den Kopf schüttelnd und mit der Zunge schnalzend ging sie quer über die Straße zur Telefonzelle. Sie warf eine Münze in den Schlitz und wählte die 911. Sie wußte, wie man 911 zu wählen hat, denn alle Erläuterungen zu dieser Nummer waren in Englisch und Spanisch angeschlagen, und in diesem Stadtteil war es nur von Vorteil, wenn man wußte, wie man im Notfall die Polizei erreichen konnte. Der Mann, der den Anruf entgegennahm, verstand Spanisch. Auch er war spanischer Herkunft. Seine Familie war während der großen Einwanderungswelle nach dem Zweiten Weltkrieg von Mayagüez herübergekommen. Damals war er zwölf Jahre alt gewesen. Er sprach jetzt völlig akzentfreies Englisch, dafür war sein Spanisch inzwischen ziemlich fehlerhaft. Immerhin konnte er dem aufgeregten Geschnatter entnehmen, daß sie nahe dem Denkmal auf dem Hannon Square einen toten Blinden gefunden hatte. Als er nach ihrem Namen fragte, hängte die Frau den Hörer ein.

Dafür hatte er volles Verständnis. So war das nun mal in dieser Stadt.

Der Funkstreifenwagen war schräg an den Rinnstein herangefahren, als die Detectives Carella und Meyer am Tatort erschienen. Gleich dahinter stand eine schwarze Limousine, die wie ein Leichenwagen aussah. Carella nahm an, daß sie der Mordkommission gehörte.

»Sieh mal an«, sagte Monoghan, »wen wir da haben.«

»Ja, ja«, meinte Monroe.

Die beiden Detectives von der Mordkommission standen mit den Händen in den Taschen zu beiden Seiten des auf dem Pflaster zusammengekrümmten toten Mannes. Die beiden Beamten waren fast gleich gekleidet. Beide trugen schwarze Mäntel und graue Fedorahüte sowie blaue Wollschals. Beide waren untersetzt, mit breiten Schultern, muskelbepackten Brustkörben und Schenkeln, gefurchten Gesichtern und darin Augen, die an Leichen gewöhnt waren, ganz gleich ob blinde oder nicht. Monoghan und Monroe sahen aus wie Killer der Mafia.

»Wir stehen hier schon seit zehn Minuten herum«, sagte Monoghan sofort.

»Zwölf«, verbesserte Monroe mit einem Blick auf die Uhr.

»Wir haben heute abend ein paar Leute zu wenig«, sagte Carella.

»Wir haben schon per Funk einen Leichenwagen angefordert«, erklärte Monoghan.

»Und der Arzt ist auch schon unterwegs.«

»Die Leute vom Labor auch.«

»Dafür dürfen Sie sich bei uns bedanken«, meinte Monroe.

»Danke«, sagte Carella und schaute auf den Leichnam hinab.

»Der Kerl ist mausetot«, meinte Monoghan.

»Jemand hat ihm die Kehle durchgeschnitten«, fügte Monroe hinzu.

»Sieh dir mal die Röhren im Hals an.«

»Man könnte das Kotzen kriegen.«

In der Stadt, wo diese Männer angestellt waren, ist es zwingend vorgeschrieben, daß Mitglieder der Mordkommission den Schauplatz eines Mordes aufsuchen, obwohl die nachfolgende Untersuchung von den Beamten des Reviers ausgeführt wird, das den Anruf entgegengenommen hat. In seltenen Ausnahmefällen steuern die Detectives der Mordkommission tatsächlich eine Idee oder das Bruchstück einer Information als Hilfe zur Lösung eines Falls bei, das aber nur in ihrer Eigenschaft als speziell ausgebildete Überwacher und Berater. Meistens standen sie nur im Weg herum. Monoghan und Monroe hatten den üblichen Ablauf bereits damit durcheinandergebracht, daß sie *vor* dem Eintreffen des Polizeiarztes nach einem Leichenwagen telefoniert hatten. Der Abend war kalt. Niemand hatte etwas dafür übrig, sich bei einer Temperatur nahe dem Gefrierpunkt warmzuzittern. Die Leute vom Krankenhaus durften den Leichnam erst nach der ärztlichen Untersuchung mitnehmen.

»Ich hasse Stichwunden«, sagte Monoghan.

»Das ist keine Stichwunde«, widersprach Monroe.

»Ach? Was denn sonst? Eine Vergiftung? Da liegt ein Mann mit aufgeschnittener Kehle. Ist er vielleicht aufgehängt worden?«

»Hier handelt es sich um eine Schnittwunde«, stellte

Monroe fest. »Da besteht ein Unterschied. Ein Stich« – seine rechte Hand fuhr plötzlich aus der Manteltasche, seine Faust umklammerte einen imaginären Dolch. »Ein Stich ist, wenn man ruck, zuck macht«, dozierte er und stieß mit der Faust in die Luft. »Das ist ein Stich. Eine Schnittwunde entsteht, wenn man ›pffft‹ macht«, fuhr er fort, wobei er den imaginären Dolch quer durch die Luft führte.

»Wenn jemand mit dem Messer bearbeitet wird, ist das in meinen Augen eine Stichwunde«, sagte Monoghan.

»Für mich auch«, lenkte Monroe ein.

»Warum willst du also ...«

»Ich rede davon, was die Ärzte nach der Autopsie sagen werden. Die Autopsie wird ergeben, daß es sich um eine Schnittwunde handelt.«

»Ja, aber ich rede von dem, was ich meiner Frau morgen beim Frühstück erzählen werde. Soll ich ihr vielleicht erklären, wir hätten einen Mann gefunden, der totgeschnitten worden ist?« fragte Monoghan und stieß ein lautes Lachen aus.

Auch Monroe begann zu lachen. Ihr Atem bildete weiße Nebel in der frostklaren Luft. Ihr fröhliches Wiehern hallte auf dem kleinen Platz wider, wo der Tote nahe dem Denkmal auf dem Rücken lag. Carella vernahm aus der Ferne das Jaulen der Sirene eines herannahenden Krankenwagens. Dem Toten war die dunkle Brille von der Nase gefallen. Die Gläser lagen zersplittert neben ihm auf dem Pflaster. Carella betrachtete die vernarbten offenen Höhlen, wo sich einst seine Augen befunden hatten. Er wendete sich ab. Knapp anderthalb Meter von dem Toten entfernt lag der schwarze Labradorhund auf der Seite. Meyer kniete neben dem Tier nieder. Das Blut aus der aufgeschlitzten Kehle des Mannes war über den Gehweg geflossen und hatte das buschige, schwarze Haar an dem massigen Brustkorb des Hundes benetzt. Das Tier atmete noch. Meyer fragte sich, was man wohl mit dem Hund anfangen sollte. Einen Fall mit einem bewußtlosen Hund hatte er noch nie erlebt.

»Was machen wir mit dem Hund?« wandte er sich an Carella.

»Darüber habe ich auch gerade nachgedacht.«

»Das ist ein Blindenhund«, mischte sich Monoghan ein. »Sicher hat er gesehen, wer es getan hat. Vielleicht solltet ihr ihn mal fragen, wer es war.«

Darüber mußte Monroe wieder laut lachen. Monoghan hielt sich als Erfinder dieses köstlichen Witzes bescheiden einen Moment lang zurück, ehe auch er in das Gelächter einstimmte. Gemeinsam lachten sie grölend in die Stille der Nacht hinein.

Als der Krankenwagen ankam, war der Hund noch immer bewußtlos. Inzwischen hatten sich vier Polizeiwagen mit rotierenden Warnlichtern eingefunden. Rings um den Platz wurden Absperrgitter aufgerichtet. Der Abend war kalt. Trotzdem begannen Neugierige herbeizuströmen, und Streifenpolizisten mußten die Leute zum Weitergehen auffordern. Sie sollten sich besser um ihre eigenen Angelegenheiten kümmern. »Hier gibt's nichts zu sehen, Leute, weitergehen, bitte!« Der Notarzt entstieg dem Krankenwagen und hielt sogleich nach jemandem mit einer Polizeimarke am Mantel Ausschau. Er ging dorthin, wo Carella und Meyer bei den beiden Männern von der Mordkommission standen. Er warf einen Blick auf den Leichnam.

»Können wir ihn mitnehmen?« fragte er.

»Noch nicht«, erwiderte Carella. »Der Gerichtsmediziner hat ihn noch nicht untersucht.«

»Warum habt ihr uns dann jetzt schon angerufen?« wollte der Arzt vom Krankenhaus wissen.

»Sie können ruhig ein paar Minuten warten«, sagte Monoghan. »Das wird Sie nicht gleich umbringen.« Der Arzt sah ihn an.

»Ja«, fügte Monoghan hinzu und nickte.

»Leiten Sie hier die Untersuchung?« fragte ihn der Arzt.

»Ich habe den Krankenwagen kommen lassen.«

»Das hätte noch Zeit gehabt«, erklärte der Arzt sachlich. Er machte auf dem Absatz kehrt und ging zu dem Krankenwagen am Rinnstein hinüber. Sein Assistent hatte bereits die hintere Tür geöffnet. Der Arzt ließ ihn sie wieder schließen.

Der stellvertretende Gerichtsmediziner traf zehn Minuten später ein. Inzwischen hatte der Doktor vom Krankenwagen viermal damit gedroht, wieder abzufahren. Jedesmal beruhigte ihn Carella. Und jedesmal wiederholte der Doktor: »Inzwischen sterben in der Stadt wer weiß wie viele Menschen.«

Der Gerichtsmediziner hieß Michael Horton. Er trug zum Anzug einen Querbinder, dunklen Mantel, keinen Hut, aber schwarze Lederhandschuhe. Er zog den rechten Handschuh aus, ehe er Carella begrüßte. Dann kniete er nieder, um den Leichnam zu untersuchen. Der Polizeifotograf trat zur Seite und begann, Bilder von dem Hund aufzunehmen.

»Klar, ganz klar«, sagte Horton. »Trachea, Karotiden und Halsschlagader durchtrennt. Da haben Sie gleich die Todesursache. Sonst keinerlei Verletzungen an dem Mann. Sehen Sie sich die Hände an. Keine Schnitte, wie sie bei der Abwehr entstehen. Nichts. Klar. Muß eine große Klinge gewesen sein. Nur ein Schnitt, sehr tief. Das bekommt niemand mit einem Taschenmesserchen fertig. Das dürfen Sie mir glauben. O ja, ganz klar. Nichts deutet auf ein Zögern hin, ganz glatte Wundränder. Helfen Sie mir mal, ihn umzudrehen.« Carella kniete nieder. Gemeinsam rollten sie den Leichnam auf den Bauch. Horton betrachtete den Rücken. »Hier ist nichts. Keinerlei Spuren«, stellte er fest. Er zog den Mantelkragen des Toten hoch und untersuchte dessen Nacken. »Der Schnitt reicht beinahe bis zum Rückgrat. Okay, drehen wir ihn wieder zurück.« Zusammen mit Carella brachte er den Leichnam in die vorige Lage. »Ich möchte, daß seine Hände in Plastiktüten gesteckt werden. Vielleicht hat er den Angreifer gekratzt, oder wir finden andere Spuren unter seinen Nägeln. Die Fingerabdrücke wollen Sie doch nicht gleich hier nehmen, oder?«

»Wir wissen noch nicht, wer er ist«, sagte Carella.

»Ich warte noch, bis ihr seine Taschen geleert habt«, entschied Horton. »Ohne der Autopsie vorzugreifen, würde ich als Todesursache eine Schnittwunde an der Kehle angeben.«

»Was habe ich gesagt!« rief Monroe.

»Bitte, was?« fragte Horton.

»Nichts«, sagte Monoghan und warf Monroe einen bösen Blick zu.

»Was wird mit dem Hund?« fragte Carella.

»Welchem Hund?«

»Da drüben. Wollen Sie den Hund nicht auch untersuchen?«

»Hunde gehen mich nichts an«, lehnte Horton ab.

»Ich dachte …«

»Ich bin doch kein Tierarzt. Hunde untersuche ich nicht.«

»Ja, aber wer ist dafür zuständig?« erkundigte sich Carella.

»Keine Ahnung«, sagte Horton. »In allen meinen Jahren

als Gerichtsmediziner mußte ich noch nie einen toten Hund begutachten.«

»Der Hund ist noch am Leben«, sagte Carella.

»Warum soll ich ihn dann untersuchen?«

»Um festzustellen, was mit ihm los ist.«

»Woher soll ich wissen, was ihm fehlt? Ich bin kein Tierarzt.«

»Der Hund ist bewußtlos«, erklärte Carella. »Ich dachte, Sie würden ihn mal ansehen und uns sagen können, was ...«

»Nein, das gehört nicht zu meinen Aufgaben«, lehnte Horton ab. »Ich bin hier fertig. Geben Sie her, was ich zu unterschreiben habe. Ich warte, während Sie nach seinen Papieren suchen.«

»Ich weiß nicht, ob der Fotograf schon alle Bilder im Kasten hat«, sagte Carella.

»Na, dann stellen Sie das mal fest«, entgegnete Horton. Der Arzt vom Krankenwagen kam herüber. Er blies sich in die Hände. »Kann ich ihn jetzt endlich mitnehmen?« fragte er.

»Nun mal alle mit der Ruhe. Okay?« sagte Carella.

»Ich warte hier jetzt seit ...«

»Das ist mir vollkommen egal«, versetzte Carella. »Es handelt sich um einen Mordfall. Also immer alles der Reihe nach. Okay?«

»Und inzwischen sterben in der Stadt soundso viele Leute«, sagte der Arzt.

Carella antwortete nicht. Er ging zu dem Polizeifotografen hinüber, der Blitzlichtaufnahmen von dem bewußtlosen Hund machte. »Sind Sie mit der Leiche fertig?«

»Davon habe ich erst ein paar Sofortbilder gemacht«, entgegnete der Fotograf.

»Gut, machen Sie, was Sie brauchen«, sagte Carella. »Hier haben es alle Leute eilig.«

»Die Fingerabdrücke habe ich ihm auch noch nicht abgenommen.«

»Der Gerichtsmediziner hat angeordnet, daß seine Hände in Tüten gesteckt werden.«

Ein Techniker vom Labor zeichnete bereits mit Kreide die Umrisse der Leiche auf das Pflaster. Der Fotograf wartete, bis der Mann damit fertig war und machte dann die zusätzlichen Aufnahmen, die ihm notwendig erschienen. Blitzlichter flammten auf. Der Gerichtsmediziner blinzelte. Der Gehilfe hatte bereits erwartungsvoll wieder die hintere Tür des Krankenwagens aufgeklappt. Meyer zog Carella zur Seite. Als der Alarmruf kam, waren sie gerade im Begriff gewesen, sich in einem Warenhaus in den Hinterhalt zu legen. Beide trugen Parkas und wollene Wachmützen.

»Was machen wir mit dem Hund?« fragte Meyer.

»Keine Ahnung«, entgegnete Carella.

»Wir können ihn doch nicht einfach hier liegenlassen, oder?«

»Nein.«

»Also, was dann?«

»Einen Tierarzt anrufen, denke ich. Weiß wirklich nicht …« Carella legte eine Pause ein und fuhr fort: »Hast du einen Hund?«

»Nein. Du?«

»Ich habe gerade überlegt – vielleicht sollten wir sofort einen Tierarzt hierherkommen lassen. Vielleicht ist der Hund vergiftet worden oder sonst was …«

»Ja«, meinte Meyer und nickte. »Ich werde mal anrufen und zusehen, ob wir Murchison dazu bewegen können, uns jemanden zu schicken.«

»Vielleicht gibt es in der Innenstadt jemanden – du kennst doch die Abteilung mit den Spürhunden, die auf Rauschgift angesetzt werden?«

»Ja.«

»Meinst du nicht, daß die einen Tierarzt haben, der sich um die Hunde kümmert?«

»Könnte sein. Ich rufe an. Mal sehen, was sich da machen läßt.«

»Gut, los denn. Ich glaube, der Fotograf ist mit der Leiche fertig. Ich will endlich die Taschen durchsuchen.«

Meyer ging zum nächsten Streifenwagen, wechselte ein paar Worte mit dem Fahrer und stieg dann in den Wagen, um nach dem Handmikrophon zu greifen. Carella trat neben den Fotografen, der einen neuen Film in seine Kamera einlegte.

»Kann ich jetzt seine Taschen durchsuchen?«

»Er gehört Ihnen«, sagte der Mann mit der Kamera.

In den Manteltaschen des Toten fand Carella nur ein Streichholzbriefchen und den Abriß einer U-Bahn-Karte. In der rechten Hosentasche stecke eine weitere Fahrkarte, ein Ring mit zwei Schlüsseln daran, ferner zwölf Dollar und vier Cents in kleinen Münzen. In der linken Tasche befand sich eine Brieftasche mit siebzehn Dollar, alles in Einernoten, und eine Cellophanhülle mit einem Ausweis der Blindenschule in 821 South Perry darin. Die eine Seite der Karte zeigte in Maschinenschrift die Zeilen:

> DIES GILT ALS AUSWEIS FÜR JAMES R. HARRIS, WOHNHAFT 3415 SOUTH SEVENTH STREET, ISOLA, UND SEINEN FÜHRHUND STANLEY, SCHWARZER LABRADOR-RETRIEVER (APPORTIERHUND).

Die Karte war unterschrieben vom Direktor der Blindenschule, einem gewissen Israel Schwartz. Rechts unten war der Stempel der Schule angebracht. Die Rückseite der Karte zeigte ein Bild von Harris und seinem Hund im Führgeschirr, sowie den gedruckten Text:

GILT ALS AUSWEIS FÜR DIE BENUTZUNG
ÖFFENTLICHER TRANSPORTMITTEL UND IHRER
EINRICHTUNGEN FÜR BLINDENHUNDE IN
BEGLEITUNG IHRER EIGENTÜMER.
NICHT ÜBERTRAGBAR.

Der Block 3400 befand sich genau gegenüber der Mason Avenue. Als James Harris ermordet wurde, hatte er sich kaum zwei Häuserblocks von seiner Wohnung entfernt befunden. An der Innenseite der ledernen Brieftasche war ein Medaillon befestigt, das Carella für ein katholisches Emblem hielt. Am linken Handgelenk trug Harris eine Blindenuhr und am dritten Finger der linken Hand einen Trauring. An der rechten Hand trug er einen Hochschulring, wie ihn Studenten nach bestandenem Examen erhalten. Er stammte von der Emory-Hochschule in Diamondback. Das war alles.

Der Mann von der Spurensicherung kam hinzu. Er hockte sich neben Carella und begann damit, die Habseligkeiten des Toten in braune Papiertüten zu füllen, die er sorgsam verschloß und mit Anhängern versah.

»Was halten Sie davon?« fragte Carella und zeigte ihm das Medaillon.

»Ich bin nicht religiös«, entgegnete der Techniker.

»Es stellt einen Heiligen dar, meinen Sie nicht auch?«

»Selbst wenn ich religiös wäre«, sagte der Mann, »gäbe es in meiner Religion keine Heiligen.«

»Haben Sie alles?« fragte Horton.

»Ja«, erwiderte Carella.

»Ich möchte, daß seine Hände in Tüten gesteckt werden«, wendete sich Horton an den Mann von der Spurensicherung.

»Okay«, nickte der Mann.

»Ich schicke gleich morgen früh jemanden ins Leichenschauhaus«, sagte Carella.

Horton nickte. »Gute Nacht denn«, sagte er und schritt davon.

Carella ging zu dem Fotografen hinüber, der Aufnahmen von der Umgebung des Tatortes machte. »Jemand von Ihrer Abteilung muß ihm morgen früh die Fingerabdrücke abnehmen. Ich schicke einen Mann hin, um die Abdrücke unterschriftlich zu bestätigen. Er soll sie dann gleich zum Erkennungsdienst bringen.«

»Um welche Zeit?« fragte der Fotograf.

»Sagen wir um acht Uhr.«

»Gleich nach Mitternacht«, murrte der Mann.

»Was kann ich dafür?« sagte Carella und deutete mit hilfloser Geste auf den Mann, der dem Toten bereits einen Plastikbeutel über die rechte Hand streifte.

Meyer kehrte vom Streifenwagen zurück. »Was gefunden?« fragte er.

»Er heißt James Harris und wohnt an der South Seventh. Was ist mit dem Hund?«

»Murchison schickt sofort einen Tierarzt.«

»Gut. Wartest du hier, während ich die Anschrift eben mal überprüfe?«

»Hast du schon eine Tatortskizze angefertigt?«

»Noch nicht.«

Der Arzt trat gerade hinzu, als Meyer wegen der Skizze fragte. »Hören Sie«, sagte er, »wenn Sie vielleicht glauben, ich hänge weiter hier herum, während Sie eine gottverdammte Zeichnung …«

»Das dauert nur ein paar Minuten«, sagte Meyer.

»Nächstes Mal rufen Sie gefälligst erst an, wenn Sie mit der Arbeit fertig sind«, schimpfte der Notarzt. »Und wegen dem Hund …«

»Was ist mit dem Hund?«

»Der Polizist da drüben sagt, wir müssen auch den Hund mitnehmen. Ich werde auf keinen Fall einen Hund im Krankenwagen transportieren. Das ist …«

»Wer hat gesagt, Sie sollen ihn mitnehmen?«

»Der große Dicke da drüben, der mit dem schwarzen Mantel.«

»Monoghan?«

»Ich weiß nicht, wie er heißt.«

»Sie müssen den Hund nicht mitnehmen«, sagte Meyer. »Aber ich kann Ihnen die Leiche nicht überlassen, bevor ich nicht eine Skizze vom Tatort gemacht habe. Okay? Ich verspreche, daß es kaum eine Minute dauern wird.«

Carella wußte, daß darüber eher fast eine halbe Stunde vergehen würde. »Meyer«, rief er, »ich komme gleich wieder.«

2. KAPITEL

In dem engen Hausflur brannte kein Licht. Carella zog die kleine Stablampe aus der Jackentasche und ließ den Lichtstrahl über die Reihe der Briefkästen wandern. Das Namensschild für die Wohnung 3C lautete ›J. Harris‹. Der Kriminalbeamte schaltete die Lampe aus und drückte auf die Klinke der inneren Flurtür. Sie war nicht abgeschlossen. Drinnen baumelte eine nackte Glühbirne über dem Treppenabsatz im ersten Stock. Ihr gelbliches Licht fiel auf die mit Linoleum bespannten Stufen. Er stieg die Treppe hoch. Der Geruch solcher Wohnhäuser war ihm vertraut. Während der Jahre seiner Arbeit beim 87. Revier hatte er sich daran gewöhnt.

Er nahm immer zwei Stufen auf einmal, nicht, weil er es sonderlich eilig gehabt hätte. Er nahm einfach immer zwei Stufen, wenn er eine Treppe hinaufging. Damit hatte er schon im Alter von zwölf Jahren angefangen, als er begann, schlaksig und langbeinig zu werden. Seine Mutter nannte ihn manchmal einen langen Lulatsch. Mit siebzehn Jahren hatte er aufgehört zu wachsen. Da maß er knapp ein Meter achtzig. Jetzt war er breitschultrig und schmalhüftig, ausgestattet mit der muskulösen Schlankheit und der flinken Gewandtheit eines Athleten. Sein Haar war braun, seine Augen waren ebenfalls braun. Sie standen ein wenig schräg und gaben seinem Gesicht ein auffallend orientalisches Aussehen.

Die Wohnhäuser in diesem Viertel waren immer entweder überheizt oder zu kalt. In diesem Haus war es zum Ersticken heiß, als habe sich die Wärme über Tage aufgestaut. Während er weiter hinaufstieg, nahm Carella die Wollmütze ab. Er stopfte sie in die Tasche seines Parkas und knöpfte den kurzen Mantel auf. Hinter geschlossenen Türen hörte er die Stimmen aus den Fernsehgeräten.

Irgendwo im Haus hatte jemand die Toilettenspülung betätigt. Schließlich erreichte er den Absatz des dritten Stockwerks. Hier gab es drei Wohnungen. Das Apartment 3C lag am Ende des Ganges, am weitesten von der Treppe entfernt. Er klopfte an die Tür.

»Jimmy?« fragte eine Frauenstimme.

»Nein, Madam, Polizei.«

»Polizei? Sagten Sie Polizei?«

»Ja, Madam.«

Er wartete. Die Tür wurde einen Spaltbreit geöffnet. Innen war eine Sicherheitskette vorgelegt. Die Wohnung dahinter war dunkel. Er konnte das Gesicht der Frau nicht erkennen.

»Halten Sie Ihre Marke in die Höhe«, verlangte sie.

Er hielt das Blechstück bereits in der Hand. Die Leute verlangten immer, es zu sehen. Die Marke war an der Innenklappe einer kleinen Ledertasche befestigt, die außerdem seine Kennkarte in einer Plastikhülle enthielt. Er zeigte sie ihr und wartete darauf, daß sie die Polizeimarke erkennen möge.

»Halten Sie Ihre Kennmarke hoch?« fragte die Frau.

»Ja«, entgegnete er und runzelte verwundert die Stirn.

Ihre Hand erschien in dem schmalen Türspalt. »Lassen Sie mich die Kennmarke befühlen«, sagte sie. Erst jetzt erkannte er, daß sie blind war. Er streckte ihr die Blechmarke hin und sah zu, wie ihre Finger das emaillierte Schild untersuchten. Das Muster zeigte goldene Berghänge im Sonnenglanz rund um das Stadtsiegel.

»Wie heißen Sie?« forschte die Frau weiter.

»Detective Carella«, stellte er sich vor.

»Ich nehme an, daß alles seine Ordnung hat«, erklärte sie und zog die Hand zurück. Aber sie entfernte die Kette nicht. »Was wollen Sie?« fragte die Frau.

»Wohnt hier ein James Harris?«

»Worum geht es, was ist mit ihm?« fragte sie sofort.

»Mrs. Harris ...«, begann er und zögerte. Diesen Augenblick haßte er mehr als alles andere im Polizeidienst. Es gab keine Möglichkeit, den Leuten so etwas schonend beizubringen, nichts, das jetzt hätte trösten können. Nichts. »Ihr Mann ist tot«, sagte er schließlich.

In dem offenen Türspalt herrschte Stille. Schweigen auch in der Finsternis dahinter.

»Was ... was ...?«

»Darf ich hineinkommen?« fragte Carella.

»Ja«, sagte sie. »Ja, bitte ...«

Er hörte, wie die Sicherheitskette ausgehakt wurde. Die Tür öffnete sich weit. In dem vom Treppenflur hereindringenden Licht sah er, daß er eine Weiße vor sich hatte, blond, schlank. Sie trug einen langen blauen Mantel mit Gürtel und hatte eine riesengroße Sonnenbrille aufgesetzt, die ihre Augen und einen erheblichen Teil ihres Gesichts verbarg. Die Wohnung hinter ihr war dunkel. Er zögerte an der Tür. Sie spürte es sofort und erkannte die Ursache. »Ich mache Licht«, sagte sie, drehte sich um, schritt mit erstaunlicher Sicherheit zur Wand und dann daran entlang, wobei ihre linke Hand die Mauer kaum berührte. Sie fand den Lichtschalter und ließ ihn klicken. Eine Deckenlampe erhellte den Raum. Er trat ein und schloß die Tür hinter sich.

Sie befanden sich in der Küche. Das überraschte ihn nicht. Die Vordertüren der meisten Wohnungen in diesem Viertel führten direkt in die Wohnküche. Manche dieser Küchen waren makellos sauber, andere verdreckt. Diese hier war keins von beiden. Hätte er nicht gewußt, daß die Bewohner blind waren, hätte sein Urteil auf mangelhafte Haushaltsführung gelautet. Die Frau stand jetzt vor ihm, den Kopf in der für Blinde charakteristischen Art etwas zur Seite geneigt, das Kinn gesenkt. Sie wartete.

»Mrs. Harris«, begann Carella von neuem, »Ihr Mann ist ermordet worden.«

»Ermordet?« Sie schüttelte den Kopf. »Nein«, erklärte sie, »Sie müssen da ... nein, hier liegt ein Irrtum vor.«

»Ich wünschte, es wäre so, Mrs. Harris.«

»Aber warum würde jemand ... nein«, sagte sie. »Nein, er ist doch blind, müssen Sie wissen.«

Er verstand vollkommen ihren Gedankengang. Der Gedanke war unfaßbar. Blinde Männer und kleine Kinder erschlug man nicht. Genauso wenig, wie man Wellensittiche erwürgte oder Schmetterlingen die Flügel ausriß. Und doch passierten solche Dinge. Irgendwer hatte es getan. Ihr Mann lag in diesem Augenblick tot auf dem Gehweg. Irgendwer hatte ihm den Hals durchgeschnitten. Carella wiederholte es noch einmal, ganz langsam. »Er ist tot. Man hat ihn ermordet.«

»Wo ist er?«

»Er wird gleich ins Buena Vista Hospital gebracht.«

»Wo ist er jetzt?«

»Am Hannon Square.«

»Wie ist er umgebracht worden?« wollte sie wissen.

Sie sprach mit einem leichten Südstaatenakzent und dabei so leise, daß er sie kaum verstehen konnte. Aber sie fragte ganz direkt und geradeheraus, was ihr durch den Kopf ging, und forderte weitere Informationen, die Carella absichtlich zurückgehalten hatte.

»Er wurde erstochen«, erklärte der Beamte.

Sie schwieg – wie ihm vorkam – sehr lange. Draußen auf der Straße quietschten Autoreifen auf dem Asphalt, ein Motor brüllte auf, die Reifen quietschten abermals, als eine

Kurve genommen wurde. Das Motorengeräusch wurde leiser und erstarb.

»Nehmen Sie bitte Platz«, sagte die Frau endlich und deutete genau zum Küchentisch. Er zog einen Stuhl heran und setzte sich. Sie kam quer durch die Küche. Ihre Hand ertastete den Küchenstuhl ihm gegenüber. Sofort ließ sie sich darauf nieder.

»Wir können ein andermal darüber reden, wenn es Ihnen lieber ist«, schlug Carella vor.

»Ist es nicht besser, jetzt gleich darüber zu sprechen?«

»Wenn Sie wollen, ja, es hilft uns vielleicht weiter.«

»Was wollen Sie denn wissen?« fragte sie.

»Wann haben Sie Ihren Mann zuletzt gesehen, Mrs. Harris?« Er verbesserte sich sofort: »Wann hat er sich von Ihnen verabschiedet?«

»Heute morgen. Wir haben das Haus um zehn Uhr verlassen.«

»Wohin gingen Sie?«

»Ich habe eine Arbeitsstelle in der Innenstadt. Jimmy wollte zur Hall Avenue. Er arbeitet dort meistens zwischen Circle und Montgomery.« Sie hielt inne. »Er ist Bettler«, fügte sie hinzu.

»Und wo arbeiten Sie, Mrs. Harris?«

»Ich arbeite für ein Versandgeschäft. Ich stecke Kataloge in die Postumschläge.«

»Was für Kataloge?«

»Werbung für die Artikel, die die Firma verkauft. Die Kataloge werden zweimal im Monat verschickt. Mit mir zusammen arbeitet eine Frau, die die Versandlisten tippt, und ich fülle die Umschläge. Wir verkaufen Souvenirs und Geschenkartikel wie Aschenbecher, Salz- und Pfefferstreuer, Glasuntersetzer, Rührstäbchen für Cocktails ... und solche Sachen.«

»Wie nennt sich die Firma?«

»Prestige Novelty. An Dutchman's Row, im Geschäftsviertel.«

»Und Sie haben heute vormittag zusammen mit Ihrem Mann das Haus verlassen?«

»Ja. Wir versuchen immer, den Hauptbetrieb in der U-Bahn zu vermeiden. Jimmy hat den Hund, und so können wir ...« Sie unterbrach sich plötzlich. »Wo ist Stanley?«

»Man kümmert sich um ihn, Mrs. Harris.«

»Ist er in Ordnung?«

»Das weiß ich nicht. Vielleicht hat man ihn betäubt, vielleicht ist er auch ...« Carella ließ den Satz unvollendet.

»Was wollten Sie sagen? Vergiftet?«

»Ja, Madam.«

»Stanley nimmt von Fremden keinen Bissen an. Nur Jimmy füttert ihn. Der Hund ist so erzogen worden und darauf dressiert. Er nimmt nicht einmal von mir etwas, wenn ich ihm einen Happen anbiete. Es muß Jimmy sein, der ihn füttert.«

»Wir werden bald mehr wissen«, erklärte Carella. »Als ich fortging, war schon ein Veterinär unterwegs. Mrs. Harris, gingen Sie immer um zehn Uhr gemeinsam fort?«

»Von Montag bis Freitag.«

»Wann sind Sie zurückgekehrt?«

»Ich komme meistens gegen drei oder vier Uhr dreißig zurück. Jimmy wartet das Ende der Arbeitszeit ab – wenn die Leute nach Hause gehen, so zwischen fünf und sechs Uhr, nimmt er viel Geld ein. Dann wartet er noch eine halbe Stunde, geht auf einen Drink in ein Lokal, nur um sicher zu sein, nicht in den Hauptbetrieb zu geraten. Er nimmt meistens die U-Bahn gegen sechs Uhr dreißig oder Viertel vor sieben. Zu Hause ist er gewöhnlich um ...« Sie zögerte. Ihr war plötzlich aufgegangen, daß sie in der Gegenwartsform von einem Mann sprach, der tot war. Diese Erkenntnis war schmerzlich. Carella blickte ihr ins Gesicht und sah Tränen unter den übergroßen Gläsern hervorquellen und über ihre Wangen rinnen. Er wartete.

»Entschuldigung«, flüsterte sie.

»Wenn Sie lieber …«

»Nein, nein«, schüttelte sie den Kopf. »Er … er war für gewöhnlich spätestens um sieben Uhr dreißig daheim.« Sie erhob sich plötzlich und ging direkt, ohne sich den Weg ertasten zu müssen, zu der eingebauten Tischplatte neben der Spüle. Dort fanden ihre Finger den Behälter mit den Papiertüchern. Sie zog eins heraus und schnaubte sich die Nase. »Um sieben Uhr dreißig hatte ich meistens das Essen fertig. Sonst gingen wir draußen essen. Jimmy aß gern chinesisch, also gingen wir oft in solche Lokale. Der Hund führte uns ja überall hin.« Sie begann wieder zu weinen.

»Besitzen Sie nur diesen einen Hund?«

»Ja.« Das feuchte Papiertaschentuch vor den Mund pressend, murmelte sie nur diese eine Silbe. Sie zog ein zweites Tuch heraus und schnaubte abermals die Nase. »Blindenhunde sind teuer«, fuhr sie fort. »Ich brauchte keinen. Nur auf dem Weg zur Arbeit und zurück war ich ohne Jimmy. Ich habe den Blindenstock, ich … ich …« Jetzt setzte ein Schluchzen ein, das tief aus ihrer Kehle kam und ihr den Atem nahm.

Der Kriminalbeamte wartete. Sie schluchzte in das Tuch. Durch das Küchenfenster hinter ihr sah Carella, daß leichter Schneefall eingesetzt hatte. Er fragte sich, ob man inzwischen am Tatort fertig geworden war. Der Schnee erschwerte den Leuten vom Labor die Arbeit. Leise rieselte der Schnee. Sie konnte nicht wissen, daß es schneite. Das konnte sie weder sehen noch hören. Sie schluchzte weiter in das zerknüllte Tuch. Schließlich nahm sie die Schultern zurück, hob den Kopf und fragte: »Was möchten Sie sonst noch wissen?«

»Mrs. Harris, können Sie sich denken, wer das getan haben mag?«

»Nein.«

»Hatte Ihr Mann Feinde?

»Nein. Er war blind«, entgegnete sie, und abermals verstand er vollkommen ihren Gedankengang. Blinde haben keine Feinde. Blinden bringt man Mitleid oder Sympathie entgegen, aber niemals Haß.

»Sie haben nicht kürzlich Drohanrufe oder Briefe erhalten, aus denen ...«

»Nein.«

»Mrs. Harris, Sie lebten in einer Mischehe ...«

»Mischehe?«

»Ich meine ...«

»Oh, Sie meinen, weil ich eine Weiße bin.«

»Ja. Gab es unter den Nachbarn Leute ... oder jemanden in Ihrer Firma ... irgendwen ... die einer solchen Ehe strikt ablehnend gegenüberstanden?«

»Nein.«

»Erzählen Sie mir von Ihrem Mann.«

»Was wollen Sie wissen?«

»Wie alt war er?«

»Dreißig. Im August ist er dreißig Jahre alt geworden.«

»War er von Geburt an blind?«

»Nein. Es war eine Kriegsverletzung.«

»Wann?«

»Vor zehn Jahren. Im Dezember wären es zehn Jahre geworden. Am 14. Dezember.«

»Seit wann sind Sie verheiratet?«

»Fünf Jahre.«

»Wie heißen Sie mit Mädchennamen?«

»Isabel Cartwright.«

»Mrs. Harris ...«, begann er und zögerte. »Hatte Ihr Mann etwas mit anderen Frauen?«

»Nein.«

»Geben Sie sich mit einem anderen Mann ab?«

»Nein.«

»Wie haben Ihre Angehörigen diese Eheschließung aufgenommen?«

»Mein Vater mochte Jimmy. Er ist vor zwei Jahren gestorben. Jimmy wachte in Tennessee an seinem Sterbelager.«

»Und Ihre Mutter?«

»Ich habe meine Mutter nie gekannt. Sie ist im Kindbett gestorben.«

»Wurden Sie blind geboren?«

»Ja.«

»Haben Sie Geschwister?«

»Nein.«

»Wie stand es mit Ihrem Mann?«

»Er hat eine Schwester. Chrissie, von Christine. Schreiben Sie das alles auf?«

»Ja, das tue ich. Stört es Sie? Ich kann gern damit aufhören, wenn ...«

»Nein, mir macht das nichts aus.«

»Leben seine Eltern noch?«

»Nur seine Mutter. Sophie Harris. Sie wohnt noch immer in Diamondback.«

»Kommen Sie gut mit ihr aus?«

»Ja.«

»Mrs. Harris, können Sie sich an irgend etwas, an irgendein Ereignis während der letzten Wochen erinnern, das irgendwen veranlaßt haben könnte, wütend zu werden oder ...«

»Nein.«

»Wenn es auch noch so abwegig erschiene?«

»Ich wüßte nicht, woran ich da denken sollte.«

»Nun denn, vielen Dank.« Er klappte sein Notizbuch zu. Im Normalfall hätte er die Ehefrau eines Mordopfers aufgefordert, ihn ins Leichenschauhaus zu begleiten, um den Toten zu identifizieren. Er zögerte jetzt und fragte sich, was da zu tun sei. Isabel Harris konnte ohne Zweifel das Gesicht ihres Mannes abtasten und ihn dadurch mit der gleichen Sicherheit wie eine sehende Person identifizieren. Aber eine Leiche zu identifizieren war für jedermann ein schweres Erlebnis. Er konnte sich vorstellen, wie es um die Gefühle einer Blinden bestellt sein würde, die ja den Leichnam abtasten mußte. Er überlegte sich, daß man an ihrer Stelle Jimmys Mutter holen konnte. Er wollte sie anrufen und sich mit ihr morgen früh am Leichenschauhaus verabreden. Sophie Harris in Diamondback, hatte er in seinem Buch notiert. Er wollte sie später anrufen. Dann aber ging ihm durch den Kopf, ob er nicht Isabel Harris eines Rechtes beraubte, das in erster Linie ausschließlich ihr zustand – und er machte es ihr nur deshalb streitig, weil sie blind war. Er beschloß, es auf dem geraden Weg zu versuchen. Im Laufe der Jahre war ihm klargeworden, daß der gerade Weg immer der beste war – und oft genug der einzige.

»Mrs. Harris«, begann er, »wenn ein Mordopfer verheiratet war, identifiziert gewöhnlich der andere Partner die Leiche.« Er zögerte wieder. »Ich weiß nicht, ob Sie es tun wollen oder nicht.«

»Ja, ich werde es tun«, versicherte die Frau. »Meinen Sie – jetzt gleich?«

»Morgen früh kommt es auch noch zurecht.«

»Gut, um zehn Uhr«, entgegnete sie und nickte.

Er ging zur Tür und drehte sich dort noch einmal um. Hinter ihr rieselte unhörbar der Schnee.

»Mrs. Harris?« begann er.

»Ja?«

»Kann ich irgend etwas für Sie tun? Werden Sie allein mit allem fertig?«

»Danke, ich brauche keine Hilfe.«

Sie lag schon im Bett, als das Pochen von der Tür her ertönte.

Sie klappte den Deckel ihrer Uhr auf und betastete das Zahlenrelief darauf. Es war zwanzig Minuten vor zwölf Uhr. Sofort war ihr klar, daß der Detective noch einmal zurückgekehrt war. Vermutlich hatte er gespürt, daß sie log. Er hatte wohl etwas in ihrer Stimme gehört oder ein Zucken in ihrem Gesicht beobachtet. Sie hatte ihn absichtlich belogen, als sie eine seiner Fragen mit einem glatten Nein beantwortete. Natürlich, jetzt kam er noch einmal, um zu fragen, warum sie ihn angelogen habe. Ihr war es gleichgültig. Jimmy war tot. Sie hätte genausogut gleich die Wahrheit gestehen können. Also nahm sie sich vor, jetzt mit der Wahrheit herauszurücken.

Sie trug ein langes Nachthemd aus Barchent. Das machte sie während der Wintermonate immer so. Vom ersten Frühlingstag an aber schlief sie nackt. Jimmy pflegte immer zu sagen, daß es ihm Freude mache, ihre Brüste zu finden, ohne daß er sich erst durch einige Meter Hemdenstoff hindurchwühlen mußte.

Eilig sprang sie aus dem Bett und setzte die Füße auf den kalten Holzfußboden. Die Heizung wurde immer um elf Uhr abgedreht. Ab Mitternacht war es in der Wohnung eiskalt. Sie warf einen Hausmantel über und ging zur

Schlafzimmertür, wobei sie einem rechts stehenden Stuhl auswich. Ihre Hand war ausgestreckt. In der Wohnung benötigte sie keinen Stock. Sie gelangte durch die Tür ins Wohnzimmer. Die Türschwelle zwischen den beiden Räumen quietschte. Dann ging sie an dem Klavier entlang, auf dem Jimmy immer so gern gespielt hatte. Er spielte nach Gehör und bezeichnete sich selbst manchmal als den Art Tatum seiner Zeit, als wenn es so leicht wäre, ein großer Künstler zu sein. Merkwürdig, daß sie so sehr hatte weinen müssen. Sie hatte schon vor einem Jahr aufgehört, ihn zu lieben. Trotzdem waren ihre Tränen echt gewesen.

Schließlich erreichte sie die Küche. Wer auch immer draußen stehen mochte, er klopfte immer noch an die Tür. Bei ihrem ersten Wort verstummte das Geräusch.

»Wer ist da?« fragte sie.

»Mrs. Harris?«

»Ja?«

»Polizei«, sagte die Stimme vor der Tür.

»Detective Carella?«

»Nein, Madam.«

»Wer denn sonst?«

»Sergeant Romney. Würden Sie bitte aufmachen. Wir glauben nämlich, den Mörder Ihres Mannes entdeckt zu haben.«

»Moment noch«, rief sie von drinnen und entfernte die Sicherheitskette.

Er betrat die Wohnung und schloß die Tür hinter sich. Sie hörte, wie sich die Tür in den Rahmen fügte, wie der Schlüssel herumgedreht wurde und der Bolzen einrastete. Bewegung. Dielen knarrten. Jetzt stand er unmittelbar vor ihr.

»Wo ist es?«

Sie verstand ihn nicht.

»Wo es ist, will ich wissen! Wo hat er es versteckt?«

»Was versteckt? Wer … wer sind Sie?«

»Sagen Sie mir, wo ich es finde«, drängte er, »dann passiert Ihnen nichts.«

»Ich weiß nicht, was Sie … ich habe doch …«

Sie wollte einen Schrei ausstoßen. Zitternd wich sie vor ihm zurück und prallte gegen die Wand hinter sich. Sie hörte das Geräusch von aneinanderreibendem Stahl, spürte, wie er plötzlich eine Bewegung auf sie zu machte, und fühlte dann die Spitze von etwas Hartem und Scharfem am unteren Teil ihrer Kehle.

»Wagen Sie nicht, laut zu atmen«, flüsterte er. »Wo ist es?«

»Ich weiß nicht, was Sie meinen!«

»Wollen Sie, daß ich Sie umbringe?«

»Nein, bitte nicht, aber ich weiß wirklich nicht, was …«

»Also, wo ist es?« wiederholte er, lauter werdend.

»Bitte, ich …«

»Wo?« zischte er und schlug ihr die Hand mit plötzlicher Wildheit ins Gesicht, daß ihr die Sonnenbrille von der Nase flog. »Wo?« sagte er und schlug sie abermals. »Wo?« rief er. »Wo?«

3. KAPITEL

»Man kann niemandem erklären, wie sich das mit den Jahreszeiten verhält«, sagte Meyer. »Nehmen wir doch mal den Durchschnittsbürger von Florida oder Kalifornien. Der hat keine Ahnung von Jahreszeiten. Er glaubt doch, das Wetter müsse so sein – nämlich schön tagaus, tagein.«

Er sah nicht gerade wie ein Philosoph aus, wie er neben Carella kräftig ausschritt, während sie sich der Wohnung von James Harris näherten. Statt dessen sah er aus wie das, was er war: ein Polizist im Dienst. Groß, stämmig, mit porzellanblauen Augen in einem Gesicht, das runder wirkte, als es tatsächlich war. Das lag vielleicht an dem absoluten Kahlkopf, den er schon seit seinem dreißigsten Lebensjahr hatte.

Diese Kahlköpfigkeit war eine Folge seiner wahrlich monumentalen Geduld. Er war als Sohn eines jüdischen Schneiders in einer vorwiegend von Ungläubigen bewohnten Gegend geboren worden. Der alte Max Meyer war ein Mann mit Humor gewesen. Also nannte er seinen Sohn Meyer. Das ergab dann Meyer Meyer. Sehr komisch. »Meyer, Meyer – Jud' im Feuer!« riefen ihm die Nachbarskinder nach. Eines Tages versuchten sie, ihren Spottvers in die Tat umzusetzen, indem sie den kleinen Jungen an einen Pfahl banden und zu seinen Füßen, die in Turnschuhen stecken, ein Feuer anzündeten. Meyer Meyer betete geduldig um Regen. Oder darum, daß jemand vorüberkäme und die Flammen auspinkelte. Schließlich regnete es, aber erst, nachdem er zu dem unwiderruflichen Schluß gekommen war, daß die Welt voller Spaßvögel steckte. Allmählich lernte er es, mit diesem Namen und allen den Witzeleien, dummen Bemerkungen, Sticheleien und Kränkungen zu leben, die er nun einmal hervorrief. Geduld.

Seine Geduld ging ihm niemals aus. Weil aber doch irgend etwas ausgehen mußte, taten es seine Haare. Mit dreißig Jahren war seine Platte so glatt wie die Schale einer Honigmelone. Und nun gab es schon wieder ein neues Problem. Da tauchte im Fernsehen ein kahlköpfiger Polizist auf. Wenn ihn in der Abteilung noch einmal jemand so nannte, wie …

Geduld, dachte er. Nur Geduld.

Um Mitternacht hatte das Schneetreiben aufgehört. Jetzt, um zehn Uhr am Freitag morgen, waren die Gehwege nur leicht mit Schnee überstäubt. Der Himmel hoch droben leuchtete klar und hell. Die beiden Männer trugen Mäntel, aber keine Hüte. Sie hatten die Hände in die Taschen gesteckt und die Kragen hochgeschlagen. Als Meyer redete, bildete sich vor seinem Mund eine dünne Atemwolke, die über seiner Schulter fortgeweht wurde.

»Sarah und ich waren mal in der Schweiz«, erzählte er. »Vor einigen Jahren, im späten September. Die Leute richteten sich auf den Winter ein. Auf den Wiesen wurde mit Sensen das hohe Gras gemäht. Dann wurde das Gras zum Trocknen ausgebreitet, damit die Kühe im Winter etwas zu fressen hatten. Holz wurde aufgestapelt, und die Rinder wurden von den Bergen heruntergetrieben und in Ställe gebracht – das war wie ein wohl geübter Ablauf einer ganzen Reihe von Vorbereitungen. Die Leute wußten, daß es bald schneien würde, sie wußten, daß sie auf den Winter vorbereitet sein mußten. Jahreszeiten«, meinte er und nickte. »Ohne Jahreszeiten entsteht eine unnatürliche Gleichförmigkeit. Das ist es, was ich meine.«

»Na ja«, meinte Carella.

»Was glaubst du, Steve?«

»Ich weiß nicht recht«, sagte Carella. Er fand nur, daß er fror und daß es für einen Novembertag schon verdammt kalt war. Er dachte an das vergangene Jahr, als sich die Stadt daran gewöhnen mußte, daß es den ganzen Winter hindurch nur zwei Arten von Wetter zu geben schien. Entweder erwachte man bei einem tobenden Blizzard mit Schneesturm, Blitz und Donner, oder der Himmel war bei Temperaturen knapp über Null vollkommen klar. Darin bestand die ganze Auswahl. Carella hoffte, daß es in diesem Jahr nicht wieder so sein würde. Er meinte, ihm würde es nichts ausmachen, in Florida oder Kalifornien zu wohnen. Im stillen fragte er sich, ob wohl eine der Städte dort unten einen erfahrenen Polizeibeamten gebrauchen könnte. Hin und wieder mal ein paar rabiate Bankräuber fangen und dann mit einem eisgekühlten Longdrink im Schatten einer Palme sitzen. Diese Vorstellung ließ ihn erschaudern.

Im hellen Tageslicht sah das Haus, in dem Harris gewohnt hatte, etwas einladender aus, als es in der Nacht zuvor gewirkt hatte. Gewiß, die Fassade war rußig – was war in dieser Stadt nicht mit Ruß bedeckt? –, aber immerhin schimmerten die roten Ziegel noch hindurch, und im strahlenden Sonnenschein wirkte das ganze Gebäude recht anheimelnd. Das übersahen die Leute oft an dieser Stadt. Selbst Carella stellte sie sich immer nur als eine Ansammlung von unterschiedlichen Grautönen zwischen Schwarz und Weiß vor. Rußgeschwärzte Wohnblocks erstreckten sich zu einem grauen Himmel, unten schwarze Asphaltstraßen, graue Gehwege und Rinnsteine, ein eintöniges Metropolis, unheildrohend und düster. Dabei traf genau das Gegenteil zu.

Die Gebäude wiesen Farben auf – rote Ziegel neben gelben, Klinker neben orange- oder blaugestrichenem Holz, bunt gemusterter Marmor, rotglühende Abraumhalden, rosa Stukkaturen. Farbe gab es auch auf den Anschlagtafeln – da überlappten sich die Farbtöne, gingen ineinander über, verschwammen oder bissen sich, so daß eine Reklamewand, auf der so unterschiedliche Attraktionen wie Rockkonzerte und Massagesalons angepriesen wurden, die Dimensionen eines abstrakten Gemäldes annahm. Farben gab es auch im Straßenverkehr und in den Verkehrsampeln – rot, gelb und grün versprühten sie ihr Licht auf den regennassen Gehwegen, in denen sich auch der metallische Schimmer der rollenden Wunderwerke aus Detroit spiegelte. Jede Farbe des Spektrums war massenhaft in den überfüllten Straßen vertreten, um ein in ständiger Bewegung befindliches Mosaik zu bilden. Farbe war selbst in den Abfällen – und in dieser Stadt gab es mehr Müll als in jeder anderen Stadt der Vereinigten Staaten, und oft genug blieben die Abfälle liegen, weil die Müllmänner schon wieder streikten. Der Müll lehnte in Plastiksäcken an den Häuserwänden entlang. Das Grün, Beige oder Gelb der modernen Technologie umschloß die Abfallprodukte einer Achtmillionenstadt – sofern die Säcke nicht von Ratten aufgerissen wurden und ihr Inhalt in allen Farbschattierungen der Verwesung auf den Bürgersteigen lag. Es gab auch Farbe – der Himmel bewahre die Benutzer der U-Bahn – in den Aufschriften, die mit Lacksprühdosen auf die Seitenflächen der schimmernd neuen Massenverkehrsmittel aufgetragen waren. In verschnörkelten, lateinischen Buchstaben wurde dies oder jenes angepriesen, das besonders männlich machte. Für Farbe aber hatte auch jener Schmierfink gesorgt, der vierzehn aufeinanderfolgende U-Bahn-Wagen mit seinem Namenszug versehen hatte. Farbe zeigte auch die Bevölkerung selbst. Hier gab es nicht einfach nur Schwarze und Weiße. Nein. Es gab so viele unterschiedliche Hautschattierungen wie Bürger.

Die beiden Männer erklommen schweigend die Vordertreppe. Einer von ihnen dachte an Jahreszeiten, der andere an Farben. Beide dachten über die Stadt nach. Sie stiegen ins dritte Stockwerk hinauf und klopften an die Tür des Apartments 3C. Carella warf einen Blick auf seine Uhr und klopfte noch einmal.

»Hast du ihr nicht gesagt, wir kommen um zehn Uhr?« fragte Meyer.

»Ja.« Carella pochte abermals. »Mrs. Harris?« rief er. Keine Antwort. Er klopfte noch einmal und legte dann das Ohr an die Türfüllung. Von drinnen war nichts zu hören. Ratlos schaute er Meyer an.

»Was hältst du davon?« fragte Meyer.

»Wir sollten den Hausmeister holen«, sagte Carella.

Sie gingen wieder nach unten, fanden die Hausmeisterwohnung dort, wo sie sich in den meisten dieser Blocks befand, nämlich im Parterre am Ende des Treppenhauses. Der Hausmeister war ein Farbiger namens Henry Reynolds. Er sagte, er sei schon seit sechs Jahren hier Hausmeister. Das Ehepaar Harris war ihm gut bekannt. Anscheinend wußte er noch nichts davon, daß Jimmy in der vergangenen Nacht ermordet worden war. Während sie wieder zum dritten Stock hinaufstiegen, redete der Mann ohne Unterbrechung, aber er erwähnte mit keinem Wort, was er doch ganz bestimmt als Tragödie empfunden hätte, wären ihm die jüngsten Ereignisse bekannt gewesen. Er fragte nicht einmal, warum die Polizei Zugang zur Wohnung verlangte. Weder Meyer noch Carella fanden etwas dabei. In dieser Stadt stellten die Bürger meistens keine Fragen. Sie kannten die Polizei allzugut und wußten, daß man sich besser fügte, statt Staub aufzuwirbeln. Auch Reynolds klopfte an die Tür zur Wohnung 3C, lauschte eine Weile mit vorgeneigtem Kopf, zuckte mit den Schultern und öffnete schließlich die Tür mit seinem Universalschlüssel.

Isabel Cartwright lag neben dem Kühlschrank auf dem Fußboden.

Man hatte ihr die Kehle durchgeschnitten. Ihr Kopf lag seltsam verrenkt in einer Pfütze ihres eigenen Blutes. Die Kühlschranktür stand offen. Behälter mit Brot und Fleisch waren herausgerissen und der Inhalt auf den Boden geschüttet worden. Auf der Diele hatte sich aus Blut und Mehl, Zucker und Cornflakes, gemahlenem Kaffee und zerkrümelten Biskuits, Salatblättern und zerschlagenen Eiern eine gummiartige Masse gebildet. Schubkästen waren umgedreht, Gabeln, Messer und Löffel waren auf einen wirren Haufen geworfen. Papierservietten, eine Spaghettizange, einen Korkenzieher, ein Käseschneider, Eßtischsets und Kerzen waren zusammen mit den Schubladen, in denen sie aufbewahrt worden waren, auf den Boden verstreut.

»Gott im Himmel«, entfuhr es Reynolds.

Gegen zwölf Uhr mittags wurde die Leiche abgeholt. Um zwei Uhr waren die Mitarbeiter des Laboratoriums in der Wohnung fertig. Jetzt kamen Meyer und Carella an die Reihe. Die übrige Wohnung befand sich in dem gleichen desolaten Zustand, wie sie ihn schon in der Küche vorgefunden hatten. Die Sofakissen waren herausgerissen und aufgeschlitzt worden. Der Täter hatte die Füllung herausgezerrt und auf dem Fußboden verstreut. Das Sofa und alle im Zimmer befindlichen Polsterstühle waren umgedreht worden, um sie auch von unten her aufschlitzen und auseinanderreißen zu können. Im Wohnzimmer gab es nur eine Stehlampe. Sie lag jetzt auf der Seite. Der Schirm war heruntergerissen und in die andere Ecke des Raumes geschleudert worden. Im Schlafzimmer waren die Betten abgezogen, die Matratzen zerschnitten, die Polsterung hervorgezerrt worden. Die Schubläden der Kommode hatte der Täter herausgezogen und ausgekippt, Slips und Höschen, Büstenhalter und Pullis, Handschuhe und Taschentücher, Socken und Herrenunterwäsche, Sport- und Oberhemden lagen überall verstreut herum. Kleidungsstücke waren von den Bügeln im Wandschrank gerissen und ins Zimmer geschleudert worden, wo sie auf der Kommode oder dem Boden gelandet waren. Auch der Wandschrank selbst war bis in den letzten Winkel durchsucht worden – Schuhschachteln lagen offen herum, Einlegesohlen hatte der Eindringling zerschnitten, den Inhalt eines Etuis mit Rasierzeug verstreut, das Wachstuch, mit dem die Schrankfächer ausgelegt waren, hatte er von den Reißzwecken, die es festhielten, losgerissen. Es war augenscheinlich, wenn nicht sogar offensichtlich, daß hier jemand verzweifelt nach etwas gesucht hatte. Mehr noch, der Täter mußte ziemlich sicher gewesen sein, hier etwas zu finden, sonst hätte er kaum so wild und gründlich gesucht.

Carella und Meyer hatten kein so klares Ziel vor Augen. Sie suchten nicht nach etwas Bestimmtem. Sie hofften lediglich darauf, die Spur einer Erklärung dafür zu finden, was sich hier zugetragen hatte. Zwei Menschen waren brutal ermordet worden, wahrscheinlich im Abstand von wenigen Stunden. Den ersten Mord hätte man allenfalls noch als Straßenüberfall abhaken können. So etwas geschah in dieser schönen Stadt häufig. Ein Mord auf der Straße bedurfte kaum einer Motivation. Der zweite Mord aber ließ plötzlich Methode anstelle von Sinnlosigkeit erkennen. Innerhalb von vierundzwanzig Stunden waren ein Mann und seine Frau auf die gleiche Art und Weise umgebracht worden. Dafür mußte es eine annehmbare

Erklärung geben. Die Detectives stellten die große Frage nach dem Warum. Sie suchten nach irgend etwas, das ihnen eine Antwort lieferte.

Daß beide Tatopfer blind gewesen waren, erwies sich als sehr hinderlich. Die Kriminalisten stöberten keines der üblichen Notizbücher auf, wie man sie in der Wohnung Sehender immer findet. Es gab keine Notiz auf Kalenderblättern, keine Einkaufslisten oder Stichworte. Was die Polizisten an Korrespondenz entdeckten, war in Blindenschrift angefertigt. Sie nahmen alles mit, um es im Büro übersetzen zu lassen. Im Augenblick sagten ihnen diese Funde so gut wie nichts. In der Wohnung stand eine alte, handelsübliche Schreibmaschine. Die Leute vom Labor hatten sie bereits auf Fingerabdrücke hin untersucht. Weder Carella noch Meyer sahen in ihr eine weitere Informationsquelle. Die Suche förderte ein Sparbuch der örtlichen Zweigstelle der First Federal Bank an der Yates Avenue zutage. Das Ehepaar Harris hatte zweihundertfünfzig Dollar auf dem gemeinsamen Konto. Dann fanden sie ein staubbedeckt Fotoalbum. Offenbar war es seit Jahren nicht mehr aufgeschlagen worden. Es enthielt Bilder von Jimmy Harris als Junge und als junger Mann. Die meisten auf den Fotos abgebildeten Leute waren Neger. Selbst die Bilder, die Jimmy in Uniform zeigten, waren zumeist Gruppenaufnahmen zusammen mit anderen farbigen Soldaten. Eines der letzten Bilder in dem Buch war eine Hochglanzvergrößerung.

Die fünf Männer darauf hatten sich offensichtlich zum Fotografieren in Positur gestellt. Zwei von ihnen waren weiß, drei schwarz. Die Aufnahme war vor einer zeltartigen Unterkunft gemacht worden, deren untere Hälfte aus einer Holzkonstruktion bestand, während der obere Teil aus Zeltleinwand aufgesetzt war. Die fünf Männer auf dem Foto lächelten. Im Vordergrund hockte einer, der ein grob gepinseltes Schild in den Händen hielt:

Schützengruppe Alpha
2. Schwadron

Unter den Dokumenten, die auf dem Fußboden des Schlafzimmers verstreut lagen, fanden sie die Papiere des Hundes. Er war ein rassereiner Labrador-Apportierhund mit Namen Stanley. Er und sein Herr waren in der Blindenschule von South Perry ausgebildet worden. Die anderen Dokumente auf dem Boden bestanden in einer Heiratsurkunde – unterzeichnet von den Trauzeugen Angela Coombes und Richard Gerard –, einer Bescheinigung über ehrenvolle Entlassung aus der Armee der Vereinigten Staaten und einer Versicherungspolice der American Heritage, Inc. Sie lautete auf James Harris. Die Erstbegünstigste war im Falle seines Todes Isabel Harris. Im Falle ihres Ablebens sollte die Lebensversicherung an Mrs. Sophie Harris, die Mutter des Versicherungsnehmers, ausgezahlt werden. Als Versicherungssumme waren fünfundzwanzigtausend Dollar angegeben.

Das war alles.

Das Telefon auf Carellas Schreibtisch klingelte, als er zwanzig Minuten nach vier Uhr zusammen mit Meyer ins Revier zurückkehrte. Er schob sich durch die Schwingtür in dem abgenutzten hölzernen Gitter und riß den Hörer von der Gabel.

»Siebenundachtzigstes Revier, Carella«, meldete er sich.

»Hier ist Maloney von der Hundestaffel.«

»Ja, Maloney?«

»Was sollen wir mit dem Hund anfangen?«

»Mit welchem Hund?«

»Ich meine den schwarzen Labrador, den man uns geschickt hat.«

»Geht es ihm gut?«

»Er ist in Ordnung, aber was soll er hier? Können Sie mir das verraten?«

»Er gehörte dem Mann, der ermordet worden ist«, sagte Carella.

»Das ist interessant«, erwiderte Maloney, »aber was hat das mit uns als Hundestaffel zu tun?«

»Nichts. Wir wußten letzte Nacht nicht, was wir mit ihm anfangen sollten …«

»Also habt ihr ihn bei uns abgeladen.«

»Nein, nein. Unser Wachhabender hat nach einem Veterinär telefoniert.«

»Ja, nach unserem Veterinär. Und jetzt haben wir einen Hund hier, mit dem wir nichts anzufangen wissen.«

»Warum bildet ihr ihn nicht für eure Zwecke aus?«

»Haben Sie eine Ahnung, was es kostet, einen Hund auszubilden? Außerdem, woher sollen wir wissen, ob er überhaupt geeignet ist?«

»Tja«, sagte Carella und seufzte.

»Also, was soll ich jetzt mit ihm machen?«

»Ich rufe Sie deshalb später mal an.«

»Wann? Wenn das Tier bis zum Montagmorgen nicht abgeholt ist, geht es ab mit ihm ins Tierheim.«

»Was soll der Aufstand? Sie haben es doch nicht mit einem tollwütigen Hund zu tun. Der Labrador ist ein ausgebildeter Blindenhund und machte auf mich einen vollkommen gesunden Eindruck.«

»Darum geht es nicht, Carella. Er hat einen Haufen Ausweismarken am Halsband, mehr als jeder andere Hund in der Stadt. Darum geht es nicht. Ich frage, was sollen wir mit ihm anfangen? Wir sind doch hier kein Zoo, sondern eine Abteilung der Polizei, und wir haben unsere Arbeit auszuführen, genau wir ihr. Soll ich Ihnen den verdammten Hund ins Büro schicken? Soll er Ihnen vielleicht dort alles durcheinanderbringen?«

»Nein, aber –«

»Also, wir wollen ihn hier auch nicht haben, weil er stört. Kurzum, wenn ich von Ihnen nicht gleich am Montag früh zu hören bekomme, was mit dem Hund geschehen soll, dann verschwindet er im Tierheim, und Gott sei seiner Seele gnädig.«

»Alles klar, Maloney.«

»Ja«, sagte Maloney gedehnt und legte auf.

An irgendeinem Freitag sah es in der Revierwache genauso aus wie an jedem anderen Wochentag, Feiertage und Wochenenden nicht ausgenommen. Ein bißchen schäbig, ein wenig abgenutzt, aber bequem und vertraut und, genaugenommen, der einzig richtige Arbeitsplatz für jemand, der sich hier auskannte. Für die Männer, die hier ein- und ausgingen, gab es keine andere Revierwache in der ganzen Welt. Wäre Carella unversehens in Peoria oder Perth, in Amsterdam oder Amherst aufgewacht, er hätte nicht gewußt, was er mit sich anfangen sollte. Selbst wenn er tatsächlich nur in eines der neuen, modernen Polizeigebäude versetzt worden wäre, die es jetzt in der Stadt gab, wäre er sich vorgekommen wie auf dem Mars. Er konnte sich nicht vorstellen, irgendwo anders als Polizist zu arbeiten. Polizist sein bedeutete für ihn, es im 87. Revier zu sein. Ganz einfach. Für Carella kam es nur darauf an. Alle anderen Reviere und alle anderen Polizeibeamten wurden in seinen Augen an diesem Revier und seinen Beamten gemessen. Stolz auf den Arbeitsplatz. *Das* war er.

Dieser Raum lag im ersten Obergeschoß des Gebäudes und war vom öffentlichen Korridor durch ein Gitter aus dünnen Holzlatten abgetrennt. Eine Schwingtür gestattete den Zutritt zur eigentlichen Revierwache. Im Korridor gab es zwei Türen mit Milchglasscheiben im oberen Teil der Füllung. Auf der einen stand ›Verwaltung‹, die andere war als ›Waschraum für Männer‹, bezeichnet. Wenn mal eine von den Damen pinkeln mußte, wurde sie ins Erdgeschoß des Gebäudes hinuntergeschickt, wo eine Tür gegenüber dem Schreibtisch des wachhabenden Sergeanten als ›Waschraum für Frauen‹ bezeichnet war. Einmal war ein Polizist aus den Südstaaten im Hause zu Gast, um einen Mann abzuholen, gegen den er einen Haftbefehl wegen bewaffneten Raubüberfalls hatte. Er sah die Aufschrift ›Waschraum‹ und schloß messerscharf, hier könne man sich die Hände waschen. Aber er wunderte sich laut, wo denn wohl das Örtchen sei. In diesem Polizeigebäude war eben die Toilette ein Waschraum.

In Nordamerika ist das Wort ›Toilette‹ verpönt. Da spricht man von einem ›Badezimmer‹, einem ›Puderzimmer‹ oder einem ›Ruheraum‹, niemals aber von einer Toilette. Amerikaner mögen das Wort Toilette nicht. Es erinnert sie an Abfall. Zwar sind die Amerikaner die größte abfallproduzierende Nation der Welt, aber sie reden nicht gern von Abfallprodukten oder körperlichen Funktionen. Der gebildete Durchschnittsamerikaner macht sich lieber in die Hosen, als daß er es fertigbekäme, nach der Toilette zu fragen. Im 87. Revier fragten nur die Kriminellen nach der Toilette. ›He, wo is'n die Tollette?‹ pflegten sie zu rufen. Ganz egal, ob man da oben ein paar Diebe, ein Rudel Nutten oder einen Haufen Einbrecher hatte, sie alle wollten zuerst einmal wissen, wo sich die Toilette befand. Kriminelle mußten im Durchschnitt alle drei bis vier Minuten mal auf die Toilette gehen. Kriminelle haben schwache Blasen, aber keine Angst vor dem Wort Toilette.

In diesem Augenblick befanden sich nur zwei von dieser Sorte in der Revierwache, was für einen Freitagnachmittag etwas unter dem Durchschnitt lag. Einer von ihnen steckte in der Haftzelle am anderen Ende des Raumes. Er schritt in der Zelle auf und ab, aber er brummte nichts von seinen Rechten vor sich hin. Das war seltsam. Die meisten Kriminellen redeten immer von ihren Rechten. Das war ein sicheres Merkmal, das den Kriminellen von einem braven Bürger unterschied. Ein Krimineller pocht immer auf seine Rechte. ›Ich kenne meine Rechte‹, pflegte er zu erklären, und dann folgte unweigerlich: ›Wo is 'n hier die Tollette?‹ Der zweite Kriminelle in der Revierwache wurde soeben von Detective Cotton Hawes an einem Schreibtisch vernommen, der unmittelbar vor der als Raumteiler dienenden Reihe der Aktenschränke stand. Wenn man sich Hawes ansah und den Mann, den er vernahm, dann war schwer zu unterscheiden, wer hier der Gesetzesbrecher war und wer der Kriminalbeamte.

Hawes war ein Meter achtzig groß und wog neunzig Kilo. Er hatte blaue Augen und ein kantiges Kinn mit einer Kerbe darin. Sein Haar war rot bis auf eine Strähne über seiner linken Schläfe, wo er mal von einem Messerstich getroffen worden war. Nach dem Abheilen der Wunde war das Haar seltsamerweise schlohweiß nachgewachsen. Er hatte eine gerade Nase ohne Höcker und einen hübschen Mund mit einer fülligen Unterlippe. Er wirkte irgendwie wild, wie ein Prophet, der vom Blitz getroffen worden war und überlebt hatte. Der Mann ihm gegenüber war beinahe ebenso groß wie Hawes, vielleicht etwas schwerer und von männlicher Schönheit. Schwarzes Haar und dunkelbraune Augen, seelenvoll wie die eines Poeten. Sein Profil erinnerte an Barrymore und seine Schmachtlocke an Valentino – diese beiden lebten vor unserer Zeit, aber nicht vor der jenes Gentlemans. Er war fünfundsechzig Jahre alt, wenn seine Papiere stimmten, und man hatte ihn an diesem Nachmittag bei einem Einbruchdiebstahl in einem Apartment erwischt. Mitten in der Arbeit war er überrascht worden. Die Einbruchswerkzeuge hatte er vor sich auf dem Fußboden ausgebreitet. Er machte sich an einem Wandsafe zu schaffen, als der Portier die Tür mit seinem Generalschlüssel öffnete und zusammen mit einem Polizisten hereinmarschierte. Da konnte er nicht mehr viel an Erklärungen vorbringen. Er lauschte stumm auf die Fragen, die Hawes ihm vorlegte, und beantwortete sie mit leiser, erschöpfter Stimme. Es war seine dritte Festnahme. Der Schuldvorwurf lautete auf einfachen Einbruch – man hatte ihn bei Tageslicht in einer fremden Wohnung überrascht, aber er war nicht bewaffnet gewesen. Der Einbrecher machte an diesem Freitag nachmittag, als sich die Dämmerung ins Büro stahl, einen recht unglücklichen Eindruck.

Meyer schaltete die Deckenbeleuchtung ein. Hawes blickte auf, als sei über seinem Kopf eine Mörsergranate explodiert. Der Häftling starrte weiter auf seine im Schoß gefalteten Hände. An dem Schreibtisch an der zur Straße führenden Fensterseite schaute auch Detektiv Richard Genero auf. Genero tippte soeben einen Bericht. Er haßte es, Berichte schreiben zu müssen. Seine Rechtschreibung war nämlich ziemlich mäßig. Vor allem stand er mit dem Wort ›Täter‹ auf Kriegsfuß, das man jedoch absolut beherrschen muß, will man im Polizeidienst vorankommen. Er schrieb unweigerlich ›Teter‹ hin, was daran lag, daß er dieses Wort so aussprach. Er sagte auch ›Tollette‹ anstatt Toilette. Das lag an Generos Herkunft aus Calm's Point, wo die Leute das Amerikanische genauso sprechen wie die Bewohner von Liverpool das Englische. Genero war noch nicht lange Detective. Er hatte diesen hohen Rang auf der polizeilichen Erfolgsleiter dadurch errungen, daß er sich versehentlich in den Fuß schoß. Jedenfalls war dies sozusagen der erste Glücksfall in einer Reihe von Ereignissen gewesen, die ihm die Aufmerksamkeit seiner Abteilungsleiter und schließlich die begehrte goldene Marke eingebracht hatten. In der Revierwache war er nicht sonderlich beliebt. Seine Mutter jedoch betete ihn an.

»T-ä-t ...«, sagte Carella.

»Ja, ich weiß«, entgegnete Genero und deutete auf das Wort in seinem Bericht. Er hatte es richtig buchstabiert. Wahrscheinlich würde er ob dieses Erfolgs in der nächsten Woche seine Beförderung zum Lieutenant beantragen. »Steve, da kam ein Anruf für dich, während du unterwegs warst. Captain Grossmann vom Labor. Es handelt sich um die Untersuchung von Fingernägeln.«

»Okay, ich rufe ihn sofort zurück.«

Genero warf einen Blick zur Wanduhr hinauf. »Er hat gesagt, wenn du dich nicht bis fünf Uhr meldest, mußt du bis zum Montag warten.«

»Hat er etwas entdeckt?«

»Keine Ahnung.«

»Wer ist der Mann in der Haftzelle?«

»Das ist mein Häftling.«

»Was hat er denn verbrochen?«

»Er hat im Park Geschlechtsverkehr ausgeübt.«

»Ist das ein Verbrechen?«

»Erregung öffentlichen Ärgernisses«, erklärte Genero. Er hatte auch sofort den entsprechenden Paragraphen zur Hand. »PL 245 im Strafgesetzbuch, ein Vergehen mittleren Grades. Da steht: ›Absichtliche Entblößung der intimen

Körperteile in der Öffentlichkeit in unzüchtiger Weise oder die Vollbringung einer anderen unzüchtigen Handlung.‹ Den hab' ich auf frischer Tat ertappt.«

Carella schaute zu der käfigartigen Zelle hinüber. »Wo ist die Frau?«

»Entkommen«, gab Genero Auskunft. »Aber ich habe ihren Schlüpfer sichergestellt.«

»Gut«, nickte Carella. »Ein wichtiges Beweisstück. Sehr gut gemacht, Genero.«

»Das meine ich auch«, sagte Genero stolz. »Für so etwas kann er nämlich drei Monate ins Gefängnis kommen.«

»Das wird ihm eine Lehre sein«, sagte Carella und kehrte an seinen Schreibtisch zurück. Der Straftäter in der Zelle sah aus, als zählte er kaum zwanzig Jahre. Wahrscheinlich war er von einer der Nutten mitgeschleppt worden, die sich im Grover Park herumtreiben. Der junge Mann hatte sich wahrscheinlich auf eine vergnügliche halbe Stunde an einem hellen Novembernachmittag gefreut und als einziges Risiko ein paar Frostbeulen einkalkuliert, aber nicht mit dem stets aufmerksamen Auge des Gesetzes gerechnet, wie es von dem tüchtigen Richard Genero repräsentiert wurde. Der Straftäter in der Zelle sah aus, als habe er mehr Angst vor dem, was er sich von seiner Mutter würde anhören müssen, als vor der Gefängnisstrafe, die ihm vielleicht drohte. Seufzend öffnete Carella sein privates Telefonregister und wählte die Nummer des Polizeilaboratoriums. Beim sechsten Läuten nahm Grossmann den Hörer ab. Seine Stimme klang atemlos.

»Polizeilabor, Grossman«, meldete er sich.

»Sam, hier spricht Steve.«

»Ich war draußen im Korridor«, sagte Grossman. »Bleib am Apparat, ich muß eben das Aktenstück holen.«

Carella wartete. Er stellte sich Grossman vor, der in den

stillen, von hohen Glaswänden abgeschirmten Labors im Direktionsgebäude in der Innenstadt arbeitete. Grossmann war hochgewachsen und wirkte irgendwie eckig, ein Mann, den man sich eher auf einer Farm in Neuengland vorstellen konnte als in der sterilen Sauberkeit eines Laboratoriums. Er trug Brillengläser, hinter denen seine Augen arglos blau schimmerten. Er war von höflicher Wesensart und stiller Freundlichkeit, so wie die Menschen in einer längst vergessenen Epoche einmal gewesen sein sollen. Dennoch konnte er voller Autorität wissenschaftliche Fakten und Daten herunterrasseln. Erst im vergangenen Monat war er zum Captain befördert worden. Carella hatte sich von seinem Revier aufgemacht und den weiten Weg zur Direktion zurückgelegt, um das Ereignis mit Grossman bei einem Lunch zu feiern.

»Hallo, Steve?«

»Ja?«

»Hier haben wir es. James Randolph Harris, eins fünfundsiebzig groß, Gewicht hundertund…«

»Wo hast du das her, Sam?«

»Der Erkennungsdienst gab die Daten durch. Ich dachte, du hättest sie angefordert.«

»Nein.«

»Vielleicht hat es hier jemand veranlaßt.«

»Hat er ein Strafregister?«

»Nein, nichts – diese Angaben stammen von der Armee und sind zehn Jahre alt. Steve, sein Äußeres könnte sich inzwischen verändert haben.«

»In einer Beziehung bestimmt, Sam, damals war er nämlich noch nicht blind.«

»Soll ich dir den Rest vorlesen? Man wird dir bestimmt eine Ablichtung zuschicken. Sie wissen doch, daß du diesen Fall bearbeitest, oder?«

»Das sollten sie allerdings wissen. Ich habe heute morgen einen Mann zum Leichenschauhaus geschickt, als die Fotoabteilung seine Fingerabdrücke abnahm. Moment mal, hier liegt das Zeug auf meinem Schreibtisch.«

»Dann kann ich mir weitere Einzelheiten also sparen?«

»Sag mir nur, was ihr unter den Fingernägeln gefunden habt, Sam.«

»Dein Mann war ein Gärtner.«

»Wieso das?«

»Erde unter den Fingernägeln.«

»Dreck?«

»Erde. Das ist ein großer Unterschied, Steve. Dreck ist das, was wir, du und ich, unter den Fingernägeln haben. Klar?«

»Klar«, gab Carella zurück und lächelte.

»Wir und alle anderen reinlichen Menschen«, fuhr Grossman fort.

»Ja, sicher.«

»James Harris aber hatte Erde unter seinen Fingernägeln, bestehend aus einem Drittel Deckerde, einem Drittel Sand und einem Drittel Humus. Gute, nahrhafte Pflanzerde.«

»Wo gibt es denn in dieser Stadt Gärten?« fragte Carella.

»Auf der Fensterbank«, erklärte Grossman.

»Hm«, machte Carella nachdenklich.

»Hilft dir das weiter?«

»Kann ich noch nicht beurteilen, Sam. Seine Frau ist ebenfalls ermordet worden. Wußtest du das schon?«

»Nein, keine Ahnung.«

»Deine Leute waren heute nachmittag in der Wohnung. Sag mir bitte bald Bescheid, ob sie etwas von Bedeutung gefunden haben.«

»Ich werde Davies beauftragen, dich gleich morgen früh anzurufen.«

»Fände ich großartig.«

»Bist du im Büro?«

»Morgen ist eigentlich mein freier Tag«, sagte Carella. »Sag ihm, er soll es bei mir daheim versuchen.«

»Okay. Wäre das alles?«

»Das ist alles, Sam. Vielen Dank.«

Carella legte auf und begann, den ihm vom Erkennungsdienst zugestellten braunen Umschlag aufzureißen. Dabei warf er einen Blick auf die Uhr und überlegte es sich anders. Wieder klappte er sein Telefonverzeichnis auf. Es war schon zehn Minuten vor fünf Uhr, trotzdem wählte er die Nummer.

»Fort Jefferson«, meldete sich eine Männerstimme.

»Anschluß 6149, bitte.«

»Bleiben Sie dran«, sagte der Mann.

Carella wartete. Gleich darauf meldete sich eine andere Männerstimme.

»OvD.«

»Detective Carella, 87. Revier. Ich bräuchte einige Informationen.«

»Captain McCormick spricht auf der anderen Leitung. Können Sie warten oder soll ich ihn bitten, bei Ihnen zurückzurufen?«

»Ich warte lieber«, entschied Carella schnell.

Inzwischen öffnete er den Umschlag vom Erkennungsdienst. Er war an Det. Steven Corella, 87. Revier, adressiert. Beinahe richtig, aber eben nicht ganz. Wie Grossman schon am Telefon gesagt hatte, hatte Harris keine Vorstrafen. Seine Fingerabdrücke waren nur deshalb vorhanden, weil er in der Armee gedient hatte. Der Erkennungsdienst hätte bestimmt einen zweiten Satz geschickt, wäre Harris jemals als Zivilist in eine Straftat verwickelt gewesen. Dem Blatt konnte Carella nur wenig entnehmen. Es enthielt das Geburtsdatum sowie die Abdrücke von Fingern und Daumen beider Hände. Er steckte das Blatt gerade in den Umschlag zurück, als sich McCormick meldete.

»Captain, hier spricht Detective Carella vom 87. Revier in Isola. Ich wende mich mit der Bitte um Hilfe an Sie.«

»Tja ...«, meinte McCormick, und Carella wußte sofort, daß der Offizier auf die Uhr sah.

»Mir ist bekannt, daß es schon ziemlich spät ist«, sagte er.

»Also ...«, sagte McCormick.

»Aber wir sind hier mit der Aufklärung von zwei Morden befaßt, und ich wäre für jede Hilfe von Ihrer Seite dankbar.«

»Was brauchen Sie denn?« fragte der Captain.

»Eines der Opfer hat in der Armee gedient, und ich möchte gern seine Unterlagen haben.«

»So etwas müssen Sie aber schriftlich anfordern«, belehrte ihn McCormick.

»Hier geht es um Mord, Captain, und wir müssen etwas fixer arbeiten als ...«

»Hat der Mord unmittelbar mit dem Dienst des Opfers in der Armee zu tun?«

»Das weiß ich noch nicht. Vorerst suche ich noch nach Anhaltspunkten, von denen aus sich weiterarbeiten läßt.«

»Mhm«, machte McCormick. »Wir haben hier aber nur die Papiere der Leute, die gegenwärtig in Fort Jefferson Dienst tun.«

»Das habe ich mir gedacht. Demnach müßten Sie mal eben in St. Louis anrufen.«

»Dort wird man zwischen vierundzwanzig und zweiundsiebzig Stunden für die Suche in den Archiven benötigen.«

»Würde es die Sache beschleunigen, wenn ich direkt dort anriefe?«

»Das bezweifle ich«, sagte McCormick.

»Würden Sie dann den Anruf bitte für mich tätigen?«

»Es ist beinahe fünf Uhr.«

»Nicht in St. Louis.«

»Wie lautete der Name?«

»James Rudolph Harris.«

»Wann hat er gedient?«

»Vor zehn Jahren.«

»Gut, ich werde anrufen. Wollen Sie die gesamten Militärunterlagen haben?«

»Ja, bitte. Würden Sie ausrichten, daß es sich um eine Mordsache handelt und auf tunlichste Beschleunigung drängen?«

»Ja, wird gemacht.«

»Und würden Sie dafür sorgen, daß das Aktenstück direkt an mich auf den Weg gebracht wird?«

»Man wird sich bei der dortigen Dienststelle auf das Gesetz über den Schutz persönlicher Daten berufen.«

»Meine Anforderung steht nicht mit diesem Gesetz in Konflikt.«

»Aber man hält sich gern an die offiziellen Kanäle. Wenn ich genug Druck dahintersetze, kann ich die Akten vielleicht am Montag hier haben. Meiner Ansicht nach machen Sie sich am besten selbst auf den weiten Weg nach Calm's Point, um sie abzuholen. Es sei denn, ich finde einen Sergeanten, der zufällig in die Stadt fährt.«

»Bitte, tun Sie Ihr Bestes.«

»Ich werde es versuchen.«

»Vielen Dank«, sagte Carella und legte auf.

Die Wanduhr zeigte einige Minuten nach fünf. Am anderen Ende des Büros begann Genero wieder auf der

Maschine zu tippen. Hawes stand plötzlich an seinem Schreibtisch auf und sagte zu seinem Häftling: »Okay, Freund, gehen wir.« Er führte ihn quer durch den Wachraum zu dem Tisch, an dem die Fingerabdrücke abgenommen wurden. Hinter der verschlossenen Tür zum Büro des Lieutenants klingelte ein Telefon. Es klingelte noch einmal und verstummte dann. Carella langte in das unterste Schubfach seines Schreibtisches, wo er alle Telefonbücher für die fünf Stadtteile aufbewahrte. Er schlug den Band für Isola auf, suchte die Spalten mit dem Anfangsbuchstaben P und suchte weiter, mit dem Zeigefinger die langen Reihen abfahrend, bis er die Eintragung Prestige Novelty fand. Sogleich wählte er die Nummer.

»Prestige Novelty«, meldete sich eine Frauenstimme.

»Hier ist Detective Carella vom 87. Revier«, sagte er. »Ich würde gern den Eigentümer der Firma sprechen.«

»Ich fürchte, Mr. Preston hat für heute schon Schluß gemacht«, entgegnete die Frau.

»Würden Sie bitte mal nachfragen?«

»Gern, Sir.« Es klickte in der Leitung. Er wartete. Dabei überlegte er, daß er als Polizist die Hälfte seiner Dienstzeit am Telefon zubrachte. Die andere Hälfte ging mit dem Tippen von Berichten in dreifacher Ausfertigung drauf. Carella dachte darüber nach, sich ans Zigarrenrauchen zu gewöhnen.

»Hallo?« meldete sich die Frau wieder.

»Ja, ich bin noch dran.«

»Tut mir leid, Sir, aber Mr. Preston ist tatsächlich schon fort.«

»Kann ich dann bitte seine Privatnummer haben?«

»Bedaure, Sir, aber es ist uns nicht gestattet, mit der ...«

»Ich ermittle in einem Mordfall«, fiel Carella ihr ins Wort.

»Trotzdem, Sir, tut mir leid. Ich kann das nicht so einfach auf meine Kappe nehmen ...«

»Dann verbinden Sie mich mit jemand, der gegenwärtig die Geschäftsleitung vertritt«, verlangte Carella.

»Nun, außer mir ist nur noch Miss Houlihan hier. Tatsächlich war auch ich bereits im Begriff zu gehen, als ...«

»Dann verbinden Sie mich mit Miss Houlihan«, sagte Carella.

»Ja, Sir, aber von ihr bekommen Sie die Privatnummer auch nicht«, versicherte die Frau. Es klickte wieder in der Leitung. Carella wartete. Sein Vater rauchte Zigarren. Das war so gewesen, solange er sich ...

»Miss Houlihan«, sagte eine nasale, sehr bestimmt klingende Frauenstimme. »Kann ich Ihnen helfen?«

»Hier ist Detective Carella von der ...«

»Schon gut, Mr. Carella, wie ich hörte, wollen Sie Mr. Prestons Privatnummer haben.«

»Stimmt.«

»Uns ist es verboten ...«

»Miss Houlihan, welche Stellung bekleiden Sie in der Firma?«

»Ich bin die Buchhalterin.«

»Miss Houlihan,wir ermitteln hier in zwei Mordfällen.«

»Das verstehe ich, aber ...«

»Eines der Opfer hat bei Prestige Novelty gearbeitet.«

»Demnach müßte es sich um Isabel Harris handeln.«

»Ganz recht.«

»Wir wissen Bescheid.«

»Ich brauche Mr. Prestons Privatnummer.«

»Auch das verstehe ich«, sagte Miss Houlihan, »aber sehen Sie, Mr. Carella, wir dürfen nun mal keine privaten Telefonnummern preisgeben. Das gilt für die des Chefs und aller Mitarbeiter.«

»Miss Houlihan, wenn Sie mich dazu zwingen, den weiten Weg zum Gericht zurückzulegen, um mir dort einen Rechtstitel zu verschaffen, der sie zwingt, diese Telefonnummer endlich auszuspucken …«

»Wir wollten den Laden gerade für das Wochenende dichtmachen, als Sie anriefen«, unterbrach ihn Miss Houlihan.

»Was wollen Sie damit sagen?«

»Das bedeutet, daß bis zum Montag niemand hier sein wird, wenn Sie mit Ihrem Rechtstitel anrücken. Na, und dann können Sie Mr. Preston ganz einfach unter dieser Nummer erreichen.«

Carella holte tief Luft.

»Diese Sache kann nicht bis Montag warten.«

»Tut mir leid, aber ich kann Ihnen nicht helfen.«

»Miss Houlihan, ist Ihnen der Abschnitt 195.10 des Strafgesetzbuches bekannt?«

»Nein.«

»Er befaßt sich mit Leuten, die einem Polizeibeamten im Dienst Hilfe und Unterstützung verweigern. Und genau das, Miss Houlihan, tun Sie in diesem Augenblick.« Damit sagte Carella nicht ganz die Wahrheit. Ein Vergehen minderer Art ist in dem betreffenden Abschnitt so definiert: ›Grundlose Weigerung oder Ablehnung der Unterstützung eines Polizeibeamten bei einer Festnahme oder bei der Verhütung einer Gesetzesübertretung durch Dritte, wenn ein solcher kenntlicher oder durch Ausweis identifizierter Polizeibeamter zu solcher Hilfeleistung auffordert.‹

Miss Houlihan schwieg für eine erstaunlich lange Zeit.

»Warum sehen Sie nicht einfach selbst im Telefonbuch nach?« fragte sie schließlich.

»Wo wohnt er denn?«

»Riverhead.«

»Und sein Vorname lautet wie?«

»Frank.«

»Besten Dank«, sagte Carella und hängte ein. Er zog das Telefonverzeichnis des Stadtteils Riverhead hervor, schlug wieder die P-Reihen auf und fuhr mit dem Finger die Liste der etwa vierzig hier eingetragenen Prestons ab. An der South Edgeheath Road gab es einen Frank Preston. Carella blickte auf die Uhr und wählte dann die Nummer.

Das Telefon läutete fünfmal, ehe sich eine Frau meldete.

»Hallo?«

»Hallo, könnte ich bitte Mr. Preston sprechen?«

»Wer ist dort, bitte?«

»Detective Carella vom 87. Polizeirevier.«

»Wer?«

»Detective Carella vom ...«

»Etwa die Polizei?«

»Ja«, sagte Carella.

»Er ist noch nicht daheim.«

»Und mit wem spreche ich, bitte?« fragte der Polizist.

»Mit seiner Frau.«

»Mrs. Preston, wann erwarten Sie Ihren Mann?«

»Am Freitag kommt er meistens um sechs. Handelt es sich um die Blinde?«

»Ja.«

»Wie schrecklich.«

»Ja. Mrs. Preston, würden Sie Ihrem Mann ausrichten, daß ich heute abend noch einmal versuchen werde, ihn zu erreichen?«

»Ich werde es ihm ausrichten.«

»Vielen Dank«, sagte Carella und legte den Hörer auf die Gabel.

Meyer telefonierte von seinem Schreibtisch aus mit Sophie Harris, Jimmys Mutter. »Wir werden in etwa einer halben Stunde bei Ihnen sein. Wäre Ihnen das recht?« sagte er und nickte dann. »Gut, also bis später.« Er hängte ein und schwang den Drehstuhl herum. »Magst du noch?« fragte Carella.

»Ja, sicher.«

»Sie hat am Telefon geheult wie ein Kind. Kam gerade von der Identifizierung der beiden Leichen zurück. Was hast du bei der Armee herausbekommen?«

»Nicht viel. Ich habe gerade versucht, Preston zu erreichen, bei dem Isabel gearbeitet hat. Ich versuche später noch mal. Mal sehen, was er uns berichten kann. Bis jetzt sind die beiden für uns ziemlich unbeschriebene Blätter. Findest du nicht auch?«

»Du meinst Jimmy und Isabel?«

»Ja. Wir wissen noch nicht, wer sie wirklich waren. Oder?«

»Bis jetzt nicht«, meinte Meyer. »Also wollen wir mal mit der Mama reden.«

4. KAPITEL

Der Lebensrhythmus der Stadt veränderte sich. Der langweilige Viervierteltakt des gewöhnlichen Wochentages ging in rascheres Tempo über. Eine Viertelnote wurde mit der Geschwindigkeit einer Achtelnote gespielt, eine Sechzehntelnote zuckte in einer Dreißigstelsekunde vorüber – es war Freitagabend, und das Wochenende kam heran. Auf der Insel Isola quollen die Bewohner von der Innenstadt bis zu den Randbezirken aus den Untergrundbahnhöfen, um einem heißen Bad und frischer Wäsche zuzustreben. In Riverhead, Calm's Point und Majesta bewegten sich die öffentlichen Verkehrsmittel über der Erde. Die Hochbahnanlagen wanden sich über den Straßen der Stadt mit jener Grazie dahin, wie sie nur schlechte Planung zuwege bringen kann. Die in Beton gebetteten Stützpfeiler ruhten auf einem Kopfsteinpflaster, das noch aus der Zeit um die Jahrhundertwende stammte. Die Hochbahngleise und die dazugehörenden Bahnhöfe breiteten unter sich eine Landschaft ewigen Schattens aus. Die bunt bemalten Wagen der Untergrundbahn tauchten aus ihren Tunnels auf und rasselten über die Gleise fernen Zielen zu. Wer am anderen Ende von Riverhead wohnte, brauchte zwei Stunden und zehn Minuten Fahrzeit bis zur entferntesten Station in Calm's Point. Mit einem Concorde-Flugzeug dauerte es bis Paris nur wenig länger. Hier in Diamondback verliefen die Bahngleise unterirdisch. Die einzige sichtbare Häßlichkeit bot sich in den Wohnblocks dar, die Avenuen und Straßen säumten.

Diamondback war schwarz, und schwarz ist schön – nur auf Diamondback traf dies nicht zu. Die Schwarzen, die hier den U-Bahn-Stationen entstiegen, gingen den verschiedensten Berufen nach, überwiegend in untergeordneten Stellungen. Sie wuschen schönes Porzellan ab und polierten schweres Silber, staubten Möbel ab, die im Ausland in englischen und französischen Antikläden gekauft worden waren, sie hängten handgeschneiderte Kleider in Schränke, in denen sich Zobel und Nerze aneinanderschmiegten, sie spülten kristallene Champagnerkelche aus und warfen in die Mülltonnen draußen neben der Küchentür Magnumflaschen mit Etiketten darauf, deren Beschriftung sie nicht auszusprechen wußten. Ein Teil der Männer arbeitete in Restaurantküchen. Sie wuschen Geschirr ab und fegten die Fußböden, sie holten oder brachten allerlei Dinge, während vorn im Speisesaal die Herren *pâté de fois* oder *filet mignon à la Béarnaise* bestellten. Andere Männer wieder waren dafür verantwortlich, daß die Bekleidungsindustrie Geschäfte machte, indem sie in der lebhaften Gegend um Kerry Cross mit Textilien vollgehängte Ständer von einem Warenhaus zum anderen rollten, wobei sie sich mit der Geschicklichkeit von Toreadoren, die dem Bullen ausweichen, im fließenden Verkehr ein- und ausfädelten. Auch die Taxis, denen sie mit ihren rollenden Kleiderschränken auswichen, wurden meistens von farbigen Männern wie sie selbst gesteuert. Diese Chauffeure brachten reiche Fahrgäste zu den luxuriösen Apartmenthäusern, von deren Terrassen aus man den River Dix überschaute. Dort wiederum arbeiteten Negerfrauen. Sie wuschen schönes Porzellan ab und polierten schweres Silber, womit sich der Kreis schloß und bis ins Unendliche fortsetzte.

Das Haus, in dem Sophie Harris wohnte, hatte nichts mit den Apartments am Fluß an der Südseite der Stadt gemein, und noch viel weniger mit den Eigenheimen, die in vornehmer Abgeschiedenheit das andere Ufer der Stadt in Smoke Rise säumten. Hier gab es keinen Türhüter. Es gab nicht einmal eine Tür. Irgendwer hatte sie aus den Angeln gehoben. Hinter dem nackten Türrahmen erstreckte sich der winzige Vorflur, kaum ein Meter fünfzig mal ein Meter achtzig, mit einer Reihe von Briefkästen an der linken Seite. Hier fanden die Kriminalbeamten ein Schild mit dem Namen Sophie Harris und drückten auf den darunter befindlichen Knopf. Dann gingen sie zur inneren Tür, die erstaunlicherweise noch da war, obwohl über und über mit eingeritzten Namen und Herzen darum herum bedeckt. Sie erwarteten keineswegs das Summen eines elektrischen Türöffners und sahen sich in dieser Erwartung nicht getäuscht. In Diamondback waren die meisten Haustürschlösser schon aufgebrochen worden, als sich in den Wäldern noch Indianer herumtrieben. Kein Hauswirt hatte sich die Mühe gemacht, den Schaden zu beheben. Statt dessen hatten die Bewohner ihre eigenen Wohnungstüren mit genügend Schlössern versehen, um ein Heer von Dieben fernzuhalten. Wer hier vierzig Jahre alt wurde und nicht selbst sein bester Arzt war, hatte wirklich einen Doktor nötig. Und ein Mann, der länger als vierzig Minuten in Diamondback wohnte, ohne selbst sein bester Schlosser zu werden, dem geschah nur recht, wenn man in seine Wohnung einbrach.

Als die Männer die Innentür aufstießen, schlug ihnen Uringestank entgegen. Carella fuhr zurück, als habe man ihm einen Kübel Spülwasser ins Gesicht geschüttet. Meyer machte ›Puhhh‹ und eilte zur Treppe. Im ersten Stock plärrte ein Rundfunkgerät hinter einer Tür. Die Stimme des Discjockeys übertönte in hartem Stakkato den Beat des Rock and Roll, als er die Vorzüge einer Hautcreme anpries. Im zweiten Stockwerk saß eine dürre bunte Katze im Flur. Mißtrauisch beäugte sie die Kriminalbeamten, als vermute sie in ihnen Einbrecher. Allerlei Küchendünste vermischten sich mit den unterschiedlichsten Lebensgerüchen, so daß die Nasenschleimhäute bald abstumpften. Sie klopften an der Tür der Wohnung von Sophie Harris.

Eine Frau fragte: »Wer ist da?«

»Detective Meyer«, meldete sich Meyer. »Wir haben vorhin miteinander telefoniert.«

Man hörte, wie mehrere Schlösser gelöst wurden. Zuerst der Hauptriegel, dann eine Vorlegeschiene, deren schweres Ende auf den Fußboden polterte, als sie aufgehoben wurde. Dann erst ging die Tür auf.

»Kommen Sie herein«, sagte die Frau.

Als die Beamten eintraten, schoß Carella die Frage durch den Kopf, was wohl die Mehrheit der schwarzen Bevölkerung der Vereinigten Staaten denken mochte, wenn sie andere Neger im Fernsehen vorgesetzt bekamen. Dachten sie: ›Sieh mal einer an, das soll ich sein?‹ Glaubten sie wirklich, sofern sie in Diamondback hausten – wo der erste Blick beim Betreten einer Wohnung auf die schlecht verlegten und von Ratten zernagten elektrischen Leitungen über der Spüle fiel –, daß das, was sie im Fernsehen betrachteten, ein echtes Abbild ihrer eigenen Lebensumstände sei? Oder symbolisierten jene Schwarzen, die sich auf dem kleinen Bildschirm produzierten, für sie die Hoffnung auf ein besseres Amerika? Konnten ihre eigenen Probleme eines Tages auf den Inhalt dieser albernen Fernsehserien, die ihnen da ins Haus geliefert wurden, reduziert werden, wo doch undichte Rohre über ihren Köpfen die Zimmerdecke durchnäßten? Und das würde immer so weitergehen, bis sich der Verputz ausbeulte und schließlich nachgab, trotz mehrfacher Anrufe beim Hauswirt (der ein Weißer war) und beim Gesundheitsamt (das sich einen Dreck darum kümmerte).

Sophie Harris war eine Frau hoch in den Vierzigern. In

jüngeren Jahren war sie sicherlich einmal eine Schönheit gewesen. Ihre Haut zeigte ein warmes Schokoladenbraun. Ihre Augen waren bernsteinfarben, wie die einer Katze. Die Frau war groß gewachsen und immer noch schlank. Aber die Bürde eines Lebens, das nichts mit dem im Fernsehen gezeigten gemein hatte, zeichnete sich an den gekrümmten Schultern und dem früh ergrauten Haar ab, in den Falten ihres Gesichtes und in dem entschwundenen Timbre ihrer Stimme, von der nicht mehr als ein heiseres Flüstern übriggeblieben war. Das alles wurde noch verstärkt unter dem Eindruck der Tragödie zweier frischer Mordtaten. Sofort entschuldigte sie sich für die Unordnung in ihrer Wohnung – obwohl sie Carella und Meyer fleckenlos sauber vorkam – und bot dann den Polizisten etwas zu trinken an. Whisky? Tee? Vielleicht war noch etwas Wein im Kühlschrank – irgend etwas? Die Beamten lehnten dankend ab. Jenseits des vorhanglosen Wohnzimmerfensters flackerte das Neonlicht einer gegenüberliegenden Bar durch die Nacht. Sie saßen unter einer stockfleckigen, vom Einsturz bedrohten Zimmerdecke. Von irgendwoher ertönte die Sirene eines Krankenwagens – in dieser Stadt heulten ständig irgendwo Sirenen.

»Mrs. Harris«, begann Carella, »da wären einige Fragen wegen Ihres Sohnes und Ihrer Schwiegertochter zu stellen ...«

»Ja, gewiß«, sagte sie, »ich werde Sie nach besten Kräften unterstützen.«

Sie befleißigte sich der geschraubten Sprechweise, die viele Schwarze im Gespräch mit Weißen anwenden, vor allem wenn es sich bei den Weißen um Autoritätspersonen handelt. Die Worte klangen hohl und phrasenhaft. Sie verleugneten jede Rasseneigentümlichkeit, die in den hohlen und phrasenhaften Gesprächen im Fernsehen so vorzüglich demonstriert wurde. Für den Zuschauer waren diese Darbietungen Wirklichkeit. Übersieh die miese Wohnung in Diamondback. Was die Röhre zeigt, ist die Realität. Die echte, von der Depression befallene Familie war die im Fernsehen, also konnte man den eigenen Vater vergessen, der sich 1932 mit fünf Dollar in der Woche durchgequält hatte. Die Ärzte, die Polizisten, überhaupt alles im Fernsehen war Wirklichkeit für diese Leute, bis auf Science-fiction, und selbst die erschien ihnen wirklicher als die Mondlandungen.

Da saßen sie also. Zwei echte Polizisten und eine echte Negerin. Einer der Polizisten war Italiener, aber er trug keinen zerknautschten Regenmantel, suchte nicht nach dem richtigen Ausdruck und stellte sich auch nicht dumm. Der andere Polizeibeamte war kahlköpfig, aber er lutschte nicht am Lolly. Er ließ sich auch nicht die Platte rasieren und kleidete sich nicht wie der Bürgermeister persönlich. Die Schwarze war nicht mit einem Mann verheiratet, dem eine Kette von Reinigungsgeschäften gehörte, und sie war auch nicht angezogen, als wolle sie gleich zum Bingospiel gehen. Die Gegenwart der beiden Männer war ihr peinlich, weil sie Weiße waren – obwohl ihre eigene Schwiegertochter von weißer Hautfarbe gewesen war. Und sie fühlte sich von ihnen eingeschüchtert, nur weil sie Polizisten waren. Alle drei saßen hier in wirklicher und ihnen unbequemer Nähe zusammen, weil ein weiterer Jemand, den es wirklich gab, zwei andere Leute ermordet hatte. Andernfalls wären sie einander wahrscheinlich nie im Leben begegnet. Hier geschah etwas, das im Fernsehen immer ausgelassen wird, nämlich die natürliche Zufälligkeit des Lebens selbst. Im Fernsehland hatte alles seinen Grund und jedermann ein Motiv für sein Handeln. Nur Polizisten wußten, daß sogar Sherlock Holmes absoluter Blödsinn war und daß nur allzuoft ein Messerstich in den Rücken völlig sinnlos geschah. Die beiden Männer waren erschienen, um herauszubekommen, ob es nicht doch ein Mordmotiv gegeben hatte. Aber sie wären auch nicht überrascht, wenn keins existierte.

»Mrs. Harris«, setzte Carella von neuem an, »hatten Ihr Sohn und Ihre Schwiegertochter einen großen Freundeskreis?«

»Einige schon, denke ich.« Immer noch diese geschraubte Redeweise.

»Könnten Sie uns einige Freunde nennen?«

»Ich kannte keinen ihrer Freunde persönlich.«

»Haben sie gelegentlich verbittert oder verärgert über jemanden geredet?«

»Nein, ich habe niemals gehört, daß sie häßlich über jemanden gesprochen haben.«

»Hätten Sie es erfahren, wenn Sohn oder Schwiegertochter kürzlich mit jemandem Streit gehabt ...«

»Ich glaube, sie kamen mit allen Leuten gut aus.«

»Wir versuchen herauszufinden, ob irgendwer ...«

»Ja, ich weiß. Aber, Sie wissen doch – beide waren blind.«

Wiederum die Blindheit. Abermals die Blindheit als Argument gegen die Tatsache, daß beide ermordet worden waren. Sie waren blind und konnten schon aus diesem Grund nicht brutal abgeschlachtet worden sein. Aber es war nun einmal so ...

»Mrs. Harris«, fuhr Carella fort, »denken Sie mal nicht an ihre Blindheit. Ich weiß, man kann sich nur schwer vorstellen, jemand hätte zwei hilflosen Wesen ein Leid zufügen können ...«

»Aber irgendwer hat es doch getan«, sagte Mrs. Harris.

»Ja, das ist genau meine ...«

»Ja«, seufzte sie tonlos.

»Wer, Mrs. Harris? Können Sie sich irgend jemanden vorstellen, der ihnen Böses antun wollte?«

»Niemanden.«

»Gab es irgendwelche Probleme? Hat sich Jimmy oder Ihre Schwiegertochter mit der Bitte um einen Rat in persönlicher Angelegenheit an Sie gewandt?«

»Nein, nie.«

»Würden Sie sagen, daß die beiden glücklich miteinander waren?«

»Sie schienen sehr glücklich zu sein.«

»Hatte Jimmy eine andere Frau nebenbei?«

»Nein.«

»Bestimmt nicht.«

»Davon hätte ich sicherlich gehört.«

»Wie steht es da mit Isabel?«

»Sie war ihm treu ergeben.«

»Kamen die beiden oft zu Ihnen zu Besuch?«

»Mindestens einmal im Monat waren sie bei mir. Und an Feiertagen wie Weihnachten und so weiter – nächste Woche hätten sie wieder bei mir sein wollen. Ich habe schon den Truthahn bestellt. Zehn Pfund. Wir wollten zu sechst sein – Jimmy und seine Frau, meine Tochter mit ihrem Freund, ich und ein Mann, mit dem ich seit einiger Zeit bekannt bin und der mich manchmal besucht.«

Ihre Redeweise hatte sich plötzlich gewandelt. Die Erwähnung des Fests in der kommenden Woche, die familiären Vorbereitungen darauf hatten die Frau plötzlich zu ihrer normalen Sprechweise zurückfinden lassen. Vielleicht konnten sich die beiden weißen Kriminalbeamten nicht in ihr Dasein als Farbige hineindenken oder sie gar verstehen, aber was das Erntedankfest in der nächsten Woche bedeutete, war ihnen bestimmt klar. Ob weiß oder schwarz, jedermann in Amerika wußte, was Truthahn und eingemachter Kürbis, was süße Kartoffeln und ein Wort der Danksagung bedeuteten.

»Wenn die beiden Sie besucht haben …«

»Ja«, flüsterte sie und nickte. Sie dachte daran, daß Sohn und Schwiegertochter nie wieder zu Besuch kommen würden. Diese Erkenntnis zeichnete sich deutlich auf ihren Zügen ab. Ihre bernsteinfarbenen Augen wurden trübe und glanzlos.

»Hat es in der Nachbarschaft Gerede wegen dieser Ehe gegeben?«

»Was meinen Sie damit?«

»Weil sie doch eine Weiße war.«

»Nein. Nicht mir gegenüber. Mag sein, daß dieser oder jener meinte, Jimmy habe nicht recht daran getan, eine Weiße zu heiraten. Aber niemand hätte es gewagt, sich mir gegenüber dagegen zu äußern.«

»Wie standen Sie dazu, Mrs. Harris?«

»Ich habe die junge Frau von ganzem Herzen geliebt.«

»Wußten Sie, daß Sie als die Nacherbin für die Lebensversicherung Ihres Sohnes eingesetzt sind?«

»Nach Isabel, ja«, entgegnete sie. »Als zweite nach ihr.« Sie schüttelte den Kopf. »Der Herr segne ihn dafür.«

»Fünfundzwanzigtausend Dollar«, sagte Carella und beobachtete die Frau scharf.

»Gott segne ihn«, wiederholte die Frau.

»Mrs. Harris«, bohrte Carella weiter, »dieser Mann, von dem sie sagten, er besuche Sie manchmal – darf ich seinen Namen wissen?«

»Charles Clarke.«

»Seit wann kennen Sie ihn?«

»Seit etwa sechs Monaten.«

»Wie weit geht diese Beziehung?«

»Nun … er hat mir einen Heiratsantrag gemacht.«

»Haben Sie zugesagt?«

»Nein, noch nicht.«

»Meinen Sie, daß Sie ihn heiraten werden?«

»Kann sein.«

»Haben Sie ihm das gesagt?«

»Ich habe ihm zu verstehen gegeben, daß ich warten will, bis Chrissie aus dem Haus ist. Sie wird im nächsten Jahr heiraten. Der Termin ist auf den Juni festgesetzt, dann ist ihr Freund mit der High-School fertig.«

»Wie alt ist sie?« wollte Carella wissen.

»Chrissie ist siebzehn.«

»Und Sie haben Mr. Clarke gesagt, Sie würden ihn vielleicht im Juni heiraten?«

»Sobald Chrissie aus dem Haus ist, ja.«

»Was meinte er denn dazu?«

»Nun, er hat es eilig, wie jeder Mann.«

»Welchem Beruf geht er nach?«

»Er ist Boxmanager.«

»Wen betreut er denn?«

»Einen Boxer namens Black Jackson. Haben Sie schon von ihm gehört?«

»Nein, tut mir leid.«

»Er boxt immer in der St.-Josephs-Arena.«

»Mrs. Harris«, sagte Carella, »ich hoffe sehr, daß meine Frage Sie nicht verletzen wird.« Er zögerte. »Haben Sie mit Mr. Clarke jemals über Gelddinge geredet?«

»Hin und wieder.«

»Wußte er davon, daß Sie die Nacherbin einer Versicherungspolice über fünfundzwanzigtausend Dollar sein würden?«

»Ja.«

»Sie haben es ihm gesagt?«

»Jimmy war es. Er sagte ihm, daß ich gut versorgt sein

würde, sollte ihm und Isabel einmal etwas zustoßen. Er hatte genug mit sich selbst zu tun, und dabei machte er sich immer noch um mich Sorgen.« Sie schaute Carella fest in die Augen. »Falls Sie glauben, Charlie hätte mit den Morden an meinem Jungen und meiner Schwiegertochter etwas zu tun, träumen Sie, Mister.«

»Wir möchten jedenfalls mit ihm sprechen«, sagte Carella.

»Das können Sie halten, wie Sie wollen. Er wohnt gleich um die Ecke. Die Adresse ist 623 Holman. Aber Charlie hat bestimmt nichts damit zu tun. Wenn Sie mich fragen ...«

»Ja, Mrs. Harris?«

»Das kann nur ein Verrückter getan haben«, sagte sie. »Nur ein Verrückter bekommt so etwas fertig.«

Nun, vielleicht war der Täter tatsächlich verrückt.

In der Stadt wimmelte es von Ausgeflippten. Aber nichts sprach dagegen, daß nicht mal einer von ihnen mitten im November aus seiner Höhle kroch, um zwei hilflose Blinde zu ermorden. Was die Fälle mit den Verrückten so schwierig machte, war eben die Tatsache, daß sie verrückt waren. Bei Verrückten hatte es wenig Sinn, nach Gründen und Motiven zu suchen, man brauchte nicht einmal darüber nachzudenken. In solchen Fällen mußte man sich einfach auf die alte Theorie verlassen, daß man unversehens auf die Lösung kommen, sozusagen darüber stolpern würde, wenn etwa in einem überfüllten Lokal jemand durchdrehte, deshalb festgenommen wurde und plötzlich gestand, er habe während des letzten Monats vierundsechzig Blinde umgebracht, jeden in einer anderen Stadt. Einen davon in London. In Fernsehkrimis kamen viele Verrückte vor, wobei dic Vcrantwortlichen davon ausgingen, der

Zuschauer daheim sähe lieber ein Stück mit einem Verrückten als Mörder statt eines netten, gesunden Menschen mit einem Motiv, jemand also wie du und ich. Verrückte als Mörder hatten etwas Beruhigendes an sich. Aber es machte nicht viel Spaß, sie zu überführen, weil man nie wußte, wo man ansetzen und wie man weitermachen sollte. In solchem Fall konnte man nur hoffen, und Hoffnung war eine trügerische Sache.

Also machten die beiden Beamten sich auf, um Charlie Clarke zu besuchen, der wenigstens einen möglichen Grund dafür hatte, sich Jimmy und Isabel Harris aus dem Weg zu wünschen. Fort, ins Land der Blinden und so weiter. Wenn es nirgendwo einen Tatverdächtigen gab, griff man wie ein Ertrinkender nach jedem vorüberschwimmenden Strohhalm in der Hoffnung, daß er die Dimensionen eines Rettungsbootes oder Floßes annehmen würde.

Das Haus an der Holman ähnelte dem, in welchem Sophie wohnte. Am Geländer der Vortreppe waren von Stufe zu Stufe steigend die Worte ›Betteln verboten‹ und ›Kein Ballspielen‹ hingepinselt. Die Männer betraten den vorderen Flur, an dessen linker Wand eine Reihe von aufgebrochenen Briefkästen hing. An dem Kasten für Apartment zweiundzwanzig war ein Namensschild mit der Aufschrift Charles C. Clarke befestigt. Die obere Hälfte der Innentür bestand aus einer Milchglasscheibe mit einem Sprung von links unten bis rechts oben darin. Im Erdgeschoß stank es nach Urin und Fusel. Licht gab es nicht. Carella knipste die Taschenlampe an, und zusammen erstiegen sie die Treppenstufen.

»Was mag wohl das C bedeuten?« fragte Meyer.

»Welches C?«

»Charles C. Clarke«, sagte Meyer.

»Oh! Clarence?«

»Ich tippe auf Cyril.«

»Nein, entweder Clarence oder Clyde.«

»Cyril«, beharrte Meyer auf seiner Meinung.

Die Glühbirne im Flur des zweiten Stockwerks war nicht zerschlagen oder gestohlen. Carella schaltete seine Lampe aus. Die metallenen Nummern an Clarkes Tür waren mit der gleichen braunen Farbe überstrichen worden wie das Holz. Die Tür wies drei sichtbare Schlüssellöcher auf. Charlie Clarke war ein vorsichtiger Mann. Gleich unter den Nummern befand sich der metallene Drehknopf einer Klingel. Carella nahm ihn zwischen Daumen und Zeigefinger, um ihn in Bewegung zu setzen. Der Klingelton schrillte hart und scharf in der Wohnung. Carella versuchte es ein zweites Mal. Er schaute Meyer an. Gerade als er zum dritten Male klingeln wollte, wurde am Ende des Korridors eine Tür geöffnet. Ein kleiner Junge schaute in den Flur hinaus. Er mochte etwa acht Jahre alt sein. Er hatte braune Augen und ebensolches Haar, das er zu einer Afrofrisur wachsen ließ. Er trug Hausschuhe und einen bunt gemusterten Bademantel, der an der Hüfte gegürtet war.

»He«, rief er.

»He«, gab Carella zurück.

»Suchen Sie Mister Clarke?«

»Ja«, antwortete Carella. »Weißt du, wo er ist?«

»In der Sporthalle. Er betreut einen Preisboxer. Hast du das schon gewußt?«

»Mit Namen Black Jackson«, sagte Carella.

»Du hast schon davon gehört, wie?«

»Ja.«

»Wie heißt er mit dem zweiten Vornamen?« fragte Meyer.

»Black Jackson? Er hat keinen zweiten Vornamen«, erklärte der Junge. »Black Jackson, so heißt er.« Der Knabe hob die Fäuste in klassischer Boxhaltung. »Ich hab' die Grippe und sollte eigentlich im Bett bleiben.«

»Dann leg dich schnell wieder hin«, sagte Meyer. »Wo ist die Sporthalle?«

»Oben an der Holman.«

»Wie heißt Mister Clarke mit dem zweiten Vornamen?«

»Keine Ahnung«, sagte der Junge. Grinsend schloß er die Tür.

Sie stiegen die Treppe hinunter. Im ersten Stockwerk schaltete Carella wieder seine Taschenlampe ein. Eine riesige Negerin mit einer Wolljacke über dem geblümten Hauskleid wartete am Fuß der Treppe im Erdgeschoß auf sie. Die Frau stemmte die Fäuste in die Hüften.

»Was hat denn die Polizei hier zu suchen?« fragte sie sofort. Die Männer hatten sich nicht ausgewiesen. Offenbar erkannte sie Polizisten auf den ersten Blick.

»Gar nichts«, erwiderte Carella.

»Wen suchen Sie denn?«

»Geht Sie nichts an, Lady«, fiel Meyer ein. »Verschwinden Sie in Ihre Wohnung, okay?«

»Ich bin die Hausmeisterin und will wissen, was Sie hier wollen.«

»Wir kommen vom Wohnungsamt«, erklärte Meyer, »und prüfen nach, ob in jedem Flur Licht brennt. Besorgen Sie sofort ein paar Glühbirnen, oder wir kommen mit einem Strafbefehl zurück.«

»Ihr seid bestimmt nicht vom Wohnungsamt«, rief die Frau. Meyer und Carella hatten unterdessen den Vorflur erreicht. Bis jetzt wußten sie nicht, ob Charlie Clarke etwas auf dem Kerbholz hatte. Auf keinen Fall sollte er telefonisch vor dem Anrücken der Polizei gewarnt werden. Hinter sich hörten sie die Hausmeisterin keifen: »Vom Wohnungsamt! Quatsch!«

Charlie Clarke war ein adretter, kleiner Mann im gelben Rollpulli mit einer hellbraunen Wolljacke darüber. Dazu trug er eine dunkelbraune Hose und braune Kunstlederschuhe. In den einen Mundwinkel hatte er eine Zigarrenspitze mit einem erloschenen Stummel darin geklemmt. Sie entdeckten ihn im oberen Geschoß der Sporthalle. Er hatte die Ellbogen auf den erhöhten, mit Zeltleinwand bespannten Boxring gestemmt und sah zwei schwarzen Faustkämpfern bei einer Sparringsrunde zu. Der eine Boxer war riesengroß und plattfüßig. Der andere war kleiner, aber weitaus flinker. Er tanzte um den bulligen Gegner herum und schoß kurze rechte Gerade auf ihn ab. In allen Ecken der Sporthalle waren andere Boxer mit Seilspringen beschäftigt oder schlugen auf große Sandsäcke ein. An der einen Wand ließ ein kleiner, blaßhäutiger Mann, wahrscheinlich ein Weltergewichtler, mit monotonem, präzisem Rhythmus einen Punchingball tanzen. Carella und Meyer gingen zum Ring hinüber. Man hatte ihnen unten eine Beschreibung von Clarke gegeben, die sich als vollkommen zutreffend erwies, einschließlich der erkalteten Zigarre.

»Mister Clarke?« wandte sich Carella an ihn.

»Ja, schschsch!« antwortete er. »Verdammt noch mal, worauf wartest du denn noch, Mann!« schrie er zum Ring hinauf. Der kleinere, flinke Boxer hörte auf, um den größeren herumzutanzen und ließ gereizt die Fäuste sinken. Sein Sporthemd trug auf dem Rücken in schwarzen Buchstaben den Namen ›Black Jackson‹. »Wenn du immer nur mit der Faust nach ihm zielst, wirst du den Mann niemals auf die Bretter schicken«, rief Clarke. »Außerdem hattest du viele gute Möglichkeiten für die Linke. Worauf wartest du also noch, Mann, kannst du mir das verraten?«

»Ich habe auf eine Blöße gewartet«, verteidigte sich Jackson.

»Mann, da waren mehr Blößen als bei einer Stripperin am Samstagabend«, sagte Clarke.

»Es hat doch keinen Sinn, die Linke einzusetzen, wenn da kein Durchkommen ist.«

»Willst du mal Weltmeister im Schwergewicht oder lieber Tanzstar werden?« höhnte Clarke. »Du tänzelst immer nur und stößt in die Luft, tänzelst und stößt in die Luft. Wenn du einen Brocken wie unseren Jody hier umschlagen willst, mußt du ihn treffen, Mann. Du mußt nicht um ihn herumtanzen, sondern ihm den verdammten Schädel von den Schultern schlagen.« Er kehrte dem Ring plötzlich den Rücken. »Worum handelt es sich, meine Herren?«

»Was sollen wir denn jetzt machen?« fragte Jackson hinter ihm.

»Geht und arbeitet eine Weile am Sandsack«, wies ihn Clarke über die Schulter hinweg an.

»An welchem?«

»Nimm den großen.«

Jackson machte kehrt und ging zur anderen Seite des Rings. Sein Sparringpartner folgte ihm. Gemeinsam duckten sie sich unter den Ringseilen hindurch. Ein Lautsprecher dröhnte durch die verschwitzte Atmosphäre der weiten Halle. »Andrew Henderson soll seine Mutter anrufen. Andrew Henderson soll seine Mutter anrufen.«

»Also, was ist los?« fragte Clarke abermals. Auch er schien in seinen Besuchern sofort Kriminalbeamte erkannt zu haben.

»Es geht um Jimmy und Isabel Harris«, sagte Carella.

»Wollen Sie mich auf den Arm nehmen?« fragte Clarke. »Was hab' ich denn mit der Sache zu tun?«

»Stimmt es, daß Sie Sophie Harris heiraten wollen?«

»Das stimmt. Hören Sie, Mann, was soll das? Suchen Sie Informationen über den möglichen Täter oder wollen Sie mir diese Sache anhängen? Denn, Mann, wie ich in der Zeitung gelesen habe, wurde der Junge gestern abend gegen sieben Uhr dreißig umgebracht, und zu diesem Zeitpunkt war ich genau hier, Mann, und habe mit meinem Schützling gearbeitet.«

»Regen Sie sich nicht auf«, sagte Meyer.

»Ich rege mich nicht auf«, erwiderte Clarke. »Ich kenne mich nur in verschiedenen Dingen aus. Man lebt nicht bald sechzig Jahre in Diamondback, ohne sich allmählich auszukennen.«

»Worin kennen Sie sich denn aus, Mister Clarke?«

»Ich weiß zum Beispiel, daß die Polizei stets nach einem Neger sucht, wenn ein Farbiger umgebracht worden ist. Ich weiß nicht, warum Sie hierhergekommen sind. Aber ich könnte sechs zu fünf wetten, daß Sie hier sind, weil ich ein Neger bin.«

»Diese Wette würden Sie verlieren«, sagte Carella.

»Dann klären Sie mich mal auf«, verlangte Clarke.

»Wir sind hier, weil Sie Sophie Harris einen Heiratsantrag gemacht haben und weil Sie wissen, daß die Frau als Nacherbin einer Versicherung über fünfundzwanzigtausend Dollar eingesetzt ist. Deshalb sind wir hier.«

»Sie meinen also, ich hätte die beiden jungen Leute umgebracht, um mich an eine wohlhabende Erbin heranzumachen? Ist es so?«

»Wann sind Sie gestern abend hierhergekommen?«

»Verdammt, Mann, ich hätte nicht übel Lust ...«

»Wenn Sie sauber sind, ist die Sache in drei Minuten erledigt. Sie brauchen uns nur zu sagen, wann Sie hier ankamen und wann Sie weggegangen sind.«

»Ich war um sieben Uhr hier und ging um Mitternacht weg.«

»Sind Sie von jemandem gesehen worden?«

»Ich habe mit Warren und einem Sparringspartner gearbeitet.«

»Warren?«

»Warren Jackson, mein Schützling.«

»Wer war der Sparringspartner? Derselbe wie vorhin?«

»Nein, ein Junge namens Donald Rivers. Im Augenblick kann ich ihn nirgends entdecken. Vermutlich ist er noch nicht da.«

»Sonst jemand?«

»Niemand außer sämtlichen anderen Boxern und ihren Betreuern in ganz Diamondback. Warren hat am Dienstag einen großen Kampf, und ich habe ihm ordentlich Dampf gemacht. Fragen Sie alle Leute in der Halle – greifen Sie den nächstbesten heraus – und fragen Sie, ob ich gestern abend hier war und mit meinem Jungen gearbeitet habe. Von sieben Uhr bis Mitternacht. Den Ring hatten wir von acht bis neun. Das können Sie unten nachprüfen. Die übrige Zeit habe ich ihn laufen und springen und am Sack arbeiten lassen, den ganzen verdammten üblichen Scheiß.«

»Wo sind Sie von hier aus hingegangen?« erkundigte sich Meyer.

»In den Coffeeshop oben an der Straße. Ich weiß nicht, wie er heißt. Alle Leute, die aus der Sporthalle kommen, kehren nach dem Training dort ein. Ecke Holman und 76th. Fragen Sie nur, ob ich gestern abend dort gewesen bin.«

»Wir werden uns erkundigen«, sagte Meyer. »Wie heißen Sie mit zweitem Vornamen?«

»Das geht Sie einen Dreck an«, entgegnete Clarke grob.

Sie horchten sich in der Sporthalle um und erfuhren, daß mindestens ein halbes Dutzend Leute Clarke dort zwischen sieben Uhr und Mitternacht gesehen hatte. Sie suchten auch den Besitzer des Cafés auf, der ihnen bestätigte, daß Clarke mit seinem Schützling kurz nach Mitternacht gekommen sei. Die beiden hätten bis ein Uhr oder auch eine halbe Stunde länger im Gespräch dort herumgesessen. Nach Auskunft des Leichenbeschauers war Jimmy zwischen sechs Uhr dreißig und sieben Uhr dreißig am Abend ermordet worden. Er hatte den Zeitpunkt des Todes deshalb so genau eingrenzen können, weil die Leiche fast unmittelbar nach der Tat aufgefunden worden war. Die Leichenstarre hatte noch nicht eingesetzt. Bei Isabel Harris gab es keine so genauen Angaben. Der Arzt meinte, sie müsse zwischen zehn Uhr und ein Uhr nachts ums Leben gekommen sein. Um Jimmy am Hannon Square zu töten und dann um sieben Uhr in der Sporthalle zu sein, hätte Clarke sich mit der Geschwindigkeit einer Gewehrkugel bewegen müssen. Die Zeitangaben waren nicht in Einklang zu bringen. Auch war es ihm in der vom Leichenbeschauer angegebenen Frist nicht möglich gewesen, in die Wohnung von Harris zu gelangen, um Isabel umzubringen.

Aber das bedeutete nicht viel.

In dieser Stadt fand sich leicht jemand, der für fünfzig Dollar einen Mord beging. Hier ging es um fünfundzwanzigtausend Dollar. Für den zehnten Teil davon konnte man eine ganze Mörderbande engagieren. Bis jetzt war nicht bekannt, ob die Leute vom Labor in der Wohnung brauchbare Fingerabdrücke gefunden hatten. Inzwischen wollten sie, um nichts außer acht zu lassen, gleich am Morgen Charles C. Clarke erkennungsdienstlich überprüfen lassen. Es war fast acht Uhr geworden, als sie Diamondback verließen. Carella setzte Meyer an der nächsten U-Bahn-Station ab und fuhr dann heim nach Riverhead.

5. KAPITEL

Die Vordertür des Hauses war abgeschlossen. Ausgerechnet an einem Abend wie diesem mußte die verdammte Tür abgeschlossen sein, und er mußte draußen in der Kälte stehen und in allen Taschen nach den Schlüsseln suchen. Er drückte auf den Klingelknopf und begann tatsächlich, leise vor sich hinfluchend, in den Taschen nach den Schlüsseln zu fummeln. Seine Finger waren steif vor Kälte und wühlten ungeschickt in der rechten Tasche im losen Kleingeld herum. Schließlich fand er den Schlüsselring. Daran hingen so viele Nachschlüssel, daß man – wären sie bei einem Dieb gefunden worden – ihn sofort des Besitzes von Einbruchswerkzeug bezichtigt hätte. Das Haus stand in der Nähe von Donnegan's Bluff und war ein altes, weitläufiges Monstrum. Die Carellas hatten es kurz nach der Geburt der Zwillinge erstanden. Es war ein Gebäude, in dem früher eine große Familie mit vielen Dienstboten gewohnt haben mußte – damals, in der guten alten Zeit. Jetzt waren die neuen, schlechten Zeiten angebrochen. Als Haushilfe gab es nur Fanny, die ihm schließlich öffnete.

»Aha, er ist es persönlich«, sagte sie.

Fanny war ihre Haushälterin, eine stämmige Frau Ende Fünfzig. Sie trug eine weiße Bluse zu einer hellgrünen Hose, die Fannys hundertvierzig Pfund umspannten. Das gebleichte Haar flammte rot wie Neonlicht, und der sanfte irische Dialekt ließ an gut gereiften Whisky denken. »Um die Wahrheit zu sagen, ich hatte schon nicht mehr daran geglaubt, daß Sie jemals heimfinden würden«, sagte sie.

»Fanny«, klagte er, »ich friere und bin hungrig.«

»Nur keine Drohungen, Sie alter Tyrann«, schimpfte sie. »Theodora ist im Wohnzimmer. Kommen Sie rein, sonst erkälten Sie sich noch zu Tode.«

»Wenn Sie aus dem Weg gehen würden …«

»Aye, ich gebe die Tür frei«, verkündete sie und trat zur Seite. Sie war vor Jahren zu den Carellas gekommen. Teddys Vater hatte sie für einen Monat gleichsam als Geschenk geschickt, weil er meinte, seine Tochter würde nach der Zwillingsgeburt mindestens so lange der Schonung bedürfen. Damals war Fannys Haar blau getönt gewesen. Sie trug anstelle der Brille einen altmodischen Zwicker und wog zehn Pfund weniger. Der im voraus bezahlte Monat war allzu schnell vergangen, und Carella hatte ihr voller Bedauern mitgeteilt, daß er sich bei seinem mageren Gehalt keine Ganztagskraft leisten konnte. Aber Fanny war ein umwerfendes Frauenzimmer, das es niemals zu einer eigenen Familie gebracht hatte. Und diese hier gefiel ihr nun mal. Sie hatte Carella geantwortet, er solle ihr vorerst zahlen, was er sich im Augenblick leisten könne. Als gelernte Krankenschwester, gesund von Kopf bis Fuß, würde sie leicht durch Nachtwachen ihr Einkommen aufbessern können. Carella hatte das Anerbieten glatt abgewiesen. Da aber hatte Fanny die Fäuste in die Hüfte gestemmt und gesagt: »So, Sie wollen mich also auf die Straße setzen?« Eine Weile hatten sie hin und her geredet, und dann war Fanny geblieben. Sie war immer noch da.

»Theodora ist im Wohnzimmer«, wiederholte sie. »Darf ich Ihnen einen Drink bringen, oder sind Sie immer noch im Dienst?«

»Ich hätte gern einen Scotch mit Soda, recht stark, bitte.« Carella zog den Mantel aus und hängte ihn in die Flurgarderobe.

»Sie sollten bei diesem Wetter einen Hut tragen«, sagte Fanny.

»Ich mag keine Hüte«, gab Carella zurück.

»Richtige Herren tragen Hüte!« Damit verschwand

Fanny in der Küche, wo eine Frühstücksbar und eine Spüle in einen ehemaligen Speiseaufzug eingebaut worden waren. Im Nebenzimmer saßen die zehnjährigen Zwillinge vor dem Fernsehgerät.

Carella blieb unter der Tür stehen und rief: »Hallo!«

»Hallo, Dad«, begrüßte ihn April.

»Hallo«, schloß sich Mark an.

»Kein Küßchen?«

»Warte, bis sie das Geld gewonnen hat«, sagte April.

»Wer?«

»Schsch, Dad, hier geht jetzt um fünftausend Dollar«, ermahnte ihn Mark zur Ruhe.

»Na, dann bis später«, sagte Carella seufzend und machte sich auf den Weg zum Wohnzimmer. Unterwegs drehte er sich noch einmal um und fragte: »Habt ihr wenigstens schon gegessen?«

»Ja, Dad, schsch«, erwiderte April.

Carella ging durch den Korridor zum Wohnzimmer. Teddy saß vor dem Kamin. Sie hatte das Klingeln der Flurglocke und das Gespräch mit Fanny oder den Kindern nicht mitbekommen. Sie hörte auch nicht, daß ihr Gatte herantrat. Teddy Carella war taubstumm. Sie saß am Kamin, schaute in die Flammen, die rote, gelbe und orange Lichtreflexe über ihr nachtschwarzes Haar flackern ließen, als sei es mit Goldflitter bestreut. Zögernd blieb der Mann auf der Schwelle stehen und betrachtete ihr Gesicht mit den leuchtend braunen Augen und den fein geschwungenen Wangenknochen. Wie immer bei ihrem Anblick begann sein Herz höher zu schlagen. Stumm bewunderte er sie, genau wie im allerersten Augenblick ihres Kennenlernens. Daran würde sich niemals etwas ändern. Dafür konnte er jede Garantie geben. In einer Welt, die ihm manchmal unverständlich erschien, fand er volles Verständnis für seine Liebe zu ihr. Er ging zu ihr hin. Jetzt spürte sie seine Nähe, drehte den Kopf, und im Bruchteil einer Sekunde wechselte der Ausdruck auf ihren Zügen von nachdenklicher Zurückgezogenheit zu inniger Zuneigung. In diesem Gesicht gab es keine Geheimnisse. Ihre Augen und ihr Mund drückten alles aus, was ihre Zunge nicht zu artikulieren vermochte. Sie erhob sich aus dem Lehnstuhl und glitt in seine Arme. Er drückte sie fest an sich. Er streichelte ihr Haar. Er küßte sie zart auf die Lippen.

Mit flatternden Handbewegungen stellte sie Fragen, die er in der Zeichensprache beantwortete, die sie ihm beigebracht hatte. Manchmal verfiel er ins Sprechen. Dann versuchte sie, ihm die Worte von den Lippen zu lesen. Als Fanny mit dem Drink hereinkam, unterbrachen sie ihre lebhafte Unterhaltung nicht. Er berichtete ihr von dem zweiten Opfer, woraufhin Teddys Augen sich umwölkten. Sie beobachtete sein Gesicht und seine Hände, während er seine ohnmächtige Wut zum Ausdruck brachte. Carella berichtete von Sophie Harris und Charles C. Clarke, dessen zweiten Vornamen sie immer noch nicht kannten, er erzählte von Maloney von der Hundestaffel, und sie unterbrach ihn mit der Frage, was nun aus dem Hund werden sollte. Er antwortete, er wisse es nicht. Sie speisten allein in dem holzgetäfelten Eßzimmer, und später kamen die Kinder zu einem Gutenachtkuß, bevor sie zu Bett gingen. April erzählte, daß die Dame auf dem Bildschirm das Spiel verloren hatte. Mark meinte, jeder Dummkopf hätte diese Frage beantworten können. April war sich nicht bewußt, was sie sagte, als sie einwarf: »Aber ich hätte es auch nicht gewußt.« Da lachten sie alle.

Inzwischen war es fast neun Uhr dreißig geworden. Der Tag war lang gewesen. Schweigend tranken sie ihren Kaffee, wobei sie einander über den Tisch hinweg an den Händen hielten. Der Fall drängte sich wieder zwischen sie. Carella stellte auf einmal fest, daß er es mit dem Rest seines Kaffees eilig hatte. Als er plötzlich am Tisch aufstand, schaute ihn Teddy verwundert an.

»Ich muß noch einmal diesen Preston anrufen«, erklärte er.

Sie wartete, während ihre Blicke auf seinen Mund gerichtet blieben.

»Warum gehst du nicht inzwischen hinauf und machst dich für die Nacht zurecht?«

Sie wartete immer noch.

»Es dauert bestimmt nicht lange«, redete er weiter und grinste wie ein kleiner Junge.

Teddy nickte kurz, streckte eine Hand aus und streichelte sein Gesicht. Er küßte ihre Handinnenfläche, nickte ebenfalls und ging ins Wohnzimmer hinaus, um von dort aus Preston anzurufen.

»Hallo«, meldete sich eine Männerstimme.

»Mister Preston?«

»Ja?«

»Hier spricht Detective Carella. Ich habe vorhin schon einmal angerufen.«

»Ja, Mister Carella.«

»Wir ermitteln in den Mordfällen Isabel und Jimmy Harris. In diesem Zusammenhang würde ich Ihnen gern einige Fragen stellen.«

»Sie meinen – jetzt gleich?«

»Nun ja … ich denke schon.«

»Als ich gestern mit Mrs. Harris sprach, erfuhr ich, daß sie in Ihrer Firma gearbeitet hat.«

»Stimmt.«

»Im Versand.«

»Ja.«

»Seit wann war sie bei Ihnen tätig, Mister Preston?«

»Seit zwei bis drei Jahren.«

»Worin bestand ihre Arbeit?«

»Sie verpackte unsere Kataloge in Umschläge.«

»Wer war mit ihr zusammen im Versand beschäftigt?«

»Sie hat allein dort gearbeitet. Eine andere Angestellte schrieb die Adressen und klebte sie auf die Umschläge. Das geschah aber in dem vorderen Büro.«

»Wie heißt die andere Angestellte?«

»Jennie D'Amato. Sie bedient auch das Telefon und fungiert als Empfangsdame.«

»Kennen Sie ihre Adresse?«

»Aus dem Kopf weiß ich sie nicht. Wenn Sie am Montag im Büro anrufen wollen, wird sie Ihnen gern sagen, wo sie wohnt.«

»Wie viele Leute beschäftigen Sie, Mister Preston?«

»Außer mir sind nur noch die drei Frauen in der Firma – zwei ohne Isabel.«

»Wie heißt die dritte Frau?«

»Nancy Houlihan, meine Buchhalterin.«

»Beschäftigen Sie auch Leute außerhalb des Büros?«

»Ja, im Lager.«

»Wo befindet sich das Lager?«

»Ungefähr zehn Häuserblocks vom Büro entfernt am Fluß.«

»Wen beschäftigen sie dort?«

»Nur zwei Männer. Sie verpacken die Bestellungen und versenden sie.«

»Die Firma arbeitet also wie ein …«

»Es handelt sich um ein Versandgeschäft«, erklärte Preston. »Wir verschicken Kataloge und Angebote. Sobald Bestellungen eingehen, werden sie am Lager zusammengestellt und auf den Weg gebracht. Es ist nur ein kleines Unternehmen.«

»Die beiden Männer im Lager – kommen die jemals ins Büro?«

»Jeweils am Freitag holen sie im Büro ihren Lohnscheck ab.«

»Könnte zwischen ihnen und Isabel irgendwie Kontakt bestanden haben.«

»Sie kannten Isabel, ja.«

»Wie heißen die Lageristen?«

»Alex Carr und Tommy Runniman.«

»Sind Ihnen die Adressen bekannt?«

»Das wird bis zum Montag warten müssen. Sie können sich die Anschriften im Büro geben lassen.«

»Mister Preston, wie kam Isabel mit den anderen Angestellten zurecht?«

»Gut.«

»Keine Probleme?«

»Nicht daß ich wüßte.«

»Wie kamen Sie mit ihr aus?«

»Ich?«

»Ja, Sie.«

»Ich kannte sie kaum.«

»Sie sagten vorhin, die Frau habe zwei oder drei Jahre bei Ihnen gearbeitet und …«

»Schon richtig. Aber ich habe kaum persönlichen Kontakt mit meinen Angestellten.«

»Wie kamen Sie dazu, eine Blinde einzustellen, Mister Preston?«

»Ich hatte mich schon lange mit dem Gedanken getragen, einen Versehrten einzustellen. Diese Tätigkeit ist für Blinde gut geeignet. Man braucht nur Kataloge in Umschläge zu stecken.«

»Wieviel haben Sie ihr bezahlt, Mister Preston?«

»Sie wurde angemessen entlohnt.«

»Angemessen?«

»Ja, im Vergleich zu den anderen.«

»Sie erhielt nicht mehr?«

»Mehr?«

»Ja, Sir, ich versuche herauszufinden, ob jemand Zorn auf Isabel gehabt haben könnte, ob jemand neidisch war …«

»Nein, sie hat vergleichsweise nicht mehr als die anderen Frauen verdient.«

»Sir, Sie sprechen von angemessen und vergleichsweise …«

»Ich will damit sagen, Mister Carella, daß jemand, der im Postversand arbeitet, nicht das gleiche Gehalt erwarten kann wie eine Buchhalterin oder Stenotypistin. Nur darum geht es mir. Vergleichsweise erhielt sie das gleiche Geld, wie eine sehende Person in dieser Art von Beschäftigung erhalten haben würde. Weder mehr noch weniger. Für die beiden anderen Frauen bestand keinerlei Anlaß für Mißgunst oder Neid.«

»Wie steht es mit den Männern vom Lager?«

»Ich weiß nicht, worauf Sie hinauswollen.«

»Isabel Harris war eine attraktive Frau. Hat einer von den beiden Lageristen mal sein Glück bei ihr versucht?«

»Keine Ahnung.«

»Sie kamen aber jeden Freitag ins Büro, um ihre Lohnschecks abzuholen?«

»Das ist richtig.«

»Ist sie diesen Mitarbeitern bei solchen Anlässen persönlich begegnet?«

»Nancy schrieb die Schecks aus. Nancy Houlihan, meine Buchhalterin.«

»Aber Sie haben doch gesagt, die Männer hätten auch Mrs. Harris gekannt.«

»Ja, ich vermute es jedenfalls.«

»Na ... haben Sie die Leute zum Beispiel mal im Gespräch mit Isabel gesehen?«

»Ja.«

»Aber Sie könnten mir nicht sagen, ob einer von ihnen sich an Isabel heranmachen wollte ...«

»Nein, ich ...«

»... und vielleicht abgewiesen wurde ...«

»Davon wüßte ich wirklich nichts.«

»Mister Preston, ich hoffe, Sie begreifen, wonach ich suche. Ich möchte herausfinden, ob irgendwer, mit dem Isabel beruflich zu tun hatte, auch nur den geringsten Grund gehabt haben könnte, sie ...«

»Ja, ich weiß genau, wonach Sie suchen. Aber ich kann Ihnen da nicht helfen.«

»Okay«, sagte Carella. »Trotzdem vielen Dank, Mister Preston. Ich werde am Montag wegen der Adressen im Büro anrufen.«

»Gut.«

»Schönen Abend noch, Sir.«

»Guten Abend«, erwiderte Preston und legte auf. Carella ließ für einige Sekunden die Hände auf dem Telefonhörer ruhen. Genau wie im Büro hatte er auch in seinem Haus in Riverhead alle fünf Telefonverzeichnisse der Stadt. Er nahm den Band Isola von dem Bord unterhalb der Tischplatte und schlug den Buchstaben D auf. Ihm war klar, daß Nancy Houlihan ihm nicht einmal ›Guten Abend‹ sagen würde. Aber er mußte sich mehr Informationen beschaffen, koste es, was es wolle. Wahrscheinlich hatte er bei Jennie D'Amato eine bessere Chance. Im Telefonbuch von Isola gab es vierundsiebzig D'Amatos, aber keine einzige Jennie darunter. Er sah im Verzeichnis von Riverhead nach. Zwölf D'Amatos, keine Jennie. In Calm's Point wohnten neunundzwanzig D'Amatos, wieder keine Jennie darunter. Aber an der Pierce Avenue war immerhin ein oder eine J. D'Amato verzeichnet. Carella notierte sich die Nummer. Im Buch von Majesta fand sich eine weitere Eintragung J. D'Amato. Auch diese Nummer wurde aufgeschrieben.

Er machte sich nicht erst die Mühe, auch im Verzeichnis von Bethtown nachzusehen. Denn er war fest davon überzeugt, daß in Bethtown nur Polizisten im Ruhestand wohnten, selbst jetzt noch, nachdem eine Brücke errichtet worden war. Er wählte zuerst die Nummer in Calm's Point und hatte sofort Glück.

»Hallo?«

»Miss D'Amato, bitte.«

»Hier ist Miss D'Amato.«

»Jennie D'Amato?«

»Ja?« Es klang zögernd und vorsichtig.

»Hier spricht Detective Carella. Ich glaube, wir haben vorhin schon mal miteinander telefoniert.«

»Oh.« Pause. Die Pause wurde immer länger. »Ja.«

»Sie arbeiten doch bei Prestige Novelty?«

»Ja.«

»Miss D'Amato, ich frage mich, ob Sie mir ein wenig über Isabel Harris erzählten könnten.«

»Was möchten Sie denn wissen?«

»Vor allem interessiert mich, wie sie mit den Kolleginnen und Kollegen in der Firma ausgekommen ist.«

»Gut.«

»Keine Streitereien oder so?«

»Nein. Das heißt ...«

»Ja?«

»Nun, halt so das übliche.«

»Was verstehen Sie unter üblich?«

»Sie wissen sicherlich, wie es so in Büros zugeht, vor allem in kleinen. Da gibt es schon mal etwas gereizte Stimmung, hin und wieder, aber nichts …«

»Wodurch gereizte Stimmung?«

»Oh, ich kann mich an Einzelheiten kaum erinnern. Da geht irgendwer ans Telefon und gibt eine Bestellung nicht weiter. Oder jemand läßt Kaffee ins Büro bringen und vergißt vorher zu fragen, ob jemand von den anderen noch irgendwelche Wünsche hätte – solche Sachen.«

»Im allgemeinen bedienen Sie das Telefon, nicht wahr?«

»Ja.«

»Aber manchmal gingen auch andere an den Apparat und vergaßen dann, Aufträge oder Bestellungen auszurichten?«

»Ja, aber das ist nur ein einziges Mal passiert.«

»Wer war am Apparat und vergaß dann, einen Auftrag auszurichten?«

»Isabel.«

»Und wer hat sich darüber aufgeregt?«

»Nun ja … Nancy. Da hatte nämlich ihr Freund angerufen, und Isabel hatte einfach vergessen, es ihr auszurichten.«

»Wann war das?«

»Irgendwann im vergangenen Monat.«

»Hat es kürzlich irgendwelchen Streit gegeben?« »Nein, eigentlich nicht.«

»Wie war das mit dem Kaffee? Sie sagten …«

»Das ist mir passiert. Ich hatte eines Tages Kaffee ins Büro bestellt und vergessen, Nancy zu fragen, ob sie etwas dazu haben möchte. Da ging sie hoch wie eine Rakete. Das hatte mit Isabel nichts zu tun.«

»Was ist mit den beiden Männern aus dem Warenlager?«

»Alex und Tommy, ja ...«

»Kam sie gut mit ihnen aus?«

»O ja. Alex machte immer ein Späßchen mit ihr und alberte herum, er möchte mal ... na, Sie wissen schon.«

»Was meinen Sie damit?«

»Na, das können Sie sich doch denken.«

»Sie meinen, er wollte mal mit ihr ausgehen?«

»Na, etwas mehr schon. Sie wissen doch – mal übers Wochenende wegfahren und so. Er scherzte natürlich nur, denn er wußte ja, daß sie verheiratet war.«

»Wie hat sie auf solche Anträge reagiert?«

»Aber das waren doch keine Anträge. Er pflegte gelegentlich zu scherzen mit Worten wie ›Los, Isabel, laß uns zusammen davonlaufen‹. Darüber hat sie gelacht. Mehr war da nicht.«

»Und Tommy? Er hat auch mit ihr herumgealbert?«

»Ja, beide haben gelegentlich so oder ähnlich mit ihr geredet. Weil sie doch blind war. Verstehen Sie? Die Männer wollten, daß Isabel sich für vollgenommen fühlte, nehme ich an.«

»Ging so etwas jemals über bloßes Herumalbern hinaus?«

»Das glaube ich nicht.«

»Sie hat niemals ...«

»Ich glaube es nicht. Das waren nur Witzeleien, mehr nicht. Manchmal beugte sich Alex auch über ihren Arbeitstisch und gab ihr einen Kuß auf den Nacken. Solche Sachen halt ...«

»Tommy auch?«

»Nein, das hat er nie gemacht.«

»Aber Sie glauben nicht, daß sich Isabel mit einem von den Männern außerhalb des Büros getroffen hat?«

»Tja – hin und wieder ließ sie sich von ihnen zur U-Bahn-Station bringen. Sie tauchten immer nur am Freitag auf, müssen Sie wissen, um ihre Lohnschecks abzuholen. Isabel verließ das Büro meistens um zwei Uhr dreißig. Die Männer kamen immer schon vorher, damit ihnen noch Zeit blieb, ihre Schecks bei der Bank einzulösen. Also begleiteten sie Isabel manchmal bis zur U-Bahn.«

»Alex und Tommy gemeinsam?«

»Ja, beide zusammen.«

»Und Sie glauben nicht, daß sich Isabel darüber hinaus mit einem von beiden verabredet hat?«

»Das weiß ich nicht.«

»Was glauben Sie?«

»Ich glaube, sie hat trotz ihrer Blindheit ganz gern geflirtet.«

»In welcher Art und Weise?«

»Na ja, wie sich anzog und wie sie zu sitzen pflegte – ich meine halt, das war schon ziemlich herausfordernd.«

»War für Kleider trug Isabel, Miss D'Amato?«

»Sehr freizügige. Keine von uns in der Firma Prestige Novelty ist sonderlich prüde. Das dürfen wir einfach nicht sein und ...«

Sie unterbrach sich plötzlich. Für einen Augenblick glaubte Carella, die Leitung sei getrennt worden.

»Miss D'Amato, sind Sie noch da?« fragte er.

»Ja.«

»Was wollten Sie soeben sagen?«

»Nur, daß sich Isabel meiner Meinung nach ziemlich offenherzig angezogen hat.«

»Aber Sie sagten doch weiter ...«

»Nur das wollte ich sagen.«

Carella drang nicht weiter in sie. Statt dessen wechselte er das Thema. »Miss D'Amato, zeigte sich irgendwer überrascht, als Isabel heute früh nicht zur Arbeit erschien?«

»Wir waren alle überrascht. Denn sie hat niemals einen Tag gefehlt und kam immer ganz pünktlich. Die Arbeit war ihr wichtig. Als sie heute früh nicht auftauchte, gab mir Mister Preston den Auftrag, anzurufen und nachzufragen, was los sei.«

»Waren das seine Worte?«

»Was?«

»Hat er gesagt: ›Rufen Sie mal an und fragen Sie nach, was da los ist?‹«

»Seiner Worte kann ich mich nicht genau entsinnen. Er meinte halt, sie sei vielleicht krank geworden oder sonst etwas ...«

»Hat er das gesagt?«

»Ja, er meinte, Isabel müsse wohl krank oder es müsse irgend etwas passiert sein, sonst wäre sie zur Arbeit gekommen. Also beauftragte er mich, bei ihr anzurufen.«

»Das haben Sie getan?«

»Ja.«

»Wann war das?«

»Etwa um zehn Uhr dreißig. Um diese Zeit erschien sie meistens zur Arbeit.«

»Meldete sich jemand am Telefon?«

»Nein.«

Um zehn Uhr dreißig hatte er wohl noch mit Meyer unten vor dem Haus auf den Arzt und die Leute vom Labor gewartet. Außer der toten Isabel war niemand in der Wohnung gewesen. »Haben Sie es später noch einmal versucht?«

»Ja, ich rief um elf Uhr dreißig noch einmal an. Ein Mann war am Apparat und stellte sich als Polizeibeamter vor. Da erfuhr ich, daß Isabel ermordet worden war.«

»Hat der Polizeitbeamte seinen Namen genannt?«

»Ja, aber ich habe ihn wieder vergessen.«

Das mußte wohl einer von den Männern aus dem Labor gewesen sein. Wahrscheinlich hatte er ein Taschentuch über die Sprechmuschel gelegt, als er sich meldete. Er war ans Telefon gegangen, weil es klingelte. Wenn am Tatort eines Mordes das Telefon klingelt, kann sehr wohl der Mörder am anderen Ende sein.«

»Haben Sie Mister Preston berichtete, was geschehen war?«

»Ja.«

»Wie hat er darauf reagiert?«

»Nun, er … er war natürlich sehr betroffen.«

»Was sonst noch?«

»Nur betroffen.«

»Es hörte sich an …«

»Nein, nein.«

»… als sei da noch etwas anderes gewesen.«

»Nun ja … er mochte sie sehr gern.«

»Mister Preston mochte Isabel gern?«

»Ja.«

»Er zeigte also mehr als nur den üblichen Schock bei einer schlimmen Nachricht.«

»Er fing an zu weinen.«

»Er hat geweint? Als Sie ihm sagten, daß Isabel tot sei?«

»Ja.«

»Und dann?«

»Er sagte, ich sollte ihn bitte allein lassen. Also ging ich hinaus, und nach einiger Zeit gab er mir den Auftrag, noch einmal anzurufen. Ich sollte mich vergewissern, daß da kein Irrtum vorlag.«

»Haben Sie ein zweites Mal angerufen?«

»Ja. Der gleiche Polizcibcamte war am Apparat. Er

fragte sofort, wer da anriefe, genau wie beim ersten Mal. Und ich sagte, hier sei Prestige Novelty, die Firma, bei der Isabel gearbeitet habe, und ob er auch sicher sei, daß es sich bei der Toten um unsere Kollegin Isabel handelte. Er erklärte, ja, sie sei wirklich tot. Ich bedankte mich und ging dann zu Mister Preston hinein, um ihm zu sagen, daß leider jeder Irrtum ausgeschlossen war.«

»Was sagte er da?«

»Er nickte nur. Das war alles.«

»Miss D'Amato, wenn Sie sagen, Preston habe Isabel sehr gern gemocht – wollten Sie damit andeuten, daß zwischen diesen beiden mehr war als nur das Verhältnis von Arbeitgeber und Arbeitnehmerin?«

»Ich weiß nicht, ob da irgend etwas gewesen ist.«

»Und ich werde das Gefühl nicht los, daß Sie meinen, da habe es irgend etwas gegeben.«

»Wie gesagt, Isabel flirtete gern. Wenn man nicht wußte, daß sie blind war ... sie trug immer diese riesige Sonnenbrille. Wenn sie am Tisch arbeitete, konnte niemand ahnen, daß sie blind war. Immer hatte sie ein Lächeln auf dem Gesicht, vor allem für Männer. Und ich kann mir vorstellen, daß ein Mann, der nach etwas auf der Suche war und dabei auf Isabel mit ihrer Flirtbereitschaft stieß – nun ja, daß eben ein Mann Isabel so einschätzte, als sei sie selbst auch auf der Suche nach etwas.«

»Hat Mister Preston geglaubt, Isabel sei auf der Suche nach etwas?«

»Ich weiß nicht, was er geglaubt hat.«

»Hat er mit ihr gescherzt, so wie Tommy und Alex?«

»Nein, das hat er niemals getan.«

»Wie kommen Sie denn darauf, daß er Interesse an ihr gehabt haben könnte?«

»Hören Sie, der Mann ist verheiratet. Ich möchte nicht

daran schuld sein, wenn er in Schwierigkeiten gerät. Isabel ist tot. Ihr kann nichts mehr zustoßen. Aber er lebt noch, und er ist verheiratet.«

»Hat es zwischen den beiden irgendwelche Beziehungen gegeben, Miss D'Amato?«

»Ich habe sie einmal zusammen gesehen.«

»Wo?«

»Von unserem Büro aus ein Stück die Straße hinauf gibt es eine Cocktailbar. Eines Tages in der vergangenen Woche ging ich nach der Arbeit dorthin und sah die beiden ganz hinten in einer Nische sitzen.«

»Hat Mister Preston Sie bemerkt?«

»Das glaube ich nicht. Ich ging gleich zur anderen Seite hinüber – dort wurde ich von meiner Freundin erwartet.«

»Kannte Ihre Freundin Mister Preston und Isabel?«

»Nein.«

»Haben Sie Ihrer Freundin etwas davon gesagt, daß da drüben Ihr Boss mit einer Frau aus dem Büro saß?«

»Ja, denn die Sache war mir peinlich, und ich dachte zunächst, es wäre wohl besser, wenn wir gingen.«

»Das haben Sie aber nicht getan?«

»Nein, meine Freundin und ich blieben auf einen Drink. Die beiden hielten Händchen.«

»Mister Preston und Isabel?«

»Ja, aber hören Sie, ich möchte ihm keine Schwierigkeiten bereiten.«

»Nein, nein – machen Sie sich darum keine Sorgen«, versicherte Carella. »Das sind reine Routinefragen, die wir nun einmal stellen müssen. Vorerst ist noch lange keine Rede davon, daß jemand wegen Mordes festgenommen wird.«

»Na, das hoffe ich doch – schließlich ist es doch kein Verbrechen, wenn jemand mal – na, Sie wissen schon ...«

»Das weiß ich.«

»Wenn man mal Händchen hält und so ...«

»Durchaus in Ordnung.«

»Und selbst wenn ... Sie wissen schon.«

»Auch in Ordnung. Miss D'Amato, Sie haben uns sehr geholfen. Entschuldigen Sie, daß ich Sie so lange aufgehalten habe.«

»Ich möchte nur nicht, daß dadurch irgendwer in Schwierigkeiten gerät«, sagte sie noch einmal.

»Gute Nacht, Miss D'Amato.«

6. KAPITEL

South Edgeheath Road lag in einem von der städtischen Zersiedelung noch relativ unberührten Teil von Riverhead: Zwar war die Straße an sich weniger rustikal, als ihr Name vermuten ließ. Dennoch gewann man den Gesamteindruck, daß sich hier etwas besser leben ließ als in anderen, kaum drei Kilometer entfernten Stadtvierteln. Die kurze Straße war an beiden Seiten mit Apartmenthäusern gesäumt. An ihrem nördlichen Ende aber erstreckte sich ein öffentlicher Golfplatz. Selbst jetzt im November vermittelte er den Eindruck weit offenen grünen Landes, über dem sich ein durch keinerlei rechteckige Betonkonstruktion unterbrochener Himmel wölbte.

Um neun Uhr morgens schien die Straße erst halbwegs zum Leben erwacht zu sein. Carella stellte seinen Wagen ab und ging auf die Eingangstür des roten Ziegelgebäudes zu, in dem Frank Preston wohnte. In der Eingangshalle ging eine Frau in schwarzem Mantel an ihm vorüber. Sie schwang einen leeren Einkaufsbeutel aus Leinen in der rechten Hand. In Erwartung der draußen herrschenden Kälte schien sie jetzt schon zu frieren. Erschauernd verzog sie das Gesicht. Carella suchte im Bewohnerverzeichnis in der Halle Prestons Namen, fuhr mit dem Lift ins fünfte Stockwerk hinauf, ging dort den Korridor hinunter bis zum Apartment fünfundfünfzig und drückte auf die Türklingel.

Die Frau, die ihm öffnete, mußte seiner Schätzung nach Mitte Fünfzig sein. Sie trug das braune Haar modisch kurz geschnitten. Gleichfalls braune Augen blickten ihn fragend hinter einer für ihr Gesicht zu kleinen Brille hervor an. Das Gesicht wirkte irgendwie eckig und scharf, was durch eine spitze Nase und ein vorspringendes Kinn noch unterstrichen wurde. Die schmalen Gläser mit den verkniffen blinzelnden Augen dahinter brachten eine die Härte insgesamt noch unterstreichende ovale Komponente in dieses Gesicht. Carella hatte einmal mit einem Polizeibeamten aus England zusammengearbeitet. Dieser Mann hatte immer gemeint, wenn jemand ›verkniffen‹ dreinschaue, dann schiele er. Die Frau unter der Tür schielte nicht. Sie blinzelte verkniffen.

»Darf ich mal die Polizeimarke sehen«, sagte sie.

Sie betrachtete Marke und Ausweis eingehend, als er ihr die aufgeklappte Brieftasche hinhielt. Dann nickte sie.

»Ja, und – was gibt es?«

»Ich bin Detective Carella. Ich habe angerufen …«

»Ja, den Namen habe ich dem Ausweis entnommen. Worum geht es, Mister Carella?«

»Ich würde gern mit Frank Preston reden, falls er daheim ist.«

»Mir war doch so, als hätten Sie gestern abend mit ihm gesprochen.«

»Sind Sie Mrs. Preston?«

»Bin ich.«

»Es gibt da noch einiges, das ich Ihren Mann persönlich fragen müßte. Ist er daheim?«

»Er ist da. Ich werde nachsehen, ob er Sie empfangen kann.«

»Vielen Dank.«

Sie schloß die Wohnungstür. Er stand eine Weile im Flur herum. Im ganzen Haus war es still. Ja, diese Häuser älterer Bauart mit ihren dicken Mauern … Die Tür wurde wieder geöffnet. »Kommen Sie herein«, forderte ihn Mrs. Preston auf.

Die Wohnung war in der Form eines umgekehrten L angelegt. Die Tür führte in einen Korridor, der dem langen

Strich an einem L entsprach. Am Ende des Ganges mußte man nach links abbiegen. Carella folgte der Frau den Korridor hinunter. Sie kamen zuerst an der Küche vorbei, dann am Wohnzimmer, danach kam zur rechten Seite hin das Schlafzimmer. Hier begann der kurze Strich des L. Am Ende dieses kürzeren Korridors befand sich ein kleines Zimmer, dessen Tür offenstand.

Preston saß in einem Sessel vor dem Fernsehgerät. Er trug einen dunkelbraunen Bademantel und braune Hausschuhe. Er schien knapp über sechzig Jahre zu zählen, ein massiger Mann mit einem großen Kopf und riesigen Händen. Von Ohr zu Ohr zog sich über seinen Nacken hinweg ein dünner, weißer Haarkranz. Darüber hatte er einen völlig kahlen Schädel. Über durchdringenden blauen Augen hatte er buschige weiße Brauen. In jedem anderen Gesicht hätte seine Nase viel zu groß gewirkt. Hier aber stimmten die Proportionen. Vielleicht hätte er einen guten Bühnendarsteller abgegeben. Die meisten Schauspieler besitzen große Köpfe und ausgeprägte Gesichtszüge. Im Fernsehen lief eine der Vormittagsdiskussionen. Preston erhob sich schwerfällig, ging sofort zu dem Gerät hinüber und schaltete es aus.

»Sie kommen aber früh«, bemerkte er nebenbei zu Carella.

»Ich wollte Sie nicht verpassen.«

»Warum haben Sie nicht zuerst mal angerufen?«

»Ich hatte zufällig in der Nähe zu tun und dachte, es sei vielleicht angebracht, auf gut Glück mal heraufzukommen.«

»Ich glaubte, gestern abend sei am Telefon bereits alles gesagt worden, was in dieser Sache zu besprechen ist.«

»Nur noch ein paar Kleinigkeiten, die ich hinterfragen möchte.«

»Dann schießen Sie los und fragen Sie.«

»Ich würde lieber unter vier Augen mit ihnen reden, Mister Preston. Wenn es nichts ausmacht ...«

»Ich gehe schon«, sagte die Frau. Sie machte kurz kehrt und marschierte den Korridor hinauf.

Carella drückte die Tür hinter ihr ins Schloß. Preston machte plötzlich einen besorgten Eindruck. Er fischte in der Tasche seines Hausmantels, brachte ein zerdrücktes Zigarettenpäckchen zum Vorschein und bot Carella eine an. Der Detective schüttelte den Kopf. Preston klemmte sich eine Zigarette zwischen die Lippen, suchte nach Streichhölzern. Fand ein flaches Briefchen. Er riß ein Holz an, hielt das flammende Ende vor die Zigarette, schüttelte dann die Flamme aus und warf das Hölzchen in den Aschenbecher auf dem Fernsehgerät. Das Zimmer hatte zwei Fenster. Durch das eine sah Carella quer über die Straße hinweg bis hinüber zur Hochbahn über der Barbara Avenue.

»Mister Preston«, begann Carella, »ich möchte etwas über Ihr Verhältnis mit Isabel Harris wissen.«

»Mein Verhältnis?«

»Jawohl, Sir.«

»Was verstehen Sie unter einem Verhältnis? Sie war bei mir angestellt.«

»Mister Preston, ist es wahr, daß Sie gestern früh bei der Nachricht von Isabels Tod in Tränen ausbrachen?«

»Wer hat das behauptet?«

»Stimmt es?«

»Ja.«

»Ist es ferner wahr, daß Sie sich mit Isabel Harris mindestens einmal zu einem Drink getroffen haben?«

»Ist daran etwas Ungesetzliches?«

»Ich habe nicht behauptet, daß daran etwas ungesetzlich sei, Mister Preston. Ich will lediglich wissen, ob es wahr ist.«

»Ja, es ist wahr.«

»Wann war es?«

»Vorige Woche.«

»Sie trafen sich auf einen Drink mit ihr. Stimmt das?«

»Es war aber nicht so, wie Sie es offensichtlich hinstellen wollen.«

»Wie war es denn?«

»Sie hatte irgendwelche Sorgen und wollte mit jemandem darüber reden. Deshalb setzten wir uns nach dem Dienst bei einem Drink zusammen. Mehr nicht.«

»Was für Sorgen hatte sie denn, Mister Preston?«

»Nun, eine persönliche Angelegenheit.«

»Ja, drücken Sie sich genauer aus.«

»Na, hören Sie mal, das geht doch wohl etwas zu weit. Finden Sie nicht?«

»Nein, finde ich nicht.«

»Für meine Begriffe doch.«

»Was für Sorgen hatte Isabel, Mister Preston?«

»Spielt keine Rolle. Das ist nicht der Kernpunkt der Sache. Ich wollte nur erklären, daß ... was immer Sie unterstellen wollen ...«

»Was habe ich denn unterstellt?«

»Daß ich mit Isabel ein intimes Verhältnis oder etwas in dieser Art gehabt habe.«

»Ich habe nicht unterstellt, daß Sie ein Verhältnis mit ihr gehabt haben, Mister Preston.«

»Na gut, lassen wir es dabei. Aber wenn dem so wäre, hätte ich die Frau ganz bestimmt in ein anderes Lokal eingeladen und nicht ausgerechnet in eine Bar wenige Schritte vom Büro entfernt. Wir haben uns nicht heimlich getroffen. Ich hatte nichts zu verbergen. Eine Angestellte wendete sich vertrauensvoll mit einem Problem an mich, und ich habe versucht, ihr zu helfen.«

»Haben Sie in Ihrer Firma kein Privatbüro?«

»Ja, aber was hat das ...«

»Hätte das Gespräch nicht dort stattfinden können?«

»Es handelte sich um eine Angelegenheit, die nicht in zehn Minuten zu erledigen war.«

»Nun gut, erzählen Sie mal, was sich an jenem Nachmittag zugetragen hat.«

»Sie kam gegen drei Uhr ins Lokal. Ich erwartete sie in einer der Sitznischen weiter hinten. Ich sah sie gleich beim Betreten der Bar und ging ihr entgegen, um sie nach hinten zu meinem Tisch zu führen.«

»Was hat sie gesagt?«

»Zuerst wollte sie nicht recht mit der Sprache herausrücken.«

»Worum ging es?«

»Um Jimmy, ihren Ehemann.«

»Was war mit ihm?«

»Nun, wie ich schon sagte ...«

»Mister Preston, die beiden sind tot, und falls das, was Isabel Sorgen bereitete, mit irgendwelchen Zusammenhängen ...«

»Nein, da sehe ich keine.«

»Woher wollen Sie das wissen?«

»Nun, ich meine bloß – ich glaube nicht, daß es da Zusammenhänge gab ...«

»Wie wäre es, wenn Sie mir die Beurteilung solcher Dinge überließen? Worum ging es?«

»Nun ... sie meinte, ihr Mann ginge mit einer anderen Frau.«

»Aha«, nickte Carella.

»Sie machte sich deswegen Sorgen – ganz natürlich. Sie

war eine liebenswerte Person, und der Gedanke, daß der Ehemann ihr untreu war, bedrückte sie.«

»Was brachte die Frau darauf?«

»Sie glaubte es eben.«

»Intuition, was?«

»Mag durchaus sein.«

»Aber ohne rechten Grund oder gar Beweis. Sie nahm lediglich an, daß er sich mit einer anderen abgäbe. Stimmt es so?«

»Nun ja – ich denke schon …«

»Kein Flüstern am Telefon, kein Parfümduft am Hemd …«

»Nein, nein.«

»So machte sie sich einfach Sorgen ins Blaue hinein und wendete sich deshalb an ihren Chef. Daraus entwickelte sich dann in der vergangenen Woche die Einladung auf einen Drink. Um die Möglichkeit zu diskutieren, daß Jimmy es mit anderen Frauen trieb.«

»Ja.«

»Was erwartete Ihre Angestellte von Ihnen, Mister Preston? Was sollten Sie unternehmen?«

»Oh, ich glaube kaum, daß sie ein irgendwie geartetes Eingreifen von meiner Seite erwartete.«

»Weshalb kam Isabel dann überhaupt zu Ihnen?«

»Nur um mal – mit jemandem über ihre Sorgen zu reden.«

»Im Büro hatte sie niemanden, dem sie sich hätte anvertrauen können, nehme ich an?«

»Wahrscheinlich nicht.«

»Keine von den anderen Frauen …«

»Ich glaube kaum.«

»Nur Sie kamen in Betracht.«

»Nun, ja …«

»War es das erste Mal, daß sich Isabel mit privaten Sorgen an Sie wandte?«

»Ja.«

»Und Sie waren auch zum ersten Mal auf einen Drink mit der Frau zusammen?«

»Ja.«

»Ist das auch wirklich wahr?« forschte Carella eindringlich.

»Ja, ganz bestimmt.«

»Denn, schauen Sie«, meinte Carella gedehnt, »ich habe da nämlich ganz anders lautende Informationen.« Er legte eine Kunstpause ein und sah Preston scharf in die Augen. Er hatte keine anderen Informationen als das, was ihm Jennie D'Amato zugesteckt hatte, nämlich daß sie Preston und Isabel ein einziges Mal zusammen gesehen habe, und zwar in der vergangenen Woche. Mehr hatte er nicht in den Händen. Er log und feuerte quasi einen Schuß ins Blaue ab. Daß er damit einen Volltreffer erzielte, merkte der Detective sofort.

»Nun ja … mag sein, daß wir schon vorher ein- oder zweimal auf einen Drink zusammentrafen«, gab Preston zu.

»Wie oft also, Mister Preston? Einmal oder zweimal?«

»Zweimal.«

»Dessen sind Sie sich aber ganz sicher? Oder?«

»Ganz sicher.«

Carella hob die Augenbrauen. Mehr brauchte er nicht zu tun.

»Genaugenommen waren es doch wohl mehrere Male«, wand sich sein Gegenüber.

»Wie oft also?«

»Ein halbes dutzendmal.«

»Immer in der gleichen Bar in der Nähe der Firma?«

»Hm … nein.«

»In einer anderen Bar?«

»Ja.«

»In mehreren verschiedenen Lokalen?«

»Ja.«

»Auch anderswo als in einer Bar?«

»Mister Carella …«

»Mister Preston, ein Mann und eine Frau sind ermordet worden. Ich will herausfinden, warum. Noch vor ein paar Minuten haben Sie behauptet, zwischen Ihnen und Isabel sei nichts anderes gewesen als das normale Verhältnis von Arbeitgeber und Arbeitnehmerin. Angeblich haben Sie die Frau auf einen Drink eingeladen, weil sie ein persönliches Problem mit Ihnen besprechen wollte. Okay, in Ordnung. Nun muß ich hören, daß Sie sich mit ihr mindestens sechsmal außerhalb des Büros getroffen haben …«

»Mehr war es aber nicht.«

»Sechsmal, okay, das haben Sie gesagt, ein halbes dutzendmal. Sind Sie mit ihr ins Bett gegangen, Mister Preston?«

»Ich wüßte nicht, was …«

»Bitte beantworten Sie meine Frage. Sind Sie mit Isabel Harris ins Bett gegangen?«

»Ja.«

»Also hatten Sie doch ein Verhältnis mit ihr.«

»Ich habe das nicht als eine der üblichen Affären betrachtet.«

»Wie denn, Mister Preston?«

»Ich habe Isabel geliebt und wollte sie heiraten.«

»Aha«, meinte Carella. »Weiß Ihre Frau etwas davon?«

»Nein.«

»Und Jimmy?«

»Er wußte nichts. Darüber haben wir am vergangenen

Mittwoch gesprochen. Wie wir es ihm und meiner Frau beibringen wollten.«

»Dann war also die Geschichte, daß Jimmy eine andere Frau habe ...«

»Das habe ich erfunden.«

»Sie haben also gelogen.«

»Wenn Sie es so nennen wollen.«

»Wie würden Sie es denn nennen, Mister Preston?«

»Eine Lüge, nehme ich an.«

»Dann war also der Grund für das letzte Zusammentreffen – wann war das noch gleich?«

»Am Mittwoch nachmittag.«

»Sie wollten also an diesem Mittwoch nachmittag besprechen, wie den beiderseitigen Partnern ...«

»Ja.«

»Und zu welchem Beschluß sind Sie gelangt? Welchen Plan haben Sie mit ihr ausgeheckt?«

»Es war kein Plan, Mister Carella. Mir gefällt es nicht, wie Sie dieses Wort ins Spiel bringen. Wir haben nichts geplant und keine Abreden getroffen, wir wollten nur ...«

»Ja, was wollten Sie, Mister Preston?«

»Wir waren zwei verliebte Leute, die beide Scheidungen und dann eine baldige Heirat planten.«

»Nachdem Sie sich insgesamt nicht öfter als ein halbes dutzendmal getroffen hatten?«

»Nun ...«

»Oder gibt es eine neue Zahlenkorrektur?«

»Nun ...«

»War es öfter, und wenn ja, seit wann?«

»Wir hatten uns während des ganzen vergangenen Jahres getroffen.«

»Ach so!«

»Wir haben einander geliebt.«

»Ja, dafür habe ich vollstes Verständnis. Mister Preston, wo waren Sie am vergangenen Donnerstag zwischen sechs Uhr dreißig und sieben Uhr dreißig abends?«

»Warum wollen Sie das wissen?«

»Weil um diese Zeit Jimmy Harris ermordet worden ist.«

»Ich habe ihn nicht umgebracht.«

»Dann sagen Sie mir, wo Sie sich aufgehalten haben.«

»Ich war …«

»Ja, bitte?«

»Mit Isabel zusammen.«

»Wo?«

»In einem Motel an der Culver Avenue.«

»Haben Sie sich unter Ihrem richtigen Namen eingetragen?«

»Nein.«

»Welchen Namen haben Sie benutzt?«

»Das weiß ich nicht mehr.«

»Mister Preston, erinnern Sie sich, ich rate Ihnen gut, erinnern Sie sich. Denn ich bin sicher, daß Ihnen der Name sofort eingefallen ist.«

»Ich kann mich wirklich nicht entsinnen, denn ich habe jedesmal andere Namen verwendet.«

»Dann schlage ich vor, Sie ziehen sich an und sagen Ihrer Frau, daß Sie mich leider zum Revier begleiten müssen.«

»Moment noch …«

»Ich warte.«

»Ich habe mich als Felix Sowieso eingetragen.«

»Also Felix – und wie weiter?«

»Felix – und dann irgend etwas mit P.«

»Lassen Sie sich nur Zeit.«

»Felix Pratt oder Pitt, eins von beiden. Ich weiß es nicht mehr.«

»Haben Sie diese Namen schon vorher bei ähnlichen Anlässen benutzt?«

»Ja.«

»Nun gut, wie heißt das Motel?«

»Das ›Golden Inn‹.«

»An der Culver Avenue, sagten Sie?«

»Ja, in der Nähe des Hanover Hospitals.«

»Ich werde mich erkundigen, ob Sie am vergangenen Donnerstag dort eingetragen sind. Ist Ihnen das recht?«

»Ja.«

»Wo ist Ihr Telefon?«

»Meine Frau …«

»Lenken Sie Ihre Frau ab, während ich telefoniere. Wenn Sie nämlich am Donnerstag um Jimmys Todesstunde nicht dort gewesen sein sollten, muß ich Sie mitnehmen. Ist Ihnen das klar?«

»Ich war im Motel.«

»Okay, rufen Sie Ihre Frau herein und sagen Sie ihr, ich müßte mal dienstlich und deshalb allein telefonieren.«

»In Ordnung.«

»Na, denn los …«

»Sie werden doch nicht …«

»Nein, ich werde Ihrer Frau nicht verraten, daß Sie sie betrogen haben.«

»Vielen Dank.«

»Rufen Sie Ihre Frau.«

Preston ging zur Tür und öffnete sie. Er blickte in den Korridor hinaus und drehte sich noch einmal zu Carella um. Der Detective nickte aufmunternd. Preston ging hinaus und rief: »Sylvia?« Irgendwo in der Wohnung antwortete sie: »Ja, Frank?«

»Sylvia, Mister Carella muß dringend mal dienstlich telefonieren. Komm doch bitte so lange hier herein. Ja?«

»Ja, Frank.«

»Das Telefon steht im Schlafzimmer«, wies ihn Preston an. »Den Gang hinunter.«

»Danke«, sagte Carella.

Während er sich auf den Weg machte, kam ihm Mrs. Preston um die Ecke entgegen. »Es steht im Schlafzimmer«, sagte sie im Vorübergehen.

»Ja, besten Dank«, entgegnete Carella. Unter der Schlafzimmertür blieb er stehen und wartete, bis Preston mit seiner Frau im Fernsehzimmer verschwunden war. Sorgfältig schloß er die Tür und ging dann direkt zum Telefon, das auf einem Nachttisch neben dem Bett stand. Einen Häuserblock entfernt hörte er die Hochbahn vorüberrattern. Durch die Fenster an der jenseitigen Wand sah er die Wagenschlange, die sich schwarz gegen den grauen Novemberhimmel abhob, dahinrollen. Der Anblick hatte etwas Geisterhaftes an sich. Erinnerte er ihn an ein Spielzeug von früher? An das Haus in Riverhead, wo er seine Jungenjahre verbracht hatte? An das volltönende Lachen seines Vaters?

Er sah dem Zug nach und vergaß für einen Augenblick, daß er hier in einer Mordsache ermittelte. Seine Blicke folgten dem Zug, bis er polternd in den Bahnhof einfuhr und anhielt. Dann erst nahm er den Telefonhörer hoch und wählte die Nummer der Auskunft. Von dort ließ er sich die Telefonnummer des ›Golden Inn‹ geben, die er sogleich anwählte. Durch die Fenster sah er, wie der Zug den Bahnhof verließ und weiterrollte. Eine Bibliothek. Irgend etwas. Er, auf dem Wege zur Bücherei mit einem Packen Bücher unter dem Arm. Darüber die Hochbahn. Schnee auf dem Gehweg.

»›Golden Inn‹, guten Morgen«, meldete sich eine Männerstimme.

»Guten Morgen, Hier ist Detective Carella von der Polizei.«

»Bitte, Sir?«

»Würden Sie bitte mal in Ihrem Gästebuch nachschlagen und mir sagen, ob ein von uns zu überprüfendes Paar am vergangenen Donnerstag, das müßte der 18. November gewesen sein, bei Ihnen eingetragen ist.«

»Sir?«

»Ja.«

»In einem solchen Falle müßte ich aber zurückrufen.«

»Ich bin nicht in meinem Büro.«

»Ja, dann … woher soll ich wissen, daß ich wirklich mit einem Polizeibeamten rede?«

»Rufen Sie beim 87. Revier an, ich gebe Ihnen gleich die Nummer, und fragen Sie, ob dort ein Detective Carella arbeitet. Die Nummer ist Frederick 7-8024. Dann rufen Sie hier an, sobald Sie die Auskunft eingeholt haben, und zwar unter Westmore 6-2275. Haben Sie beide Nummern verstanden und notiert?«

»Jawohl, Sir.«

»Dann beeilen Sie sich bitte.«

»Gern, Sir. Geht gleich los.«

»Gut«, sagte Carella und legte auf.

Er wartete. Ein weiterer Zug fuhr in den Hochbahnhof. Er wartete. Der Zug rollte wieder an. Carella blickte auf seine Uhr. Auf der Kommode gegenüber dem Bett stand ein Foto von Frank und Sylvia Preston, das sie in wesentlich jüngeren Jahren zeigte. Daneben Bilder von fast erwachsenen Kindern, vermutlich die des Ehepaares Preston. Ein Hochzeitsbild zeigte zwei junge Leute, die nach Carellas Vermutung ebenfalls zur Familie Preston gehörten. Der Sekundenzeiger der elektrischen Uhr auf der Kommode zog unaufhaltsam seine Kreise über das Ziffernblatt. Ein weiterer Zug donnerte in den Bahnhof. Carella seufzte. Und wartete. Der Zug rumpelte weiter. Wütend riß Carella den Hörer hoch und wählte die Nummer des Motels.

»›Golden Inn‹, guten Morgen.«

»Guten Morgen, hier ist wieder Detective Carella. Haben Sie sich bei der Abteilung vergewissert?«

»Sir, das Telefon klingelte vorhin, kaum daß Sie eingehängt hatten, und ich fand seither nicht eine Minute Zeit …«

»Wie heißen Sie?« fiel ihm Carella ins Wort.

»Gary Otis.«

»Fein, Mister Otis, und nun hören Sie mal gut zu. Ich ermittle hier in einer Mordsache und habe einfach keine Zeit zu verlieren, während Sie sich in der ganzen Stadt erkundigen, ob ich ein echter Polizist bin. Mein Name ist – haben Sie Schreibzeug zur Hand? – Stephen Louis Carella, wobei Stephen mit p-h zu schreiben wäre. Ich bin Detective zweiten Grades und gehöre dem 87. Revier in Isola an. Meine Polizeimarke trägt die Nummer 714-56-32, und mein nächster Vorgesetzter ist Lieutenant Peter Byrnes. Haben Sie alles mitbekommen?«

»Ja, ich … ich denke doch.«

»Gut. Sollte sich herausstellen, daß ich kein richtiger Polizist bin, können Sie die Stadt verklagen. Unterdessen, Mister Otis …«

»Wie könnte ich die Stadt verklagen?«

»Mister Otis, allmählich langt es mir, ich werde ungeduldig und gereizt«, sagte Carella lauter.

»Tut mir leid, Sir, aber wie kann ich die Stadt verklagen? Angenommen, Sie wären ein Ehemann, der nur herausfinden will …«

»Nehmen wir lieber an, ich bin ein richtiger Polizist, der

allmählich sehr wütend wird. Haben Sie das Gästebuch vor sich liegen?«

»Ja, Sir, aber ich hoffe auf Ihr Verständnis dafür, daß es mir nicht freisteht, die Namen meiner Gäste preiszugeben.«

»Mister Otis, ich habe die Möglichkeit, mir in der Stadt einen richterlichen Befehl zu beschaffen, der mir einen Blick in Ihr Gästebuch ermöglicht. Aber dieser Umweg würde mich noch wütender machen, als ich jetzt schon bin. Wenn ich mich dazu gezwungen sehe und ich komme mit einem Durchsuchungsbefehl zum ›Golden Inn‹, und wenn ich auch nur eine einzige Küchenschabe finde, hetze ich Ihnen das Gesundheitsamt auf den Hals und lasse Ihren Laden dichtmachen. Also sorgen Sie dafür, daß Ihr Etablissement fleckenlos rein ist, makellos, wenn ich Ihnen einen Rat geben darf – falls Sie mich an einem Samstagvormittag dazu zwingen, wegen eines Stückchens Papier den ganzen Weg in die Innenstadt zu fahren.«

»Soll das eine Drohung sein, Mister Carella?«

»Das können Sie auffassen, wie Sie wollen, Mister Otis. Was haben Sie mir zu sagen?«

»In den Zimmern gibt es keine Küchenschaben.«

»Gut, also sehen wir uns, sobald ich den Durchsuchungsbefehl mitbringe.«

»Aber wenn Sie wirklich Polizist sind …«

»Ich bin wirklich Kriminalbeamter, Mister Otis.«

»Und wenn es sich um einen Mordfall handelt …«

»Es geht wirklich um Mord. Mister Otis, warum sind Sie eigentlich Hotelportier, wo Sie doch bestimmt einer der geschätztesten Rechtsanwälte von Philadelphia sein könnten?«

»Ich bin nicht der Portier, sondern der Eigentümer des ›Golden Inn‹.«

»Ach so«, meinte Carella. »Jetzt verstehe ich.«

»Gerade deshalb lasse ich meinen Gästen jeden Schutz angedeihen.«

»Natürlich, klar. Mister Otis, haben sich am Donnerstag nachmittag Mr. und Mrs. Pratt eingetragen? Oder Mr. und Mrs. Pitt? Der Vorname soll in beiden Fällen Felix lauten.«

»Moment mal ...«

Carella wartete.

»Ja, ich habe hier Mr. und Mrs. Felix Pitt.«

»Waren Sie am Empfang, als die Eintragungen gemacht wurden?«

»Das weiß ich nicht genau. Oh, Moment, war das vielleicht die blinde Frau?«

»Genau«, sagte Carella.

»Ja, diese beiden habe ich gesehen. Eine schöne Frau, die mit einem weitaus älteren Mann verheiratet ist. Zunächst ist mir gar nicht aufgefallen, daß sie blind ist. Die Frau trug eine riesige Sonnenbrille. Deshalb hatte ich keine Ahnung, daß sie blind war. Bis er sie zum Fahrstuhl führte. Da habe ich es natürlich gemerkt.«

»Wann kam das Paar an?«

»Die Uhrzeit wird im Buch nicht festgehalten.«

»Könnten Sie sich erinnern?«

»Irgendwann am späten Nachmittag.«

»Und wann verließen sie das Motel wieder?«

»Meiner Schätzung nach gegen acht Uhr abends. Ich war nur mal kurz zum Essen gegangen. Als ich zurückkehrte, zogen die beiden gerade aus. Ich erinnere mich auch, daß der Mann bar bezahlt hat.«

»Vielen Dank, Mister Otis«, sagte Carella.

»Ich hoffe auf Ihr Verständnis, wenn ich ...«

»Ja, ich verstehe vollkommen. Danke nochmals«, verabschiedete sich Carella und legte auf.

Mit den Händen auf dem Hörer blieb er noch eine Weile nachdenklich sitzen. Ihm war soeben bestätigt worden, daß Isabel Harris und Frank Preston den Nachmittag und frühen Abend des fraglichen Donnerstag zusammen in einem Motel verbracht hatten. In blinder Leidenschaft eng umarmt, sozusagen, hatte keiner von ihnen genug Zeit gefunden, zum Hannon Square zu eilen, um dort zwischen sechs Uhr dreißig und sieben Uhr dreißig abends Jimmy Harris die Kehle durchzuschneiden. Im Gegenteil, das Paar war um acht Uhr abends vom Besitzer des ›Golden Inn‹, persönlich verabschiedet worden. Isabel Harris war wahrscheinlich erst wenige Minuten in ihrer Wohnung gewesen, als Carella an ihre Tür geklopft hatte. Um diese Zeit war ihr Mann schon seit mindestens zwei Stunden tot gewesen, vielleicht sogar länger.

Er überdachte noch einmal die Fragen, die er ihr an dem Abend des Mordes vorgelegt hatte, und insbesondere an die Frage, ob sie etwas mit einem anderen Mann gehabt habe. Die etwas verkrampfte Antwort hatte ›Nein‹ gelautet. Lügner überraschten ihn nicht mehr. Und Tränen auch nicht. Manchmal weinte man um einen Menschen, den man schon jahrelang gehaßt hatte. Tränen flossen unwillkürlich als eine genauso primitive Reaktion wie das Geheul des ersten Urmenschen, der einen brennenden Ast aus einem Feuer zog. Carella erhob sich, ging den Korridor hinunter und bedankte sich bei den Prestons für die Benutzung des Telefons. Der Mann warf ihm einen fragenden Blick zu. Carella nickte kurz und kam sich dabei wie ein Verschwörer vor.

7. KAPITEL

Die beidenSärge waren in der Kapelle so im Winkel aufgestellt, daß man zwischen ihnen hindurchgehen konnte. Wer kam, um den Toten die letzte Ehre zu erweisen, konnte bei dieser Anordnung gleichzeitig an beiden vorübergehen. Weiße und Farbige waren zur Bestattung gekommen. Sie unterhielten sich flüsternd in dem mit Teppichboden ausgelegten Vorraum oder saßen auf Klappstühlen in der Kapelle. Manche knieten betend vor dem Gitter, hinter dem die Särge auf den mit schwarzem Satin umkleideten Blöcken standen.

Sophie Harris saß auf einem Stuhl in der ersten Reihe. Sie war ganz in Schwarz gekleidet – schwarze Schuhe und Strümpfe, schwarzes Kleid und schwarzer Hut mit Schleier. Sie erinnerte Carella an Frauen in der eigenen Familie, die ihm während der Kindheit nahegestanden hatten und die er niemals anders als in Schwarz gekleidet gesehen hatte. Er setzte sich neben Sophie. Sie drehte sich zu ihm um, erkannte ihn und starrte wieder geradeaus.

»Mrs. Harris«, begann er mit unterdrückter Stimme, »würden Sie bitte auf einen Augenblick mit mit hinauskommen?«

»Ich habe nichts mehr auszusagen«, entgegnete sie.

»Wir wollen hier nicht streiten«, sagte der Detective.

Sie starrte die Särge an.

»Ich muß mit Ihnen sprechen«, drängte er. »Würden Sie bitte mit hinauskommen?«

Zögernd erhob sie sich vom Stuhl und trat schweigend durch den offenen Torbogen in den Vorraum hinaus. Carella folgte ihr auf dem Fuß.

»Sind Sie wegen Charlie jetzt zufrieden?« flüsterte sie mit bitter verkniffenen Lippen. Ihre Hände verkrampften sich vor ihrem Leib ineinander.

»Ich mußte wohl oder übel mit ihm reden«, verteidigte sich Carella.

»Warum? Ich hatte Ihnen doch erklärt, daß er es nicht gewesen ist.«

»Wir mußten der Möglichkeit nachgehen.«

»Haben Sie ihn immer noch auf Ihrer Liste?«

»Nein.«

»Sie haben ihm zugesetzt, weil er ein Neger ist«, behauptete Sophie.

»Nein, das stimmt nicht, Mrs. Harris. Ich habe ihm nicht zugesetzt, sondern ihn befragt. Und das auch nur auf den Verdacht hin, daß er Ihren Sohn und Ihre Schwiegertochter getötet haben könnte.«

Sie blickte ihm fest ins Gesicht.

»Ich will den Mörder finden«, sagte Carella.

Sie starrte ihn immer noch an.

»Glauben Sie mir.«

»Schon gut«, entgegnete sie nickend.

»Ich habe nichts in den Händen«, gestand er ihr ein. »Überhaupt nichts. Ich brauche Ihre Hilfe. Sie müssen noch einmal darüber nachdenken, ob Jimmy oder seine Frau mit irgendwem Streit gehabt haben ...«

»Nein«, fiel ihm Sophie ins Wort und schüttelte den Kopf. »Mit niemandem. Es gab keinen Streit.«

»Vielleicht auch nur eine Meinungsverschiedenheit. Manchmal fühlt sich jemand durch etwas beleidigt, das der andere ...«

»Nein, niemand. Sie kannten Jimmy nicht. Er hat nie im Leben zu anderen ein böses Wort gesprochen.«

»Mrs. Harris, Isabels Mörder, wer immer er sein mag, scheint nach etwas gesucht zu haben. Haben Sie eine Ahnung, was das gewesen sein könnte?«

»Nein.«

»Hat Jimmy jemals etwas von verstecktem Geld oder verborgenen Schmuckstücken oder etwas Ähnlichem erwähnt?«

»Nein.«

»Manche Leute verstecken ihre Wertsachen, weil sie Diebe fürchten ...«

»Er hatte keine Wertsachen, die das Verstecken gelohnt hätten.«

»Mrs. Harris, hatte Jimmy mit jemandem zu tun, der schon einmal mit dem Gesetz in Konflikt geraten war?«

»Nein«, erwiderte Sophie und fügte sofort hinzu: »Würden Sie diese Fragen auch einem Weißen stellen?«

»Hören Sie«, redete Carella weiter, »wir wollen nicht abschweifen. Okay? Ihr Sohn ist brutal ermordet worden. Das ist das schlimmste Verbrechen, das es gibt. Also will ich wissen, ob er irgendwelche Kriminelle gekannt hat. Eine ganz logische Frage für Schwarz oder Weiß. Also lassen wir solche Bemerkungen.« Er hatte die Stimme erhoben. Die Trauergesellschaft im Vorraum wurde aufmerksam und schaute herüber. Er senkte die Stimme wieder zum Flüstern und wiederholte seine Frage. »Kannte er jemanden mit irgendwelchen Vorstrafen?«

»Nein. Jedenfalls hat er das nicht so direkt gesagt.«

»Was meinen Sie damit? Hat er indirekt etwas über kriminelle Freunde verlauten lassen?«

»Nein, er hat niemals etwas von kriminellen Freunden gesagt.«

»Was meinten Sie also mit ›direkt‹?«

»Mein Sohn hätte nie im Leben etwas Unrechtes getan«, sagte Sophie.

»Mrs. Harris, Sie sagten soeben, Ihr Sohn habe niemals direkt kriminelle Freunde erwähnt. Wie soll ich das verstehen? Was bedeutet das?«

»Nichts.«

»Hat Ihr Sohn jemals eine ungesetzliche Handlung erwähnt, in die er vielleicht verwickelt gewesen ist?«

»Er war nicht in ungesetzliche Handlungen verwikkelt.«

»Hat er etwas in dieser Richtung geplant?«

»Das weiß ich nicht. Ich weiß es wirklich nicht. Er hatte genug Kummer zu tragen.«

»Wieso? Was für Kummer?«

»Die Alpträume.«

»Was für Alpträume?«

»Das fing an, gleich nachdem er von Fort Mercer heimgekommen war.«

»Fort Mercer?«

»Das Militärlazarett nördlich von hier, gleich neben dem Gefängnis.«

»Was für Alpträume hatte er?«

»Er wachte schreiend auf. Dann eilte ich in sein Zimmer, und da saß er mitten im Bett und starrte in die Finsternis, als ob er dort etwas sehen könnte. Dann nahm ich ihn immer in die Arme. Er war mit kaltem Schweiß bedeckt. Ich sagte dann: ›Jimmy, was ist los? Was hast du, mein Sohn?‹ Nichts. Keine Antwort. Er zitterte in meinen Armen.«

»Sprach er von den Alpträumen, wenn er aufgewacht war?«

»Nein. Aber Isabel hat mir gesagt, daß er immer noch Alpträume hatte.«

»Wann hat sie das gesagt?«

»Erst kürzlich.«

»Mrs. Harris, Sie haben gesagt, wirklich nicht zu wissen, ob Jimmy Ungesetzliches plante. Wäre es immerhin möglich?«

»Ich glaube fast, ja.«
»Hat er Ihnen gegenüber etwas davon erwähnt?«
»Er sagte, bald würden sie reich sein.«
»Wer?«
»Er und Isabel.«
»Hat er gesagt, wie und wodurch?«
»Mister Carella, ich will Ihnen doch lieber die Wahrheit sagen. Ich glaube, er hat tatsächlich etwas Ungesetzliches geplant.«
»Hat er das gesagt?«
»Nein.«
»Wie kommen Sie dann darauf?«
»Na, wozu würde er wohl sonst seinen alten Kriegskameraden brauchen?«
»Was wollen Sie damit sagen?«
»Er hat mir berichtet, daß er mit einem seiner alten Kameraden Kontakt aufgenommen habe.«
»Mit einem Kriegskameraden?«
»Ich glaube schon, daß er einen Freund aus dem Krieg gemeint hat.«
»Wen?«
»Den Namen weiß ich nicht mehr.«
»Hat er gesagt, warum er mit dem anderen Verbindung aufgenommen hat?«
»Er sagte, dieser Mann werde ihm und Isabel zu Reichtum verhelfen.«
»Hat er gesagt, wie das vor sich gehen sollte?«
»Nein.«
»Was bringt Sie dann auf den Gedanken, daß etwas Gesetzwidriges geplant wurde?«
»Ich weiß nicht warum. Vielleicht weil Soldaten mit Waffen umgehen können.«
»Aber Ihr Sohn hat niemals direkt gesagt ...«

»Nein, hat er nicht.«

»Na ja«, meinte Carella und hob die Schultern. Das Ganze hörte sich wie eine Filmstory an – zwei alte Kriegskameraden tun sich zusammen, um eine Bank oder ein Spielcasino in Las Vegas auszunehmen. Unmöglich erschien es ihm nicht. Alles war denkbar. Immerhin hatte er einige Zweifel. Jedoch – möglich war es, zum Teufel.

»Vielen Dank«, sagte er zu der Farbigen. »Sie haben mir sehr geholfen.«

Aber er war nicht sicher, ob das auch stimmte.

Die Revierwache sah an diesem Samstag morgen wie eine Kathedrale aus. Darin ist nichts zum Lachen. Novemberlicher Sonnenschein fiel schräg durch die Drahtnetze vor den hohen Fenstern. Goldene Lichtstrahlen fielen über Schreibtischplatten und Schreibmaschinen. Staubflocken funkelten in den fächerartigen Sonnenstreifen. Aus dem Radio auf Generos Schreibtisch ertönte Orgelmusik. Carella erwartete ein religiöses Wunder. Aber es kam nicht.

Genero tippte auf seiner Maschine.

Er hatte sich ein Taschenlexikon gekauft und schlug darin nach, wenn er ein Wort nicht zu buchstabieren wußte. Immer wieder gingen seine Blicke zwischen dem offenen Lexikon und der Tastatur hin und her. Sein stockendes Geklapper ärgerte Carella. Es erschien ihm unangebracht, daß jemand in einer Kirche tippte. Außerdem geschahen in dieser Welt keine Wunder mehr, und sein Fall war schaler geworden als abgestandenes Bier von gestern.

Die Orgelmusik schwebte durch den Raum. Carella kam sich vor, als wolle er gleich zur Beichte gehen. Das hatte er nicht mehr getan, seit er mit den Kirchenbesuchen aufgehört hatte. Damals war er fünfzehn Jahre alt gewesen. Zufällig fiel dieser Zeitpunkt mit dem Verlust seiner ›Jungfräulichkeit‹ zusammen. Das war auf dem Dachboden eines Wohnhauses in Riverhead geschehen, und zwar mit Hilfe eines Mädchens namens Suzie Ryan. Sie stammte aus einer irischen Familie. Suzie war siebzehn gewesen. Schon eine ganz und gar weltliche Frau. Sie ging in die gleiche Kirche wie Carella. Nach seiner Erweckung auf dem Dachboden war er zunächst entschlossen, seine Sünde in der Beichte zu bekennen. Dann aber fragte er sich, ob vielleicht der Priester fragen würde, wer seine sündhafte Partnerin gewesen sei. Er wußte, daß der Pfarrer aus der Dunkelheit heraus durch das Gitter sein Beichtkind erkennen konnte. Er würde also wissen, daß er Stephen Louis Carella vor sich hatte, der da diese schwere Sünde bekannte. Und dann würde er den Namen der willigen jungen Dame wissen wollen, und dann hätte er ›Suzie Ryan‹ sagen müssen, die so großzügig und leidenschaftlich gewesen war und der er damals in der Zeit seiner erwachenden Männlichkeit blindlings in die Hölle gefolgt wäre. Er überlegte, was da zu tun sei und beschloß, nicht mehr zur Beichte zu gehen. Zugleich beschloß er auch, künftig die Kirche überhaupt zu meiden, aber das hatte nichts mit Suzie zu tun. Er wollte nicht mehr zur Kirche gehen, weil er dort sowieso immer nur einschlief. Sein Vater fragte: »Warum geht du nicht mehr in die Kirche?« Carella antwortete: »Warum gehst du nicht hin, Papa?« Und sein Vater erwiderte nur: »Schon gut.«

Jetzt wurde ihm klar, daß er – wenn er nicht mit fünfzehn Jahren aufgehört hätte, in die Kirche zu gehen – zu Gott um ein Wunder oder wenigstens um eine Spur beten könnte, und alle seine Probleme würden sich in Rauch auflösen. Statt dessen spielte das Radio Orgelmusik, und

Genero tippte in einem Takt, der nicht zu dem der hallenden Akkorde paßte, und Carella hatte nicht nur keine Spur, er hatte nicht mal die Spur einer Ahnung davon, wo er jetzt noch ansetzen sollte.

Er beschloß, mal in Fort Mercer anzurufen.

Hinter diesem Entschluß stand nicht logische Schlußfolgerung, sondern nackte Verzweiflung. Vor dem Gespräch mit Sophie hatte er so gut wie gar nichts über den Ermordeten gewußt. Bei jedem Mordfall war es wichtig herauszufinden, wie das Opfer seine letzten vierundzwanzig Stunden zugebracht hatte – wo er oder sie gewesen war, mit welchen Leuten man zuletzt zusammengetroffen war und was sich sonst ereignet hatte. Von Isabel Harris wußte er wenigstens zum Teil, wo und wie die letzten vierundzwanzig Stunden ihres Lebens verlaufen waren. Sie hatte diese Zeit mit Frank Preston im Bett verbracht. Von Jimmy aber wußte er nur, daß dieser vormittags zur üblichen Zeit das Haus verlassen und dann den Tag über wahrscheinlich seine übliche Bettelroute an der Hall Avenue abgeklappert hatte. Dann war er vermutlich wie üblich in eine Bar gegangen, um den Stoßverkehr abflauen zu lassen, ehe er sich auf den Heimweg machte.

Carella hatte vergessen, sich bei Isabel danach zu erkundigen, ob Jimmy immer die gleiche Bar aufsuchte. Ein Fehler. Vielleicht ein schlimmer. Jetzt konnte er Isabel nicht mehr fragen. Dabei existierte durchaus die Möglichkeit, daß Jimmy in der Kneipe mit jemandem Streit bekommen oder ihn irgendwie verärgert hatte. Wer, zum Teufel, konnte das wissen? Die Bar blieb unbekannt, nur weil Carella etwas übersehen hatte. Er ärgerte sich darüber. Er haderte mit sich selbst. Er überdachte die beiden Informationsfragmente, die er jetzt besaß, zwei scheinbar zusammenhanglose Teilstücke, die dennoch Jimmy Harris vom

Leichnam in ein lebendiges, atmendes Wesen zurückverwandelten.

Mit dem ersten Informationsstück konnte er zunächst nichts anfangen. Sollte Jimmy Harris tatsächlich an einen alten Kriegskameraden mit einem, womöglich illegalen, Plan herangetreten sein, der schnellen Reichtum versprach, ließ sich dies nur im Gespräch mit eben diesem Freund aus der Soldatenzeit klären. Im Augenblick wußte er nichts über Jimmys militärische Laufbahn, mit Ausnahme der Tatsache, daß er der zweiten Schwadron der Schützengruppe Alpha angehört hatte und im Kampf blindgeschossen worden war. Wenn alles klappte, konnte schon am Montag Captain McCormick im Besitz aller Informationen über Jimmys Militärzeit sein, die Carella angefordert hatte. Er zweifelte an solchem Glück. Aber da war noch etwas, das er von Sophie Harris erfahren hatte.

Ihr Sohn hatte unter Alpträumen gelitten.

Carella wählte ›0‹ und fragte das Fräulein in der Telefonzentrale nach der Vorwahlnummer für Fort Mercer. Er bekam zu hören, daß eine Stadt namens Fort Mercer nicht existierte. Carella sagte, der Ort müsse irgendwo im Norden nahe dem Gefängnis von Castleview liegen. Die Telefonistin entgegnete, sie wisse nicht, wo Castleview liege. Er sagte ihr, daß das Gefängnis im Bezirk Rawley zu suchen sei. Da gab sie ihm eine Vorwahlnummer. Carella drehte zunächst die 1, dann die Vorwahl und danach die 555 und schließlich die Nummernfolge 1212. Unterdessen hatte er schon fast vergessen, warum er überhaupt diese lange Zahlenreihe drehte. Er hatte außerdem die Nummer seiner Polizeimarke, seiner Sozialversicherungskarte und den Anfangsbuchstaben seines zweiten Vornamens vergessen. Eine weitere Telefonistin meldete sich. »Auskunft, welche Stadt bitte?« Carella bekundete, daß er Fort Mercer suche. Das müsse irgendwo bei Rawley liegen. »Das ist in Paxton, Sir«, erklärte sie. »Dafür habe ich mehrere Anschlüsse. Welchen wünschen Sie?«

»Das Krankenhaus«, verlangte er.

»Da gibt es ein Allgemeines Krankenhaus und ein Notkrankenhaus.«

»Versuchen wir es mal mit dem Allgemeinen.«

»Wollen Sie die Nummer mitschreiben, Sir?«

»Ja, ich höre«, sagte Carella.

»963-7047«, wurde ihm mitgeteilt. »Vielen Dank. Das war also 963 ...«

Aber sie hatte schon eingehängt. Seufzend drehte er wieder die 1, dann die Vorwahl, danach die 963 und endlich 7047. Das Telefon klingelte. An der anderen Seite des Büros drehte Genero, der alle mögliche Musik mochte, das Radio auf Rock 'n' Roll. Oben in Paxton klingelte immer noch das Telefon. Carella fragte sich schon, ob das Krankenhaus etwa geschlossen sei.

»Krankenhaus«, kam eine Männerstimme durch den Draht.

»Bin ich mit dem Krankenhaus von Fort Mercer verbunden?« erkundigte sich Carella.

»Ja, Sir, das sind Sie.«

»Hier spricht Detective Carella vom 87. Revier in Isola. Ich rufe wegen eines Patienten an, der vor etwa zehn Jahren bei Ihnen gewesen ist. Vielleicht könnte ich mal mit jemandem sprechen, der ...«

»Mit wem wollen Sie sprechen, Sir?«

»Mit irgendwem, der mir vielleicht etwas Näheres über jenen Patienten sagen könnte.«

»Tja, Sir ... woher soll ich wissen, wer dafür in Betracht käme?«

»Gibt es jemanden, der schon zehn Jahre oder länger dort tätig ist?«

»Ja, Sir, dessen bin ich ziemlich sicher. Aber … Sir, wir sind hier ein ziemlich großes Unternehmen. Ich wüßte wirklich nicht, mit wem ich Sie da verbinden sollte.«

»Kann ich dann mit dem Chef sprechen? Wer kommandiert denn Ihr großes Unternehmen?«

»Das wäre General Wrigley, Sir.«

»Würden Sie mich bitte mit ihm verbinden?«

»Einen Augenblick, Sir.«

Carella wartete. Gleich meldete sich eine Frauenstimme.

»Vorzimmer General Wrigley.«

»Detective Carella vom 87. Revier in Isola. Könnte ich bitte den General sprechen?«

»Tut mir leid, Sir er ist heute nicht hier.«

»Vielleicht können Sie mir weiterhelfen«, sagte Carella.

»Ich werde es versuchen, Sir.«

»Wir untersuchen einen Mordfall. Das Opfer war früher mal in Fort Mercer in Behandlung. Ich trage alle erreichbaren Informationen über diesen Mann zusammen.«

»Wann war er als Patient hier?«

»Vor zehn Jahren.«

»Hm«, machte die Frau.

»Ich weiß, das ist lange her.«

»Ja, Sir, das kann man wohl sagen.«

»Die Krankengeschichten werden doch sicherlich aufbewahrt?«

»Ja, Sir, das schon. Das ist nicht das Problem.«

»Worin besteht das Problem sonst?«

»Ich glaube kaum, Sir, daß sich so etwas telefonisch erledigen läßt.«

»Ich wollte mir die weite Reise ersparen. Es handelt sich um einen Mordfall.«

»Gut, ich verbinde Sie mit dem Archiv.«

»Vielen Dank.«

»Bleiben Sie dran. Es wird sich anhören, als sei die Leitung unterbrochen. Aber ich stelle Sie nur durch.«

»Vielen Dank, ich warte.«

Abermals wartete er. Ihm kam der Gedanke, daß Ermittlungen in einem Mordfall immer zugleich das Eindringen in anderer Leute Leben bedeutete. Das hatte niemand gern. Niemand mochte es, wenn jemand so einfach aus der großen Stadt anrief und sich nach einem Mann erkundigte, der hier mal vor zehn Jahren vorbeigekommen war. Zum Teufel damit. Hier galt es, ein Krankenhaus mit vielen Patienten zu leiten. Ich stelle Sie zum Archiv durch. Vielleicht interessiert man sich dort für Ihre Sorgen. Das Archiv befaßte sich mit der Vergangenheit, der weit zurückliegenden und der jüngsten. Ich stelle Sie zum Archiv durch, weil wir hier wegen der Kranken in Eile sind und uns nicht stören lassen können. Man möge uns nicht mit Leichen von Leuten belästigen, die irgendwann mal hier gelebt haben.

»Archiv, Sergeant Hollister am Apparat.«

»Detective Carella, 87. Revier. Ich benötige Informationen über ein Mordopfer.«

Sergeant Hollister ließ einen Pfiff hören. »Schießen Sie los.«

»Der Mann heißt James Harris und war vor zehn Jahren in Fort Mercer.«

»Weitere Vornamen?«

»Randolph.«

»Das wird einige Zeit dauern«, erklärte Hollister. »Ich werde zurückrufen.«

»Meine Nummer ist Frederick 7-8024. Aber, Sergeant ...«

»Ja, Sir?«

»Ich wäre eigentlich mehr an einem Gespräch mit jemandem interessiert, der vielleicht mit Harris persönlich bekannt war, als er dort behandelt wurde. Das wäre mir wichtiger als alles, was Sie mir aus den Akten vorlesen können.«

»Nun, wollen wir erst mal abwarten, was ich im Archiv finde. Okay, Sir? Ich melde mich so schnell wie möglich bei Ihnen.«

»Sergeant, es handelt es sich um einen Mordfall.«

»Jawohl, Sir, ich weiß, daß die Sache eilig ist.«

»Gut. Vielen Dank, und ich erwarte Ihren Rückruf.«

Es klickte in der Leitung. Carella schaute auf die Wanduhr. Es war kurz nach halb elf.

»Wie buchstabiert man das – Fehikel oder Viehikel?« fragte Genero.

»Sieh doch nach. Wozu liegt das Lexikon dort?«

»Wie kann ich ein Wort nachschlagen, wenn ich nicht weiß, wie man es buchstabiert?«

»Na gut, also, es fängt mit V an.«

»Schon – aber was kommt dann?« fragte Genero weiter.

Carella schaute schon wieder auf die Uhr. Seit dem letzten Blick dorthin war eine Minute vergangen.

Der Rückruf kam erst kurz nach elf Uhr. Unterdessen hatte Carella Charles C. Clarke erkennungsdienstlich behandeln lassen und die fälligen Berichte in dreifacher Ausfertigung geschrieben. Beim Erkennungsdienst hatte man ihm sofortige Erledigung versprochen. Aber er erwartete vor Montag keine Antwort von dort, wenn er sich nicht die Mühe machte, später am Tag selbst noch einmal anzurufen. Desgleichen war er der Meinung, er würde sich auch beim Krankenhausarchiv erneut melden müssen. In Amerika, und soweit er wußte, auch überall in der ganzen Welt, bekam man nichts erledigt, wenn man deshalb nicht mindestens zweimal telefonierte. Und dann dem zweiten Anruf einen Brief folgen ließ. Um dann eine Woche nach dem zweiten Brief erneut zu telefonieren. Carella hegte den Verdacht, daß es schon genauso im alten Rom gewesen war, als die barbarischen Horden die nördlichen Grenzwälle durchbrachen und plötzlich auf ihren Ponys durch die Straßen ritten. Die Senatoren aber rafften ihre Togen und rannten um ihr Leben, wobei sie unbeantwortete Schreibtafeln gegen die Brust drückten. Und die Sekretärinnen rannten ihnen halb entkleidet und Gummi kauend nach.

»87. Revier, Carella.«

»Hier ist Colonel Anderson, Fort-Mercer-Krankenhaus.«

»Ja, Sir?«

»Sergeant Hollister vom Archiv berichtete mir telefonisch, daß Sie sich für einen Patienten interessieren, den ich vor einigen Jahren behandelt habe.«

»Ja, Sir, der Mann hieß James Harris.«

»Hollister sagte, Harris sei ermordet worden. Stimmt das?«

»Ja, leider.«

»Bedauerlich, so etwas hören zu müssen«, sagte Anderson. »Was wollen Sie über ihn wissen, Mister Carella?«

»Es hört sich vielleicht lächerlich an …«

»Reden Sie nur.«

»Ich habe heute früh mit seiner Mutter gesprochen. Von ihr weiß ich, daß James Harris unter Alpträumen gelitten hat.«

»So?«

»Ich würde gern mit jemanden sprechen, der mir etwas darüber sagen könnte.«

»Über die Alpträume?«

»Ja, ich möchte wissen, welcher Art sie waren.«

»Ich bin Gesichtschirurg und hatte mit seiner geistigen Rehabilitation nichts zu tun. Sie müssen wissen, daß der Mann schon in drei anderen Lazaretten gewesen ist, ehe er bei uns eingeliefert wurde. Uns kam es darauf an, ihn nach dem schrecklichen Trauma, das er durchmachen mußte, wieder ins zivile Leben einzuführen. Seine Verwundung war ganz besonders schlimm. Wir mußten weitgehend mit plastischer Chirurgie nachhelfen. Die psychische Umstimmung auf seine neue Lebenssituation war Sache eines Teams von Psychotherapeuten. Das wären die Leute, die etwas über seine Alpträume wissen müßten.«

»Können Sie mir sagen, wer damals der Chef des Teams gewesen ist?«

»Das müßte Colonel Konigsberg gewesen sein.«

»Könnte ich wohl mal mit ihm sprechen?«

»Er ist nicht mehr hier, sondern wurde nach Washington ans Walter Reed Hospital versetzt. Sie könnten versuchen, ihn dort zu erreichen. Das wäre also Colonel Paul – halt, nein, er war ja schon Colonel, als er hier wegging. Also hat er sicherlich inzwischen den Rang eines Brigadiers.«

»Colonel Anderson, wo mögen sich wohl die Berichte der Psychiater befinden? Liegen sie immer noch in Fort Mercer?«

»Das möchte ich wohl annehmen.«

»Wenn ich gleich heute nachmittag zu Ihnen hinausfahre, dürfte ich dann mal einen Blick in die Krankengeschichte werfen?«

»Das wird sich einrichten lassen.«

Carella schaute wieder zur Wand. »Wäre zwei Uhr recht?«

»Ja, gut. Ich werde der Wache Bescheid sagen, damit

man Sie hereinläßt. Darf ich mal Ihren vollen Namen haben?«

»Detective Stephen Carella, ich buchstabiere, C-a-r-e-l-l-a, und Stephen mit p-h.«

»Die allgemeine Abteilung des Lazarettes befindet sich gleich recht neben dem roten Ziegelgebäude der Verwaltung. Wenn Sie durch das Haupttor kommen, halten Sie sich nach rechts. Parken können Sie in dem Oval, das als Besucherparkplatz gekennzeichnet ist. In der Eingangshalle befindet sich die Rezeption. Die junge Dame dort wird Ihnen erklären, wo Sie mich finden. Mein Büro liegt im ersten Stockwerk.«

»Ich werde um zwei Uhr dort sein«, sagte Carella.

»Gut, in Ordnung. Bis dahin also«, verabschiedete sich Anderson.

Carella legte auf und schaute ein weiteres Mal auf die Uhr. Dann sah er sich den Dienstplan an der Wand an. Meyer hatte heute frei. Trotzdem rief er ihn daheim an. Sarah Meyer kam ans Telefon, erkannte seine Stimme und rief:

»Oh, nein!«

»Ist er gerade mit etwas sehr beschäftigt?«

»Wir gehen zu einer Hochzeit.«

»Wann ist die Trauung?«

»Spar dir die hinterlistigen Fragen, Steve«, sagte die Frau. »Ich hole ihn an den Apparat.«

Carella wartete. Als Meyer den Hörer übernommen hatte, sagte er sofort: »Kommt auf keinen Fall in Frage.«

»Ich fahre nach Fort Mercer hinauf«, erklärte Carella.

»Wo ist das?«

»Oben in der Nähe von Castleview.«

»Na, dann gute Fahrt.«

»Wer heiratet denn?«

»Irwin, der Nichtsnutz.«

»Dein Neffe?«

»Ganz recht, mein Neffe. Aus dem ist schließlich doch noch ein Mensch geworden. Kannst du dir das vorstellen? Steve, ich kann dich nicht begleiten. Tut mir leid. Ich bin noch nicht mal dazu gekommen, meinen Smoking aus der Reinigung zu holen.«

»Würdest du die Zeit für einen einzigen kurzen Besuch erübrigen können?«

Meyer seufzte.

»Meyer?«

»Ja, schon gut. Wo soll ich denn hin?«

»Sam Grossmann hat mir berichtet, daß Jimmy Harris Garten- oder Blumentopferde unter den Fingernägeln gehabt hat. Durchsuche noch einmal die Wohnung. Ja? Vielleicht hat Harris vergraben, was der Mörder so eifrig gesucht hat.«

»Wo kann man denn in der Wohnung etwas vergraben?«

»Hast du Blumenkästen an den Fenstern gesehen?«

»Darauf habe ich nicht geachtet.«

»Sieh mal auf den Simsen nach, und wenn da keine Blumenkästen sind, müßtest du vielleicht mal unten auf dem Hinterhof nachsehen, ob dort kürzlich etwas eingebuddelt worden ist.«

»Eine nette Beschäftigung für einen Mann am Samstagnachmittag, der sich eigentlich für eine Hochzeit umziehen müßte.«

»Wann ist die Trauung?«

»Um drei Uhr.«

»Da hast du noch beinahe vier Stunden Zeit.«

»Um einen Hinterhof umzugraben, meinen Smoking zu holen, zu duschen und mich zu rasieren und dann mit der ganzen Familie zum Adams Boulevard zu fahren. Weshalb fährst du nach Fort Mercer?«

»Jimmy Harris hat unter Alpträumen gelitten.«

»Darunter leide ich auch«, stöhnte Meyer und hängte ein. Lächelnd legte Carella den Hörer auf die Gabel.

Fast im gleichen Augenblick läutete sein Telefon schon wieder. Ein Mann vom Erkennungsdienst teilte mit, daß es für Charles C. Clarke kein Vorstrafenregister gab.

In der Wohnung herrschte die schwere Stille des Todes.

Irgendwer hatte den Unrat zusammengefegt, der über den ganzen Küchenfußboden verstreut gewesen war. Ansonsten aber sah es in der Wohnung noch übel aus. Meyer fragte sich, wer hier wohl mal saubermachen würde. Kreidestriche auf dem Fußboden neben dem Kühlschrank zeigten, wo Isabels im Tod gekrümmter Körper gelegen hatte. Früher oder später würde jemand den Küchenfußboden aufwischen, die Kreidestriche und die Blutflecken auf dem Linoleum fortwaschen. Früher oder später würde ein neuer Mieter die Wohnung beziehen. Eines Tages würde der neue Bewohner beiläufig erwähnen, daß in dieser Küche ein Mord verübt worden war. Daß man eine Frau mit durchgeschnittener Kehle hier gleich neben dem Kühlschrank gefunden habe. Im Ernst? würde der Besucher staunen, und dann würden beide ihre Diskussion über den Stand der Baseballtabelle fortsetzen.

Vorläufig war Isabel Harris noch da, wenn auch nur in Form von Kreidestrichen auf dem Fußboden und eingetrockneten Blutflecken auf dem Linoleum. In den anderen Räumen lag ihr zertrümmertes Mobiliar, waren ihre Kleidungsstücke verstreut. Meyer hatte mal irgendwo gelesen, daß Blinde Kleidungsstücke von verschiedener Farbe in getrennten Schubfächern aufbewahren, damit sie nicht versehentlich eine grüne Krawatte zu einem roten Hemd oder eine rote Bluse zu einem orangefarbenen Rock tragen. Außerdem kennzeichneten sie ihre Sachen durch unterschiedliche Striche in den Säumen oder Hemdrändern. Denn ihre Finger ersetzten die Augen, Berührung wurde für sie zum Gesicht. Er konnte sich nicht vorstellen, wie Blinde empfanden. Sollte er einmal plötzlich erblinden, wollte er sich das Leben nehmen.

Über der Spüle in der Küche befand sich ein kleines Fenster, dessen Scheibe mit Eisblumen bedeckt war. In der Wohnung war es kalt. Sicherlich hatte der Hausmeister alle Heizkörper abgedreht, kaum daß die Polizei fortgegangen war. Nur keine Energie verschwenden und die verstunkenen Araber noch reicher machen, als sie schon waren. Mit dem Handschuh wischte Meyer ein Guckloch in der Scheibe frei. Zuerst erblickte er die Ziegelwand des Nachbarhauses und dann das Fenstersims draußen.

Auf dem Sims stand ein Blumenkasten.

Vertrocknete und erfrorene Stengel der letzten Sommerblumen lagen auf der gefrorenen Erde im Kasten herum wie Gefallene nach einer Schlacht. Meyer zog an dem Fensterflügel. Meistens waren die Fenster und die Rahmen in diesen Wohnungen mit Farbe zugeklebt. Dieses Fenster ließ sich leicht öffnen. Er holte den Kasten vom Sims herein, stellte ihn auf den Tisch und schloß das Fenster wieder. Aus dem durcheinandergeworfenen Besteck auf dem Küchenfußboden hob er einen Suppenlöffel auf. Er begann, damit die Blumenerde umzugraben. Anfangs leistete die gefrorene obere Schicht Widerstand. Plötzlich stieß er auf weichere Erde. Hier hatte kürzlich jemand gegraben. Die Erde lag lose hineingeschüttet, und der Löffel ging leicht hinein. Meyer zog die Handschuhe aus und fuhr mit tastenden Fingern tief ins Erdreich. Nichts. Er hielt Umschau nach etwas, worauf er den ganzen Kasten ausleeren konnte. Er öffnete die Tür unter der Spüle und stieß auf einen ganzen Stapel brauner Papierbeutel. Der Detective riß einen davon auseinander, breitete ihn auf dem Fußboden aus und löffelte die Erde darauf.

Schließlich war der Blumenkasten leer.

Außer Erde war nichts darin gewesen.

Meyer füllte einen Eßlöffel voll dieser Erde in einen Beutel zur Weiterleitung an das Laboratorium zu Grossmann. Dann verließ er die Wohnung und begab sich in den Hinterhof.

8. KAPITEL

Das Allgemeine Militärlazarett von Fort Mercer war kurz vor dem spanisch-amerikanischen Krieg gebaut worden. Das erfuhr Carella von der WAC-Sergeantin, die ihn zum Archiv führte. Er hatte keinen Grund, an ihren Worten zu zweifeln. Hier sah alles nach der Zeit um die Jahrhundertwende aus, mit hochgewölbten Decken und dicken Mauern. Die Fenster erhoben sich vom Fußboden bis zu doppelter Mannshöhe. Sie waren mit dem Fahrstuhl von Colonel Andersons Büro heruntergekommen und gingen jetzt im Erdgeschoß einen Gang entlang, der an den Bogengang an der Seite eines Klosters denken ließ. Jenseits der Fenster erstreckte sich ein Garten ohne Blumen. Der Rasen zog sich hügelauf und hügelab bis zum fernen River Harb. In einiger Entfernung erhob sich ein steiles Ufer, auf dem Carella die grauen Mauern des Staatsgefängnisses Castleview erblickte. Er kannte dort eine Menge Leute, die wegen unterschiedlicher Verbrechen einsaßen. Das waren sozusagen seine Geschäftsfreunde.

Die Sergeantin war eine attraktive Blondine – etwa Anfang Dreißig, schätzte er –, die ihre schmucklose olivfarbene Uniform mit der Anmut eines Mannequins trug. Ihre flachen Absätze klickten monoton auf dem Ziegelboden des Ganges. Ihre Hüften schwangen, und in ihren Augen spiegelte sich das Licht der Novembersonne wider.

»Hier denkt man immer, die Erbauer hätten damals den verdammten Krieg erwartet, nicht wahr?« meinte die Frau. »Warum sonst hätte man hier gleich zwei Lazarette errichten sollen? Sie wissen, wie man dieses Haus hier nennt?«

»Ja, das Allgemcine Lazarett oder dienstlich das General Hospital.«

»Erkennen Sie den Witz dahinter?«

»Nein, wo liegt da der Witz?«

»Hier gibt es nur gehobene Dienstgrade.«

Carella blickte sie von der Seite her an.

»Nur gehobene Dienstgrade«, wiederholte sie.

»Oh, ich verstehe, daher General Hospital.«

»Na, endlich ist der Groschen gefallen«, sagte sie lachend. Carella fragte sich plötzlich, ob sie es auf einen Flirt abgesehen hatte. Nein, das war wohl nicht der Fall.

»Da sind wir«, erklärte die Sergeantin und trat mit raschen Schritten vor eine hölzerne Tür an der rechten Seite des Korridors.

Carella folgte ihr in einen riesigen Raum, der mit metallenen Aktenschränken vollgestopft war. Auch hier hochgewölbte Decken und hohe Fenster, durch die das Sonnenlicht hereinströmte. Die Aktenschränke standen in langen Reihen, wie die grauen Gedenksteine auf einem Militärfriedhof, von einer Wand bis zur anderen. Die Aufgabe, in diesem Saal voller Dokumente die Krankengeschichte von James Harris zu finden, in einem Saal, in dem die Stimmen widerhallten, erschien ihm auf einmal als schier unlösbare Aufgabe. Dabei hatte ihm vor kaum fünf Minuten Colonel Anderson versichert, die Sergeantin würde ihm alles besorgen, was er brauchte. Jetzt zweifelte Carella daran und meinte insgeheim, für diese Arbeit würde man mindestens eine Kompanie Soldaten benötigen. Die Frau mußte ihm seine Zweifel vom Gesicht abgelesen haben.

»Machen Sie sich keine Sorgen«, erklärte sie. »Die Sache ist tadellos organisiert. Wir werden das Aktenstück in Null Komma nichts gefunden haben, und dann helfe ich Ihnen dabei, es durchzuackern. Muß ich Sie mit Detective Carella titulieren oder soll ich Mister Carella sagen oder was sonst?«

»Wie muß ich denn Sie anreden?«

»Janet.«

»Steve.«

Vielleicht hätten sie das Aktenstück doch nicht so schnell gefunden, wie Janet vorausgesagt hatte, wenn nicht Jimmys zweiter Vorname bekannt gewesen wäre. Seit das Lazarett bestand, waren hier nicht weniger als siebenundvierzig Soldaten mit Namen James Harris behandelt worden, die Opfer aus nicht weniger als vier Kriegen. Amerika war während dieser Zeit sehr geschäftig gewesen. Aber nur zwei der verwundeten Soldaten hießen James Randolph Harris, und einer von ihnen war weiß gewesen, der andere aber schwarz. Damit war die Suche innerhalb von fünf Minuten beendet. Der Aktenordner war dicker, als man nach fünf Minuten Suche hätte erwarten dürfen, wenn ein solcher Vergleich erlaubt ist – als wolle man Äpfel mit Apfelsinen vergleichen.

Janet führte Carella durch eine weitere hölzerne Tür in einen angrenzenden Raum, wo man sich wirklich wie in einer Klosterzelle fühlen konnte – strenge, glatte weiße Wände, kleine Fenster, ein einfacher Holztisch mit hochlehnigen Stühlen darum herum. Ihm fiel plötzlich auf, daß er heute schon eine ganze Menge Dinge gesehen hatte, die ihn an die Kirche erinnerten. Erst war ihm die Revierwache wie eine Kathedrale erschienen, dann der Korridor wie ein Klostergang, und nun glich dieser Raum auch noch einer Mönchszelle. Fast erwartete er, daß gleich ein Mann in brauner Kapuzenkutte durch die entferntere Tür mit einem Manuskript hereinkommen werde, um es mit bunten Zierbuchstaben zu versehen.

»Das ist mir im ganzen Lazarett der liebste Ort«, bekannte Janet. Dabei zog sie einen Stuhl heran und setzte sich.

»Wie wollen wir die Arbeit angehen?« fragte Carella.

»Kommt ganz darauf an, was Sie suchen.« Während sie sprach, schlug sie die Beine übereinander. Sie hatte hübsche Beine. Abermals fragte er sich, ob das ein Flirt werden sollte. Aber er redete sich das aus.

»Mich interessieren besonders die Alpträume, unter denen Harris litt.«

»Okay«, sagte sie, »dann wollen wir den Inhalt des Aktenordners teilen. Sie arbeiten sich von hinten nach vorn, und ich beginne am Anfang. Wie wäre das?«

»In Ordnung«, meinte Carella.

»Hat Ihnen schon mal jemand gesagt, daß Sie schrägstehende Augen haben?« fragte Janet unvermittelt.

»Ja.«

»Sie stehen tatsächlich schräg.«

»Das weiß ich.«

»Mhm«, nickte sie und lächelte kurz.

»Also, gehen wir an die Arbeit. Ich weiß es zu schätzen, daß Sie mir helfen wollen.«

»Befehl ist Befehl«, entgegnete sie und lächelte abermals.

Schweigend arbeiteten sie und prüften die Akten Stück für Stück durch. Es war wie bei einer Weinprobe. Sie nahmen hier und dort eine Probe, kosteten davon und blätterten weiter, Seite um Seite. Janet stieß als erste auf die Erwähnung von Alpträumen.

»Da ist etwas«, verkündete sie.

Das Etwas bestand in einer Notiz, die ein Major Ralph Lemarre für Lieutenant Colonel Paul Konigsberg aufgezeichnet hatte. Sie behandelte einen Traum, den der Gefreite James Randolph Harris gehabt hatte.

Es ist kurz vor Weihnachten.

Jimmys Eltern schmücken einen Weihnachtsbaum. Jimmy und vier weitere Jungen sitzen im Wohnzimmer auf dem Fuß-

boden und sehen zu. Jimmys Vater fordert die Jungen auf, beim Schmücken des Weihnachtsbaums zu helfen. Die Jungen weigern sich. Jimmys Mutter sagt, sie brauchten nicht zu helfen, wenn sie dazu zu müde wären. Der Weihnachtsschmuck beginnt vom Baum herunterzufallen. Die einzelnen Stücke krachen laut auf den Fußboden, wodurch Jimmys Vater erschrickt. Er verliert auf seiner Leiter das Gleichgewicht und fällt inmitten des zertrümmerten Weihnachtsschmuckes auf die Diele, wobei er sich Schnittwunden zuzieht. Der Teppich ist grün. Das Blut versickert darin. Er verblutet auf dem Teppich. Jimmys Mutter weint. Sie hebt ihren Rock, worunter ein Penis sichtbar wird.

»Was halten Sie davon?« fragte Janet.

»Ich kann nicht einmal meine eigenen Träume deuten«, erwiderte Carella. »Mal sehen, was Major Lemarre davon hielt.«

Der Major hatte dazu wenig oder gar nichts anzumerken gehabt. Ihm war zum ersten Mal von diesem Traum berichtet worden, und seine Notiz enthielt keine Andeutung darüber, daß er glaubte, dieses Traumerlebnis werde sich öfter wiederholen. Sein Kommentar bezog sich lediglich auf Informationen, die er bei vorangegangenen Gesprächen mit Jimmy gewonnen hatte. Der Vater des Jungen war bei einem Autounfall umgekommen, als Jimmy sechs Jahre alt war. Seine Mutter hatte die Familie ganz allein durchgebracht. Major Lemarre neigte zu der Ansicht, daß jener Teil des Traums, in dem eine Frau plötzlich mit einem männlichen Organ ausgestattet war, darin seine Deutung finden könnte, daß Sophie Harris nach dem Tod des Mannes für den kleinen Jimmy Mutter und Vater zugleich geworden war.

»Na ja«, meinte Janet und zuckte mit den Schultern. Ihr war anzumerken, daß sie von Traumdeutung nicht viel hielt.

Carella hatte für ihre Einstellung volles Verständnis. Er selbst war in einer Familie aufgewachsen, in der man Träume als Omen für bevorstehende Ereignisse wertete. Wenn jemand träumte, daß sieben Männer acht Baumwollballen vier Stufen hochschleppten, dann eilte man am besten gleich zur nächsten Wettannahmestelle und setzte für diesen Tag auf die 784. Und wenn man träumte, Tante Clara sei vom Dach gefallen, dann setzte man sich am besten gleich mit dem zuständigen Leichenbestatter in Verbindung, oder man ließ mindestens ein Zimmer im nächsten Krankenhaus reservieren. Niemand in Carellas Familie betrachtete Träume als Hinweise auf die eigene Persönlichkeit oder das eigene Verhalten des Träumenden. Erst als er zur Polizei gekommen, genauer, als er Kriminalbeamter geworden war, revidierte Carella seine Ansicht über Träume. Der Polizeipsychiater hatte ihm beigebracht, daß sich wiederholende Träume mit einem schwach beleuchteten Tunnel in die Vergangenheit verglichen werden könnten. Der Patient und sein Analytiker konnten in Zusammenarbeit diesen Tunnel erhellen und rekonstruieren, welches Trauma zu dem wiederholten Traum führte. Dadurch konnte der Patient von einer Fixation befreit werden und mit den Vorgängen auf einer mehr realistischen Ebene fertig werden. Damals hatte Carella allerdings keinen rechten Sinn in diesen Ausführungen erblickt.

Andererseits gehörte er zu jenen Menschen, die sich mit einer neuen Erkenntnis so lange auseinandersetzten, bis sie deren Inhalt begriffen haben. Das bedeutete nicht immer volles Verstehen des Neuen. So wußte er zum Beispiel immer noch nicht genau, wie die Ballistiker die Züge in einem Gewehrlauf berechneten oder die Markierungen eines verdächtigen Geschosses deuteten. Aber er wußte ausreichend darüber Bescheid, wie die ballistische Abteilung arbeitete, und das genügte ihm. Desgleichen meinte er, den psychoanalytischen Prozeß so weit zu verstehen, wie das einem Laien eben möglich ist. Er hielt nicht viel von der Ansicht, daß alle Mordtaten ihre Wurzeln in einer dunklen Vergangenheit hätten. Solche Vorstellungen wollte er gern den kalifornischen Krimischriftstellern überlassen, die zu glauben schienen, daß jeder Mord ein halbes Jahrhundert lang in einem Topf schmorte, bis das Ganze überkochte, gerade wenn der Privatdetektiv dringend einen Job brauchte. Carella war noch nie einem Privatdetektiv begegnet, der in einer Mordsache Ermittlungen anstellte.

Aber an diesem Vormittag hatte Sophie ihm anvertraut, daß ihr Sohn kürzlich Verbindung zu einem ehemaligen Kriegskameraden aufgenommen hatte. Nun gut, hier bot sich ein Anknüpfungspunkt an die Vergangenheit und damit zu einem Mann, den Jimmy – buchstäblich – seit zehn Jahren nicht mehr gesehen hatte. Wenn Jimmy aus irgendeinem Grund Anschluß an die Vergangenheit suchte – und Sophie schien zu glauben, daß es sich dabei um die Suche nach Unterstützung bei einem illegalen Unternehmen handelte –, sollte ein Kriminalist gleichfalls anfangen, in der Vergangenheit zu suchen. Deshalb war er heute hier. Um einen schwach beleuchteten Tunnel zu erforschen und herauszufinden, ob es in diesem Lazarett irgendwen oder irgend etwas gab, das Licht in Jimmys Alpträume brachte, die ihn mitten in der Nacht schwitzend und zitternd auffahren ließen.

Die nächste Erwähnung des Traums ging aus einem Bericht hervor, der sechs Tage nach Lemarres erster Niederschrift aufgesetzt worden war. Der Traum entsprach in allen Einzelheiten dem vorigen. Auf Lemarres Frage, was Jimmy von der Tatsache hielt, daß seine Mutter einen Penis gezeigt habe, hatte Jimmy geantwortet: »Nun, es war ein Traum, und im Traum ist alles möglich.«

»Ja, aber sie hat einen Penis. Nicht wahr?«

»Das stimmt.«

»Halten Sie Ihre Mutter für eine männlich wirkende Persönlichkeit?«

»Meine Mutter? Das soll wohl ein Witz sein?«

»Warum hat sie aber einen Penis?«

»Es war nur ein Traum«, hatte Jimmy geantwortet.

Zwei Tage später, bei der nächsten Sitzung, fragte Lemarre, ob Jimmy etwas dagegen habe, wenn ihr Gespräch auf einem Tonband festgehalten würde. Jimmy wollte wissen warum, und Lemarre hatte ihm erklärt, es wäre für ihn dann leichter, später das Gespräch Wort für Wort niederzuschreiben, um es genau zu studieren und dabei vielleicht auf einen bedeutsamen Schluß zu stoßen. Jimmy hatte zugestimmt. Der Aktenordner enthielt mindestens fünfzig eng beschriebene Seiten mit Jimmys Erklärungen über den Traum, der ihn weiterhin Nacht für Nacht quälte. Janet verlor das Interesse, nachdem sie sich durch zwanzig Seiten der Niederschrift hindurchgequält hatten.

»Möchten Sie vielleicht einen Kaffee?«

»Eine Tasse würde mir guttun.«

»Ich glaube, ich weiß, wo ich welchen auftreiben kann«, sagte sie und blinzelte. »Wollen Sie noch heute abend zurückfahren?«

»Was?« fragte er, von seiner Arbeit aufblickend.

»In die Stadt, meine ich.«

»O ja, ich denke schon.«

»Denn bei diesem Aktenberg können wir leicht den ganzen Nachmittag hier zubringen«, meinte sie und deutete auf den Haufen Papiere. »Wissen Sie, ich kann wohl mit dem Rest allein fertig werden, falls Sie …«

»Nein, nein – die Sache macht mir Spaß«, erklärte sie eilig. »Also will ich uns erst einmal Kaffee besorgen.«

»Fein. Aber, im Ernst, wenn Sie lieber wieder hinaufgehen möchten ...«

»Mir gefällt es hier«, betonte sie mit einem Blick, der gar nicht zu mißdeuten war. Jetzt wußte er, daß sie es auf einen Flirt anlegte, und er hatte keine Ahnung, wie er sich dazu stellen sollte.

»Ja ... gewiß«, sagte er unsicher. »Fein.«

»Ich gehe jetzt«, wiederholte sie noch einmal.

»Ja, gut.«

»Sie können es sich später noch überlegen, ob Sie in die Stadt zurückfahren wollen.«

»Gut, in Ordnung.«

Sie nickte, machte stramm kehrt und ging durch die Tür hinaus, die der, durch die sie vorhin hereingekommen waren, genau gegenüberlag. Carella gewann einen kurzen Ausblick in den Korridor draußen, dessen Fenster im Novembersonnenschein strahlten. Sie machte die Tür hinter sich zu. Das Klicken ihrer Absätze auf dem Fliesenboden erstarb in der Ferne. Es war drei Uhr zehn geworden. Er vertiefte sich erneut in die Akten.

Eine Frage, eine Erklärung nach der anderen.

Ist der Weihnachtsbaum wirklich ein Weihnachtsbaum? Sehen Sie im Traum wirklich Ihren Vater? Wo verletzt er sich bei seinem Sturz? Sind Sie sicher, daß Ihre Mutter im Traum einen Penis zeigt? Immer und immer wieder die gleichen Fragen und im wesentlichen die gleichen Antworten, bis der Alptraum auch für Carella zum bedrückenden Ereignis wurde. Er fühlte sich genauso dazu gedrängt, möglichst bald davon loszukommen, wie es bei Jimmy und Lemarre der Fall gewesen war.

Er warf einen Blick auf sein Handgelenk. Es war beinahe drei Uhr dreißig geworden. Er fragte sich, wo Janet wohl den Kaffee holte. Dann drängte sich ihm die Frage auf, wie sie wohl mit Familiennamen hieß. Colonel Anderson hatte lediglich gesagt: ›Die Sergeantin wird Sie nach unten bringen und Ihnen bei der Suche nach dem benötigten Material helfen.‹ Vielleicht war sie im Korridor ihrem Colonel in die Arme gelaufen, der sie in die Schreibstube zur Erledigung ihrer Sergeantenpflichten zurückbeordert hatte.

Carella konnte sich unter einer Sergeantin nichts Rechtes vorstellen. Ein Sergeant war jemand wie Murchison, der beim 87. Revier die Anmeldung verwaltete und Besucher in die entsprechenden Abteilungen wies. Sergeanten waren auch die zwölf Großkopferten, die in Funkstreifenwagen herumfuhren und die Polizisten kontrollierten, die zu Fuß Streife gingen. Janet, wie immer sie sonst noch heißen mochte, war kein Sergeant, bestimmt kein Sergeant. Es fiel ihm wirklich schwer, das von ihr zu denken. Zugleich fragte er sich, warum er überhaupt so oder so an sie dachte. Was bedeutete so oder so? Dachte er dabei an ihre stramme dienstliche Haltung, ihre frauliche Hilfsbereitschaft, ihre Uniform? Carella kam zu dem Schluß, daß er wohl schon zu viele Berichte der Polizeipsychiater gelesen habe. Nun fing er schon bei sich selbst an, über Id, Ego und Libido selbstkritische Betrachtungen anzustellen, wie es anscheinend der Fall war. Seufzend zog er den Aktenhefter näher heran.

Die ersten Worte auf der nächsten Seite lauteten: ›Endlich ein größerer Durchbruch.‹ Mit diesen Worten nahm Lemarre Bezug auf eine Sitzung, die anderthalb Monate vor Jimmys Entlassung aus Lazarett und Armee stattgefunden hatte. Der Major untermauerte nirgends die Tatsache, daß er scheinbar unabsichtlich den erzielten Durchbruch als einen ›größeren‹ bezeichnet hatte. Carella lächelte vor sich hin und fragte sich, was Lemarre wohl über Janets kleinen Scherz bezüglich des General Hospitals gedacht haben würde. Schon wieder Janet. Und, wo blieb sie eigentlich? Vermutlich war sie nach Kolumbien geflogen, um Kaffee zu besorgen. Er zögerte das Durchlesen des ›größeren Durchbruchs‹ hinaus. Sobald nämlich das Geheimnis um Jimmys Weihnachtsalptraum gelöst war, mußte Carella in seinen Wagen klettern, um sich auf den langen Rückweg in die Stadt zu begeben. Er zögerte und zögerte und zögerte volle drei Minuten lang. Dann begann er die wörtliche Niederschrift zu lesen. Es war inzwischen drei Uhr fünfunddreißig.

LEMARRE: Also, Jimmy, wir wollen das alles noch einmal von vorn durchgehen.
HARRIS: Wozu? Ich habe es satt bis obenhin, dauernd über den dämlichen Traum zu reden.
LEMARRE: Ich auch.
HARRIS: Dann lassen wir den Quatsch doch bleiben, Doc.
LEMARRE: Nein, wir können ihn nicht bleiben lassen. Wenn wir nicht weitermachen, werden Sie niemals davon loskommen.
HARRIS: Scheiße!
LEMARRE: Also, beschreiben Sie noch einmal den Weihnachtsbaum.
HARRIS: Es ist eben ein Weihnachtsbaum.
LEMARRE: Von welcher Art?
HARRIS: Ein gewöhnlicher Weihnachtsbaum.
LEMARRE: Ihre Eltern schmücken den Baum. Stimmt das?
HARRIS: Richtig, richtig.

LEMARRE: Sie selbst sitzen mit Ihren Freunden auf dem Fußboden und sehen zu.
HARRIS: Richtig.
LEMARRE: Wie viele seid ihr denn?
HARRIS: Mit mir zusammen fünf.
LEMARRE: Ihr sitzt nur da und seht zu.
HARRIS: Auf der Couch, ja.
LEMARRE: Sie sagten doch, die Gruppe habe auf dem Fußboden gesessen.
HARRIS: Was?
LEMARRE: Sie sagten früher, Sie hätten mit den Freunden auf dem Fußboden gesessen.
HARRIS: Fußboden oder Couch, was macht das schon für einen Unterschied?
LEMARRE: Also, wo habt ihr gesessen?
HARRIS: Auf dem Fußboden.
LEMARRE: Im Wohnzimmer.
HARRIS: Mhm.
LEMARRE: In dem Wohnzimmer der elterlichen Wohnung. Stimmt das?
HARRIS: Ja, ja – das habe ich doch schon erzählt.
LEMARRE: Und wie alt sind Sie in Ihrem Traum?
HARRIS: Weiß ich nicht. Achtzehn, neunzehn, so ungefähr.
LEMARRE: Ihr Vater starb aber doch schon, als Sie kaum sechs Jahre alt waren.
HARRIS: Ja.
LEMARRE: In dem Traum aber sind Sie ein junger Mann, der dem Vater beim Schmücken des Weihnachtsbaumes zusieht.
HARRIS: Na ja, es ist eben ein Traum. Nicht wahr?
LEMARRE: Sie haben früher gesagt, auf dem Fußboden habe ein Teppich gelegen.

HARRIS: Ein grüner Teppich.
LEMARRE: Im Wohnzimmer.
HARRIS: Ja.
LEMARRE: Ist es ein dicker Teppich?
HARRIS: Ja.
LEMARRE: Die Weihnachtskugeln zerbrechen aber beim Herunterfallen darauf. Nicht wahr?
HARRIS: Ja.
LEMARRE: Auf dem dicken Teppich.
HARRIS: Ja.
LEMARRE: Wobei ein lautes Geräusch entsteht.
HARRIS: Ja.
LEMARRE: Was für ein Geräusch?
HARRIS: Ein lautes Krachen. Die Weihnachtskugeln zerbrechen und verursachen dieses Krachen.
LEMARRE: Hm, hm.
HARRIS: Pauken. Wie Schlagzeug und Pauken. Verstehen Sie?
LEMARRE: Hat sich das Geräusch angehört wie Pauken?
HARRIS: Ja, auf dem Plattenspieler.
LEMARRE: Auf was für einem Plattenspieler?
HARRIS: Da war ein … irgendwer schlug auf die Pauken.
LEMARRE: Wo?
HARRIS: Auf der Schallplatte.
LEMARRE: Welche Schallplatte?
HARRIS: Da lief doch eine Platte.
LEMARRE: Im Wohnzimmer?
HARRIS: Nein, der …
LEMARRE: Ja? Bitte …
HARRIS: Im Klubhaus. Oh, Himmel!
LEMARRE: Was ist?
HARRIS: Oh, Himmel!

LEMARRE: Was ist los, Jimmy?
HARRIS: Er ...

Die Tür sprang auf.

»Hi«, rief Janet. »Ich wurde unterwegs überfallen. Tut mir leid.« Sie hielt Pappbecher voll Kaffee in den Händen und stellte sie auf dem Tisch ab. Dann setzte sich sich neben Carella und schlug die Beine übereinander. »Ich hoffe, Sie mögen ihn süß«, sagte sie.

»Ich mag ihn süß«, entgegnete Carella.

»Gut, haben Sie inzwischen etwas gefunden?«

»Einen größeren Durchbruch.«

Sie nahm die Verschlußdeckel von den Kaffeebechern und rückte ihren Stuhl näher heran. »Macht es Ihnen etwas aus, wenn ich mitlese?« fragte sie, wobei ihr Knie das seine berührte.

»Nein, es ist ... mir recht«, stammelte er, griff nach einem der Kaffeebecher und hätte ihn beinahe umgestoßen. Seine Hand zitterte, als er das Gefäß anhob. Er nippte an dem Kaffee und vertiefte sich wieder in seine Lektüre. Sehr deutlich spürte er Janets Gegenwart neben sich. Ihr Kopf war dem seinen nah, unter dem Tisch drängte sie ihr Knie an ihn.

HARRIS: Das Klubhaus. Oh, Gott.
LEMARRE: Was heißt das?
HARRIS: Oh, Gott im Himmel.
LEMARRE: Was haben Sie, Jimmy?
HARRIS: Er ...
LEMARRE: Sprechen Sie weiter.
HARRIS: Es war Lloyd.
LEMARRE: Wer ist Lloyd.
HARRIS: Der Vorsitzende.

LEMARRE: Der Vorsitzende von was?
HARRIS: Von unserem Klub.
LEMARRE: Von was für einem Klub?
HARRIS: Die Habichte von Diamondback. Bevor ich zum Militär eingezogen wurde.
LEMARRE: Was war mit Lloyd?
HARRIS: Er tanzte mit ihr. Im Klubraum, unten im Keller. Wir saßen auf dem Fußboden, wir fünf. Auf der Schallplatte waren Schlagzeug und Pauken zu hören, viele Pauken, es klang … wie viele Pauken.
LEMARRE: Mit wem tanzte er?
HARRIS: Mit seinem Mädchen. Roxanne.
LEMARRE: Sie und die anderen vier jungen Männer …
HARRIS: Wir saßen auf der Couch und sahen zu. Sie tanzten ganz eng. Lloyd drehte sich zu uns um und sagte: Was habt ihr zu glotzen, schafft eure Ärsche hier raus. Roxanne sagte: Sie müssen nicht gehen, wenn sie müde sind. Lloyd: Sie haben zu gehen, weil ich es ihnen befehle. Sie drehte sich zu uns um und sagte: Wollt ihr euch von ihm sagen lassen, was ihr zu tun habt? Die anderen riefen: Zum Teufel, nein. Sie sprangen von der Couch, um ihn zu packen.
LEMARRE: Wohin wollte er euch schicken?
HARRIS: Hinauf.
LEMARRE: Warum?
HARRIS: Weil wir nur so herumsaßen und den Pauken lauschten.
LEMARRE: Was meinte Roxanne damit, ihr wäret zu müde?
HARRIS: Wir waren müde, Mann. Wir hatten uns den ganzen vergangenen Monat herumgebalgt.
LEMARRE: Herumgebalgt?
HARRIS: Mit der anderen Bande, Mann, mit den Feinden.

LEMARRE: Wie alt waren Sie da?
HARRIS: Achtzehn.
LEMARRE: Und Sie gehörten einer Gang an, die sich die Habichte nannte?
HARRIS: Ja, das war ein Klub.
LEMARRE: Und ihr habt gegen eine andere Gang gekämpft?
HARRIS: Es fing im Dezember an.
LEMARRE: Ihr hattet während des ganzen Monats gegen eine andere Gruppe gekämpft …
HARRIS: Schwer gekämpft, Mann.
LEMARRE: Und nun wolltet ihr ausruhen.
HARRIS: Ja, und Lloyd wollte uns wieder hinaufschicken.
LEMARRE: Was meinte er damit?
HARRIS: Das sagte ich doch. Hinauf.
LEMARRE: Aber Roxanne meinte, ihr brauchtet nicht zu gehen, wenn ihr müde wäret.
HARRIS: Genau, Mann. Die anderen sagten, Lloyd könne sich seine Befehle an den Hut stecken. Dann packten sie ihn gemeinsam – verstehen Sie? – und zogen ihn von Roxanne weg, als die beiden in der Mitte auf dem Fußboden standen. Die Platte lief noch, mit ganz lauten Paukenschlägen. Da war einer, der mächtig draufhaute.
LEMARRE: Wer packte ihn?
HARRIS: Alle zusammen. Ich habe nur zugesehen.
LEMARRE: Und dann?
HARRIS: Da war ein Stützbalken mitten in dem Kellerraum. Verstehen Sie? So ein stählerner Pfosten als Deckenstütze. Sie schoben ihn darauf zu. Ich hatte keine Ahnung, was sie mit ihm machen wollten, wo er doch der Vorsitzende war. Das mußte Ärger geben. Ich

rief ihnen zu: He, nun mal mit der Ruhe, er ist unser Präsident. Aber sie … sie …

LEMARRE: Weiter, Jimmy.

HARRIS: Sie hörten nicht auf mich, Mann. Sie haben einfach … sie hielten ihn gegen den Baum, und Roxanne weinte jetzt. Sie weinte, Mann.

LEMARRE: Ein Baum?

HARRIS: Ein Stützpfosten, meine ich. Roxanne weinte. Die anderen packten sie. Roxanne wehrte sich dagegen, sie will es nicht zulassen, aber sie machten es trotzdem, sie stecken ihn ihr rein, einer nach dem anderen nimmt sie vor, alle hintereinander.

LEMARRE: Roxanne wurde von ihnen vergewaltigt. Wollen Sie das damit sagen?

HARRIS: Ich wollte sie daran hindern, konnte aber nichts ausrichten. Hinterher haben sie Roxanne hinausgetragen. Sie hoben sie auf und schafften sie fort.

LEMARRE: Warum?

HARRIS: Weil sie blutete. Die Jungen hatten sie verletzt, als sie es mit ihr trieben.

LEMARRE: Wo wurde Roxanne hingebracht?

HARRIS: Auf den Platz.

LEMARRE: Welchen Platz?

HARRIS: Eben dort, Mann.

LEMARRE: Wo, dort?

HARRIS: In die Ecke, wo die dichten Weiden stehen. Da wurde sie hineingeworfen.

LEMARRE: Und dann?

HARRIS: Das ist doch … das ist doch … Scheiße, keine Art …

LEMARRE: Beruhigen Sie sich, Jimmy.

HARRIS: Warum heule ich eigentlich? Ich habe ihr nicht weh getan, überhaupt nichts habe ich mit ihr gemacht.

LEMARRE: Schon gut, Jimmy. Weinen Sie ruhig.
HARRIS: Warum hat Gott mir das Augenlicht genommen? Die anderen vier haben es doch gemacht, Mann. Warum hat Gott mich gestraft?
LEMARRE: Jimmy, was so lange Zeit zurückliegt, hat nichts mit Ihrer Erblindung zu tun.
HARRIS: Es hat alles damit zu tun, Mann.

Damit war die Sitzung beendet worden. Hier endete auch die schriftliche Übertragung. Dr. Lemarre hatte hinzu notiert, daß Jimmy Harris an diesem Punkt vollkommen zusammengebrochen sei und eine halbe Stunde lang haltlos geschluchzt habe. Der Arzt hatte ihn schließlich zu Bett gebracht und ihm ein Beruhigungsmittel gegeben. Bei der nächsten Sitzung weigerte sich Jimmy strikt, den Vorfall erneut zu diskutieren oder die Namen der Gangmitglieder preiszugeben, die Lloyd am Pfahl festgehalten und später Roxanne vergewaltigt hatten. Der Arzt war der Meinung, der Schrecken jenes Tages – eine unabwendbare Anhäufung von Umständen, die Jimmy weder aufhalten noch kontrollieren konnte – sei die Ursache dafür, daß Jimmy immer wieder vom Tod seines Vaters träumte. Lemarre vermochte jedoch nicht recht zu erklären, warum in dem Alptraum aus Roxanne Jimmys Vater geworden war. Er vermutete, dies sei der Grund dafür, daß die Traummutter mit einem Penis ausgestattet war: Der Versuch einer unterbewußten Erklärung des Symbolhaften dieses Traumes. So etwas kam nicht selten vor. Darüber hinaus wollte das Unterbewußtsein Jimmy noch etwas anderes signalisieren. Es wollte ihm deutlich zeigen, daß der symbolische Tod eigentlich eine Vergewaltigung gewesen war. Die Frau im Traum hatte unter dem Rock einen Penis. Bei dem tatsächlichen Geschehen hatten sich männliche Glieder unter

Roxannes Rock geschoben. Lemarres Frage, was aus Roxanne geworden sei, nachdem die Täter sie auf den Platz hinausgetragen hatten, konnte Jimmy nicht beantworten.

Hat irgendwer das Mädchen gefunden?

Ich weiß es nicht. Sie ist einfach verschwunden, Mann.

Sie haben Roxanne niemals wiedergesehen?

Nie.

Was ist aus Lloyd geworden?

Wir warfen ihn aus dem Klub und wählten uns einen neuen Vorsitzenden.

»Das wäre es also, wie?« fragte Janet.

»Mag sein.«

»Damit ist alles erklärt?«

»Mhm«, machte Carella und meldete damit seine Zweifel an.

»Jetzt haben Sie also, weshalb Sie hierhergekommen sind.«

»Schätze so.«

»Hilft es Ihnen weiter?«

»Nein.«

»Totaler Fehlschuß, wie?« meinte Janet.

»Muß ich leider annehmen.«

»Warum laden Sie mich dann nicht zum Essen ein?«

Carella schaute sie von der Seite her an.

»Ab vier Uhr bin ich dienstfrei«, fuhr sie fort. »Sie können mit in mein Apartment kommen und ein Gläschen trinken, während ich mich umziehe. Dann gehen wir frühzeitig zum Abendessen und ... *quien sabe*? Das ist Spanisch«, fügte sie lächelnd hinzu. »Was halten Sie davon?«

»Ich bin verheiratet.«

»Ich auch, aber mein Mann ist augenblicklich in Japan. Und Ihre Frau ist drinnen in der Stadt, woraus sich schließen läßt, daß wir beide hier ganz einsam und allein sind. Was sagen Sie dazu?«

»Ich könnte es nicht.«

»Sie könnten, Sie könnten«, lächelte sie aufmunternd. »Versuchen Sie es nur.«

»Selbst wenn ich mir alle Mühe gäbe ...«

»Ich kenne in der Nähe des Lazaretts ein großartiges kleines Lokal. Kerzenlicht und Wein, Geigen und Zigeunermusik, ganz toll romantisch. Haben Sie sich nie im Leben nach einer kleinen Romanze gesehnt? Himmel, ich möchte wenigstens einmal eine erleben. Lassen Sie mich heimgehen, ein rotes Kleid anziehen, und dann werden wir ...«

»Janet, es geht nicht.«

»Okay«, seufzte sie.

»Janet ...«

»Nein, schon gut, wirklich.«

»Tut mir leid.«

»Von mir aus okay«, sagte sie. »Lassen Sie es nur gut sein. Ist schon in Ordnung.«

Auf der langen Rückfahrt in die Stadt dachte er an sie.

In einem Magazin hatte er kürzlich das Ergebnis einer Untersuchung gelesen, wonach fünfzig Prozent aller amerikanischen Frauen zwischen fünfunddreißig und neununddreißig Jahren ständig außereheliche Beziehungen unterhielten. Das war ein erstaunlich hoher Prozentsatz angesichts der Tatsache, daß zu der Zeit, als Kinsey seine Forschungen anstellte, die Zahl erst bei achtunddreißig gelegen hatte. Er wußte nicht, ob diese Zahlenangaben auch auf die Frauen in Frankreich, Deutschland und Italien zutrafen. In seinem von Dickens beeinflußten Herzen hoffte er jedoch inständig, daß dies nicht auf die Ladys im britischen Imperium zutraf – nein, niemals. Auf alle Fälle lagen die Dinge aber so, daß an jedem beliebigen Tag eine von zwei amerikanischen Frauen entweder gerade aus dem Bett eines nicht mit ihr verheirateten Mannes stieg oder auf dem Weg zu einem solchen Gentleman war. Wenn auch keine Veröffentlichungen vorlagen, so durfte man doch vernünftigerweise annehmen, daß auch die Männerwelt zwischen fünfunddreißig und neununddreißig sich ähnlich verhielt, dann aber trieb es die Hälfte der Bevölkerung mit anderweitig verheirateten Männern bzw. Frauen.

Der Gedanke hatte etwas Erschütterndes an sich.

Was die Sache noch erstaunlicher machte, war, daß hier eine Frau, die es auf ein Abenteuer abgesehen hatte, auf einen Mann gestoßen war, der nicht in fremde Betten stieg. Ein solcher Zufall grenzte ans Unwahrscheinliche, sozusagen. Da waren sie also in einem Raum zusammengewesen, Sergeant Janet Irgendwer und Detective Steve Carella, zusammengewesen in einem Raum, der ihn an eine Klosterzelle erinnerte, sie hatten die Köpfe wie im Gebet gebeugt, wobei sich ihre Knie berührten, und – verdammt – er hatte sich wirklich wie ein Mann benommen, der Keuschheit und (fast) Schweigen gelobt hatte. »Tut mir leid, Janet«, murmel, murmel, »Wirklich, tut mir leid«, murmel, murmel, laß die Rosenkranzperlen durch die Finger gleiten, sprich das Vespergebet, fahr zurück in die Stadt und frage dich, was dir wohl unter dem eintönigen olivfarbenen Rock entgangen ist, denk darüber nach, wie wohl ihre Lippen gewesen wären, oder ihre Brüste …

Schluß damit, dachte Carella.

Statt dessen wendete er sich wieder Lemarres Bericht zu und fand die Schlußfolgerung des Arztes genauso frustrierend, wie es die kurze Begegnung mit Janet geblieben war.

Als eingefleischter Polizist hätte sich Carella bewogen gefühlt, die kriminellen Aspekte von Jimmys traumatischen Erinnerungen zu überprüfen. Aber vielleicht arbeiteten Psychiater nicht in dieser Richtung und zeigten wegen des blutenden Opfers einer Vergewaltigung, das auf einem freien Platz irgendwo in die Büsche geworfen wurde, nur geringfügige Neugierde.

Hat irgendwer das Mädchen gefunden?

Ich weiß es nicht. Sie ist einfach verschwunden, Mann.

Sie haben Roxanne niemals wiedergesehen?

Nie.

Damit hatte sich's gehabt. Mehr war nicht notiert worden – mit Ausnahme der beiläufigen Information, daß Lloyd später durch einen neuen Vorsitzenden abgelöst worden war. Wenn Jimmy damals achtzehn Jahre alt gewesen war, mußte die Vergewaltigung im Keller vor etwa zwölf Jahren verübt worden sein. Man brauchte nur Sophie Harris zu fragen, wo sie damals gewohnt hatte. Dann ließ sich die zuständige Revierwache herausfinden, welche immer es auch sein mochte. Dort würde man sicherlich etwas über eine Straßenbande wissen, die sich ›Habichte‹ nannte, über einen abgesetzten Präsidenten namens Lloyd und eine vergewaltigte Roxanne. Das wollte er sofort nach der Rückkehr in die Stadt in Angriff nehmen. Vielleicht war es Lemarre nur darum gegangen, zu den Wurzeln des Alptraumes vorzudringen – falls ihm das in der Tat gelungen war –, aber Carella hatte nun einmal ein berufliches Interesse daran, ob die Straftäter, die ein solches Verbrechen begangen hatten, jemals gefaßt worden waren.

Er hielt den Fuß auf dem Gaspedal und fuhr ständig neunzig Kilometer in der Stunde, was der Geschwindigkeitsbegrenzung auf der Durchgangsstraße entsprach.

Viertel vor fünf befand er sich immer noch fünfundsechzig Kilometer von der Stadt entfernt, und es dunkelte bereits.

Die Frau, die auf dem Gehweg in ihrer Welt der Finsternis dahintappte, war vom Augenblick ihrer Geburt an blind gewesen. Sie war dreiundsechzig Jahre alt und lebte allein in einem Haus ein Stück abseits von Delaware. In dem Stadtviertel, in dem sie ihren Wohnsitz hatte, gab es zwei Dutzend Pornokinos und Massagesalons im Überfluß. Die Fleischburgen sahen außen aus wie gewöhnliche Ladengeschäfte mit schwarz oder grellgrün zugepinselten Schaufenstern. Handgemalte Schilder priesen Handreichungen für zehn Dollar OHNE EILE an. In den Häusern, in denen gefilmte Fleischbeschau geboten wurde, liefen Streifen, die den Weg in die feinen Traumpaläste an der South Side nicht geschafft hatten. Dort machten Ladys auf ihrem nachmittäglichen Einkaufsbummel Pause, um ihre müden Füße auszuruhen und ihre Phantasie von künstlerisch gefilmten Schaustücken, die auf sinnliche Erregung berechnet waren, anregen zu lassen.

Die Frau trug ein Akkordeon an einem Band um den Nacken. Sie verdiente ihr Geld mit Musikmachen. Deshalb betrachtete sie sich nicht als Bettlerin, und vielleicht war sie auch keine. Sie war eine blinde Musikantin. Sie spielte nach Gehör bekannte Melodien an den Straßenecken auf dem Instrument, das sie von ihrem Vater geerbt hatte. Er war vor vierzig Jahren gestorben, als sie dreiundzwanzig gewesen war. Seither hatte sie für sich selbst gesorgt und war stolz darauf, daß sie allein mit dem Leben fertig wurde. Die Frau hatte keine Ahnung davon, daß sich ihre Nachbarschaft während der letzten vier Jahre in ein Vergnügungsviertel verwandelt hatte.

Jeden Morgen sagte sie zu dem Schneider an der Ecke Delaware und Pierce ›Hallo‹, und er erwiderte ihren Gruß, während zwei Häuser weiter Männer ein Etablissement mit Namen ›Himmlische Körper‹ betraten und jenseits der Straße die Markise über einem Kino einen Film mit dem Titel ›Scharfe Schleckermäulchen‹ ankündigte. Sie wußte, daß auf ihrem Weg von der Wohnung zur Untergrundbahn Betrunkene in den Hauseingängen herumlümmelten. Aber das gehörte nun mal zur Stadt. Man mußte mit Betrunkenen rechnen. Die hatte es immer gegeben. Meistens kaufte sie in dem großen Supermarkt vier Häuserblocks von ihrer Wohnung entfernt ein. Dabei wußte sie nicht, daß das Geschäft von zwei Massagesalons flankiert wurde, die sich ›Zum Treffpunkt‹ und ›Zum Mädchenladen‹ nannten. Einmal drückte ihr der Anreißer eines dieser Unternehmen eine Werbebroschüre in die Hand, in der eine Auswahl nackter junger Damen in Gesellschaft einer Gruppe kahlköpfiger Männer abgebildet war, die sich gemeinsam der Sauna oder eines Schwimmbades erfreuten. Das Druckwerk war bei der Frau mit dem Akkordeon falsch am Platz. Ihre gesichtslose Welt war klar und hell. Sie sah nichts Böses. Aber als sie das Blatt fortwarf, hörte sie hinter sich geheimnisvolles Gelächter.

Ihr langer, weißer Blindenstock beschrieb sanfte Bogen, als werde er von einer schwachen Brise hin und her geweht, von links nach rechts und umgekehrt. Sie betastete den Gehweg, ließ den Stock durch leere Luft streifen, bog um die Ecke und strebte ihrer Wohnung zu, die mitten im Häuserblock lag. Der Schneiderladen war geschlossen. Es war sieben Uhr zwanzig, und der Schneider machte immer um sechs Feierabend. Ihr Stock tastete an dem schmiedeeisernen Geländer entlang, welches das Kellergeschoß des Rohziegelhauses nördlich vom Schneiderladen umgab.

Dann kam die offene Stelle, wo die Stufen zum Sammelplatz für die Mülltonnen hinunterführten. Sie nahm den von den Tonnen ausströmenden Geruch in der kalten Novemberluft wahr. Da war der Pfosten jenseits der Treppe, jetzt ertastete sie die Haustürstufen des Gebäudes und das Geländer an der anderen Seite, das plötzlich im rechten Winkel zu der Ziegelfassade eines großen Wohnhauses abbog. Nun war sie noch zwei Türen von ihrem Haus entfernt.

Die Frau überlegte, wieviel Geld sie heute wohl eingenommen haben mochte. Sobald das kalte Wetter einsetzte, begannen die Schwierigkeiten beim Akkordeonspiel. Sie trug Wollhandschuhe, deren Fingerlinge in Höhe der Knöchel abgeschnitten waren. Obwohl sie sich mühte, ihre Finger ständig in Bewegung zu halten, wurden sie doch von der Kälte steif. Dann mußte sie ihr Spiel unterbrechen und die Hände in die Taschen ihres schwarzen Mantels stecken, bis sie wieder warm wurden. Sie trug einen langen Schal. Er war purpurrot, wie ihr die Verkäuferin versichert hatte. Die Leute waren alle so nett. Jetzt erreichte sie die Mülltonnen vor dem Haus 1142. Der Hausmeister holte sie nie vor Mitternacht herein. Wahrscheinlich saß er wieder in seinem Kellerloch und war blau wie ein Veilchen. Er dachte immer erst dann an das Hereinholen der Tonnen, wenn es beinahe Zeit war, sie hinauszustellen. Inzwischen stanken sie die ganze Nachbarschaft voll.

Sie selbst hätte gegen ein Schnäpschen jetzt auch nichts einzuwenden gehabt. Nichts ging über ein Schnäpschen bei so einer Winterkälte. Sie betrat das Haus und tastete sich an der Wand hin bis zum dritten Briefkasten an der Reihe. Das war ihrer, und sie versäumte nie nachzutasten, ob Post darin sei. Dabei hatte ihr außer ihrer Nichte nur ein einziges Mal ein anderer Absender geschrieben, nämlich die städtische Behörde. In dem Brief war sie aufgefordert worden, sich für die Dienste einer Schöffin bereit zu halten. Der Schneider hatte ihr den Brief vorgelesen, wobei sie in Lachen ausgebrochen war. Auf ihrer kleinen Schreibmaschine hatte sie der Behörde geantwortet, sie würde nur zu gern als Schöffin zur Verfügung stehen, zumal sie blind sei wie die Göttin der Gerechtigkeit. Unglücklicherweise müsse sie aber jeden Tag auf die Straße hinaus, um ihren Lebensunterhalt zu verdienen. Von der Behörde war daraufhin keine Antwort gekommen. Sie meldete sich auch nicht zum Dienst, und seither hatte sie niemand mehr belästigt.

Sie zog den kleinen Schlüssel zum Briefkasten aus ihrer Handtasche, tastete nach dem Schlüsselloch und steckte den Schlüssel hinein – seit sie hier wohnte, war das Schloß siebzehnmal aufgebrochen worden, befand sich aber jetzt zum Glück in gutem Zustand – öffnete den Kasten und griff hinein. Nichts. Das überraschte sie nicht mehr. Sie konnte sich kaum noch erinnern, wann sie zuletzt eine Überraschung erlebt hatte. Doch, ja, sie erinnerte sich. Es war an ihrem sechzigsten Geburtstag gewesen, als Jerry Epstein aus der Wohnung gegenüber für sie eine Party veranstaltet hatte. Alle Leute aus dem Haus und der Schneider von der Straßenecke waren eingeladen worden. Damals hatte sie erfahren, daß der Schneider Athanasios Parasekvopoulos hieß. Für sie war er aber immer der Schneider geblieben, weil sie sich seinen Namen einfach nicht merken konnte. Das war eine großartige Überraschung gewesen, diese Party, mit einer reichlichen Mahlzeit und viel Whisky – jetzt brauchte sie tatsächlich ein Schnäpschen, durchfroren bis auf die Knochen, wie sie war. Aber die Party war wirklich die letzte Überraschung, an die sie sich entsinnen konnte. Eigentlich schade, dachte sie. Ihrer Meinung nach hielt das Leben nicht mehr viel Freuden bereit, wenn es keine Überraschungen mehr gab.

Sie steckte den Briefkastenschlüssel wieder in ihre Geldbörse und diese wiederum in die Handtasche. Dann öffnete sie die innere Haustür und ging drinnen ohne die Hilfe des Stockes bis zur Treppe. Sie ergriff das Geländer mit der linken Hand, während die rechte den Stock hielt. Das Akkordeon baumelte an seinem Band von ihrem Hals. Nun freute sich sich darauf, das Instrument loszuwerden, sich ein Glas Whisky einzugießen und am Tisch ihre Einnahmen zu zählen. Irgendwer hatte ihr eine zusammengefaltete Geldnote in die Büchse gesteckt, aber sie wußte nicht, welchen Wert der Schein darstellte. Danach wollte sie Jerry fragen, wenn er später am Abend heimkehrte. Oder der Schneider mußte es ihr morgen früh sagen. Ach nein, am Sonntag hatte er ja geschlossen. Ihre Hand glitt am Geländer hoch.

Die alte Frau befand sich auf dem ersten Treppenabsatz, als sie hörte, wie unten die Haustür geöffnet und wieder geschlossen wurde. Sie lauschte. Die Stufen knirschten. Irgendwer kam zum ersten Stockwerk heraufgestiegen. Das Geländer verlief hier waagerecht. Es umschloß den Treppenschacht und führte auf der anderen Seite schräg zum nächsten Stock hinauf. Die Schritte kamen näher. Sie erreichte den Pfosten, wo die Stufen wieder begannen, und ertastete die polierte Holzkugel oben darauf. Die Hand wieder um das Geländer schließend, stieg sie weiter hinauf, als sie plötzlich von hinten gepackt wurde. Ihr blieb nicht einmal Zeit für einen Schrei. Die letzte Überraschung ihres Lebens war die Klinge, die ihr mit wilder Kraft den Hals von einem Ohr zum anderen durchschnitt.

9. KAPITEL

Die Stadt, in der Carella arbeitete, war in fünf deutlich voneinander getrennte Bezirke unterteilt. Aber nur die Flußinsel Isola galt als ›Die City‹. Wer draußen in Clam's Point wohnte, oder oben in Riverhead, jenseits der Brücke in Majesta oder inmitten des Flusses in Bethtown, fuhr ›in die City‹, wenn er nach Isola wollte. War man erst in der City, gab es keine Innenstadt, keine Alt- oder Neustadt. War man ganz draußen in den Randbezirken und im Begriff, eine der Brücken nach Riverhead zu benutzen, dann sagte man nicht: Ich fahre weiter hinaus. Man fuhr eben nach Riverhead. Fuhr man aber von Riverhead stadteinwärts, dann war man auf dem Weg zur City. War man in der Stadtmitte und auf dem Weg zum Bankviertel und schließlich nach Old Port, dann fuhr man immer noch stadteinwärts. Und wenn man mitten auf dem Van Buren Circle stand, um sich von da in den mittleren Stadtteil zu begeben, dann war man auf dem Weg in die Altstadt.

Der Weg quer durch die Stadt war wieder eine andere Sache.

Die Stadtgründer waren sowohl rücksichtsvoll wie auch weitblickend gewesen. Sie machten es Fremden leicht, sich zurechtzufinden, indem sie die Stadt einfach im Schachbrettmuster anlegten. Die Hall Avenue durchlief die Stadt von Ost nach West, wobei Isola in zwei fast gleiche Teile zerschnitten wurde. Im Norden wurde die Insel vom River Harb begrenzt. Über die Hamilton-Brücke gelangte man stadtauswärts. Weiter nach Norden lag Castleview River am Ufer. Der Harb war lang, breit und dreckig, aber nirgends war er breiter und schmutziger als dort, wo die Taslough-Straits-Brücke weiter oben darüber hinwegführte. An diesem Bauwerk hatte sich gleich nach dem Zweiten Weltkrieg ein betrügerischer Unternehmer gesundgestoßen. Der Distriktstaatsanwalt, der den Skandal untersuchen sollte, wurde später selbst verurteilt. Aber das ist eine andere Geschichte, Leute. An der Südseite von Isola strömte der Fluß Dix. Das war in den dreißiger Jahren ein beliebter Fleck für Gangster gewesen, die ihre Gegner, mit ›Zementstiefeln‹ versehen, dort zu versenken pflegten. Inzwischen war es modern geworden, solcherlei auf dem Spindrift-Flugplatz von Sand's Point zu erledigen, wo man nicht selten in den verschlossenen Kofferräumen von Automobilen neuesten Modells die darin schmorenden Leichen von Gangstern entdeckte. In Old Port, dem alten Hafen, liefen alle Straßen, die parallel zur Hall Avenue durch die Stadt führten, wieder zusammen. Von dort aus konnte man mit der Fähre nach Bethtown übersetzen oder durch einen Tunnel nach Majesta oder Calm's Point bis nach Devil's Break, von wo aus man nach Riverhead hinübergelangte. Trotz dieser einfachen Anlage war die Stadt schwer zu überschauen, aber immer noch besser als Tokio. Und sogar besser als Biloxi, womit indessen niemandem zu nahe getreten sein soll.

Die Frau war in einem der mittleren Stadtbezirke ermordet worden.

Aus Gründen der Verwaltungsvereinfachung war die Stadtmitte für den Polizeibetrieb in zwei geographische Sektionen mit den Bezeichnungen Midtown East und Midtown West unterteilt worden. Das hatte nichts mit territorialen Ansprüchen oder Verwaltungseifersüchteleien zu tun. Dadurch wurde die Insel quer geteilt und nicht bilateral von oben nach unten. Früher einmal war das gleiche Gebiet der Länge nach geteilt gewesen, weshalb die Polizei damals die Direktionen Midtown North und Midtown South eingerichtet hatte. Aber das war zu der Zeit, als

Kutschwagen über das Kopfsteinpflaster rumpelten. Die Stadt konnte einen leicht verwirren, aber die Polizeiverwaltung noch mehr. Das britische Währungssystem war auch einmal schwer zu entwirren. Aber alles wandelt sich schließlich zum Besseren.

Für die tote Frau, die am Fuß des zweiten Treppenabsatzes lag, konnte sich allerdings nichts mehr zum Besseren wenden. Der Detective, der in Midtown East den Alarmruf entgegennahm, war ein Mann namens Bruno Tauber. Als Taubers Großeltern nach Amerika eingewandert waren, war das ›A‹ noch ein Umlaut gewesen. Die Familie hieß ursprünglich Täuber. Das aber hätte man in dem neuen Land wie oy schreiben müssen, und der Name Tauber kam in die Papiere, wobei die Aussprache sich auch änderte. Nicht einmal Tauber selbst kannte den Unterschied. Schon sein Vater hatte den Namen so ausgesprochen. Seine Mutter und die Brüder hielten sich gleichfalls an diese Aussprache. Nur seine Großeltern hätten sich wohl der ursprünglichen Schreibweise und des Unterschieds zur jetzigen erinnert. Aber auch sie hätten wohl dem zugestimmt, daß sich irgendwann alles zum Besseren wandelt.

Tauber blickte auf die tote Frau hinunter. Der ganze Treppenabsatz war mit Blut bedeckt, das auch auf die Tasten des Akkordeons gespritzt war – Scheiße, ging denn in dieser verdammten Stadt kein Samstag ohne Mord vorüber?

»Wo ist der Mann, der die Meldung erstattet hat?« fragte Tauber den neben ihm stehenden Streifenpolizisten.

»Da im Korridor. Der Mann im grauen Pullover.«

»Wie heißt er?«

»Weiß ich nicht.«

»Okay, danke«, sagte Tauber. »Rühren Sie hier nichts an. Verstanden?«

»Warum sollte ich wohl?« knurrte der Polizist.

»Genau das sage ich ja«, meinte Tauber und ging ans andere Ende des Treppenabsatzes, wo ein Mann vor der Tür zur Wohnung 1A stand.

Der Mann war knapp sechzig Jahre alt, schmal, mit beginnender Glatzenbildung. Das graue Haar hatte er von den Ohren aufwärts über die sich bildende Platte gekämmt. Er trug zerknautschte, schwarze Hosen und einen grauen Pullover über dem Unterhemd. Im Pullover waren Brandlöcher. Tauber schloß daraus automatisch, daß der Mann Pfeifenraucher sein mußte. Entweder das, oder er hatte in jüngster Zeit mehrfach versucht, sich selbst zu verbrennen. Auf der Nase des Mannes saß eine Brille mit schwarzem Rand. Hinter den Gläsern fuhren seine braunen Augen unruhig hin und her. Als Tauber näher trat, kratzte sich der Mann am Kinn. Er war unrasiert. Daraus schloß Tauber, daß der Mann an diesem Abend nicht ausgegangen war. Samstag, und dieser Mann war daheimgeblieben, notierte sich Tauber.

»Sie sind der Mann, der die Leiche gefunden hat?« fragte er.

»Ja, Sir, der bin ich.«

»Wie heißen Sie?«

»Gerald Epstein.«

»Wer ist die Frau? Kannten Sie sie?« fuhr Tauber fort und deutete mit einem Kopfnicken auf die Leiche am anderen Ende des Treppenabsatzes.

»Sie war eine sehr gute Freundin von mir. Sie heißt Hester Mathieson und wohnt weiter oben im zweiten Stockwerk.«

»Wie stießen Sie auf den Leichnam?«

»Was meinen Sie damit?«

»Wieso kamen Sie in den Flur heraus? Oder kamen Sie gerade nach Hause?«

»Nein, ich wollte unten Milch einkaufen. Ich hatte keine Milch mehr.«

»Wann war das?«

»Gegen Viertel vor acht.«

»Wie konnten Sie die Leiche auf diese Entfernung am anderen Ende des Korridors sehen?«

»Ich hab' sie halt gesehen.«

»Sie sind zu ihr hingegangen, nicht wahr?«

»Ja.«

»Haben Sie sie sofort erkannt?«

»Ja.«

»Was haben Sie dann gemacht?«

»Ich ging in meine Wohnung zurück und rief die Polizei an.«

»Wann war das?«

»Ein paar Minuten später. Gleich nachdem ich sie gefunden hatte.«

»Haben Sie davor irgendwelche Geräusche im Flur gehört?«

»Nein.«

»Gar nichts, wie? Keine Schreie, keine Kampfgeräusche, nichts dergleichen.«

»Nichts. Mein Fernseher lief.«

»Sie waren den ganzen Abend über daheim, wie?«

»Ja.«

»Und haben überhaupt nichts gehört, wie?«

»Nein.«

»Wie war doch gleich der Name der Toten?«

»Hester Mathieson.«

»Buchstabieren Sie mal den Familiennamen.«

»M-a-t-h-i-e-s-o-n.«

»Wissen Sie zufällig, wie alt sie war?«

»Dreiundsechzig.«

»Kennen Sie irgendwelche Angehörigen von ihr?«

»Früher hatte sie manchmal Besuch von einer Nichte. Die ist aber nach Chicago verzogen.«

»Wann war das?«

»Vor etwa sechs Monaten.«

»Wie hieß die Nichte?«

»Stephanie Welles.«

»Wissen Sie zufällig, wo sie in Chicago wohnt?«

»Irgendwo an der Warrington Avenue. Bei der Adresse bin ich mir nicht sicher. Wenn Hester einen Brief von ihr bekam, mußte ich ihn immer vorlesen.«

»Konnte sie nicht lesen?«

»Was meinen Sie damit?«

»Hester, die tote Frau. Konnte sie nicht lesen?«

»Sie war blind«, sagte Epstein. »Wußten Sie das nicht?«

»Blind?«

»Haben Sie den weißen Stock nicht bemerkt?«

»Nein«, gab Tauber zu. »Ist mir nicht aufgefallen. Also blind, wie?«

Carella war gerade mit dem Abendessen fertig, als das Telefon klingelte. Er saß im Wohnzimmer, blickte auf die Kaminuhr und war im Begriff, mit seiner Frau zu Bett zu gehen. Es war erst 9 Uhr, und die Zwillinge schliefen schon. Fanny saß im anderen Zimmer vor dem Fernsehgerät. Das Zusammensein mit Janet oben in Fort Mercer hatte ihn ihm das dringliche Verlangen nach Teddy erweckt. Seine Frau saß ihm gegenüber und las in einem Magazin. Dabei nahm sie recht herausfordernde Stellungen ein, aus denen sich unschwer schließen ließ, daß sie dem abendlichen Vergnügen nicht abgeneigt sei, mit dem sich Carella in Gedanken beschäftigte. Als das Telefon klingelte, warf er sofort einen Blick auf die Kaminuhr. Dann erhob er sich seufzend und ging an den Apparat, der auf einem niedrigen Tischchen neben der Tür stand. Er hob den Hörer ab.

»Hallo?« sagte er.

»Ja, kann ich mal Detektiv Carella sprechen?« meldete sich eine Männerstimme.

»Wer ist dort?«

»Tauber, Midtown East.«

»Was gibt es, Tauber?«

»Ich habe da eine Tote im Hause 1144 North Pierce, mit durchgeschnittener Kehle.«

»Was ist mit ihr?«

»Sie war blind. Wir hatten da neulich ein Rundschreiben – ich habe vor ein paar Minuten beim Revier zurückgefragt. Dort nannte man mir Ihren Namen. Sie hatten das Rundschreiben veranlaßt. Daraufhin rief ich beim 87. Revier an, und der Sergeant vom Dienst hat mich zu Ihnen durchgestellt. Hoffentlich störe ich nicht allzu sehr.«

»Nein, nein«, versicherte Carella.

»Wollen Sie mal hierherkommen, oder wie? Ich meine, die Sache dürfte Sie angehen, finden Sie nicht auch? Ich habe gerade mit einem der Beamten von der Mordkommission gesprochen, die man hergeschickt hatte. Er meint, es sei wohl kein Problem, Ihnen die Sache zu übertragen, weil es so aussieht, als ob sie in die Reihe der Fälle gehört, die Sie bearbeiten. Warum wollen Sie nicht herüberkommen und sich die Tote mal ansehen? Der Arzt ist soeben mit der ersten Untersuchung fertig. Ich habe eine Beamtin angefordert, um die Tote zu durchsuchen. Ich will mir keineswegs Arbeit vom Hals schaffen. Aber falls es sich hier um den gleichen Täter handelt, sollten Sie doch vielleicht besser eingreifen.«

»Ich fahre sofort los«, sagte Carella.

»Wir haben unterdessen noch viel zu tun«, meinte Tauber. »Die Adresse ist 1144 ...«

»Die habe ich schon mitbekommen.«

»Bis gleich«, sagte Tauber und hängte ein.

Das Bild war immer gleich.

Alle Tatorte glichen einander. Dieselben Funkstreifenwagen, schräg gegen die Bordsteinkante gefahren, funkelnde Rundumlichter, nur die Nummern an den Seiten der Wagen wechselten von Revier zu Revier. Die von der Polizei aufgestellten Sperrgitter waren überall gleich, schwarzweiß diagonal gestrichene Querstücke auf Lagerböcken mit aufgesetzten Schildern – TATORT – BETRETEN VERBOTEN. Tiefschwarz gegen totenbleiches Weiß, alle sahen gleich aus. Auch die Polizisten glichen einander. Ob Winter, Sommer, Herbst oder Frühling – in dieser Stadt veränderten sich nur die Jahreszeiten, und manchmal nicht mal diese. Die uniformierten Streifenpolizisten schienen sich angesichts von Mordtaten immer ein wenig unbehaglich zu fühlen. Sie drängten Neugierige zum Weitergehen. Hier ist nichts zu sehen, Leute, weitergehen bitte. Aber sie waren mit den Fußgängern eins, was ihre Neugierde anbelangte. Manchmal wirkten sie weniger wie Polizeibeamte, sondern mehr wie Zivilisten, die vom Rande des Schauplatzes her mit offenem Mund herüberstarrten. Die Nacht war kalt. Vor Jahren trugen die Streifenpolizisten in dieser Stadt dicke, blaue Wintermäntel, wenn es kalt war. Jetzt zogen sie im Winter einfach lange Unterhosen an. Dadurch wirkte mancher von ihnen in seiner gewöhnlichen Uniform stämmiger, als er nackt unter der Dusche aussah. Sie gingen untereinander flüsternd herum und erhoben die Stimme nur, wenn sie Fußgänger weiterscheuchten. Sie flüsterten über den Mord.

Auch die Detectives sahen alle gleich aus. Große Männer, die meisten von ihnen recht kräftig. Carella konnte sich manchmal des Eindrucks nicht erwehren, daß Kriminalbeamte wegen ihrer Größe und Kraft aus den Reihen der Uniformierten ausgewählt wurden, und nicht wegen ihrer besonderen Fähigkeit, logische Schlußfolgerungen zu ziehen oder erfolgreich ins Blaue hinein die richtige Spur zu finden. Die meisten trugen keinen Hut. Die meisten rauchten endlos Zigaretten. Viele von ihnen trugen kurze Automäntel oder Jacken mit Reißverschluß und gestrickten Bündchen an den Ärmeln, manchmal auch mit Wollgestrick als Rücken. Wenn man nicht genau Bescheid wußte, konnte man eine Gruppe von Kriminalbeamten am Tatort für den Teil einer Bowlingmannschaft halten.

Die Männer von der Mordkommission indessen fand man auf Anhieb heraus. Sie sahen alle aus und sprachen auch so wie Monoghan und Monroe, die Prototypen dieses Berufs. Die übrigen wirkten wie leicht verdorbene Abgüsse nach der gleichen Form. Die älteren Bullen von der Mordkommission bevorzugten immer noch schwarze Kleider. Schwarz für Tod. Es hatte mal einen berühmten Vertreter der Mordkommission namens Saunders gegeben, der beinahe von Kopf bis Fuß in Schwarz ging. Seine Großtaten gehörten der Legende an. Man nannte ihn ›die schwarze Pest‹. Schwarze Hose, schwarze Jacke, schwarze Krawatte über blendend weißem Hemd, dazu im Winter schwarzer Mantel und ein schwarzer Bowler, den er einst in London gekauft hatte, als er bei seinen Großeltern zu Besuch gewesen und von Scotland Yard wie eine Berühmtheit empfangen worden war. Wenn es regnete, trug er einen schwarzen Schirm, den er von seiner

Oma entlehnt hatte, die in einem Reihenhaus in der Jubilee Street wohnte. Saunders pflegte Mordsachen zu knacken wie Walnüsse. Das war zu den Zeiten, als die Mordkommission noch selbst Ermittlungen anstellte. Heutzutage ist dies Sache der Kriminalbeamten von den Revierwachen. Daraufhin begannen auch die anderen Polizisten von der Mordkommission, sich schwarz zu kleiden. Schwarz wurde zum Kennzeichen ihrer elitären Stellung. Erblickte man einen Kriminalbeamten in Schwarz, dann wußte man: Der ist von der Mordkommission. Selbst einige Kriminalbeamte von den Revieren entschlossen sich zu Schwarz in der Hoffnung, man würde sie für Beamte von der Mordkommission halten.

So war es damals. Mit Ausnahme von ein paar Oldtimern identifiziert man heute Männer von der Mordkommission nur noch an ihrer unnachahmlich überheblichen Haltung am Tatort, wo sie wie Großgrundbesitzer wirken, die von hoher Burgzinne ihr weites Land überschauen. Die Polizeimarken an ihren Mänteln sahen genauso aus wie die der gewöhnlichen Kriminalbeamten von den Revieren – blaue Emaille unter einem goldenen Muster aus Sonnenstrahlen, wobei sie lediglich die unter dem Wort Detective eingestanzte Angabe ›Mordkommission‹ von den anderen unterschied. Jeder Beamte trug am Tatort seine Polizeimarke an Mantel oder Jacke. Die Detectives sahen alle gleich aus.

Die Frau, die verkrümmt auf dem Treppenabsatz des ersten Stockwerkes lag, sah aus sie jedes andere Mordopfer – auch sie sahen alle gleich aus. Wenn man genügend tödliche Wunden gesehen hat, erscheinen einem alle gleich, und die Unterschiede sind nur noch für den Arzt von Bedeutung. Da war nicht viel Unterschied zwischen Wunden, die von einem Gewehr oder einem Messer, einer Pistole oder einem Beil, einem Baseballschläger oder einem Eispickel herrührten. Was sie anrichteten, erinnerte jeden Polizisten immer wieder daran, daß dieses Leben ein gar zerbrechlich Ding ist. Es erinnerte ihn aber auch an etwas anderes. Und gerade das machte seine Arbeit so schwer. Es erinnerte ihn daran, wie billig ein Menschenleben ist. Es erinnerte ihn daran, wie leicht und sinnlos man zu Tode kommen konnte – für Carella war und blieb jeder Mord sinnlos. Dafür gab es einfach kein gutes oder tragbares Motiv in seinen Augen.

Ein paar Sanitäter hoben die Leiche soeben auf eine Bahre. Einer wollte eine Gummidecke über den Leichnam breiten, als Carella hinzutrat, sich auswies und ihn einzuhalten bat. Er wollte sich die Tote näher ansehen.

»Wir haben den Auftrag, sie wegzubringen«, beschwerte sich einer der Männer.

»Schon recht, und ich möchte gern, daß Sie damit noch eine Minute warten. Okay?« entgegnete Carella.

»Bei uns bestimmt der Polizeiarzt, wann eine Leiche abtransportiert wird und wann nicht«, sagte der Mann. »Und überhaupt, leiten Sie hier die Ermittlungen? Wer sind Sie denn? Ich dachte, der andere dort macht das.«

Carella gab keine Antwort. Er beugte sich über die Leiche und sah ins Gesicht der toten Frau, als wolle er dort die Identität des Mörders ablesen. Die Halswunde klaffte scheußlich weit offen. Er kehrte sich ab. Die Hände der Toten steckten in Plastikbeuteln. Das war üblich bei Schnittwunden, wenn der Angreifer an sein Opfer hatte nahe herantreten müssen. Kein pflichtbewußter Polizeiarzt würde die Möglichkeit außer acht lassen, daß das Opfer abwehrend zugepackt oder den Angreifer gekratzt hatte, so daß sich vielleicht Blut oder Hautteile des Täters unter den Fingernägeln finden ließen.

»Gut, Sie können die Leiche mitnehmen«, sagte Carella.

»Haben Sie schon alles festgestellt?« entgegnete der Mann sarkastisch. »Wissen Sie, wer es getan hat?«

Carella erhob sich aus seiner knienden Stellung neben der Bahre. Er sagte kein Wort. Er sah den Sanitäter scharf an. Der Mann zuckte sichtbar zusammen und beugte sich dann schweigend mit dem Gummituch über die Leiche. Genauso schweigsam trug er zusammen mit seinen Kollegen die Bahre die Treppe hinunter.

»Sind Sie Carella?« fragte eine Stimme hinter ihm.

Carella drehte sich um. Das an den Tweedmantel geheftete Abzeichen wies den Mann als Detective aus. Er war fleischig, stämmig und hatte blaue Augen, dazu blondes Haar. Rauchte eine Zigarre. Ihr Gestank erfüllte den ganzen Flur.

»Tauber?« fragte Carella zurück.

»Ja«, sagte Tauber. »Sie sind also doch gekommen?«

»Da bin ich.«

Die Männer gaben einander nicht die Hand. Das geschah unter Polizeibeamten im Dienst nur selten. Sogar bei den Bällen und Wohltätigkeitsfesten, die vom Polizeiverein veranstaltet wurden, gab es kein Händeschütteln. Eine seltsame, anscheinend berufsbedingte Grille, dachte Carella. In längst vergangenen Zeiten pflegten Ritter einander die Hände zu geben, um sicher zu sein, daß sich nicht in der geschlossenen Faust der Griff eines Dolchs verbarg, dessen Klinge am Arm entlang im Ärmel steckte. Mag sein, daß es bei Polizisten keine verborgenen Dolche gab.

»Haben Sie die Tote gesehen?« fragte Tauber.

»Ja, ich konnte einen Blick auf sie werfen.«

»Die Kollegin hat sie vor einer Weile durchsucht. Die Sachen liegen bereit zur Übergabe an die Verwaltung. Aber ich wollte sie gern vorher Ihnen zeigen. Kennen Sie Young von der Mordkommission?«

»Nein.«

»Er war es, der mir sagte, Sie könnten den Fall weiterbearbeiten, sollte es sich um den gleichen Täter handeln. Mir ist ganz klar, daß eine aufgeschlitzte Kehle eben eine aufgeschlitzte Kehle ist. Aber mir fiel Ihr Rundschreiben ein. Ihre beiden Opfer waren blind, und es wurde nichts gestohlen. Stimmt's?«

»Ganz recht.«

»Nun, die Frau hatte zweiundzwanzig Dollar und fünfzig Cent in ihrer Handtasche. Um den Hals trug sie an einer Kette ein goldenes Kruzifix und sogar einen kleinen goldenen Diamantring an der rechten Hand. Der Täter hat weder Geld noch Schmuckstücke angerührt und auch ein wertvolles Akkordeon liegenlassen. Es steht dort drüben an der Wand und ist bereits mit einem Asservatenzettel versehen. Das Instrument muß ein paar hundert Dollar wert sein. Meinen Sie nicht auch? Also schaltet Raub als Tatmotiv aus. Ich kann nur sagen, die Ähnlichkeit mit Ihren beiden Fällen ist unverkennbar.«

»Ganz meine Meinung«, nickte Carella.

»Ich will mich keinesfalls drücken«, redete Tauber weiter, »das müssen Sie mir glauben. Ich habe zwar mehr als genug zu tun, aber auf einen Fall mehr oder weniger kommt es mir im Augenblick wirklich nicht an. Ich bin tatsächlich der Meinung, daß diese Sache zu den beiden anderen Blindenmorden gehört.«

»Das verstehe ich. Wer hat die Leiche gefunden?«

»Ein Mann, der weiter unten im Gang wohnt. Ich habe ihm nur wenige Fragen gestellt. Falls Sie den Fall übernehmen, werden Sie ihn wohl richtig verhören wollen. Was meinen Sie? Halten Sie es für richtig, diese Sache zu übernehmen?«

»Ich denke schon«, sagte Carella.

»Möchten Sie, daß ich noch hierbleibe oder was?«

»Wie machen wir das mit dem Papierkrieg?«

»Ich denke, ich reiche meinen Bericht an die Mordkommission ein. Keine Ahnung. Young hat mündlich zugestimmt. Das sollte doch wohl genügen. Meinen Sie nicht auch?«

»Wahrscheinlich, ich weiß es nicht.«

»Ich werde Ihnen sagen, was ich mache. Sobald ich wieder im Revier bin, rufe ich bei der Mordkommission an und erkundige mich, wie wir den Papierkram handhaben sollen. Wenn Sie mich dann etwas später anrufen, sage ich Ihnen Bescheid. Ganz persönlich bin ich der Ansicht, Sie sollten den Fall behandeln, als hätten Sie ihn von Anfang gehabt.«

»Hier, in einem fremden Revier?«

»Auf der Basis Ihres Rundschreibens sehe ich keine Bedenken«, redete ihm Tauber achselzuckend zu. »Sie haben Berichte über ähnlich gelagerte Fälle angefordert. Stimmt's? Nun, hier haben Sie einen frischen Mordfall, der Ihren Fällen ähnlich sieht. Das müßte meiner Ansicht nach ausreichen.«

»Sie meinen, das Rundschreiben wäre Begründung genug?«

»Das ist jedenfalls meine Meinung.«

»Ich möchte um Gottes willen nicht in irgendwelche Kompetenzstreitigkeiten verwickelt werden«, sagte Carella. »So etwas würde mir bei einer Mordsache gerade noch fehlen.«

»Nee, keine Sorge.«

»Was machen wir zum Beispiel mit den Wertsachen der Toten? Gehen die ans 87. Revier zur vorläufigen Verwahrung, oder soll ich sie nach Midtown East senden?«

»Ich glaube, die sollte Ihr Büro bekommen.«

»Ganz meine Meinung.«

»Dann sind wir uns einig«, meinte Tauber.

»Wo ist das Zeug?« wollte Carella wissen.

»Außer Bargeld und den paar Schmuckstücken hatte sie nicht viel bei sich«, erklärte Tauber. »Die Sachen sind schon eingetütet und liegen drüben an der Wand, falls Sie mal einen Blick darauf werfen wollen.« Er führte Carella zu der Stelle, wo das Akkordeon der Ermordeten neben einem brauen Papierbeutel an der Wand lehnte. An dem Instrument und dem braunen Päckchen hingen beschriftete Schildchen. Carella hob den Beutel hoch und schaute hinein.

»Darf ich das Zeug anfassen?« fragt er.

Tauber zuckte mit den Schultern. »Der Fall gehört Ihnen.«

»Ich meine, sind die Sachen schon von den Leuten aus dem Labor untersucht worden?«

»Latente Fingerabdrücke können sich nur auf einem Teil der Sachen befunden haben. Da, auf der Brieftasche, der Haarbürste und dem Notizbuch. Mit der Blindenschrift werden Sie sowieso wenig anfangen können.«

»Aber ansehen darf ich sie mir doch?«

»Ja, nur zu. Das Zeug ist längst auf Fingerabdrücke untersucht.«

Carella griff in den Beutel und brachte ein Notizbuch mit Adressen zum Vorschein. Genauer gesagt handelte es sich um ein schwarzes Ringbuch mit lose eingehefteten Blättern in einer Größe von etwa acht mal zwölf Zentimetern. Die Blätter waren nicht mit Linien bedruckt. Die meisten wiesen Reihen von eingepreßten Punkten auf. Oberlinie. Mittellinie, Unterlinie, Zwischenraum, und dann eine neue Zeile. Carella schloß daraus, daß jeweils ein Linienfeld Namen, Adresse und Telefonnummer einer Person enthielt.

»Ich frage mich immer, wie sie das machen«, meinte Tauber, »diese Blinden.«

»Wahrscheinlich benutzen sie dazu irgendein Instrument«, erklärte Carella.

»Ja, wahrscheinlich.«

»Glauben Sie, daß es in der Abteilung jemanden gibt, der Blindenschrift lesen und übertragen kann?«

»Damit werden Sie vermutlich zu den Spezialisten für Sprachen und Codes gehen müssen«, meinte Tauber.

»Da haben wir etwas.« Carella hatte den Deckel des Ringbuchs aufgeschlagen. Dort war ein Zettel eingeklebt, auf dem in etwas zitteriger Langschrift zu lesen stand:

> Im Falle eines Unglücks oder sonstigen
> Notstandes benachrichtige man bitte
> Miss Stephanie Welles, 1847 Pershing Avenue
> Isola. AV 2-1474

»Vermutlich hat sie damit gerechnet, daß ...«

»Ja«, sagte Carella.

»Sie mußte Langschrift benutzen, sonst hätte ...«

»Ja.«

»Aber davon werden Sie nichts haben«, fuhr Tauber fort. »Die Anschrift stimmt nicht mehr. Die Welles ist schon vor sechs Monaten nach Chicago verzogen.«

»Wohin in Chicago?«

»Irgendwo an der Warrington Avenue.«

»Wer ist Miss Welles?«

»Die Nichte der Toten.«

»Gibt es noch andere Verwandte?«

»Nicht daß ich wüßte.«

»Man müßte sich mit ihr in Verbindung setzen«, beschloß Carella.

»Sobald die Leute vom Labor fortgegangen sind, können Sie in der Wohnung nach Briefen suchen. Sicherlich finden sie die neue Adresse.«

Vor dem Ersten Weltkrieg war die Pershing Avenue die Grant Avenue gewesen. Die breite Straße hatte sich in ihrer Architektur seither kaum verändert. Ein Grünstreifen, oder mit Forsythien und Ahornbäumen bestanden war, trennte die Fahrbahnen. Die Gebäude zu beiden Seiten waren riesengroß. Sie hatten Ecksteine aus Granit und gekalkte Fassaden. In den geräumigen, dielenartigen Hausfluren standen Blumenbehälter aus Zement auf gemauerten Sockeln. In den Zeiten vor dem Ersten Weltkrieg hatte die Grant Avenue als eine der feinsten und teuersten Adressen der Stadt gegolten. Die einst vornehmen Hauswände waren jetzt beschmiert und mit Namen beschrieben, die zum Teil übermalt worden waren, nur um gleich wieder Narrenhänden zum Opfer zu fallen. Meistens handelte es sich um die Namen von der gerade die Straße beherrschenden Bande – Spinne 19 war mit Dolch 21 übermalt und dieser wiederum mit Salazar IV, so daß schließlich keiner der Namen mehr recht zur Geltung kam.

Vielleicht regten sich in Spinne 19 die gleichen Gefühle wie bei Grant im Himmel, als der Name seiner Avenue in Pershing umbenannt wurde. Um ein Haar wäre aus Pershing gleich nach dem Mordanschlag Kennedy geworden. Damals wurden ja sogar Laternenpfähle nach dem toten Präsidenten benannt. Droben im Himmel brummelte der alte John Joseph, so hieß der General mit Vornamen, bestimmt vor sich hin: *sic transit gloria mundi*, um sich dann über die hohen Kosten auszulassen, die bei der Auswechselung von Straßenschildern entstehen. Gerade noch rechtzeitig kam jemand darauf, daß keine drei Häuserblocks entfernt die Roosevelt Street bereits zu Ehren Kennedys umbenannt worden war. Die Anwohner der Pershing Avenue waren dankbar. Keiner von ihnen hatte eine Ahnung, wer General Pershing gewesen war, aber niemand von ihnen würde bis ans Ende seiner Tage den grauen Tag des Mordes im November vergessen. Um daran zu denken, brauchten sie keine geänderten Straßennamen und so einen Quatsch.

Carella stellte den Wagen zwei Blocks von 1847 Pershing entfernt ab. Das war der nächste Parkplatz, den er finden konnte. Von hier aus ging er zu Fuß gegen den Wind, der durch die kahlen Äste der Walnußbäume pfiff. Er hatte in Hester Mathiesons Wohnung nach Post gesucht, aber nichts gefunden. Wahrscheinlich war es einer Blinden sinnlos erschienen, Briefe aufzubewahren, die ihr doch vorgelesen werden mußten. Danach hatte er beim zuständigen Postamt angerufen und den Beamten vom Nachtdienst gefragt, ob vor etwa sechs Monaten eine Nachsendeadresse eingetragen worden sei. Aber der Mann hatte ihm erklärt, daß er deshalb morgen früh noch einmal anrufen möge, denn jetzt seien nur Postsortierer da. Daraufhin hatte er in Hesters Telefonbuch für Isola nachgeschlagen und dort unter Stephanie Welles die ihm bekannte Anschrift eingetragen gefunden. Die Möglichkeit bestand, daß sie ihre Wohnung an Bekannte weitervermietet hatte. Er wählte die Nummer, ließ das Telefon zwölfmal klingeln und hängte dann ein.

Inzwischen war es zehn Uhr geworden.

Tauber hatte den Tatort schon vierzig Minuten früher verlassen mit dem Versprechen, sich bei der Mordkommission zu erkundigen, wie die Übertragung des Falles ans 87. Revier zu handhaben sei. Als Carella ihn etwas später anrief, berichtete Tauber, er habe mit der Mordkommission gesprochen, und zwar wieder mit Young. Dieser hatte zugesagt, die Reviere schriftlich zu verständigen und die Übernahme zu autorisieren. Das war also erledigt. Er wünschte Carella Glück für die Lösung des Falles. Carella wollte sich sofort mit Stephanie Welles in Verbindung setzen, noch heute abend, damit ihm nicht auch diese Spur kalt würde. Auf der Fahrt zur Pershing Avenue hegte er zweierlei Hoffnung: Nämlich, daß Stephanies Nachmieter ihre neue Adresse in Chicago kannte oder daß sie beim Hausverwalter Bescheid hinterlassen hatte, wohin Post zu senden sei. Ihm ging es weniger darum, die Nichte vom Tod der Tante in Kenntnis zu setzen, als vielmehr darum, sich Informationen zu verschaffen. Er konnte nicht ahnen, wieviel die Nichte über Gewohnheiten und den Bekanntenkreis der Toten wußte. Immerhin war sie als diejenige benannt worden, die im Notfall zu benachrichtigen sei. Und Hester Mathieson war der größte Notfall zugestoßen, den man sich denken konnte.

Mit eingezogenem Kopf lief er dahin.

Der Wind pfiff schrill.

Er sah die hingeschmierten Inschriften an den Hausmauern und rang um Verständnis für die Schmierfinken. Er hatte keins.

Sein Großvater war aus Italien eingewandert, weil man ihm weisgemacht hatte, in Amerika seien die Gehwege mit Gold gepflastert. Natürlich stimmte das nicht, und Giovanni Carella, der mit Pferd und Wagen für eine Molkereigesellschaft unterwegs war, begriff beinahe sofort, daß die Äpfel, die sein Tier fallen ließ, das einzige Gold waren, das es für ihn hier zu finden gab. Und die Straßen waren auch nicht so sauber wie im heimatlichen Neapel, so behauptete Giovanni jedenfalls, worüber sich allerdings streiten ließe.

Aber damals, um die Jahrhundertwende, als die Carellas einwanderten, brachten sie einen gewissen europäischen Sinn für Tradition mit. Einwanderer wie er betrachteten selbst ihre Wohnungen in den Slums als etwas, worum man sich kümmerte und worauf man stolz war. Die Häuser, das, in dem man wohnte, und die angrenzenden Gebäude waren – Heimat. Zusammen bildeten sie ›La vicinanza‹, die Nachbarschaft. Man beschmutzte seine Wohnung nicht. Man schiß nicht dorthin, wo man zu essen pflegte. Niemandem wäre eingefallen, die Front des Hauses zu beschmieren, und hätte sie noch so ärmlich ausgesehen. Und niemand wäre auf die Idee gekommen, einen Straßenbahnwagen zu verunstalten – die U-Bahnen gab es noch nicht, sie befanden sich erst im Bau –, denn die Einwanderer waren Leute, die daheim von jahrhundertealter Schönheit umgeben gewesen waren. Sie hatten sich noch nicht an die Tatsache gewöhnt, daß es in Amerika nur Dinge gab, die alsbald geändert oder die vernichtet wurden.

Carella erklomm die flachen, breiten Stufen der Vortreppe, die von einem Paar leerer Zementvasen flankiert wurde. Beide waren über und über mit unleserlichen Namenszügen beschmiert. Über den Vorhof gelangte er an die Eingangstüren des Gebäudes. Auf dem von Lampen erhellten Vorplatz spielten zwei Jungen Schlagball. Als der Kriminalbeamte vorüberging, blickten sie auf und spielten dann weiter. Er betrat den Vorflur des Hauses und suchte in der Briefkastenreihe nach der Wohnungsnummer des Hausmeisters, als er auf ein Schild ›S. Welles‹ stieß. Es befand sich unter dem Einwurfschlitz des Kastens für das Apartment 54. Darauf konnte er sich keinen rechten Vers machen. Hatte Stephanie die Wohnung in Isola behalten, obwohl sie nach Chicago umgesiedelt war? Oder waren die Räume untervermietet oder einfach in die Hände von Leuten geraten, die es nicht für nötig fanden, das Namensschild auszuwechseln?

Er drückte auf den Klingelknopf unter dem Kasten. Nichts. Er drückte noch einmal und hielt sich bereit, beim Summen des elektrischen Öffners sofort zur Tür zu springen. Nichts geschah. Am Ende der Briefkastenreihe fand er den des Hausverwalters. Er drückte auf den Knopf darunter.

Er wartete eine Weile und wollte gerade noch einmal klingeln, als er den Summerton vernahm. Mit einem Sprung erreichte er die Klinke, stieß die Tür auf und gelangte in den größeren Innenflur, in dem sich trockene Hitze staute. Links von der Wand zischten und bullerten mehrere Heizkörper. An der rechten Wand befand sich ein einzelner Fahrstuhl. Die beiden Messingtüren waren frisch gespritzt. An der Wand entdeckte Carella ein Stück Pappe, auf dem von Hand gemalt das Wort ›Hausmeister‹ zu lesen war. Darunter wies ein schwarzer Pfeil die Richtung zum Apartment 10. Carella klopfte an. Von drinnen fragte eine Männerstimme: »Ja, wer ist da?«

»Polizei.«

»Wer?«

»Polizei.«

»So 'n Scheiß«, knurrte der Mann.

Carella wartete. Hinter der Tür war Murren und Schlurfen zu vernehmen, wie in einer Szene eines Vorstadttheaters. Endlich wurde die Tür geöffnet. Der Hausmeister war ein Weißer, der nach Carellas Schätzung weit über sechzig Jahre zählte. Er trug zerknautschte blaue Hosen, ein weißes Unterhemd und ausgelatschte Hausschuhe aus rotem Kunstsamt. Der Mann blickte aus verquollenen Lidern mürrisch vor sich hin. Durch die offene Tür konnte Carella in das Zimmer hinter der Küche blicken. Dort stand ein Bett, dessen Decke zurückgeworfen worden war. Das legte den Gedanken nahe, daß er den Hauswart aus dem Schlaf aufgescheucht hatte, woran sich unschwer der Schluß anknüpfte, daß dieser Mann den Fragen nach Stephanie Welles nicht sonderlich aufgeschlossen sein würde. Was sich sogleich als richtig erwies.

»Na, was gibt's denn?« fragte er brummig.

»Entschuldigung, daß ich so spät noch stören muß«, begann Carella.

»Sie haben mich nun mal gestört. Also, was?«

»Ich untersuche einen Mordfall und ...«

»Jemand aus diesem Haus?«

»Nein, Sir.«

»Was wollen Sie dann von mir?«

»Ich bin auf der Suche nach einer gewissen Stephanie Welles und dachte, daß Sie vielleicht ...«

»Sie ist nicht zu Hause«, unterbrach ihn der Alte.

Carella sah ihn scharf an.

»Wo ist sie?« erkundigte er sich.

»Auf Arbeit. Sie hat Nachtschicht.«

»Soll das heißen, daß sie noch hier wohnt?« fragte Carella überrascht.

»Natürlich wohnt sie hier. Warum suchen Sie die Welles hier, wenn Sie glauben, die Frau wäre ausgezogen?«

»Also wohnt sie nicht in Chicago?«

»Wohne ich vielleicht in Chicago? Oder Sie?«

»Ich dachte, sie wäre nach Chicago umgezogen.«

»Nein, sie ist nicht nach Chicago umgezogen.«

»Können sie mir sagen, wo Miss Welles arbeitet?«

»Wollen Sie die Kleine hoppnehmen?«

»Weshalb denn?«

»Sie macht nichts Ungesetzliches.«

»Was macht sie denn?«

»Ich sage Ihnen nicht, wo sie arbeitet, wenn Sie ihr Schwierigkeiten machen wollen.«

»Ich möchte ihr nur ein paar Fragen wegen einer Frau stellen, die ermordet worden ist.«

»Welche Frau?«

»Sie hieß Hester Mathieson. Sagt ihnen der Name etwas?«

»Nein.«

»Kennen sie zufällig einen gewissen Jimmy Harris?«

»Nein.«

»Oder Isabel Harris?«

»Nein.«

»Haben Sie jemals gehört, daß Miss Welles diese Namen erwähnte?«

»So gut kenne ich sie nicht«, sagte der Hausmeister. »Ich weiß nur, daß sie nachts arbeitet und nichts Ungesetzliches tut. Wenn Sie also hingehen wollen, um sie hochzunehmen ...«

»Wohin gehen?«

»Wo sie arbeitet.«

»Wo ist das?«

»Das sage ich ihnen nicht«, entgegnete der Mann und wollte die Tür schließen. Carella schob rasch den Fuß in den Spalt. »Nehmen Sie Ihren Fuß da heraus«, verlangte der Hausmeister.

»Ich kann auch so herausfinden, wo sie arbeitet«, sagte Carella. »Aber das kostet mich Zeit und Mühe.«

»Na, und?«

»Und dann komme ich zurück und sehe mir Ihre Mülltonnen an.«

»Meine Mülltonnen sind in Ordnung.«

»Oder die Heizungsrohre im Keller. Oder die elektrischen Leitungen. Ich finde bestimmt etwas, glauben Sie mir. Ich verstehe mich darauf, etwas zu finden.«

»Darauf möchte ich wetten«, knurrte der alte Mann. »Aber sie werden Stephanie Welles nicht finden, indem Sie mir drohen.«

»Wo arbeitet Sie?« drängte Carella. »Und drücken Sie mir nicht dauernd die verdammte Tür gegen den Fuß.«

»Wollen Sie die Frau hochnehmen?«

»Nein, ich will sie wegen eines Mordopfers befragen.«

»Sie hat niemanden umgebracht.«

»Ich denke, so gut kennen Sie sie nicht?«

»Ich kenne sie gut genug, um zu wissen, daß sie keinen Mord begangen hat.«

»Wo arbeitet sie?«

»Das Lokal heißt Tahiti-Garten.«

»Was ist das, ein Massagesalon?«

»Das ist ein Gesundheitsklub.«

»Natürlich«, bemerkte Carella trocken.

»Völlig legal«, betonte der Hausmeister.

Carella zog den Fuß weg, und der Alte knallte die Tür zu.

10. KAPITEL

Der ›Tahiti-Garten‹ befand sich ein Stück stadteinwärts an der Talbot Avenue, vier Blocks von der Brücke nach Calm's Point entfernt. Vor noch kaum zehn Jahren hätte man gesagt, daß der Tahiti-Garten ›im Schatten der Hochbahn‹ läge. Aber hier gab es keine Hochbahn mehr, also paßte diese Formulierung nicht darauf. Andererseits hatte es vor zehn Jahren in der Stadt, in der Carella arbeitete, noch keine Massagesalons gegeben. Also konnte der ›Tahiti-Garten‹ niemals im Schatten der Hochbahn gelegen haben, nicht einmal im Schatten des Gesetzes. Oder, genauer gesagt, hätte es den ›Tahiti-Garten‹ schon vor zehn Jahren gegeben, dann hätte er im Schatten der Hochbahn und des Gesetzes existiert. Heute stimmte keins von beiden mehr.

Die Vorderfront des Massagesalons war mit echten Bambusstöcken und Strohmatten verkleidet. Zwei dicke Bambusstämme formten vor der Eingangstür ein X. Daran war ein Holzschild mit dem darauf eingebrannten Namen des Etablissements befestigt. Ein kürzeres Bambusstück diente als Türgriff. Carella öffnete die Tür und gelangte in einen ebenfalls mit Bambus und Matten ausgekleideten Empfangsraum, der aber anheimelnder wirkte als die Außenfront. Das lag an dem gedämpften Licht aus roten und grünen Birnen, die hinter Gardinen oder in Nischen angebracht waren. Einen Meter von der Tür entfernt stand ein Schreibtisch. Daran saß eine junge Frau mit dem Rücken zur Wand. Als Carella eintrat, blickte sie auf. Ihrem Äußeren nach war sie Chinesin oder Japanerin, vielleicht auch eine Polynesierin, jedenfalls orientalisch. Sie trug ein Madame-Gin-Sling-Kleid. Das Material sah aus wie Brokat. Im Nacken stand der Kragen einige Zentimeter hoch. Die nackten Arme der Frau waren mit Bändern und Spangen aus Jade geschmückt. Sie lächelte, während sich hinter Carella die Tür automatisch mit leisem Zischen schloß.

Er erwiderte das Lächeln. Er war noch nicht sicher, wie er diese Sache angehen wollte. Wenn er sich als Kriminalbeamter auswies, ließ sie ihn vielleicht ohne Haussuchungsbefehl keinen Schritt weitergehen. Andererseits mußte er sich wohl oder übel vor Stephanie Welles ausweisen, sofern er überhaupt Informationen über die tote Akkordeonspielerin zu erlangen hoffte. Er überlegte immer noch, als die Frau hinter dem Schreibtisch ihn ansprach.

»Ja, Sir, kann ich behilflich sein?«

Er faßte einen raschen Entschluß, zum Teufel, und gab sich als Gast aus.

»Kommt darauf an, was Sie zu bieten haben«, sagte Carella.

»Warum nehmen Sie nicht Platz, Sir, während ich ihnen alles erkläre?«

»Tun Sie das nur«, forderte Carella sie auf.

Er setzte sich in den Sessel neben dem Tisch. Die Frau wendete sich ihm mit einer Drehung ihres Sessels zu. Ihr langer Rock war bis ans Knie geschlitzt. Wo der Stoff aufklaffte, sah man ein wenig von der schwarzen Spitzenwäsche. Sie trug schwarze Satinschuhe mit ungewöhnlich hohen Absätzen und Knöchelschnallen. Das Telefon auf ihrem Tisch wies eine Reihe von Knöpfen auf. Im Augenblick war keiner beleuchtet. In die Wand neben der Tür war ein Aquarium voll tropischer Fische eingelassen. Irisierende Luftblasen stiegen auf. Rechts von Carellas Platz befand sich eine zweite Tür. Sie wurde plötzlich aufgestoßen, und eine junge Frau in einem knappen Bikini kam heraus. Sie warf dem Gast einen kurzen Blick zu, ging direkt zum Schreibtisch und sagte ›Benny‹. Dabei legte sie eine kleine rosa Karte auf die Tischplatte. Die Orientalin wiederholte ›Benny‹, nahm die Karte und notierte etwas darauf. Die andere Frau drehte sich um, sah wieder Carella an, öffnete die Tür und verschwand im Nebenraum. Langsam fiel die Tür hinter ihr ins Schloß.

»Das war Stacey, eine unserer Damen«, erklärte die Frau hinter dem Schreibtisch.

»Wie viele Mädchen haben Sie hier?« fragte Carella.

»Sechs«, lautete die Antwort.

»Und wie heißen Sie?«

»Na, warum wollen Sie denn das wissen?«

»Ich bin einfach neugierig.«

»Ich heiße Jasmine.«

»Ah, Jasmine.«

»Ja, also – ich wollte Ihnen gerade erklären, daß Sie sich hier in einem privaten Gesundheitsklub befinden. Für eine kleine, jedesmal fällige Aufnahmegebühr bieten wir die Benutzung unserer Einrichtungen, also, da wären Dusche, Sauna und Schwimmbecken mit Gegenstromanlage. Dazu unbegrenzter Service an der Bar, und natürlich eine Massage durch eins unserer Mädchen, oder auch zwei, falls Sie das bevorzugen.«

»Auch zwei, ich verstehe«, nickte Carella.

»Wir bieten einen halbstündigen Besuch für zwanzig Dollar. Die ganze Stunde kostet dreißig Dollar. Sie haben gewiß mitgerechnet, daß eine volle Stunde vierzig Dollar kosten müßte, wollten wir den Preis für die halbe einfach verdoppeln. Statt dessen ...«

»Ja, ein vorteilhaftes Angebot.«

»Ist es auch«, bekräftigte die Empfangsdame.

»Und dafür bekomme ich eine Massage ...«

»Nebst Benutzung aller Einrichtungen des Hauses.«

»Und die Getränke sind frei?«

»Ja.«

»Was würden zwei Mädchen kosten?«

»Doppelt so viel wie eine Masseuse.«

»Oh, da gibt es keine Vergünstigung.«

»Nein, tut mir leid«, sagte Jasmine lächelnd. »Wobei ich hinzufügen muß, daß unsere Damen ausschließlich gegen Trinkgeld arbeiten. Was unsere Gäste mit ihnen abmachen, ist ganz persönliche Privatsache.«

»Ich verstehe«, sagte Carella.

»Was würden Sie also vorziehen?« fragte Jasmine. Sie griff nach einem Schreibstift und zog einen Block mit bedruckten rosa Karten heran. Die Aufschrift konnte Carella bei dem gedämpften Licht nicht entziffern. »Ein Mädchen oder zwei? Eine halbe Stunde oder eine ganze?«

»Ist eine Stunde die längste Zeit, die ich buchen kann?«

»Für sechzig Dollar können Sie zwei Stunden beanspruchen.«

»Kann ich eine halbe Stunde buchen und dann verlängern, wenn es mir gefällt oder ich länger brauche?«

»Tja … so haben wir das eigentlich noch nie gehandhabt.«

»Gut, ich verstehe«, fuhr Carella fort. »Also, ich wiederhole mal, ob ich auch alles richtig begriffen habe, damit es hinterher keine Mißverständnisse gibt.«

»Lassen Sie sich nur Zeit«, meinte Jasmine und lächelte wieder.

»Ich bin hier in einem Gesundheitsklub, und für meine Aufnahmegebühr darf ich die Einrichtungen des Hauses benutzen und bekomme von einem Mädchen eine Massage. Was ich darüber hinaus mit ihr ausmache, ist reine Privatsache, und die Bezahlung dafür richtet sich nach dem Grad meiner Dankbarkeit für ihre Dienste.«

»Vollkommen richtig.«

»Sie sprachen von einer jedesmal fälligen Aufnahmegebühr ...«

»Das heißt, daß Sie die Mitgliedschaft im Klub jedesmal erneuern müssen.«

»Ach so, ich muß jedesmal bezahlen.«

»Ja.«

Im Klartext besagte das alles, daß der Tahiti-Club an Carella einen Raum vermietete, zwanzig Dollar für die halbe und dreißig Dollar für die ganze Stunde. Zugleich wurde ihm damit Zutritt zu einer oder zwei Prostituierten verschafft, die gegen ein vorher ausgemachtes, zusätzliches Honorar zu sexuellen Diensten bereit waren. Wenn man diesen Klub wegen Verstoßes gegen die Prostitution belangen wollte, würde das Management unweigerlich zur Verteidigung anführen, daß jemand nur dann der Prostitution Vorschub leiste, wenn er wissentlich oder absichtlich den damit befaßten Personen die Gelegenheit dazu verschaffe (wohingegen hier im Tahiti-Club alle zusätzlichen Abmachungen mit den Frauen reine Privatangelegenheiten blieben) oder ....

Strafbar war auch, Personen oder Räume für Prostitution bereitzuhalten (das hier war ein Gesundheitsklub, der nur eine Massage bot, dazu freie Getränke, Dusche, Sauna, Schwimmbecken) oder ...

Unter das Gesetz fiel auch die Eröffnung oder Leitung eines öffentlichen Hauses oder eines der Prostitution zugewendeten Unternehmens (zum hundertsten Male, wir sind hier in einem Gesundheitsklub!) oder ...

Kam letztlich noch als strafbar in Betracht jede Form von Beihilfe zur Prostitution (Sauna und Schwimmbecken, Massage und kostenlose Getränke bilden keine Beihilfe zur Prostitution, und eine einzelne Schwalbe macht noch keinen Sommer.)

»Ich nehme nur ein Mädchen für eine halbe Stunde«, sagte Carella.

»Gern, Sir. Ihren Namen, bitte. Vorname genügt.«

»Andy«, sagte Carella aufs Geratewohl.

»Gut, Andy, wie sind Sie auf uns gekommen?«

»Wie meinen Sie das?«

»Haben Sie auf der Straße einen Werbeprospekt bekommen, oder haben Sie eine unserer Anzeigen gelesen?«

»Nein, ein Freund hat mir von Ihrem Hause erzählt.«

»Schön, Andy, darf ich Sie jetzt zur Kasse bitten? Das macht zwanzig Dollar.«

»Gern«, meinte Carella und zog eine Zwanzigdollarnote aus seiner Brieftasche, wobei er sich fragte, ob ihm die Buchhaltung diesen Betrag wohl ersetzen werde. Er sah sich im Geist selbst, wie er ins Verwaltungsbüro marschierte und Miscolo eine Spesenabrechnung für den Besuch in einem Puff vorlegte.

»Vielen Dank«, sagte Jasmine. Sie nahm den Geldschein und legte ihn in eine metallene Kassette im oberen Schubfach ihres Tisches. In dem Kasten befanden sich sehr viele Banknoten.

»Wenn Sie bitte diese rosa Karte mitnehmen wollen«, fuhr Jasmine fort und riß das oberste Blatt vom Block. »Wenn Sie in den Gesellschaftsraum kommen, wird sich eine unserer Damen um Sie bemühen. Ich sehe gerade, daß Stacey frei ist. Falls Sie –«

»Ich hatte eigentlich an ein bestimmtes Mädchen gedacht«, fiel ihr Carella ins Wort.

»Oh«, machte Jasmine und hob eine Augenbraue. »Sie sind doch schon mal hier gewesen?«

»Nein, mein Freund hat sie mir empfohlen.«

»Welche denn?« wollte Jasmine wissen.

»Stephanie«, sagte Carella und konnte sich soeben noch

bremsen. Um ein Haar wäre ihm auch der Nachname herausgerutscht. »Stephanie?«

»Ja.«

»Wir haben keine Stephanie.«

»So heißt sie mit richtigem Namen«, erklärte Carella und entschloß sich dazu, aufs Ganze zu gehen. »Stephanie Welles.«

»Mhm«, meinte Jasmine. »Aber, sehen Sie, alle unsere Damen arbeiten unter ihrem richtigen Namen. Sie hätten doch keinen Grund, sich falsche Namen zuzulegen.«

»Ich weiß«, entgegnete Carella. »Gerade deshalb hat sie wohl meinem Freund ihren richtigen Namen genannt. Meinen sie nicht auch? Weil alle Ihre Mädchen den richtigen Namen führen und nichts zu verbergen haben. Klar?«

»Mhm«, machte Jasmine noch einmal.

»Kann ich sie also haben?« fragte der Kriminalbeamte.

»Tja, wie gesagt ...«

»Ich weiß aber, daß sie hier arbeitet.«

»Warum gehen Sie nicht einfach hinein und sehen nach, ob sie eine Stephanie finden? Was sich dann zwischen Ihnen und ihr anbahnt ...«

»Ja, ist persönlich und privat.«

»Ganz recht.«

»Vielen Dank. Können Sie mir sagen, wie Stephanie aussieht?«

»Ich kenne hier keine Stephanie«, gab Jasmine lächelnd zurück.

»Okay, danke.« Carella erhob sich und öffnete die Tür zu seiner Rechten.

Der Salon dahinter war genauso eingerichtet wie der Empfangsraum. Bambus und Strohmatten. Die ganze Länge der linken Wand neben der Tür wurde von einer Bar eingenommen. Große Flaschen mit Scotch, Wodka, Gin und Korn standen darauf neben kleineren Flaschen, die Klubsoda und Tonic enthielten. Neben einem Wasserkrug stand ein Korb mit Eiswürfeln und eine Platte mit geschälten Orangen und Pampelmusen. An der Wand hinter dem Eiskübel waren Plastikbecher aufgereiht. Die jenseitige Wand wies ein Halbrund aus hochlehnigen weißen Korbstühlen und Liegen mit bunten Kissen auf.

Zwei der Sessel waren von einer Blondine und einer brünetten Frau besetzt. Beide trugen den gleichen Bikini, den er schon an Stacey gesehen hatte. Beide blickten Carella lächelnd entgegen, als er eintrat.

»Hallo«, rief die Blonde. »Ich bin Bobbie.«

»Hallo, Bobbie.«

»Ich bein Lauren«, stellte sich die Brünette vor.

»Hallo, Lauren.«

»Und wie heißt du?«

»Andy.«

»Möchtest du etwas trinken, Andy?«

»Noch nicht, vielen Dank. Ich suche eigentlich Stephanie.«

»Sie hat im Augenblick zu tun«, erwiderte Bobbie sofort.

»Meinst du, daß sie bald frei sein wird?«

»Ich denke doch«, sagte Lauren. »Warum trinkst du nicht unterdessen einen Schluck?«

»Scotch mit etwas Wasser, bitte«, sagte Carella.

»Darf ich bitte die rosa Karte haben?« fragte Bobbie. Sie erhob sich aus dem Rohrstuhl und kam quer durch den Salon.

Carella sah jetzt, daß ihr Bikini dem glich, wie er von Stripperinnen getragen wird. Er bestand aus einem vorn zugehakten Oberteil, während sich unten eine Art Läppchen befand, das mit diagonal über den Po geführten Schnüren festgehalten wurde. Bobbie trug hochhackige

Pumps mit Knöchelverschnürung, die ihre Beine superlang erscheinen ließen, obwohl sie nicht mehr als eins sechzig oder eins fünfundsechzig groß war. Vom anderen Sessel her schaute Lauren herüber. Ihr Bikinioberteil wirkte noch winziger, vielleicht weil sie mehr Busen hatte. Keine von den Frauen sah älter aus als fünfundzwanzig. Sie waren keine Schönheiten, aber recht attraktiv. Mehr noch, sie wirkten sauber, frisch und gesund.

»Sehr zum Wohl, Andy«, lächelte ihn Bobbie an. »Scotch mit Wasser.«

»Danke sehr«, entgegnete Carella und nahm seinen Drink mit zu einem der Rohrsessel.

»Ich nehme an, du warst schon einmal hier«, sagte Bobbie.

»Nein, ich war noch niemals hier oder in einem anderen Massagesalon.«

»Woher kennst du dann Steff?«

»Ein Freund hat mir dieses Etablissement empfohlen.«

»Oh, und er mochte Steff, wie?«

»Ja.«

»Er muß auch ihr gefallen haben.«

»Warum, wieso?«

»Nun … sie ist doch Shana, mußt du wissen.«

»Hier, meinst du?«

»Ja, Shana, so heißt sie hier. Ein hübscher Name, finde ich, Shana.«

»Bobbie ist auch hübsch.«

»Na ja, nicht schlecht, aber Shana klingt besser. Wenn ich noch einmal von vorn anfangen sollte, würde ich mir auch einen Namen wie Shana zulegen. Vielleicht Sherry oder so ähnlich.«

»Mhm, auch hübsch.«

»Obwohl es viele Sherrys gibt.«

»Bobbie ist auch nicht gerade selten«, warf Lauren ein.

»Aber Shana kommt nicht oft vor. Ich bin sicher, Steff hat sich da einen guten Namen ausgesucht. Ich möchte nur wissen, wo sie den herhat.«

»Da gab es mal eine Dschungelkönigin Shana«, meinte Lauren.

»Nein, die hieß Sheena.«

Die Tür zum Empfangsraum öffnete sich. Ein kleiner, dicker Mann, der eine Zigarre rauchte, kam herein. Er trug einen schweren, braunen Mantel, der ihn fast zum Boden zu drücken schien. Seine Schultern waren gebeugt, sein Gesicht vom Wind gerötet und sein Haar zerzaust. Keuchend trat er ein und sagte sofort: »Ich muß etwas trinken. Mach mir einen Drink zurecht, Blondie.«

»Ich heiße Bobbie.«

»Meinetwegen Bobbie«, sagte der Dicke. »Mach mir einen Bourbon mit Wasser zurecht.«

»Wir haben leider keinen Bourbon.«

»Toller Saftladen«, bemerkte der fette Kerl.

»Wir hatten heute viel Bourbontrinker hier. Er ist uns vor ein paar Minuten ausgegangen«, erläuterte Lauren.

»Großartig«, ärgerte sich der Mann und paffte an seiner Zigarre. Er blickte so enttäuscht drein, als wollte er gleich weinen. Fast sah es so aus, als sei er mehr wegen des Bourbon hier als wegen der netten Gesellschaft.

»Wie wäre es mit einem Roggenwhisky – aber mit Tonic.«

»Kann ich bitte die rosa Karte haben?« sagte Bobbie. Der Dicke reichte sie ihr.

Carella hatte bisher das Abrechnungssystem nicht durchschaut. Bobbie hatte auf keinem der rosa Bons etwas vermerkt, sondern sie nur auf die Bar unter einen Aschenbecher gelegt. Von seinem Sessel aus beobachtete der Detective die mit Vorhängen versehenen Türen rechts und dann die mit Bambus benagelte Tür am unteren Ende der Bar.

Lauren betrachtete ihn immer noch. »Der Drink ist in Ordnung, ja?« fragte sie.

»O ja.«

»Hier ist es kalt wie auf einem Hexenbusen«, bemerkte der Dicke.

»Das hat heute schon mal einer gesagt«, erwiderte Lauren und ließ die Augen rollen. »Willst du wirklich auf Shana warten?« wendete sie sich an Carella.

»Ja.«

»Ich meine, du verläßt dich doch nur auf das, was du von deinem Freund gehört hast. Nicht wahr?«

»Stimmt, aber ich habe ihm versprochen, mal nach ihr zu schauen.«

»Je länger ich dich ansehe, desto besser gefällst du mir. Wir kämen bestimmt prächtig miteinander aus«, fuhr Lauren fort.

»Sicher«, meinte Carella. »Aber ich habe es meinem Freund wirklich versprochen. Vielleicht ein andermal.«

»Vielleicht«, gab sich Lauren zufrieden und wendete ihre Aufmerksamkeit dem Dicken zu, der sich von Bobbie seinen Drink reichen ließ. Er leerte das Glas fast in einem Zug.

»Was für ein Tag das heute war«, sagte er.

»Ja«, nickte Bobbie, »Samstag ist immer ein schwerer Tag.«

»Gib mir noch ein Glas davon«, sagte der Dicke. »Was für ein Tag!«

Die mit Bambus bedeckte Tür am entfernten Ende der Bar sprang auf, und eine Frau kam herein. Ihre Augen waren grau wie Rauch, mit künstlichen Wimpern dick besetzt, aber nur wenig blauem Lidschatten versehen. Sie trug das blonde Haar in einer Art Pagenkopf mit Locken in der Stirn und hinten einer kleinen Aufwärtsrolle. Hohe Wangenknochen und ein klares Profil, das sanft in Nacken und Schultern überging. Sie war groß, schlank und trug den gleichen winzigen Bikini wie die anderen. Sie grüßte ›Hallo!‹ ringsum, ohne jemanden direkt anzusehen und ging durch die andere Tür in den Empfangsraum hinaus.

»Das war Shana«, erklärte Lauren.

Im nächsten Augenblick kam sie wieder herein, sah sich um, lächelte Carella an, dann lächelte sie dem Dicken zu und sagte: »Alles rundum glücklich hier?«

»Shana«, sagte Carella, »mein Freund hat mir geraten, mit dir ...«

»Die große Blonde nehme ich«, fiel ihm der Dicke ins Wort.

Carella drehte sich zu ihm um.

»Ja, Freundchen, Sie haben richtig gehört«, spielte sich der Fettsack auf.

»Darüber wollen wir nicht streiten, Freunde«, wollte Lauren vermitteln. »Hier ist genug für jeden.«

»Wir streiten gar nicht«, gab der Dicke zurück. »Ich hatte einen harten Tag. Wenn Sie die große Blonde wollen, können Sie sie später haben. Jetzt ist sie erst mal bei mir dran.«

»Da ist dein Drink«, sagte Bobbie.

»Danke.« Der Dicke nahm das Glas entgegen.

»Wie heißt du?« fragte Shana ihn.

»Arthur.«

»Gib mir mal Arthurs Slip«, sagte Shana.

»Er liegt unter dem Aschenbecher.«

»Wie lange wollen Sie sich hier aufhalten?« fragte Carella freundlich.

»Was geht das Sie an?« Der Dicke paffte an einer Zigarre und nahm einen Schluck aus dem Glas.

»Sie sagten, ich könnte Shana später haben. Deshalb wollte ich gern wissen, wieviel später.«

»Das ist meine Sache«, erwiderte der Fettsack und paffte Rauchwolken vor sich hin.

»Was steht auf dem rosa Bon, Shana?« fragte Carella.

»Da stehen zwei Stunden darauf«, rief Arthur. »Das steht auf dem Bon.«

»So lange kann ich nicht warten.«

»Pech gehabt«, stöhnte der Dicke.

»Kann ich Sie mal eine Minute sprechen?«

»Wozu?«

»Etwas Privates und Persönliches. Gibt es hier einen Ort, wo wir unter vier Augen eine Privatsache besprechen können?«

»Versucht es auf der Toilette«, riet Lauren.

»Wo ist die Toilette?«

»Durch die Tür mit dem Vorhang.«

»Ich gehe nicht mit Ihnen auf die Toilette«, widersetzte sich der Dicke. »Ich will jetzt mit Shana hineingehen.«

»Arthur«, blieb Carella immer noch freundlich, »es dauert doch nur eine Minute.«

»Nicht mal 'ne Minute habe ich übrig.«

»Und ich keine zwei Stunden«, erwiderte Carella lächelnd. »Kommen Sie, Arthur, und lassen Sie uns in Ruhe darüber reden. Ich bin sicher, die Damen hier möchten keinen Krach erleben. Ich bin sicher, auch Ihnen liegt nichts an Ärger. Reden wir miteinander wie zwei Gentlemen, Arthur.«

»Gut denn, eine Minute«, gab Arthur nach und schob sich durch den Türvorhang.

Carella folgte ihm. In dem angrenzenden Raum gab es

drei Duschkabinen. An der Türseite der Wand stand ein Dutzend schmaler Schränke. Waschbecken. Neben ihnen stand ein Neger. Er trug eine rote Jacke und eine geknüpfte Fliege. Als die Männer eintraten, lächelte er.

»Wir hätten privat etwas zu besprechen«, wendete sich Carella an den Neger. »Würde es Ihnen etwas ausmachen, mal für eine Minute zu verschwinden?«

»Ich muß auf die Schränke aufpassen«, lehnte der Mann ab.

»Ich werde das für Sie übernehmen«, sagte Carella.

»Nein, nein – das ist meine Aufgabe.«

Carella nahm eine Fünfdollarnote aus der Brieftasche und reichte sie ihm lächelnd. »Nur eine Minute.«

»Na gut«, meinte der Neger immer noch zweifelnd. Aber er nahm das Geld und ging hinaus.

»Also, reden Sie«, sagte Arthur.

»Sehen Sie mal, Arthur«, erwiderte Carella. Damit zog er die Brieftasche mit Ausweis und Polizeimarke aus der Tasche und klappte sie auf. »Schsch!« unterband er mit dem Finger an den Lippen Arthurs erschrockenen Ausruf.

»Du liebe Güte«, sagte Arthur.

»Ich lasse hier niemanden hochgehen«, versprach Carella.

»Was wollen Sie denn sonst hier?« fragte Arthur und sah noch trauriger drein als vorhin, als er keinen Bourbon bekommen hatte.

Jetzt erst sah Carella, daß der Mann einen Trauring trug. »Arthur, Sie brauchen sich keine Sorgen zu machen. Nur dürfen Sie draußen keinem Menschen sagen, daß ich Polizist bin. Dann passiert überhaupt nichts. Verstanden?«

»Ich habe heute halt einen schlechten Tag«, klagte Arthur.

»Der Tag wird noch gut werden, Arthur, glauben sie

mir. Wir gehen jetzt hinaus, und Sie sagen Shana, daß Sie es sich anders überlegt hätten.«

»Wenn das doch eine Razzia wird, dann sagen Sie es mir. Okay? Dann marschiere ich nämlich zur nächsten Tür hinaus. Ich kann es mir nicht leisten, mich in einem solchen Etablissement festnehmen zu lassen. Also tun Sie mir den Gefallen. Okay?«

»Das ist keine Razzia«, versprach Carella. »Gehen wir, Arthur.«

»Wir könnten gleich duschen«, meinte der Dicke. »Das wird hier sowieso verlangt, bevor die Sitzung beginnt.«

»Sehr vernünftig«, sagte Carella.

Die Dusche diente keineswegs der Reinlichkeit, sondern war eine Vorsichtsmaßnahme in rechtlicher Beziehung. Wenn Carella nackt oder nur mit einem Tuch um die Hüften ein Zimmer betrat und eine Frau kam herein, um ihn zu massieren und dabei den Preis für sexuelle Dienstleistungen auszuhandeln, dann konnte das vor Gericht leicht so hingestellt werden, als ob Carella die Frau durch sein eigenes Verhalten zu ihrem Tun verlockt habe. Wenn man daran dachte, daß einfache Prostitution nach dem Strafgesetz zu den kleineren Vergehen zählte, dann lohnte es sich nicht, deswegen jemanden zu verhaften. Dafür gab es nicht mehr als fünfzehn Tage Gefängnis oder eine Geldstrafe bis zu zweihundertfünfzig Dollar. Manchmal war ein Polizist dumm oder übereifrig genug, eine Nutte festzunehmen. Meistens war die Frau eine Stunde später wieder auf der Straße, nachdem ihr Zuhälter eine Geldbuße von fünfzig Dollar gezahlt hatte. In der Stadt hatte es jüngst keine Razzien gegen Massagesalons mehr gegeben. Solchen Unternehmen war rechtlich nur schwer beizukommen. Wenn man nicht an die Manager herankam und die Frauen nicht auf frischer Tat ertappte, was blieb dann übrig? Männer wie der dicke Arthur, der in seinem schweren Überzieher zitterte wie vor Angst, seine Frau könnte dahinterkommen, daß er an einem Samstagabend im ›Tahiti‹ gewesen war.

Carella ging hinaus und sagte Shana, daß sie zuerst für ihn da sei.

Er hatte geduscht, sich abgetrocknet und ein hellrotes Handtuch um die Hüften geschlungen. Der Neger in der roten Jacke hatte ihm einen Plastikbeutel gereicht, in dem er den Dienstrevolver im Halfter verstaute, dazu die Brieftasche, die lederne Ausweistasche, seine Schlüssel, das Bargeld und die Uhr. Der Schwarze sah die Waffe, sagte aber nichts. Manchmal tun fünf Dollar Wunder. Carella wickelte den Plastikbeutel in ein zweites Handtuch und schob sich durch die verhangene Tür in den Salon. Shana wartete schon auf ihn. Arthur war nicht zu sehen. Auch die beiden Frauen waren verschwunden. Carella fragte sich, welche Arthur wohl erwählt haben mochte.

»Willst du etwas zu trinken mit hineinnehmen?« fragte Shana.

»Nein, danke«, lehnte Carella ab.

»Was ist denn in dem Handtuch?«

»Die Familienjuwelen«, lächelte Carella.

»Ich meinte das Tuch in deiner Hand«, entgegnete Shana lachend. »Komm, gehen wir.« Sie öffnete die Tür am Ende der Bar.

Carella folgte ihr in einen engen Gang, dessen Wände mit Bambus verkleidet, während Decke und Fußboden mit Matten ausgeschlagen waren. Dann öffnete die Frau eine verhangene Tür, die in ein etwa zwei mal drei Meter großes Zimmerchen führte. Die zwei Längswände und die hintere Querwand bildeten eine hübsche Nische, in die ein Bett eingebaut war. Die Liegefläche war mit einem in der

Größe genau passenden vielfarbigen Laken bespannt. Die drei das Bett umschließenden Wände waren mit Spiegeln verkleidet. Auf dem schmalen Stück Fußboden zwischen der Tür und dem Bett lagen Strohmatten. An der Wand aufgereiht standen Flaschen mit farbigen Lotionen, die aussahen wie frisch importiertes Körperöl aus einem arabischen Harem. Die Tür konnte von innen verriegelt werden. Shana schob den Riegel vor, lächelte Carella an und ging zum Bett. Sie setzte sich darauf und zog die Schuhe aus.

»So, so«, begann sie. »Du bist zum ersten Mal in einem Massagesalon, wie?«

»Ja«, erwiderte Carella.

»Dann muß ich dir wohl erklären, wie das hier funktioniert. Für die zwanzig Dollar, die du draußen bezahlt hast, massiere ich dir den Körper. Du hast für eine halbe Stunde gebucht, nicht wahr?«

»Ja, eine halbe Stunde.«

»Okay. Wenn du außer der schlichten Massage noch etwas anderes möchtest, so kostet das eine Kleinigkeit extra.«

»Wie viel extra?«

»Für fünfundzwanzig Dollar mache ich es dem Kunden mit der Hand, einen blasen kostet vierzig und regulärer Geschlechtsverkehr sechzig Dollar. Aber Lauren sagte, du kennst einen meiner Freunde. In diesem Falle wäre natürlich eine Sonder…«

»Nein, ich kenne keinen deiner Freunde«, fiel ihr Carella ins Wort.

»Nicht? Aber Lauren hat doch gesagt …«

»Ich habe gelogen.« Shana sah ihn an.

»Ganz recht, eine Lüge«, wiederholte er.

»Warum?«

»Ich muß mit Ihnen reden.«

»Sie mußten lügen, um mit mir reden zu können?«

»Ich hatte schon unter Ihrem richtigen Namen nach Ihnen gefragt und mußte dann irgendwie weitermachen.«

»Woher wissen Sie meinen Namen?«

»Ich fand ihn in einem Notizbuch.«

»Wessen?«

»In dem Ihrer Tante, einer Frau namens Hester Mathieson.«

»Das begreife ich nicht.«

»Ich bin Polizist«, erklärte Carella.

»Dann zeigen Sie mir mal Ihre Marke«, verlangte sie.

»Dort, im Handtuch eingewickelt. Sie dürfen mir ruhig glauben, daß ich ein Bulle bin.«

»Ist da auch ein Revolver in dem Handtuch?«

»Ja.«

»Also, was soll das werden? Eine Razzia?«

»Nein.«

»Was wollen Sie sonst hier?«

»Ihre Tante ....«

»O Gott, sprechen Sie nicht weiter. Ist ihr etwas zugestoßen?«

»Sie ist tot. Jemand hat sie ermordet.«

»O Gott.«

»Es tut mir leid.«

»Wie es es geschehen?«

»Man hat ihr die Kehle durchgeschnitten.«

»O Gott!«

In dem kleinen Zimmer blieb es still. Irgendwo weiter unten im Korridor hörte Carella jemanden lachen. Leise wurde eine Tür geschlossen. Er sah die junge Frau an. Sie starrte auf die Schuhe mit den Knöchelbändern auf dem Fußboden. Die Rundungen ihrer Brüste in dem knappen

Halter waren mit Sommersprossen bedeckt. Sie hielt die Hände im Schoß gefaltet und starrte die Schuhe an. Ihre Fingernägel waren lang und sorgfältig manikürt. Der Lack darauf war rot wie Blut. Er fragte sich, wie er die Frau nun nennen sollte. Vor ein paar Augenblicken war sie noch Shana gewesen, eine Frau, die völlig unbeweglich einem Fremden ihre Preise für sexuelle Dienstleistungen aufsagte. Aber in Hester Mathiesons Büchlein hieß sie Stephanie Welles. Die Erwähnung der Mordtat schien sie beide aus diesem schwach erhellten Reich der Phantasie weggeführt zu haben in einen gleichfalls schwach beleuchteten, aber sehr realen Treppenflur.

»Miss Welles?« sagte er, und diese Anrede schien ihm korrekt. Sie nickte nur kurz und starrte weiter die Schuhe an. An der Wand schimmerten die Körperöle in ihren Flaschen, die das Licht reflektierten. »Wann haben Sie Ihre Tante zum letzten Mal gesehen?«

»Ehe ich hier anfing.«

»Wann war das?«

»Vor etwa sechs Monaten. Im Mai. Sind seither sechs Monate vergangen?«

»In der Zwischenzeit waren Sie nicht bei ihr?«

»Nein.«

»Haben Sie ihr sehr nahe gestanden?«

»Ich mochte sie gern, wahrscheinlich habe ich sie sogar liebgehabt.«

»Trotzdem haben Sie seit Mai keinen Besuch mehr gemacht?«

»Nein.«

»Aber gesprochen haben Sie mit ihr?«

»Sie meinen am Telefon?«

»Ja.«

»Ich habe mich bemüht, sie wenigstens einmal in der

Woche anzurufen. Sie war doch blind, wie Sie wissen. Wie kann jemand … warum würde ein Mensch …?«

Stephanie schüttelte den Kopf.

»Wann haben Sie zuletzt mit ihr telefoniert?«

»Vorige Woche.«

»Wann in der vorigen Woche?«

»Ich glaube, es war am Donnerstag abend. Mittwoch und Donnerstag habe ich frei.«

»Worüber haben Sie mit ihr gesprochen?«

»Ach, so das übliche.«

»Zum Beispiel?«

»Tja, sehen Sie, ich hatte ihr wegen meines Jobs hier etwas vorgelogen. Ich meine, als Begründung dafür, daß ich meine Besuche bei ihr eingestellt hatte. Denn, wissen Sie, wenn ich ihr von Angesicht zu Angesicht gegenüber gesessen hätte … sie konnte Dinge spüren, wissen Sie. Blinde haben besonders feine Empfindungen. Wenn ich mit ihr in einem Zimmer gewesen wäre, hätte sie alles gespürt, die ganze Wahrheit, und … das konnte ich nicht ertragen. Meine Mutter ist tot, wissen Sie, und Tante Hess war alles, was mir geblieben war. Ich wollte nicht … ich wollte ihr nicht weh tun … und deshalb … sollte sie nicht wissen, daß ich so einen Job habe.«

»Was haben Sie der Tante über Ihre gegenwärtige Arbeit gesagt?«

»Ich habe ihr vorgelogen, daß ich als Stewardeß arbeite. Ich sagte ihr, ich sei in Chicago stationiert und käme nur ganz selten mal in diese Stadt. Ich sagte ihr immer, daß ich von irgendeinem Flughafen aus anriefe und versprach, meine Flugpläne so einrichten zu lassen, daß ich sie wenigstens hin und wieder besuchen könnte. Ich habe ihr oft geschrieben. Angerufen habe ich, wann immer es sich einrichten ließ.«

»Wie konnten Sie ihr schreiben?«

»Was meinen sie damit?«

»Wo Sie ihr doch vorgelogen hatten, Sie wohnten in Chicago.«

»Oh, ich habe dort eine Freundin, die früher mal hier im ›Tahiti‹ gearbeitet hat. Sie leitete die Briefe meiner Tante an mich weiter, und ich schickte meine Schreiben an die Freundin, die sie ihrerseits in Chicago aufgab.«

»Wäre es nicht einfacher gewesen, diesen Job hier aufzugeben und eine Arbeit anzunehmen, mit der die Tante ...«

»Nun, man verdient hier gut«, sagte Stephanie und zuckte mit den Schultern.

»Wie hat es denn bei Ihnen angefangen, daß Sie hier landen mußten?«

»Darüber möchte ich nicht sprechen. Ich brauchte einen Job und fand ihn hier.«

»In der Stadt gibt es viele offene Arbeitsstellen.«

»Da verdient man aber nicht so viel wie hier. Dieser Job brachte mir reichlich Geld, und ich konnte sogar Tante Hess hin und wieder etwas schicken. Außerdem wünschte ich mir einen Benz.«

»Einen – was?«

»Einen Mercedes-Benz. Den hatte ich mir schon so lange gewünscht. Also schrieb ich auf eine Anzeige in einem der Sexmagazine und bekam diesen Job hier. Den Wagen zahle ich jetzt ab. Ich habe ihn auf Pump gekauft. Hier verdiene ich eine Menge Geld. Und ich mache meine Sache wirklich gut«, sagte Stephanie und hob die Schultern, »vor allem kann ich gut einen blasen.«

»Wie oft haben Sie Ihrer Tante Geld geschickt?«

»So hin und wieder.«

»Wieviel?«

»Mal fünfzig Dollar, mal hundert. Es kam ganz darauf an.«

»Wußte irgendwer von diesen Extraeinnahmen ihrer Tante?«

»Warum? Wurde sie beraubt? Ist sie wegen Geld überfallen worden?«

»Nein, der Fall sieht nicht danach aus. Aber manchmal werden Leute neidisch und ...«

»So viel Geld war es nicht. Ich schickte ihr, was ich erübrigen konnte. Aber ein Vermögen war es bestimmt nicht. Außerdem hat meine Tante kaum mit jemandem über ihre Privatangelegenheiten gesprochen. Ganz bestimmt hat sie niemandem anvertraut, daß sie Geld von mir bekam.«

Abermals lachte jemand draußen im Korridor. Eine Frau, hoch und richtig fröhlich. Stephanie entnahm der Schachtel, die auf dem Fußboden stand, ein Papiertuch, putzte sich die Nase und steckte das Tuch in den Gürtel, der ihren kleinen Vorderlatz an der Taille festhielt. Dann warf sie einen Blick auf die Uhr.

»Als Sie das letztemal mit ihrer Tante sprachen ...«, begann Carella.

»Ja«, nickte Stephanie zerstreut, »aber vielleicht könnten Sie sich etwas beeilen. Sie haben für eine halbe Stunde bezahlt, wissen Sie, und vorn hat man es nicht gern, wenn wir die Zeit überschreiten.«

»Hat Ihre Tante etwas davon gesagt, daß sie sich vor etwas oder vor jemandem fürchte?«

»Nein.«

»Gab es Drohbriefe oder Anrufe?«

»Nein.«

»Hatte sie Sorgen oder Kummer oder ...«

»Nichts«, erklärte Stephanie.

»Also nichts«, wiederholte Carella.

Auf dem Rückweg nach Riverhead klapperte und ratterte die kaputte Wagenheizung zwar, aber sie tat nichts, um die Windschutzscheibe freizutauen. Der Detective reihte in Gedanken vor sich auf, was er an Fakten hatte. Die Endsumme entsprach fast dem Nichts, das er von Stephanie Welles erhalten hatte. Er ballte die Faust im Handschuh und rieb den Frosthauch von der Scheibe, bis er durch einen Fleck von der Größe einer Melone Ausblick auf die Straße gewann. Er wußte, daß das Loch bald wieder zufrieren würde, doch erfreute er sich inzwischen des Luxus, wenigstens vorübergehend sehen zu können, wohin der Wagen rollte. Es war noch nicht 11.30 Uhr. So früh am Samstagabend ging noch nicht viel Verkehr zur Stadt hinaus.

Der Fall hatte also am Donnerstag mit dem Mord an Jimmy Harris begonnen. Die Sache hatte sich bis in den Freitagmorgen und bis zur Entdeckung des nachfolgenden Mordes an Jimmys Frau hingezogen. Dann waren Spuren und Hinweise im Zickzack durch die Stadt und bis weit hinaus ins Land verlaufen, bis das Ganze – wumm, krach! – mit dem Mord an Hester Mathieson an diesem Abend gleichsam an einer Mauer geendet hatte. Donnerstag, Freitag, Samstag, drei Tage, und dieser Fall hatte immer noch keine heiße Spur erbracht.

Carella war müde und gereizt, und er war vermutlich auch untröstlich, aber dennoch versuchte er, sich mit den Tatsachen abzufinden, denn er wußte, daß es in der Polizeiarbeit keine übersinnlichen Geheimnisse gibt. Da gab es nur Verbrechen und die Menschen, die sie begingen. Diese Leute waren manchmal Berufsverbrecher – zum Beispiel bewaffnete Räuber, Diebe und manche Mörder. Manchmal handelte es sich auch um Amateure – die den Hauptanteil der Mörder stellten. Und dann gab es noch die Verrückten

– zu ihnen zählten meistens die Pyromanen, allerdings manchmal auch Mörder, und im übrigen kamen aus diesen Kreisen die unterschiedlichsten Gesetzesbrecher – sie vergewaltigten Frauen, gaben falschen Alarm, klauten in Warenhäusern oder stahlen Wellensittiche oder …

Die Tatsachen, bitte.

Innerhalb von drei Tagen waren drei Blinde ermordet worden. Keines der Opfer wurde bestohlen. Die Wohnung der beiden ersten Mordopfer war durchwühlt und verwüstet worden. Okay, der Mörder suchte also etwas. Was? Handelte es sich um etwas, das Jimmy vergraben hatte? Dreck unter den Fingernägeln – nein, Erde. Also hatte er womöglich etwas vergraben. Warum aber hatte sich der Mörder dann so unsinnig aufgeführt, Möbel umgestoßen, Lampen zerschlagen. Messer und Gabeln auf dem Fußboden verstreut? Weil er nicht von Anfang an gewußt hatte, daß der von ihm gesuchte Gegenstand von Jimmy vergraben worden war, was immer es sein mochte. Nun gut, hatte er gefunden, was Jimmy vergraben hatte? Ja, er hatte. Woher weiß man das? Weil Hester Mathiesons Wohnung nicht in der gleichen Weise verwüstet worden war. Wenn der Täter schon gefunden hatte, was Jimmy irgendwo vergraben hatte, dann bestand keine Notwendigkeit, irgendwo anders danach zu suchen. Gut. Tatsächlich ausgezeichnet. Warum aber machte er sich dann überhaupt die Mühe, Hester Mathieson zu ermorden? Warum brachte er sie um, wenn sie nichts besaß, das er haben wollte?

Probleme über Probleme. Bei Mordsachen gab es immer Probleme. Carella hatte gleich nach seiner Rückkehr von Fort Mercer bei Meyer in der Hoffnung angerufen, der Kollege habe den Beweis dafür gefunden, daß kürzlich in Jimmys Blumenkasten oder im Hinterhof gegraben worden war. Carella hatte sich die Worte schon zurechtgelegt. Das war sein Zeitvertreib auf der langweiligen Rückfahrt gewesen. Sobald Meyer ans Telefon kam, wollte er sagen: »Na, hast du einen toten Hund ausgebuddelt?« Er kicherte noch, als er die ihm wohlbekannte Nummer wählte. Aber niemand meldete sich. Meyer war sicherlich noch bei der Hochzeitsfeier. Schließlich kam es nicht alle Tage vor, daß jemand wie Irwin der Nichtsnutz heiratete. Carella dachte an den Tag der *bar-mitzvah* für Irwin zurück. Wenn sein Gedächtnis richtig funktionierte – und das tat es –, war es an jenem Tag gewesen, als Cotton Hawes zum 87. Revier versetzt worden war. Er erinnerte sich noch an ihr erstes Gespräch im Büro des Lieutenants, wo Hawes erklärte, er sei nach Cotton Mather, dem berühmten puritanischen Prediger, benannt worden. Gleich darauf hatte er hinzugefügt, das sei nicht weiter schlimm, schließlich hätte man ihn ja auch Inflation oder sonstwie zeitgenössisch taufen können. Carella hatte den Neuen mit in die Revierwache genommen und Meyer vorgestellt, der sich an dem Mord an einem Schnapsladenbesitzer festgebissen hatte und jetzt fürchtete, er werde zu Irwins …

Die Tatsachen, bitte. Halte dich an die Tatsachen.

Drei Blinde in drei Tagen. Niemand konnte sich an jemanden erinnern, der etwas gegen Jimmy oder Isabel oder Hester gehabt hatte. Nette Leute. Nette blinde Leute, genauer gesagt, und nettere Menschen gab es wohl nicht. Mit Ausnahme des Hinweises von Jimmys Mutter, daß ihr Sohn womöglich mit einem ehemaligen Kriegskameraden zusammen irgendeinen Plan ausgeheckt hatte, vielleicht einen bewaffneten Raubüberfall oder so etwas. Eine Möglichkeit, genauso wahrscheinlich wie die Entdeckung einer Diamantenmine auf dem Mars. Aber wer konnte es wissen? Ein kluges Kind kennt seinen Vater, aber eine Mutter ist noch weiser, die in dem kleinen Balg, das sie genährt und trockengelegt hat, einen heranwachsenden Verbrecher erkennt. Hatte Jimmy nicht mal zu einer Straßenbande gehört, die sich ›Habichte‹ nannte?

Wenn der Gegenstand in der Wohnung versteckt war, konnte er nur ziemlich klein sein. In einer Stadtwohnung gab es keine Wiesen und Felder. Es gab natürlich Hinterhöfe, und Jimmy war womöglich hinuntergegangen, um dort etwas zu vergraben, wenn er überhaupt etwas vergraben hatte. Diese Information war aber erst durch einen Anruf bei Meyer zu erlangen, entweder noch heute nacht oder gleich morgen früh. Morgen und morgen und wieder morgen, so vertröpfelte die Zeit, aber es wollte nicht Sonntag werden. Bis dahin fehlten immer noch zwanzig Minuten, und Gott mochte wissen, wie viele Wochen oder Monate bis zum Montag. Carella hatte das Gefühl, es würde niemals wieder Montag werden.

Da war also dieser nette, blinde Jimmy Harris, dessen Mutter befürchtete, er sei in die Planung einer Sache verwickelt gewesen, bei der Schußwaffen eine Rolle spielten. Und dann gab es noch Jimmys süße, unschuldige, blinde Frau, Isabel, die sich ihres Lebens freute und es mit ihrem Arbeitgeber in diversen Motels getrieben hatte, der seinerseits wahnsinnig in sie verliebt war und sie heiraten wollte. Wirklich ein nettes, blindes Paar. Der eine plante vielleicht ein Verbrechen, die andere Hälfte hatte laufend ein solches begangen, denn Ehebruch gilt in der Stadt, wo Carella arbeitete, als solches. Täter oder Täterin wurden mit mindestens drei Monate Gefängnis oder fünfhundert Dollar Geldstrafe bedroht.

Das hätte er oben in Fort Mercer mal der flotten Janet erklären sollen. »Janet«, so hätte er sagen müssen, »weißt du eigentlich, daß es im Strafgesetzbuch einen Abschnitt mit der Überschrift ›Ehebruch‹ gibt, die wiederum definiert wird als ›Geschlechtsverkehr mit einer anderen Person zu einer Zeit, wenn Täter oder Partnerin noch lebende Ehegatten haben?‹ Hast du das gewußt, Janet?« Andererseits hatte sie ihn nicht dazu aufgefordert, mit ihr gegen die Gesetze zu verstoßen. Da war nur von einem Abendessen in einem wunderschönen, kleinen Lokal die Rede gewesen. Und außerdem, wieso beschäftigte er sich in Gedanken schon wieder mit ihr, ausgerechnet abermals auf dem Heimweg?

Hester Mathieson war eine weitere nette Blinde, die allerdings zufällig eine Prostituierte zur Nichte hatte. Das war natürlich an sich nicht schlecht, wenn man die Tatsache außer acht ließ, daß das Geld, das die Nichte ihr schickte, eben schmutziges Geld war. Hester konnte nichts dagegen gehabt haben, weil sie nicht wußte, welchen Job ihre Nichte in Wirklichkeit ausübte. Sie ahnte nicht, daß die in unregelmäßigen Abständen eintreffenden Geldscheine in einem Beruf erworben wurden, in dem es angeblich keine Opfer gab. Aber die schweren Jungen in der Gang bezogen aus eben diesem Geschäft das Bargeld für ihre anderen Geschäftszweige, wie zum Beispiel den Verkauf von Rauschgift an Jugendliche. Arthur mochte sich nicht darüber im klaren gewesen sein, aber die sechzig Dollar, die er heute der schlitzäugigen Jasmine für sein zweistündiges Vergnügen mit einer Prostituierten bezahlt hatte, wanderten ohne Umweg in die Hände der Kerle, die das Geschäft aus dem Hintergrund leiteten. Und obwohl Stephanie nichts davon erwähnt hatte, war Carella doch bekannt, daß ein nicht unerheblicher Teil der Honorare, die sie als Shana für ihr hervorragendes Blasen erhielt, ebenfalls in die Kasse der Mafia floß. Diese Jungs waren keine netten Leute. Obwohl Carella vorerst noch keinen

Zusammenhang zwischen Shanas Tätigkeit und dem Tod ihrer Tante erkennen konnte, wußte er doch aus Erfahrung, daß man früher oder später auch Ratten fand, wenn man erst mal auf Rattenschiß gestoßen war.

Da waren sie also – Jimmy und Isabel und Hester –, drei nette blinde Leute, sozusagen. O ja, da war bei ihnen allen ein mehr oder weniger großes Skelett im Schrank versteckt. Das konnte von Bedeutung sein oder auch nicht. Und da saß Carella und hatte keine Ahnung, wohin er sich jetzt wenden sollte. Er wußte nur, daß er diesen Fall wie jeden anderen behandeln mußte. Nach Tatsachen graben, Fakten gegeneinander abwägen – was er soeben getan hatte. Er mußte sich eingestehen, daß er damit um keinen Schritt weitergekommen war. Also mußte man weitere Tatsachen aufspüren, die man wiederum in der Hoffnung zu werten hatte – daß wiederum nichts dabei herauskam. In diesem Fall konnte man aus der Polizei ausscheiden und zur Straßenreinigung gehen – mindestens aber sollte man erst einmal heimfahren und ausschlafen.

Carella gähnte.

Wieder ballte er die Faust, um die beschlagene Windschutzscheibe freizuwischen. Dann beschloß er, am Morgen noch einmal nach Diamondback zu fahren, um womöglich zu ergründen, warum Jimmys Alptraum immer noch wiederkehrte, obwohl der gute Major Lemarre das Trauma bloßgelegt, erforscht und erklärt hatte, das ihn wahrscheinlich ausgelöst hatte.

11. KAPITEL

Entgegen besseren Wissens hoffte Carella, daß es nicht das 83. Revier sein würde. Dort arbeitete nämlich der dicke Ollie Weeks.

Isola war in dreiundzwanzig Reviere aufgeteilt, von denen fünf in Diamondback lagen. Aus irgendeinem Grunde, der nur den Polizeikommissaren vergangener Zeiten erklärlich gewesen sein mochte, waren die Reviere in Diamondback nicht in einfacher Reihenfolge numeriert worden. Vielmehr hatte man immer eine Zahl überschlagen. An der östlichen Spitze der Insel lag die Revierwache sieben-sieben. Ihr Gebiet grenzte an den Stadtteil Riverhead und umschloß auch die Gegend um Devil's Break. Die Sieben-Sieben stand im Rufe besonderen Glücks, aber nur wegen der doppelten Sieben und der sich daraus ergebenen Gedankenverbindung zum Würfelspiel. In Wirklichkeit hatte dieses Revier die höchste Kriminalitätsquote in der ganzen Stadt. Sie lag noch höher als bei der berüchtigten Hundertsten in West Riverhead. Das 101. Revier wurde im Angedenken an Detective-Lieutenant Martin Custer auch ›Custers letzte Bastion‹ genannt. Der Polizeijargon leistete sich eine seltsame Ungereimtheit, indem zum Beispiel das 87. Revier kurz als acht-sieben bezeichnet wurde, und das 93. Revier hieß eben neun-drei. Nur das 101. Revier wurde als das hunderterste bezeichnet, statt es eins-null-eins zu nennen.

Weiter westlich von der Sieben-Sieben lag die Sieben-Neun mit dem Ufer des Harb als Grenze. Vom Fenster der Revierwache hatte man einen schönen Ausblick auf die Hamilton-Brücke – sofern man sich nicht durch die tausend und mehr Wohnhäuser gestört fühlte, die zwischen der Wache und dem Fluß standen. Die Acht-Eins lag auf der anderen Seite des Diamondback River und erstreckte sich südwärts bis zur Hall Avenue, wo offiziell aus Nord-Diamondback jetzt Süd-Diamondback wurde. Die Acht-Drei und die Acht-Fünf saßen da wie ein Nonnenpaar, das eine Revier dem Fluß zugekehrt, das andere der Hall Avenue. In diesem Teil von Diamondback gab es so religiöse Straßennamen wie St. Anthonys's Avenue, die Bischofstraße, einen Tempel-Boulevard und einen Tabernakelweg. Die Acht-Sieben war etwas weniger sakrosankt, ausgenommen für ihre Anbeter. Nördlich des 87. Reviers lag der Fluß und im Süden der Grover Park. Ende der Geographiestunde.

Der dicke Ollie Weeks war Detective in der Acht-Drei. Carella arbeitete nicht gern mit ihm zusammen. Das lag aber nur daran, daß Ollie so bigott war. Carella mochte Bigotterie nicht leiden. Ollie war ein guter Polizist und ein ausgemachter Frömmler. Seine Frömmelei erstreckte sich auf alles und jeden. Um ein Haar wäre er zum Misanthropen geworden. Das wiederum lag daran, daß es immerhin einige Leute gab, die ihm gefielen. Dazu gehörte auch Steve Carella. Da diese Zuneigung kaum auf Gegenseitigkeit beruhte, vermied es Carella tunlichst, das 83. Revier überhaupt zu betreten, es sei denn, er sah sich dazu gezwungen. Carella drückte sich sogar um Telefongespräche mit der Acht-Drei, sofern nicht gerade ein Mörder mit dem Hackebeil auf der Vordertreppe des Polizeigebäudes gesehen worden war. Seine Abneigung gegen den dicken Ollie grenzte an Undankbarkeit. Dieser Mann hatte ihm in jüngster Zeit bei der Lösung von mindestens zwei schwierigen Fällen geholfen.

Carella hoffte also, es würde nicht ausgerechnet die Acht-Drei sein. Telefonisch erfragte er von Sophie Harris, wo sie gewohnt hatte, als ihr Sohn achtzehn Jahre alt gewesen war. In Erwartung ihrer Antwort hielt er den Atem an. In der Leitung knisterte und summte es. Sophie erklärte, sie habe damals Ecke Landis und Dinsley gewohnt. Carella atmete auf und bedankte sich dann weitaus herzlicher, als es für diese einfache Auskunft angebracht gewesen wäre. Landis und Dinsley gehörten zur Acht-Fünf.

Am Sonntag vormittag gegen zehn Uhr machten sie sich auf den Weg dorthin. Meyer hatte einen Kater, war aber immerhin zu einem einigermaßen zusammenhängenden Bericht darüber in der Lage, was er am gestrigen Abend in Jimmys Wohnung gefunden bzw. nicht gefunden hatte.

»Mir schien es so«, berichtete er, »als sei etwas im Blumenkasten vor dem Fenster vergraben und später wieder ausgegraben worden.«

»Jimmy?«

»Kann sein. Oder der Mörder. Ich habe eine Probe von dem Dreck …«

»Erde«, unterbrach ihn Carella.

»Was?«

»Es handelt sich um Blumenerde, nicht um Dreck.«

»Ja – in einen Beutel gefüllt und ins Laboratorium geschickt. Das habe ich noch vor Irwins Hochzeit erledigt, worauf ich besonders hinweisen möchte. Du hast mich gestern ganz schön auf Trab gehalten.«

»Hast du dich auch im Hinterhof umgesehen?«

»Ich war unten, bevor ich das Gebäude verließ. Dort gab es aber keine Anzeichen dafür, daß kürzlich irgendwo gegraben worden wäre.«

»Wie sah der Blumenkasten am Fenster aus?«

»Wie soll ich das verstehen?«

»War er auf den Fußboden ausgekippt worden, wie die anderen Behältnisse?«

»Den Dreck, meinst du?«

»Ja, die Blumentopferde.«

»Nein, die war noch in dem Kasten.«

»Der Mörder hat in der Wohnung alles durcheinandergeworfen. Warum war er ausgerechnet bei dem Blumenkasten so ordentlich?«

»Dann war es vielleicht gar nicht der Mörder«, meinte Meyer achselzuckend. Dabei verzog er schmerzlich das Gesicht. »Mein Schädel schmerzt, wenn ich mit den Schultern zucke«, erklärte er. »Ich sollte nicht trinken, wirklich nicht. An sich vertrage ich Alkohol und werde nicht betrunken. Aber am nächsten Tag habe ich jedesmal einen scheußlichen Kater.«

»Was trinkst du denn?« erkundigte sich Carella.

»Scotch. Warum? Was spielt es für eine Rolle, was ich trinke?«

»Manche Getränke verursachen einen stärkeren Kater als andere. Von Gin bekommt man einen schweren Kater, ebenso von Bourbon. Am schlimmsten ist Kognak.«

»Ich bevorzuge Scotch und habe trotzdem einen Kater«, sagte Meyer. »Das kommt daher, daß ich Jude bin.«

»Was hat das damit zu tun?«

»Indianer und Juden bekommen von Scotch einen furchtbaren Kater. Jüdische Studentinnen bekommen Kopfschmerzen, wenn sie chinesisch essen gehen. Wußtest du das nicht? Das kommt von dem Gehalt an Monosodiumglutamat in den chinesischen Speisen. Man nennt es das Syndrom der jüdischen Studentinnen.«

»Wo hast du denn dein Wissen über diese erstaunliche Tatsache her«, wollte Carella wissen.

»Ich habe darüber nachgelesen.«

»Wo?«

»Im Lexikon in der Bibliothek. Unter dem Stichwort ›jüdische Studentinnen‹.«

»Ich habe niemals in meinem Leben unter ›jüdischen Studentinnen‹ nachgeschaut«, sagte Carella grinsend.

»Ich mußte nachschlagen, weil ich da einen Fall bearbeite«, erklärte Meyer. »Da war ein Indianer ...«

»Ja, schon gut«, wollte Carella die Lügengeschichte abbiegen.

»Ehrlich. Ein Indianer kippte einer jüdischen Studentin immer Scotch in ihr chinesisches Essen, wovon sie jedesmal heftige Kopfschmerzen bekam. Schließlich habe ich den Indianer festgenommen.«

»Gingen davon die Kopfschmerzen weg?«

»Nein, aber der Indianer. Für sechs Jahre.«

»Und was machte die Studentin wegen ihrer Kopfschmerzen?«

»Sie suchte einen Facharzt für Kopfschmerzen auf. Er sagte ihr, daß sie Unterwäsche trug, die um eine Nummer zu klein sei.«

»Woher wußte er das?«

»Er hat nachgeschaut.« Beide Männer lachten schallend.

Sie lachten noch immer, als sie dem Polizisten, der am Eingang am 85. Revier postiert war, ihre Marken zeigten. Der Mann sah sich erst die Ausweise und dann die beiden Beamten genau an. Er hielt sie zwar für Betrüger, ließ sie aber trotzdem passieren. Zum Teufel damit, mochte sich der Sergeant am Anmeldetisch darüber den Kopf zerbrechen. Das Gebäude der 85. Revierwache glich so ziemlich dem der 87. – zwei grüne Glaskugeln zu beiden Seiten der Eingangstür, breite Treppenstufen, die zu ihr hinaufführten, dahinter ein Empfangsraum mit einem Geländer aus Messing vor dem Schreibtisch. Dahinter thronte ein Sergeant wie ein britischer Richter. Carella und Meyer wiesen sich abermals aus und erklärten, daß sie gern jemand von der Kriminalabteilung sprechen würden.

»Soll es ein bestimmter Beamter sein?« fragte der Sergeant.

»Am besten wäre jemand, der sich mit den Straßenbanden in diesem Bezirk auskennt.«

»Das dürfte Jonesy sein.« Der Sergeant stellte eine Telefonverbindung her und wartete. Dann sagte er: »Mike, ist Jonesy oben? Hol ihn mal ans Telefon. Ja?« Abermals wartete er. Dann: »Jonesy, ich habe hier unten zwei Detectives, die mal mit jemandem über Straßenbanden sprechen möchten. Kannst du ihnen behilflich sein?« Er lauschte und sagte dann: »Von welchem Revier seid ihr denn?«

»Von der Acht-Sieben«, gab Meyer Auskunft.

»Von der Acht-Sieben«, wiederholte der Sergeant ins Telefon. »Okay, gut.« Damit schaltete er die Verbindung ab. »Gehen Sie die Treppe hinauf. Er wartet auf Sie. Wie geht es Dave Murchison? Der ist doch bei euch Empfangssergeant, nicht wahr?«

»Ja, ist er«, sagte Carella.

»Grüßen Sie ihn von mir. Ich bin John Sweeny. Wir waren zusammen als Streifenpolizisten in Calm's Point eingesetzt.«

»Wird gemacht«, versprach Meyer.

»Dann fragen Sie ihn gleich mal, ob er sich noch an die Eier mit Schinken erinnert«, rief ihnen Sweeny nach und lachte.

Die Detectives vom 85. Revier hatten irgendwie das Geld zusammengebracht, um sich ein gedrucktes Hinweisschild zu leisten. Darauf stand in großen, schwarzen Buchstaben ›Kriminalabteilung‹. Unter der Inschrift befand sich eine Hand mit ausgestrecktem Zeigefinger, wie man sie zu Großmutters Zeiten in Zeitungsanzeigen und auf Plakaten gesehen hatte. Das Schild gab dem sonst schmucklosen Empfangsraum einen Hauch von heruntergekommener Eleganz und Würde. Die Männer stiegen die Treppe mit dem Eisengeländer hinauf, als wären sie hier daheim. Um die Ecke, den Gang hinunter, und da war der Bullenstall. Hier gab es indessen kein Treppengeländer aus Hohlleisten. Dafür stand eine Reihe niedriger Aktenschränke so, daß die Schreibstube zum Korridor hin abgegrenzt wurde. Unmittelbar jenseits der zerkratzten Metallbarriere befand sich ein Schreibtisch. Ein riesiger Neger in Hemdsärmeln stand dahinter, offenbar auf die Eintretenden wartend.

»Ich bin Jonesy«, stellte er sich vor. »Kommen Sie herein und nehmen Sie Platz.«

Das Namensschild aus Plastik wies ihn als Det. Richard Jones aus. Die Schreibtischplatte wies das übliche Durcheinander von Berichtformularen, Bekanntmachungen der übergeordneten Behörde, Notizen, Suchmeldungen nach verschwundenen Autos, Rundschreiben, Steckbriefen, Karten mit Fingerabdrücken auf – kurzum, der Schreibtisch sah aus wie der aller Detectives in dieser Stadt. Außer Jones befanden sich vier weitere Männer in der Revierwache. Zwei saßen tippend an ihren Schreibtischen. Einer lehnte am Gitter der Arrestzelle und sprach mit einer darin befindlichen jungen Negerin. Ein weiterer Mann machte sich am Zapfhahn des Wasserkühlers zu schaffen.

»Steve Carella«, sagte Carella und zog einen Stuhl an Jonesys Schreibtisch heran. »Mein Partner heißt Meyer Meyer.«

»Was kann ich für Sie tun?« fragte Jonesy.

Der Detective am Wasserkühler richtete sich aus seiner gebückten Haltung auf und sagte vor sich hin: »Verdammt, was ist denn mit dem Ding los?« Niemand antwortete ihm. »Ich kriege hier kein Wasser raus.«

»Wir sind auf der Suche nach Informationen über eine Straßenbande, die sich als die ›Habichte‹ bezeichnete.«

»Aha«, sagte Jonesy.

»Die Bande ist hier bekannt?«

»Sie gilt jetzt als inaktiv. So vor zehn bis fünfzehn Jahren machten die Habichte viel von sich reden. Die Hälfte von ihnen wurde zum Militär eingezogen, eingesperrt oder getötet. Die übrigen verfielen dem Rauschgift. Ich habe seit Jahren nichts mehr von den Habichten gehört.«

»Wie stark ist die Gruppe gewesen?«

»Etwa zwei Dutzend bildeten den harten Kern, dazu kamen noch etwa fünfzig Mitläufer, die über ganz Diamondback verteilt waren. Diese Banden bezeichnen sich selbst gern als Armee. In der Tat kommen einige von ihnen diesem Begriff recht nahe – vier- bis fünfhundert Mitglieder in der ganzen Stadt. Wir hatten erst vor drei Wochen eine Art Bandenkrieg. Die eine Bande brachte tatsächlich an die tausend Mitstreiter auf die Beine und in den Park. Diese Gang nannte sich ›die Seefahrer‹. Mir gefallen diese großspurigen Namen. Ihnen auch? Die Seefahrer hatten sich mit der spanischen Bande im Grover Park angelegt. Die Acht-Neun zog uns hinzu, weil die andere Bande zu unserem Revier gehört. Diese Gang nennt sich ›Caballeros‹. Was für ein blöder Quatsch!«

»Was ist über die Habichte bekannt?« drängte Carella zum Thema zurück. »Sagt Ihnen der Name Lloyd etwas?«

»Lloyd – und wie weiter?«

»Mehr haben wir nicht. Er müßte vor etwa zwölf Jahren Anführer der Bande gewesen sein.«

»Darüber wird mein Partner mehr wissen als ich. Er hat die Sondergruppe damals aufgezogen. Wir hatten in diesem Revier so viele Bandenkämpfe, daß wir eine besondere Abteilung gründen mußten. Können Sie sich das vorstellen? Zwei Männer wurden abgestellt, die ihre Zeit damit vertun mußten, eine Bande von Strauchdieben aufzutreiben, statt die Bürger vor Räubereien und Diebstählen zu schützen. Wir wollen uns mal die Kartei ansehen. Vielleicht ist Lloyd verzeichnet. Ich bin aber nicht sicher, ob die Eintragungen so weit zurückreichen.«

Sie reichten so weit zurück.

Wer auch immer Jonesys Partner sein mochte, er hatte vorzügliche Arbeit geleistet und eigene Dossiers nicht nur über die Habichte, sondern über die Mitglieder aller anderer Straßenbanden im Revier angelegt. Die Daten auf Lloyd Baxters Karte waren typisch für einen dieser ›Anführer‹. Von der Volksschule bis in die Oberschule hinein hatte er sich als Faulenzer und Schulschwänzer erwiesen. Sobald ihm das Gesetz dazu die Möglichkeit gab, nämlich im Alter von sechzehn Jahren, blieb er der Schule gänzlich fern. Ein halbes Jahr später wurde er wegen einfachen Einbruchs festgenommen. Diese Straftat wird definiert als ›absichtliches Eindringen oder verbotenes Verweilen in einem Gebäude in der Absicht, dort ein Verbrechen zu begehen‹. Bei dem Gebäude handelte es sich, wie nicht anders zu erwarten, um eine Schule. Lloyd Baxter hatte eine Fensterscheibe eingeschlagen und war eingedrungen, angeblich, um Schreibmaschinen zu stehlen. Er bekannte sich in einem weitaus geringeren Grade schuldig, nämlich ›des absichtlichen Eindringens oder verbotenen Verweilens in einem Gebäude‹, jedoch ohne bestimmte Absicht. Dafür waren drei Monate Gefängnis oder/und eine Geldstrafe von zweihundertfünfzig Dollar zu verhängen – etwa die Strafe, die auch einer Prostituierten drohte. Lloyd wurde zu drei Monaten Gefängnis verurteilt, deren Verbüßung ausgesetzt wurde, weil er noch zu den Jugendlichen zählte. Vier Monate später, gleich nach Ablauf der Bewährungsfrist, wurde Lloyd Baxter wegen schwerer Körperverletzung belangt.

Um diese Zeit war er bereits eine Art Unterführer in einer Straßenbande, die sich ›die Habichte‹ nannte. Sein Opfer war ein junger Mann namens Luis Sainz gewesen, der Anführer einer Bande, die den Namen ›Los Hermanos‹ trug. Wiederum kam Lloyd mit einer Bewährungsfrist davon, vielleicht weil sein Opfer ein jugendlicher Verbrecher war wie er selbst, und der Richter es für dumm hielt, solche Nichtsnutze zu versorgen und zu füttern, wo doch Aussicht darauf bestand, daß sie sich gegenseitig in ihrem eigenen Lebensraum und auf ihre eigene Weise ausrotten würden. In der Woche seiner Verurteilung wegen schwerer Körperverletzung wurde Lloyd zum Präsidenten der Habichte erwählt, als ein aus siegreicher Schlacht heimkehrender Held gefeiert und seinen Taten entsprechend gewürdigt.

Eine der Auszeichnungen, die man dem neugewählten Präsidenten zukommen ließ, bestand in einem Mädchen namens Roxanne Dumas, was sich entweder nach einer Stripperin oder nach einer Urenkelin des verstorbenen französischen Schriftstellers anhörte. Beides traf nicht zu. Roxanne war fünfzehn Jahre alt, und ihre von der schönen Insel Jamaika stammenden Eltern waren halb englischen, halb französischen Bluts. Ein liebenswertes, gutartiges Kind, bis es in die Fänge der Stadt geraten war.

Das war schon eine Stadt, diese Stadt.

Roxanne war zwölf Jahre alt, als ihre Eltern aus Jamaika fortzogen und in einem Viertel der Stadt eine Wohnung fanden, das fast ausschließlich von legalen Einwanderern und illegalen Fremden von den verschiedenen karibischen Inseln bevölkert wurde. Obwohl in dieser Mischung die Leute aus Jamaika vorherrschten, wurde dieses Viertel bald von den Polizeibeamten Little Cruz Bay genannt. Der Name wurde später verballhornt in Little Cruise Bay (cruise für herumtreiben), denn das Viertel wurde bald zum Jagdgebiet für jugendliche Prostituierte, die von den Inseln stammten – denn die Arbeiter und Angestellten im weißen Kragen in dieser Stadt waren außerordentlich tolerant, wenn sich ihnen die Gelegenheit für ein wenig *café au lait* in ihren Lunchstunden bot. Roxanne kam um Haaresbreite um ihre Einführung in das älteste Gewerbe herum, weil ihre Eltern von der kleinen Cruise Bay nach Diamondback umzogen. Roxanne war dreizehn Jahre alt, als sie in dieses Viertel kam, wo braun als schwarz und schwarz als schön galt, gleichgültig, welchem Volk man entstammte. Im Alter von vierzehn Jahren begann Roxanne mit einem Sechzehnjährigen zu ›gehen‹, der zur Bande der Habichte gehörte. Sie war fünfzehn, als Lloyd Baxter den Anführer der Los Hermanos angriff, um danach selbst zum Präsidenten der Habichte gewählt zu werden. Lloyd zählte siebzehn Jahre, ein ungewöhnliches Alter für den Anführer einer Gang. Denn es gab Bandenführer, die hoch in den Zwanzigern waren, einige von ihnen verheiratet und mit Familie. Lloyd und Roxanne verliebten sich sofort ineinander. Ihr früherer Freund, ein junger Mann namens Henry, war damit ohne jeden Widerspruch einverstanden. Um diese Zeit verbrauchte er täglich für zwanzig Dollar Heroin und war auf dem besten Weg, für immer ein Junkie zu werden. Zwei Jahre später kam er tatsächlich durch eine Überdosis Rauschgift zu Tode. Das war kurz vor jenem Weihnachtsfest, das in Jimmys Traum, den er Major Lemarre während seines Aufenthaltes in Fort Mercer anvertraute, eine Rolle gespielt hatte.

In den Polizeiberichten stand nichts davon, daß Roxanne Dumas durch Bandenmitglieder vergewaltigt und blutend auf einen unbebauten Platz geschleppt worden war. Das Dossier ging weit über jene Weihnachtstage vor zwölf Jahren hinaus und enthielt die spätere Zukunft der einzelnen Gangmitglieder – eingezogen, eingesperrt, allen möglichen Sorten von Rauschgift verfallen. Aber nirgendwo stand etwas über eine Vergewaltigung in einem Keller, nichts darüber, daß ein junges Mädchen blutend auf einem unbebauten, mit Weiden bestandenen Platz an einer Straßenecke in der Nähe des Klubheimes gefunden worden sei; nichts über ein Krankenhaus, das Roxanne als eiligen Notfall aufgenommen hätte, ganz gleich, wo man sie gefunden hatte oder wohin sie sich geschleppt haben mochte. Entweder hatte der Streifenpolizist geschlafen, und Roxanne war unbemerkt davongekrochen, oder die von Jonesys Partner geführten Akten waren unvollständig – oder das Ereignis hatte sich überhaupt nicht zugetragen.

Dabei waren die Eintragungen mehr als vollständig. Lloyd hatte im reifen Alter von dreiundzwanzig Jahren die Führung der Habichte abgegeben, vier Jahre nach der angeblichen Vergewaltigung seiner Roxanne im Keller. Danach hatte er mehrfach gegen die Gesetze verstoßen. Den tiefsten Fall hatte er vor sechs Jahren erlebt, als man ihn wegen eines Raubüberfalles festnahm und zu sechs Jahren in Castleview verurteilte. Drei davon hatte er abgesessen. Seither war er auf Bewährung in Freiheit und verdiente sein Brot als Wagenwäscher an der Landis Avenue. Gegenwärtig zählte er einunddreißig Jahre.

Vor fünf Jahren, während Lloyd sein erstes Jahr in Castleview absaß, hatte Roxanne einen Rauschgifthändler namens Schoolhouse Hardy geheiratet. Der Mann hieß wirklich so – Schulhaus. Roxanne war im Alter von zweiundzwanzig Jahren Mrs. Hardy geworden. Sie war achtundzwanzig, als man Schoolhouse zu fassen bekam und nach den scharfen Strafbestimmungen für Rauschgifthandel einbuchtete. Schoolhause würde seine Frau für eine lange, lange Zeit nicht wiedersehen – außer an Besuchstagen. Er war jetzt siebenunddreißig, sie neunundzwanzig. Die letzten Eintragungen über sie besagten, daß sie seit dem vorigen August als Kosmetikerin in einem Salon mit dem schönen Namen ›Die Schönheitshütte‹ arbeitete. Kurz vorher war Hardy wegen des Besitzes von zweihundertfünfzig Gramm Kokain für fünfundzwanzig Jahre nach Castleview geschickt worden. In den Akten deutete nichts darauf hin, daß sie Lloyd Baxter seither jemals wiedergesehen hatte.

Die Männer vom 87. Revier bedankten sich bei Richard Jones und machten sich auf den Weg, die Hauptfiguren einer längst vergangenen Geschichte an ihren jetzigen Wohnorten aufzusuchen.

Das Haus Nummer 834 an der North Eight-Ninth war vier Stockwerke hoch und aus Rohziegeln errichtet. Die Vordertreppe zierte ein Geländer aus Schmiedeeisen. Sie fanden einen Briefkasten mit dem Namen Lloyd Baxter, drückten auf den Klingelknopf und vernahmen bald das Summen des Türöffners. Baxter wohnte im Apartment 22. Das Hausinnere war tadellos sauber, es roch sogar nach Desinfektionsmitteln. Das Linoleum auf den Treppenstufen war abgenutzt und geflickt, aber frisch gescheuert. Ein spiegelblank geputztes Fenster auf dem Treppenabsatz im ersten Stock ließ das frostige Licht der Novembersonne herein. Die Männer stiegen die Treppe hinauf, wobei Meyer ächzte und schnaubte, was er auf seinen Kater zurückführte. Im zweiten Stockwerk gab es nur zwei

Türen, die einander gegenüberlagen. Sie klopften beim Apartment 22 an, woraufhin die Tür fast sofort aufgerissen wurde.

Der Schwarze, der ihnen entgegensah, war etwa ein Meter neunzig groß. Er trug nur eine Hose mit Gürtel und sah aus, als wäre er einer Magazinreklame entstiegen, die den gesundheitlichen Wert des Gewichtshebers anpries. Er war barfuß, sein Oberkörper nackt. Der ganze Mann wirkte hinreißend schön. Er sah die beiden Detectives voller Überraschung an. Seine Augenbrauen fuhren erst in die Höhe und zogen sich dann finster zusammen.

»Ja, was gibt es?« fragte er, offensichtlich enttäuscht.

»Polizei«, sagte Carella und zeigte seine Marke vor. »Sind Sie Lloyd Baxter?«

»Ich bin Lloyd Baxter – na und?«

»Dürfen wir für einen Augenblick eintreten?«

»Was wirft man mir vor? Ich verdiene ehrlich mein Geld, melde mich vorschriftsmäßig bei meinem Bewährungshelfer und habe seit Monaten nicht mal auf die Straße gespuckt.«

»Wir haben nichts gegen Sie«, erklärte Meyer.

»Was wollen Sie dann hier?«

»Wir hätten ein paar Fragen.«

»Worüber?«

»Über etwas, das sich vor zwölf Jahren zugetragen hat.«

»Ich kann mich kaum an das erinnern, was vor zwölf Minuten passiert ist.«

»Dürfen wir trotzdem hereinkommen?«

»Ich erwarte jemanden«, erklärte Baxter ablehnend. »Ich hatte sie in der Tat schon an der Tür vermutet.«

»Wir halten Sie nicht lange auf.«

»Ich muß mich noch anziehen«, sagte der Schwarze mit einem Blick auf die Uhr.

»Sie können sich ankleiden, während wir miteinander reden.«

»Meinetwegen«, sagte Baxter zögernd, »dann kommen Sie halt rein.«

Sie traten ein. Er schloß die Tür hinter ihnen und führte sie durch die Wohnung in das zur Straße gelegene Schlafzimmer. Es war schlicht möbliert – Bett, Kommode, ein Paar Nachttischchen, einige Lampen. Baxter zog ein frisches weißes Hemd aus dem Schubfach und knöpfte es auf. »Also, was wollen Sie wissen?« fragte er.

»Kennen Sie einen gewissen Jimmy Harris?«

»Oh, Mann, das muß aber wirklich zwölf Jahre her sein. Ich habe ihn nicht mehr gesehen, seit er zum Militär eingezogen wurde.«

»Weihnachten vor zwölf Jahren«, griff Carella ein. »Erinnert Sie das an ein bestimmtes Ereignis?«

»Nein. Was sollte das wohl sein?«

»Ich denke an ein Mädchen mit Namen Roxanne Dumas.«

»Ja«, nickte Baxter und zog das Hemd an. »Was ist mit ihr?«

»War sie Ihre Freundin?«

»Ja. Aber, Mann, das ist eine uralte Geschichte. Sie hat geheiratet, während ich meine Zeit absaß, einen Schoolhouse Hardy.«

»Wann haben Sie Roxanne zum letztenmal gesehen?«

»Vor sechs oder sieben Jahren.« Baxter knöpfte jetzt sein Hemd zu. Offenbar hatte er es eilig, denn er sah zwischendurch auf die Uhr und knöpfte dann weiter.

»Erinnern Sie sich daran, was sich vor zwölf Jahren im Klubheim der Habichte abgespielt hat?«

»Nein. Was soll sich denn zugetragen haben?« Baxter stopfte das Hemd in den Hosenbund. Er zog den Reißverschluß hoch, schnallte den Gurt zu und ging eilig zur Kommode, deren oberes Schubfach er aufzog. Nach einigem Suchen nahm er ein Paar blaue Socken heraus. Sie waren eine Schattierung dunkler als die Hosen, die er trug. Er setzte sich auf das Bett und zog sie an.

»Erinnern Sie sich daran, wie Sie mit Roxanne getanzt haben?«

»Ich habe immer mit Roxanne getanzt. Sie war mein Mädel. Ich begreife das alles nicht«, meinte Baxter und blickte auf, die eine Socke angezogen, die andere in der Hand haltend. »Was soll denn da passiert sein, Mann?«

»Entsinnen Sie sich einer Schallplatte mit Pauken und Trommeln?«

»Hören Sie, Mann, Pauken und Schlagzeug gibt es auf jeder Schallplatte, die ich gehört habe!«

»Sie haben mit Roxanne getanzt, aber da waren noch fünf andere junge Männer im Raum. Sie haben den anderen gesagt, sie sollten aufhören, ihnen zuzusehen und nach oben verschwinden.«

Baxter zog gerade den zweiten Socken über. Deutlich verwundert blickte er auf. »Ja?« sagte er.

»Erinnern Sie sich?«

»Nein.«

»Die Jungen sagten, sie seien zu müde. Die Habichte hatten sich mit einer anderen Gang herumgeschlagen ...«

»Wir prügelten uns dauernd mit anderen Banden herum. Mann, ich begreife immer noch nicht, was das alles soll.«

»Die Jungen packten Sie und drängten Sie gegen den Stützpfeiler der Kellerdecke.«

»Die Jungen packten mich?« fragte Baxter und lachte laut. »Reden Sie von mir?« fügte er immer noch lachend hinzu. Er schob sich vom Bettrand und trat an den Kleiderschrank. »Um mich zu packen und gegen einen Pfahl zu drängen, brauchen Sie eine ganze Armee. Seit meinem vierzehnten Lebensjahr bin ich so groß und stark wie heute. Mich hat niemals jemand gepackt mit Ausnahme des lausigen Polizisten, der mich festnahm. Und der hatte eine Kanone in der Hand. Bei den Habichten hat bestimmt niemals jemand Lloyd Baxter gepackt und sich Frechheiten gegen ihn rausgenommen. Wenn da einer auch nur aufmucken wollte, fand er sich flach auf dem Gehweg wieder.«

Baxter schüttelte ungläubig den Kopf. Er öffnete die Schranktür und nahm vom Fußboden ein Paar schwarze Schuhe aus Kunstleder. »Wo hat man Ihnen denn diesen Bären aufgebunden? Wer hat sich denn so etwas ausgedacht?«

»Jimmy Harris.«

»Er hat euch erzählt, im Klub hätten mich ein paar von diesen Karnickeln angesprungen?«

»Das hat er seinem Arzt erzählt.«

»Warum sollte er wohl einem Doktor solchen Quatsch erzählen?«

»Sie behaupten also, der Vorfall habe sich nicht zugetragen?«

»Darauf können Sie Ihren Arsch verwetten, daß ich das gesagt habe.« Baxter war offenbar durch die bloße Unterstellung schwer beleidigt. Er saß wieder auf der Bettkante und schlüpfte in seine Schuhe.

Carella sah Meyer an, der seinerseits mit den Schultern zuckte. »Wir haben Grund zu der Annahme, daß Roxanne Dumas vor zwölf Jahren in jenem Kellerraum vergewaltigt worden ist«, erklärte Carella.

»Was?« platzte Baxter abermals mit schallendem Gelächter heraus. »Mann, das sind doch Märchen. Verstehen Sie? Das kann doch nur ein Hirngespinst sein.«

»Roxanne wurde also nicht vergewaltigt, wollen Sie damit sagen?«

»Wer sollte sie wohl vergewaltigen, Mann, können Sie mir das sagen? Roxanne war mein Mädel. Das wußten alle, Mann. Wer hätte wohl gewagt, sich ihr zu nähern? Nicht mal geblinzelt hat einer, Mann.« Baxter stand auf.

Die Detectives sahen ihm nach, als er zum Kleiderschrank ging, um eine Krawatte auszuwählen. Beide dachten, daß bestimmt niemand, sie selbst eingeschlossen, gewagt hätte, Baxters Freundin auch nur anzublinzeln. Der Schwarze traf eine Wahl. Sie fiel auf eine schlichte Seidenkrawatte mit blauen und roten Streifen. Er klappte den Hemdkragen hoch, legte sich die Krawatte um den Hals und begann sie zu knoten.

»Demnach hat sich nichts dergleichen zugetragen?« fragte Carella.

»Nichts davon, Mann.«

»Sie erinnern sich ganz genau?«

»Natürlich.«

»Warum sollte Jimmy dann behaupten, so etwas sei passiert?«

»Mann, danach müssen Sie wohl besser Jimmy fragen.«

Nur, Jimmy konnte man nicht fragen, niemals mehr.

Blieb immer noch die betreffende Dame zu verhören, Roxanne Hardy, geborene Dumas. War sie wirklich vergewaltigt worden, gab sie ohne Zweifel eine unanfechtbare Informationsquelle ab. War sie nicht vergewaltigt worden, wußte Carella nicht, was er von der Sache halten sollte. Meyer wußte es auch nicht. Von ihnen beiden war vielleicht Carella psychologisch besser geschult als sein Partner. Aber beide Männer hatten Filme gesehen wie ›Die drei

Gesichter Evas‹ oder ›David und Lisa‹ und ›Ich kämpfte um dich‹ oder ›Marnie‹. Sie hatten ferner das eine oder andere Fernsehdrama über Geisteskranke gesehen, in dem geistig erstarrte Patienten mit zur Wand gekehrtem Gesicht gestanden hatten, bis es einem verständnisvollen Psychiater gelang, ihre Vergangenheit zu entschlüsseln und sie von ihrem Trauma zu erlösen, das an allem Unglück schuld war. Und immer hatte in solchen Filmen blitzschnell und dramatisch die Heilung eingesetzt, weil der Patient nun wußte, was ihn gequält hatte. Vor diesem Hintergrund waren Carella und Meyer geneigt, Lemarres Überzeugung zu teilen, daß Jimmys Alpträume in einer Vergewaltigung wurzelten, die Roxanne vor zwölf Jahren erlitten hatte. Inzwischen besaßen sie Lloyd Baxters Aussage, eine solche Vergewaltigung habe es nie gegeben, und niemals sei etwas geschehen, was einen Mann von seiner Körperkraft gereizt und sicherlich dazu gebracht hätte, die Täter in Stücke zu reißen.

Blieb also nur Roxanne übrig.

Erst kurz nach drei Uhr nachmittags gelang es ihnen, sie ausfindig zu machen. Zuerst versuchten sie es an der ihnen bekannten Adresse und erfuhren dort, daß Roxanne vor, oh, etwa wenigstens sechs Monaten ausgezogen war. Aber die Wirtin wußte nicht, wohin. Danach hatten sie im Telefonbuch von Isola nach einem Institut ›Die Schönheitshütte‹ gesucht und eine entsprechende Eintragung gefunden. Das Atelier lag am Stem. Sie erwarteten nicht, daß sich dort jemand am Telefon melden würde – es war Sonntag –, und ihre Vermutung erwies sich als richtig. Sie fuhren trotzdem hin in der Hoffnung, ein Kino, ein Restaurant, einen Imbiß oder sonst ein Geschäft in der unmittelbaren Nachbarschaft offen vorzufinden, wo vielleicht jemand die Inhaber der Schönheitshütte kannte.

Die Geschäfte unmittelbar daneben, ein Leihhaus links und ein Wäscheladen rechts, waren geschlossen. Zwei Häuser weiter befand sich ein Pizza-Imbiß. Es war zwei Uhr nachmittags geworden, und die beiden Kriminalbeamten hatten noch keinen Lunch gehabt. Sie bestellten Pizza und tranken Orangensaft dazu. Carella fragte den Mann hinter dem Ladentisch, ob er wisse, wem der Schönheitssalon nebenan gehörte. Der Verkäufer nannte ihm den Namen einer Frau Harriet Lesser. Carella fragte weiter, ob er die Adresse dieser Harriet Lesser wisse, was der Mann verneinte. Sie käme nur hin und wieder hier eine Pizza essen. Warum er das wissen wolle? Ob Carella vielleicht von der Polizei sei? Das bejahte Carella. Sie aßen ihre Pizza, bezahlten getrennte Rechnungen und gingen in die Telefonzelle hinten in dem Lokal, wo an einer Kette das Telefonbuch hing.

Das Buch war abgegriffen und zerrissen, aber sie konnten ihm immerhin entnehmen, daß es in Isola dreiunddreißig Lessers (jawohl, volle dreiunddreißig, sorgsam gezählt) gab, von denen vierzehn eindeutig bestimmte Unternehmen hatten wie Lessers Zeichenbüro, Lesser Bootsausrüstungen und Lesser Volkswagen. Blieben noch neunzehn Lessers zu überprüfen, aber darunter war keine Harriet. Blieben noch zwei Lesser mit H. davor übrig. Dort versuchten sie zuerst ihr Glück. Es war beinahe drei Uhr, als sie bei einem Charles Lesser anlangten, dessen Ehefrau Harriet hieß und der (halleluja!) die Schönheitshütte gehörte. Sie sagten, wer sie seien und was sie wünschten. Von ihr erfuhren sie Roxanne Hardys neue Anschrift. Sie stiegen wieder in Carellas Wagen, fuhren kreuz und quer durch die Stadt und kamen zwölf Minuten nach drei bei ihrer Wohnung an.

Die Frau, die ihnen öffnete, war groß und schlank. Ihre

Haut war von sanftem Braun, und ihre strahlenden braunen Augen schauten beim Anblick zweier weißer Männer auf ihrer Schwelle verwundert drein. Sie trug einen gestreiften Kaftan, der um ihren Körper schwang wie ein riesiges Segel im Wind. Das Kleidungsstück lag eng um ihren fülligen Busen und war nach unten weit ausgestellt, um knapp über ihren Knöcheln und den nackten Füßen zu enden.

»Ja, bitte?« fragte sie.

»Mrs. Hardy?« fragte Carella.

»Ja?«

»Polizei«, stellte er sich vor und wies ihr seine Marke.

Sie betrachtete das Abzeichen ohne Interesse. Die Verwunderung auf ihrem Gesicht wurde durch den Ausdruck leichter Überraschung abgelöst – ein leises Emporziehen einer Augenbraue und ein amüsiertes Lächeln um den Mund.

»Dürfen wir eintreten?« fragte Carella.

»Aus welchem Grund?« erkundigte sie sich. In ihrer Stimme schwang noch der leichte Akzent mit, den sie vor mehr als siebzehn Jahren aus Jamaika mitgebracht hatte, als sie im Alter von zwölf Jahren noch keine größere Stadt als Kingston kannte.

Carella wußte nicht recht, wie er seine Frage formulieren sollte. Sollte er sie geradeheraus fragen, ob sie vor zwölf Jahren von vier Mitgliedern der Habicht-Bande vergewaltigt worden war? Er hätte vielleicht so gefragt, wäre nicht Lloyd Baxter so absolut sicher gewesen, daß nichts dergleichen geschehen sei. Statt dessen begann er: »Mrs. Hardy, wie ich erfahren habe, ist Ihnen einiges über eine Straßenbande bekannt, die sich die Habichte nannte.«

»Ich kannte tatsächlich einige Mitglieder der Habichte, ja«, sagte Roxanne. »Aber das ist lange her.« Ihre Stimme klang leise, fast erinnerungsschwer.

»Dürfen wir nicht doch hereinkommen?« fragte Carella. »Wir hätten ein paar Fragen wegen dieser Gang.«

»Ja«, sagte sie und trat zur Seite, um die Männer einzulassen.

Die späte Nachmittagssonne strömte noch hell durch das Küchenfenster und spielte über die Hängepflanzen in ihren silbern schimmernden Töpfen. Sie führte die Männer in ein bescheiden eingerichtetes Wohnzimmer. Mit graziöser Geste bot sie ihnen die Sessel zu beiden Seiten eines Farbfernsehgerätes an, während sie selbst auf dem Sofa ihnen gegenüber Platz nahm und die Beine nach Indianerart unter sich zog, wobei sich der Kaftan wie ein Zelt über ihren Knien bauschte.

»Was möchten Sie also wissen?« fragte Roxanne.

»Wir möchten gern von Ihnen hören, was sich vor zwölf Jahren kurz vor Weihnachten ereignet hat«, sagte Carella.

»Oje«, lachte sie plötzlich, »damals waren wir alle noch Kinder.«

»Das ist mir bekannt«, meinte Carella. »Aber können Sie sich an etwas Wichtiges erinnern, das sich um jene Zeit zugetragen hat?«

»Wichtig?« fragte sie zurück. Dabei hob sie ausdrucksvoll die Schultern, fast wie eine Tänzerin, und streckte die Handflächen von sich, als wolle sie damit andeuten, wie fern ihr das alles lag, zu fern, um sich daran zu erinnern.

Carella mußte feststellen, daß er noch nie zwei so gut aussehende Menschen wie Lloyd Baxter und Roxanne Hardy begegnet war. Ihm schien es schade, daß sie nicht beieinander geblieben waren – und plötzlich war er wieder ganz Polizist. Warum waren sie nicht zusammengeblieben? Etwa weil Lloyd die Vergewaltigung zugelassen hatte? Oder weil sie dazu herausgefordert hatte?

»Es müßte sich um etwas sehr Wichtiges gehandelt

haben«, redete Carella weiter und kam sich plötzlich vor wie ein Quizmaster beim Fragespiel. Meyer fing seinen Blick auf. Sie kamen wortlos dahin überein, daß es Zeit für ein offenes Wort wurde. »Mrs. Hardy«, setzte Carella von neuem an, »sind Sie vor zwölf Jahren um die Weihnachtszeit vergewaltigt worden?«

»Was?« fuhr sie auf.

»Vergewaltigt«, wiederholte er.

»Ja, ich habe es verstanden«, sagte sie. »Vergewaltigt – ich?« sagte sie. »Nein«, sagte sie, »niemals. Nicht vor zwölf Jahren, und auch später niemals.« Sie hielt seinem Blick stand. »Sollte ich das denn?«

»Jimmy Harris hat es behauptet.«

»Ah, Jimmy Harris.«

»Ja, er berichtete, vier Mitglieder der Habichte hätten Lloyd Baxter überwältigt und Sie dann vorgenommen.«

»Lloyd? Haben Sie Lloyd mal gesehen? Den hätte niemand überwältigt. Nein, Sir, nicht Lloyd.«

»Mrs. Hardy, wenn die Geschichte frei erfunden sein sollte – wie ist Jimmy nach ihrer Vermutung darauf verfallen?«

»Das weiß ich nicht«, versicherte sie mit freundlichem Lächeln. Aber Carella erkannte sofort, daß die Frau log. Bis zu diesem Augenblick hatte sie die Wahrheit gesagt. Jetzt aber war ihr Lächeln falsch. Die Augen über diesem Lächeln lächelten nicht mit. Sie log. Meyer erkannte gleichfalls die Lüge. Die Männer blickten einander an und fragten sich im stillen, wer zuerst versuchen sollte, diese Lüge zu knacken.

Meyer unternahm den ersten vorsichtigen Schritt. »Meinen Sie, daß Jimmy sich den ganzen Vorfall ausgedacht hat?«

»Ich weiß es wirklich nicht«, erwiderte Roxanne.

»Daß Sie vergewaltigt wurden, meine ich.«

»Ja, ich verstehe schon. Ich weiß nicht, warum Ihnen Jimmy so etwas erzählt hat.«

»Uns hat er es nicht anvertraut.«

»Hat er nicht? Sie sagten ...«

»Er hat die Geschichte seinem Arzt erzählt.«

»Nun ja ...« Roxanne ließ die beiden Silben in der Schwebe und zog dann die Schultern hoch. »Ich habe keine Ahnung, warum er das getan hat.«

»Merkwürdig ist es immerhin, daß jemand so etwas erfinden sollte. Finden Sie nicht auch?«

»Ja, ziemlich merkwürdig. Was für ein Arzt war es denn? Einer aus der Klapsmühle?«

»Ja.«

»Etwa der Gefängnispsychiater?«

»Nein, ein Militärarzt.«

»Mhm«, murmelte sie und zuckte abermals mit den Schultern.

»Mrs. Hardy«, griff Carella ein, »wie gut waren Sie mit Jimmy bekannt?«

»Genauso wie mit den anderen Jungen«, sagte sie.

»Mit den anderen Jungen aus der Gang?«

»Ja, besser gesagt aus dem Klub. Wir nannten den Verein einen Klub, und das war er auch, nehme ich an.«

»Alles in allem zwei Dutzend Jungen. Stimmt das?«

»Nun, es gab weitere Mitglieder, die waren über ganz Diamondback verstreut.«

»Aber zwei Dutzend bildeten die eigentliche Bande?«

»Ja.«

»Und Sie kannten Jimmy etwa so gut wie alle anderen?«

»Ja.«

Sie log immer noch. Er wußte, daß sie ihm Lügen auftischte, verdammt noch mal. Er sah Meyer an. Auch Meyer waren die erneuten Lügen nicht entgangen. Auf keinen Fall durfte die Frau damit durchkommen. Für die Kriminalbeamten stand fest, daß sie hier sitzen bleiben und das Blaue vom Himmel herunterreden würden, bis sich herausstellte, warum die Frau log.

»Darf man annehmen, daß Sie zu ihm freundlich waren?« setzte Meyer das Gespräch fort.

»Mit Jimmy? O ja. Aber ich war Lloyds Mädel. Verstehen Sie?«

»Ja, das verstehen wir.«

»Deshalb kannte ich die anderen Jungen nur beiläufig.«

»Mhm.« Meyer wiegte den Kopf.

»So wie Ihre Frau – Sie sind doch verheiratet?«

»Ja.«

»Und Sie?«

»Ja«, nickte auch Carella.

»Nun, ich kannte die anderen Klubmitglieder etwa genauso, wie Ihre Frauen andere Polizeibeamte kennen, mit denen Sie zu tun haben.«

»Dieser Art war ihre Bekanntschaft mit Jimmy Harris?«

»Ja.«

»Sie betrachteten sich selbst als Lloyds Frau. Ja?«

»Nein, nicht als seine Frau«, erwiderte sie und lachte dabei. Auch dieses Lachen war unecht. Es klang anders als vorher. Sie log immer noch und versuchte offensichtlich, etwas zu verbergen. »Aber wir waren miteinander einig. Wir gingen miteinander, wie man damals sagte. Verstehen Sie?«

»Wie ist das zu verstehen«, fragte Carella. »Kein anderes Mädchen in Lloyds Leben …«

»Ganz recht.«

»Und kein anderer junger Mann in Ihrem?«

»Genau.«

»Dennoch erscheint es seltsam, daß Jimmy diese Geschichte einer Vergewaltigung auftischt, die ihnen von anderen Jungen widerfahren ist.«

»Das ist in der Tat seltsam.« Roxanne lachte schon wieder. Diesmal erstickte ihr das Lachen fast in der Kehle.

»Hat er jemals ...?« sagte Carella und unterbrach sich. »Nein, vergessen wir das.«

»Was wolltest du gerade sagen?« fiel Meyer sofort ein, der den geraden, aufrichtigen Mann spielte.

»Es war nur so ein Gedanke ... Mrs. Hardy, Jimmy hat sich Ihnen niemals genähert, nicht wahr?«

»Nein«, versicherte sie, »nein, niemals.«

Wieder eine Lüge. Sie hielt jetzt nicht einmal mehr seinem Blick stand.

»Niemals, wie?«

»Nein.«

»Sie sind sich dessen ganz sicher?«

»Ja, natürlich bin ich sicher. Ich war doch Lloyds Freundin. Verstehen Sie?«

»Ja, das verstehe ich.«

»Ich war Lloyd treu.«

»Ja. Aber das muß nicht unbedingt bedeuten, daß Jimmy ihm ebenfalls treu ergeben gewesen ist. Verstehen Sie, worauf ich hinauswill, Mrs. Hardy? Falls Jimmy sich Ihnen jemals genähert hat ...«

»Nein, hat er nicht.«

»... und zwar im sexuellen Sinn, dann wäre damit in etwa begreiflich, was er dem Arzt erzählt hat.«

»Warum ist das für Sie so wichtig?« fragte sie plötzlich.

»Weil Jimmy Harris tot ist und weil wir nicht wissen, wer ihn umgebracht hat«, erklärte Carella.

Sie schwieg ein paar Sekunden und sagte dann: »Das tut mir leid.«

»Mrs. Harris ... sollte sich jemals zwischen Ihnen und Jimmy oder zwischen Ihnen und irgendeinem von den anderen Jungen etwas abgespielt haben, das einen Dritten auf den Gedanken an Rache und Vergeltung gebracht haben könnte ...«

»Nein«, versicherte sie und schüttelte den Kopf.

»Nichts ist geschehen?«

»Doch, da war mal etwas«, lenkte sie ein. »Aber davon hat niemand außer Jimmy und mir etwas gewußt.«

»Könnten Sie uns anvertrauen, was geschah. Bitte?«

»Es wird Ihnen nichts nützen, denn niemand wußte davon.«

Sie starrte die Detectives lange an, sagte nichts und überlegte offenbar, ob sie ein Geheimnis enthüllen sollte, das sie während der letzten zwölf Jahre mit sich herumgetragen hatte, oder nicht. Schließlich nickte sie und begann fast im Flüsterton: »Es regnete. Draußen war es sehr kalt. Es sah aus, als sollte es bald Schnee geben ...«

Während sie sprach, schien ihre Stimme immer mehr den Tonfall aus Jamaika anzunehmen. Je stärker jener Tag vor zwölf Jahren in ihr Gedächtnis rückte, desto mehr verwandelte sie sich in das siebzehnjährige Mädchen von damals. Während die Männer lauschten, entschwand die Gegenwart in der Vergangenheit, nur um alsbald wieder zur Gegenwart zu werden – eine andere Gegenwart, und dennoch greifbar nah. Was sich damals in dem Kellerzimmer ereignet hatte, schien sich jetzt und hier abzuspielen, in diesem Augenblick.

Es regnet.

Der Regen überrascht sie, denn sie meint, daß es um diese Jahreszeit eigentlich schneien müßte, wo es doch draußen so kalt ist. Statt dessen rauscht der Regen, es blitzt und donnert. Die Blitze erhellen die übermalten Kellerfenster hoch in den aus Hohlblocksteinen aufgeführten Wänden. Ringsumher hallt der Donner. Sie sind allein im Kellerzimmer. Es ist vier Uhr nachmittags am Mittwoch vor Weihnachten.

Sie sind ganz zufällig allein hier. Sie war gekommen, um nach Lloyd zu suchen. Da stand aber nur Jimmy mit einem Stapel Schallplatten vor dem Plattenspieler. Die Wände aus Hohlblocksteinen sind um eine Schattierung heller blau gestrichen als das streifige Mitternachtsblau auf den Fensterscheiben. Wieder Blitz und Donner. Jimmy legt eine Platte auf den Teller. Er berichtet, daß die anderen Jungs jetzt gerade drüben in Spictown im Klubheim der Hermanos sind, um einen Waffenstillstand auszuhandeln. Er wäre gern mit ihnen gegangen. Aber seine Mutter hatte sich in die Hand geschnitten, und er mußte sie rasch ins Krankenhaus bringen. Noch ein Blitz, ein hohler Donnerschlag. Sie hat sich beim Schmücken des Weihnachtsbaumes geschnitten, erzählt er. Die Musik ist sanft und langsam und verführerisch. Der Donner bildet den Kontrapunkt.

Willst du tanzen?« fragt er.

Sie weiß sofort, daß sie ablehnen müßte. Sie ist Lloyds Mädchen. Wenn Lloyd plötzlich hereinkommt und sie beim Tanzen erwischt, gibt es bestimmt ernsthaften Krach. Das weiß sie. Von Lloyd hat sie keine Gnade zu erwarten, und die anderen werden ihr weh tun. Man wird sie bis aufs Blut peitschen. Im vergangenen Sommer war eine von den Helferinnen der Gang auf der Straße im Gespräch mit einem von den Hermanos erwischt worden. Das Mädchen wurde bis zur Hüfte entkleidet, an den Deckenstützpfahl gebunden, und der Unterführer versetzte ihm zwanzig Peitschenhiebe. Das Mädchen wimmerte zunächst, begann aber bald zu schreien, so oft der Riemen auf ihrem

Rücken einen neuen Striemen hervorrief. Schließlich platzten die Striemen auf und begannen zu bluten. Dann wurde sie in den Rinnstein hinausgeworfen, Bluse und Büstenhalter flogen hinterher. Sie sollte sich zu den Hermanos scheren, wenn sie so viel von ihnen hielt.

Das war im vergangenen Sommer. Dies aber ist jetzt und würde noch viel schlimmer ausfallen. Das hieße, in Lloyds Abwesenheit mit einem Gangmitglied tanzen. In seiner Gegenwart wäre nichts dabei. Niemand würde ein Wort darüber verlieren. Aber er ist nicht da, sie ist mit Jimmy allein, und sie hat Angst, weil sie die Gefahr kennt. Ist es wirklich nur die Gefahr, die ihr Erregung verschafft und sie zustimmen läßt?

Sie lacht nervös und sagt: Gewiß, warum nicht?

Jimmy nimmt sie in die Arme. Die Melodie ist langsam, sie tanzen sehr eng umschlungen. Er ist erregt. Sie fühlt es durch seine Hose und ihren Rock. Sie tanzen Wange an Wange. Er reibt kreisend seinen Unterleib an dem ihren. Es donnert immer noch. Sie hat noch immer Angst, aber er hält sie fest in den Armen, und sie wird selbst erregt. Sie lacht wieder. Ihr Schlüpfer ist feucht, sie ist unter dem Rock tropfnaß. Die Platte ist zu Ende, die Nadel macht klick-klick-klick in der Auffangrille. Er läßt sie plötzlich los und geht zum Plattenspieler, um den Tonarm von der Platte zu nehmen. Es ist still, bis ein neuer Blitz die übermalten Fenster aufleuchten läßt und der Donner kracht. Er geht zur Tür.

Sie steht bewegungslos im Zimmer nahe dem Stützpfosten. Sie hat Angst davor, daß man sie mit den Händen hinter dem Rücken an den Pfahl binden wird. Das ist ein schweres Vergehen, und sie fürchtet, daß man sie über die nackten Brüste peitschen wird. Sie weiß von einem anderen Mädchen in der Bande, das wegen Untreue auf diese

Weise ausgepeitscht worden ist. Dieses Vergehen ist ausdrücklich in den Klubregeln erwähnt, die an der Wand des Klubheims aushängen. Untreue. Sie steht im Begriff, sich mit einem Bruder einzulassen, wo sie doch Lloyds Mädchen ist, und das ist Untreue, und man wird sie dafür furchtbar bestrafen. Auch Jimmy wird dafür büßen müssen. Man wird ihn Spießruten laufen lassen, ihn mit Bleirohren und Ketten schlagen, wenn er zwischen den in zwei Reihen aufgestellten Brüdern hindurchlaufen muß.

Und wenn alles vorüber ist, wenn sie ihr fünfzig Schläge auf die nackten Brüste versetzt haben, aus denen ihre Strafe bestimmt bestehen wird, wenn es nicht hundert werden, wo sie doch das Mädchen des Präsidenten ist, wobei der Unterführer mit der siebenschwänzigen Katze besonders gekonnt zuschlagen wird; und wenn Jimmy das Spießrutenlaufen hinter sich hat, wenn er zerschlagen und blutend und bewußtlos auf dem Boden liegt, ja, dann werden beide aus dem Klub geworfen und sich selbst überlasen sein. Der Klub ist ihr Rückhalt in einer Welt voller feindlicher Lager, die in den Straßen der Umgebung wie Pilze aus dem Boden schießen. In diesem Viertel hat man von der Polizei keine Hilfe zu erwarten, keine Hilfe von den Eltern, die nur damit beschäftigt sind, da draußen dem mächtigen weißen Dollar nachzujagen. Hilfe und Sicherheit gibt es nur bei den Brüdern und Schwestern im Klub.

Wer keinem Klub angehört, ist vogelfrei.

Ein Junge kann ohne den Schutz einer Gang von jedermann verprügelt, ausgeraubt, von jedermann niedergestochen oder mit Benzin übergossen und verbrannt werden. Ein Mädchen ist Freiwild für jeden, es muß allen zu Willen sein, und jeder kann mit ihm machen, was er will. So ist die Stadt. Man braucht einen Rückhalt. Daß sie zu den Helferinnen der Habichte gehört, das ist ihre Lebensversicherung, und die hätte sie beinahe aus lauter Dummheit aufgekündigt. Sie weiß, wie dumm sie ist, sie weiß es. Aber sie sehnt sich nach Jimmy Harris, und sie nimmt an, daß er sie gleich haben wollte, als er vor sechs Monaten hier auftauchte. Immer hat sie zur Seite geschaut und so getan, als sei nichts weiter. Aber es geschieht dennoch. Jetzt gleich. Er versperrt die Kellertür mit doppelten Riegeln, als erwarte er den Sturmangriff von hundert Gangs. Sogar die Kette legt er noch vor, und dann kehrt er zu ihr zurück, packt sie und küßt sie heftig auf den Mund, bis sie sich losmachen muß, um Atem zu schöpfen.

Sie fühlt seine Hände auf ihrem ganzen Körper. Er knöpft ihre Bluse auf, berührt ihre Brüste, fährt mit den Händen unter ihren Rock und über ihre Schenkel, seine Finger umschließen mit festem Griff ihren Po in dem Nylonslip, ihr wird schwindlig, wie sie so mitten im Kellerzimmer stehen. Sie sinkt schwach gegen den Stützpfeiler, und er macht es mit ihr dort, an den Pfahl gelehnt. Er zerrt ihr den Slip herunter, zerreißt mit den Händen den dünnen Stoff, zerrt ihn von dort weg, wo sie naß vor Erwartung ist, zieht den Reißverschluß herunter und steckt ihr sein Glied hinein. Er kommt schon fast im gleichen Augenblick, und sie stöhnt und kommt mit ihm zusammen, zur Hölle mit den Habichten, zum Teufel mit Lloyd, zum Teufel mit der ganzen Welt. Sie halten einander umschlungen, als wollten sie sich niemals wieder loslassen, sie umklammern sich mitten im Kellerzimmer, an den Stützpfeiler gelehnt, Blitz und Donner um sich her. Sie beginnt zu weinen. Auch er beginnt zu weinen und nimmt ihr dann das Versprechen ab, niemandem auf der Welt zu sagen, daß er geweint hat.

12. KAPITEL

Endlich Montag morgen.

Das Telefon auf Carellas Schreibtisch klingelte. Er nahm den Hörer auf und sagte: »87. Revier, Carella.«

»Hier ist Maloney von der Hundestaffel.«

»Ja, Maloney?«

»Sie sollten mich doch anrufen«, sagte Maloney.

»Ich bin erst in dieser Minute eingetroffen«, entgegnete Carella mit einem Blick zur Wanduhr. »Es ist erst Viertel vor neun, Maloney.«

»Ich habe Ihnen gesagt, sie sollten zuallererst mich anrufen.«

»Dies ist mein allererstes Gespräch, Maloney.«

»Ich will mit Ihnen nicht darüber streiten, ob dies Ihr erstes Gespräch ist«, sagte Maloney. »Ich bin schon seit acht Uhr hier. Ich will keinen Ärger, sondern möchte nur wissen, wie über den Hund hier disponiert worden ist.«

»Ja«, sagte Carella gedehnt.

»Was heißt das, ja?«

»Es heißt, lassen Sie mir noch eine Minute.«

»Der Hund hier ist keinesfalls gutartig«, erklärte Maloney. »Er läßt keinen an sich heran und verweigert das Futter, das wir ihm hingestellt haben. Ein verdammt undankbarer Bursche ist er, kann ich nur sagen.«

»Darauf ist er dressiert.«

»Undankbar zu sein?«

»Nein, nein – Futter nur von seinem Herrn anzunehmen. Es handelt sich um einen Blindenhund.«

»Das ist mir bekannt. Und wir haben hier keine Verwendung für Blindenhunde. Hier unten brauchen wir Hunde, die nach Rauschgift schnüffeln. Solche Tiere brauchen wir. Was soll ich also mit ihm anfangen? Wenn er nicht bald abgeholt wird, kommt er ins Tierheim. Was ihn dort erwartet, wissen Sie wohl?«

»Ich weiß, was man dort mit ihm macht.«

»Dort wird er drei Wochen verpflegt und dann schmerzlos eingeschläfert. Er kommt in einen Behälter, aus dem die Luft herausgepumpt wird. Das ist, als ob er einschläft. Also, was nun, Coppola?«

»Carella.«

»Ja, also, was jetzt?«

»Ich werde das Tier abholen lassen.«

»Wann.«

»Sofort.«

»Wann ist sofort?«

»Sofort ist sofort«, versprach Carella.

»Das kenn' ich«, höhnte Maloney. »Das ist genauso wie mit der ersten Sache gleich frühmorgens um Viertel vor neun, was?«

»Um zehn Uhr ist jemand dort.«

»Der Mann soll im achten Stock nach Detective Maloney fragen. Was macht ihr eigentlich dort oben – Halbtagsarbeit?«

»Nur wenn wir viel zu tun haben«, gab Carella zurück und hängte ein. Detective Richard Genero saß an seinem Schreibtisch und blätterte im Wörterbuch. Carella ging zu ihm hinüber und fragte: »Na, welches schöne Wort fehlt?«

»Was?« fuhr Genero auf. »Oh«, sagte er, »ich verstehe. Das schöne Wort.«

Dabei lächelte er nicht. Er lächelte fast nie. Carella glaubte, daß der Mann an Verstopfung litt. Plötzlich fragte er sich, warum Genero von niemandem im River ›Richard‹ oder ›Richie‹ oder ›Dick‹ gerufen wurde. Immer nur ›Genero‹. Alle anderen Beamten nannten einander beim Vornamen. Aber Genero war und blieb Genero. Noch mehr, er wunderte sich darüber, daß dieser Umstand Genero niemals aufgefallen war. War es möglich, daß er auch außerhalb des Dienstes immer nur Genero genannt wurde? War es denkbar, daß sogar seine Mutter ihn Genero nannte? Rief sie womöglich am Freitag an und sagte: »Genero, hier ist Mama. Warum rufst du nicht mal an?«

»Würdest du mir einen Gefallen tun?« fragte Carella.

»Welchen Gefallen?« fragte Genero mißtrauisch zurück.

»Würdest du für mich mal in die Innenstadt fahren und einen Hund abholen?«

»Was für einen Hund?« Genero war immer noch mißtrauisch.

»Einen Blindenhund.«

»Das ist doch ein Witz, wie?«

»Nein.«

»Dann also, was für einen Hund?«

»Wie gesagt, einen Blindenhund von der Hundestaffel.«

»Das ist doch ein Gag, der etwas damit zu tun hat, daß ich damals in den Fuß geschossen wurde, was?«

»Nein, nein.«

»Als ich damals im Park auf der Lauer lag, wie?«

»Nein, Genero, ganz falsch.«

»Als ich mich als Blinder ausgab und dabei in den Fuß getroffen wurde. Nicht wahr?«

»Nein. Das ist ein echter Auftrag. Bei der Hundestaffel ist ein schwarzer Labrador abzuholen.«

»Warum werde gerade ich hingeschickt?«

»Ich schicke dich nicht, Genero, ich bitte dich um eine Gefälligkeit.«

»Schick doch einen Streifenpolizisten«, sagte Genero. »Was, zum Teufel, soll das überhaupt? Immer wenn es in diesem Laden einen beschissenen Job gibt, soll ich ihn kriegen. Zum Kotzen ist das«, regte sich Genero auf.

»Ich dachte, du wolltest vielleicht mal gern an die frische Luft gehen«, meinte Carella.

»Ich habe hier eine Menge Fälle zu bearbeiten. Oder glaubst du vielleicht, ich hätte nichts zu tun?«

»Vergiß es«, sagte Carella.

»Schick einfach einen Streifenpolizisten hin.«

»Das werde ich tun«, sagte Carella.

»Das sollte doch auf jeden Fall ein Gag sein. Oder denkst du vielleicht, ich hätte das nicht sofort durchschaut?« sagte Genero. »Immerzu macht ihr Späße darüber, daß ich im Park angeschossen wurde.«

»Ich dachte, du wärst dabei in den Fuß geschossen worden.«

»Im Park in den Fuß«, erklärte Genero, ohne zu lächeln.

Carella kehrte an seinen Schreibtisch zurück, wählte die 24 und bekam das Büro in der Eingangshalle. Als sich Sergeant Murchison meldete, sagte Carella: »Dave, hier ist Steve. Kannst du für mich einen Wagen zum Direktionsgebäude organisieren? Dort ist im achten Stockwerk bei Detective Maloney ein schwarzer Labrador-Vorstehhund abzuholen.«

»Ist der Hund bösartig?« wollte Murchison wissen.

»Nein, es handelt sich um einen Blindenhund, er ist nicht bissig.«

»Ich kenne Blindenhunde, die einen beißen, wenn man sie nur ansieht«, gab Murchison zu bedenken.

»Du kannst ja für alle Fälle deinem Mann empfehlen, dem Tier einen Maulkorb anzulegen. Diese Dinger gehören doch zur Ausrüstung der Streifenwagen, nicht wahr?«

»Ja, aber es ist schwierig, einem bissigen Hund einen Maulkorb zu verpassen.«

»Dieser Hund ist nicht bösartig«, versicherte Carella

noch einmal. »Und Dave, kannst du gleich jemanden losschicken? Wenn der Hund nicht bis zehn Uhr abgeholt ist, wird er ins Heim geschickt und dort nach drei Wochen eingeschläfert.«

»Warum dann die Eile?« sagte Murchison und hängte ein.

Carella blinzelte. Er legte seinen Hörer auf die Gabel und starrte ihn an. Er blickte so intensiv hin, daß er zusammenfuhr, als das Telefon klingelte. Abermals nahm er den Hörer hoch.

»87. Revier, Carella.«

»Steve, hier ist Sam Grossmann.«

»Hallo, Sam, wie geht es dir?«

»Comme ci, comme ca«, antwortete Grossmann. »Du hast uns eine Erdprobe ins Labor geschickt. Auf dem Zettel steht nur 87. Revier.«

»Das hat Meyer gemacht. Was gibt es darüber?«

»Die Erde entspricht genau der, die wir unter Jimmys Fingernägeln fanden, falls dich dieses Ergebnis interessiert. Aber ich muß hinzufügen, daß solche Blumenerde weit verbreitet ist. Ich würde aus dieser Gleichheit keine Schlüsse ziehen, falls sich nicht andere dazu passende Beweise ergeben.«

»Sagen wir mal, es gibt dazu passende Verdachtsgründe.«

»Gut, okay.«

»Hat sich in der Wohnung von Harris etwas ergeben?«

»Nichts. Keine fremden Fingerabdrücke, Fußspuren, Haare oder Stoffteile. Nichts.«

»Okay, vielen Dank. Wir sprechen uns noch.«

»Bis dahin«, sagte Grossman und hängte ein.

Carella legte den Hörer auf die Gabel. Vor dem Trenngatter stand ein Unteroffizier von der Armee und schaute zögernd in den Wachraum. Carella stand auf und trat an das Gitter. »Kann ich behilflich sein?«

»Der Sergeant da unten hat mich heraufgeschickt«, sagte der Unteroffizier. »Ich suche einen Beamten namens Carella.«

»Carella, das bin ich.«

»Das schickt ihnen Captain McCormick.« Der Soldat überreichte ihm einen großen Briefumschlag, der in der linken Ecke den Aufdruck ›U.S. Army, Kriminalabteilung‹ trug.

»Sie kommen aber frühzeitig«, sagte Carella.

»Genaugenommen haben wir das Päckchen schon gestern bekommen, aber da war niemand im Büro. Unsere Postabteilung hat sieben Minuten nach vier Uhr früh als Empfangszeit vermerkt. Die Leute in St. Louis müssen die Sendung noch am Samstag per Luftpost aufgegeben haben. Das ging ziemlich schnell. Meinen Sie nicht auch?«

»Sehr gut«, lobte Carella. »Vielen Dank auch.«

»Keine Ursache«, sagte der Corporal. »Wie komme ich zur Reuter Street? Dort ist das Rekrutierungsbüro, und ich soll da jemanden abholen.«

»Das ist ganz in der Innenstadt«, erläuterte Carella. »Haben Sie einen Wagen?«

»Ja.«

»Wenn Sie aus diesem Gebäude kommen, halten Sie sich rechts und an der nächsten Ecke wieder rechts. Das ist eine Einbahnstraße nach Norden, die unmittelbar zum River Highway führt. Dort nehmen Sie die westliche Auffahrt und fahren stadteinwärts, bis Sie die Abzweigung zur Reuter Street sehen.«

»Danke«, sagte der Unteroffizier.

»Ich habe zu danken«, entgegnete Carella und winkte mit dem großen Umschlag.

»Keine Ursache«, wiederholte der Unteroffizier. Er machte eine stramme Kehrtwendung und stiefelte davon.

An seinen Schreibtisch zurückgekehrt, öffnete Carella den Umschlag. Er nahm ein dünnes Bündel Papiere heraus, deren Art und Form ihm unbekannt war. Er brauchte eine Weile, um sich in den Formularen zurechtzufinden, und dann noch einige Minuten, um ihren Inhalt zu begreifen. Beim Durchblättern machte er sich Notizen auf seinem Block, weil er nicht wußte, ob er diese Ablichtungen würde behalten dürfen. Deshalb wollte er sie nicht mit Randnotizen versehen.

McCormick hatte bei dem Telefongespräch am Freitag ausdrücklich auf den Dienstweg verwiesen, also würde er die Papiere wohl zurückhaben wollen, nachdem Carella mit ihnen fertig war.

James Randolph Harris war am 17. Mai vor zehn Jahren in die Armee eingetreten. Die Grundausbildung hatte er im Fort Gordon in Georgia absolviert. Von dort wurde er zur infanteristischen Weiterschulung nach Fort Jackson in Südkarolina verlegt. Ende August wurde er als Gefreiter der D-Kompanie des 2. Bataillons des 27. Infanterieregiments der 2. Brigade der 25. Division zugeteilt und nach Übersee eingeschifft. Aus den Papieren ging es nicht hervor, aber Carella wußte von dem Foto, das man in seiner Wohnung gefunden hatte, daß Jimmy Harris zur Schützengruppe Alpha in der 2. Schwadron gehört hatte.

Sofern sich Carella seiner eigenen Dienstzeit richtig entsann, gehörten zu jeder Kompanie vier Züge, die in vier Schützengruppen unterteilt waren, woraus sich ergab, daß insgesamt sechzehn Schützenzüge zur D-Kompanie gehörten. Jeder Zug hatte eine 1., 2., 3. und 4. Gruppe, die bei der Armee öfter numeriert und seltener nach dem Alphabet geordnet waren. Da es vier Züge gegeben hatte, mußte es demnach vier 2. Gruppen gegeben haben. Das Aktenstück gab keine Auskunft darüber, zu welchem Zug Jimmy gehört hatte. Carella ging von der Annahme aus, daß Jimmy – sofern er mit einem ehemaligen Kriegskameraden Kontakt aufgenommen hatte – dazu wohl einen Mann aus seiner unmittelbaren Umgebung erwählt haben mußte. Um aber die richtige Alpha-Einheit herauszufinden, mußte er die Nummer des Zuges ermitteln.

Die Aufzeichnungen enthielten die Mitteilung, daß Jimmy am 14. Tag des Monats Dezember im Gefecht verwundet worden war, worauf in strikt medizinischen Fachausdrücken eine genaue Beschreibung seiner Verletzungen folgte. Ende Dezember war er vom Hauptverbandsplatz in ein Lazarett nach Honolulu gebracht worden, von dort nach San Francisco und schließlich ins Allgemeine Lazarett nach Fort Mercer. Auf dem entsprechenden DD-Formblatt war eingetragen, daß man ihn im März ehrenvoll mit voller Versehrtenrente entlassen hatte. Das war alles.

Seufzend schlug er sein privates Telefonverzeichnis auf und blätterte unter U, bis er auf U.S. Army stieß. Hier fand er die Nummer für Fort Jefferson, die er neulich gewählt hatte und darunter die der Armee-Auskunftsstelle in St. Louis. Er blickte zur Wanduhr hoch. Es war zwanzig nach neun, was bedeutete, daß es in St. Louis erst zwanzig nach acht Uhr war. Manchmal war es nachteilig, in einem so weitläufigen Land zu leben. Er schrieb die Nummer auf einen Zettel. Dann nahm er drei DD-Formblätter, legte Kohlepapier dazwischen und tippte seinen Bericht über die Gespräche mit Lloyd Baxter und Roxanne Hardy.

Während des Schreibens überlegte er, was wohl Major Lemarre über Roxannes Aussage gedacht haben würde. Der Major schien sicher gewesen zu sein, von Jimmy die

Wahrheit erfahren zu haben, als er von der Vergewaltigung im Keller vor zwölf Jahren erzählte. In Wirklichkeit hatte gar keine Vergewaltigung stattgefunden. Weder eine richtige, noch eine versuchte. Da waren einfach zwei junge Leute in Hitze zueinander entbrannt und hatten sich ihrer Zweisamkeit am Stützpfeiler der Kellerdecke erfreut – also, hört mal, da gibt es schlimmere Dinge. Carella konnte einfach nicht begreifen, warum Jimmy gelogen hatte. Und warum war der Major nicht darauf gekommen? Er war doch ein geschulter Psychiater und hätte die Unrichtigkeiten in Jimmys Erinnerungen durchschauen müssen. Daß Roxanne jetzt die Wahrheit über jene Tat gesagt hatte, stand außer Zweifel. Ihre Darlegung der Ereignisse war zu echt gewesen. Aber Jimmys Version hatte auch echt geklungen – und es war Jimmy, der von Alpträumen geplagt wurde.

Carella schaute da nicht mehr durch. Das Sexualerlebnis, das Jimmy und Roxanne an jenem Tag geteilt hatten, bot kaum Stoff für irgendwelche späten Alpträume, es sei denn aus Furcht vor Strafe. Vielleicht litt Jimmy unter der Vorstellung davon, daß er doch noch zur Rechenschaft gezogen werden könnte. Spießrutenlaufen war niemals ein Spaß gewesen, nicht einmal im Mittelalter, und die moderne Version der Straßenbanden bildete gegenüber damals keine Verbesserung. Vielleicht hatte sich Jimmy tatsächlich schwere Gedanken über das gemacht, was er an jenem Tag mit Lloyds Mädel getrieben hatte. Spießrutenlaufen mußte ihm bekannt gewesen sein, und womöglich hatte er sich lebhaft vorgestellt, daß er das nächste Opfer wäre – Bleirohre krachten auf seinen Schädel, Fahrradketten peitschten seine Brust, Stiefel traten ihn zu Boden.

Gewiß, solche Vorstellungen konnten Alpträume hervorrufen. Sicherlich war er damals durch die Straßen gelaufen und hatte jeden Augenblick Lloyds schwere Hand auf seiner Schulter zu spüren geglaubt – *Hallo, kleiner Jimmy, wie ich höre, hast du es mit meinem Mädel getrieben.* Jimmy hatte sich bestimmt etwas zu seiner Verteidigung zurechtgelegt, sich eine Vergewaltigungsgeschichte ausgedacht, ähnlich wie seinerzeit die Geschwister Sabine. *Nein, Lloyd, das hast du falsch verstanden, Mann. Ich hab's nicht gemacht, das waren die anderen. Ich war es doch, der die anderen daran hindern wollte. Ehrlich!* Jimmy hatte vor Major Lemarre nicht die Wahrheit gesagt, sondern das erzählt, was er zu seiner Verteidigung hatte anführen wollen. Weil Lemarre immer wieder auf diesen Alptraum zu sprechen kam, hatte Jimmy wohl geglaubt, er sei endlich überführt worden, zumal der Arzt mit seinen bohrenden Fragen immer näher an jenen verregneten Tag im Klubkeller heranrückte. Deswegen hatte er die Vergewaltigungsgeschichte präsentiert. *So hat es sich wirklich zugetragen, Doc. So war es in Wahrheit, Lloyd. Laß die anderen Spießruten laufen. Ich bin der brave Junge. Ich wollte sie an ihrer Untat hindern.*

Nun, mag sein, dachte Carella und schaute wieder zur Uhr hoch. Es war Zeit, in St. Louis anzurufen. Er drehte die Vorwahl und dann die Hauptnummer. Das Telefon läutete am anderen Ende. Er fragte sich, wie es wohl in St. Louis sein mochte. Er war niemals dort gewesen. In seiner Vorstellung trieben dort Cowboys ihre Rinderherden durch die Straßen, tranken rauhe Burschen in den Saloons Fusel und tanzten mit Mädchen, die Netzstrümpfe und rote Hältergürtel trugen.

»Auskunftsstelle«, meldete sich eine Frauenstimme.

»Hier ist Detective Carella vom 87. Revier in Isola. Ich habe hier ein Aktenstück von Captain McCormick in Fort Jefferson …«

»Ja, Mister Carella?«

»Und ich brauche einige zusätzliche Informationen.«

»Moment Sir, ich stelle zu Mister O'Neill durch.«

»Danke«, sagte Carella und wartete.

»O'Neill«, ließ sich eine Männerstimme vernehmen.

»Hier ist Detective Carella, 87. Revier, Isola. Ich habe hier ein Aktenstück von Captain McCormick aus Fort Jefferson und benötige einige zusätzliche Informationen.«

»Informationen welcher Art?«

»Ich untersuche einen Mordfall. Das Opfer ist ein gewisser James Harris, der bis vor zehn Jahren bei der Armee diente. D-Kompanie, 2. Bataillon ...«

»Das muß ich mitschreiben«, unterbrach ihn O'Neill. »Also, D-Kompanie, 2. Bataillon ...«

»27. Infanterieregiment«, fuhr Carella fort. »2. Brigade der 25. Infanteriedivision. Die Nummer des Zuges habe ich nicht. Er gehörte zur Schützengruppe Alpha in der 2. Schwadron.«

»Dienstgrad?«

»Gefreiter.«

»Dienstnummer?«

»Moment«, sagte Carella und schlug in Jimmys Personalakte nach. Er fand die Nummer und las die acht Ziffern langsam vor. O'Neill speiste diese Information später in den Computer ein, und Carella wollte jeden Irrtum vermeiden.

»Entlassen oder verstorben?« fragte O'Neill weiter.

»Beides«, entgegnete Carella.

»Wie wäre das möglich?«

»Er wurde vor zehn Jahren entlassen und vergangenen Donnerstag abend ermordet.«

»Oh, oh – ich verstehe – und wollte nur sagen, wir haben hier die Akten über jeden, der entweder entlassen oder gefallen ist. Die Akten der Reservisten und der Ruheständler liegen beim Department der Armee. Ihr Mann wurde entlassen, sagten Sie?«

»Ja.«

»Ehrenvolle Entlassung?«

»Ja, mit voller Versehrtenrente.«

»Demnach war er verwundet?«

»Ja.«

»Wann?«

»Am 14. Dezember vor zehn Jahren – nächsten Monat.«

»Okay«, sagte O'Neill, »was wollen Sie wissen?«

»Die Namen seiner Kameraden in der Schützengruppe.«

»An dem Datum, das Sie soeben nannten?«

»Ja.«

»Das wäre festzustellen. Kommt ganz darauf an, wer den Kampfbericht eingereicht hat.«

»Wer tut das im Notfall?«

»Der kommandierende Offizier. Und manchmal auch ein Unteroffizier, sofern er die Truppe geführt hat. Ein Zug wird gewöhnlich von einem Oberleutnant befehligt, der einen Feldwebel zur Seite hat. Falls von diesen beiden an jenem Tag keiner den Kampf beobachtet hat, hat vielleicht der Gruppenführer den Bericht geschrieben oder der Unteroffizier von der betreffenden Schützengruppe. Verstehen Sie, wie diese Aufgabe unterteilt wird?«

»Nicht ganz«, gestand Carella. »Zu meiner Dienstzeit war die Schwadron die Basiseinheit.«

»So ist es auch heute noch. Aber die Schwadron zerfällt jetzt in die Schützengruppen Alpha und Bravo. Zu jeder Gruppe gehören fünf Männer, wobei ein Unteroffizier den ganzen Haufen von insgesamt elf Männern anführt. Die Schützengruppen haben zwei Männer mit Sturmgewehren, meistens Obergefreite, einen Grenadier, der meistens Hauptgefreiter ist, zwei Gefreite als Schützen und einen Unteroffizier oder Feldwebel als Führer.«

»Mhm«, machte Carella, dem das alles böhmische Dörfer waren.

»Was ich sagen wollte ist, daß wahrscheinlich im Gefechtsbericht die Namen der Männer stehen, die zur Harris' Gruppe gehörten.«

»Gehört das zu seiner Personalakte?«

»Ja«, versicherte O'Neill.

»Nun, ich habe diese Akte hier vor mir liegen, aber der Gefechtsbericht nennt keine weiteren Namen der Gruppe.«

»Wer hat den Bericht unterschrieben?«

»Moment, ich sehe nach.« Abermals blätterte Carella den Blätterstapel durch. »Ein Lieutenant John Francis Tataglia.«

»Das müßte sein Zugführer gewesen sein«, sagte O'Neill. »Was Sie dort haben, ist sein Schnellhefter betreffend Felddienst mit der Nummer 201?«

»Ja.«

»Und im Gefechtsbericht fehlen die Namen der Männer in der Schützengruppe, wie?«

»Stimmt.«

»Befindet sich bei der Akte vielleicht ein Hinweis auf einen Sondereinsatz?«

»Was ist das?«

»Das ist ein schriftlicher Befehl, womit ein bestimmter Mann zu dieser oder jener Schwadron versetzt wird. Dabei befindet sich häufig eine Namensliste mit Dienstgrad und Nummer.«

»Nein, ich habe nichts dergleichen gefunden.«

»In diesem Falle werden wir die Gegenprobe bei der

Registratur machen müssen. Das dürfte einige Zeit in Anspruch nehmen«, meinte O'Neill. »Kann ich mal Ihre Telefonnummer haben?«

»Frederick 7-8024.«

»In Isola, nicht wahr?«

»Ja, die Vorwahl ist ...«

»Die habe ich. Wie war doch gleich Ihr Name, bitte?«

»Detective Stephen Louis Carella.«

»Sie sind dort bei der örtlichen Kripo?«

»Ja.«

»Ich melde mich wieder«, versprach O'Neill und legte auf.

Das geschah erst kurz vor elf Uhr. Carella war den Korridor hinuntergegangen und hatte sich im Verwaltungsbüro einen Becher Kaffee geholt. Er kehrte gerade an seinen Schreibtisch zurück, als das Telefon klingelte. Er setzte den Pappbecher ab und nahm den Hörer von der Gabel.

»87. Revier, Carella.«

»Hier ist Harry O'Neill in St. Louis. Tut mir leid, aber ich bin erst vor einigen Minuten an den Computer herangekommen. Ich habe hier die Liste der Kompanie – das ist eine lange Namensreihe von allen Männern in der Kompanie nach dem Alphabet und nach Dienstgraden geordnet. James Harris war im 3. Zug der D-Kompanie. Nun, nach den Morgenberichten der einzelnen Züge folgt manchmal eine Aufzählung nach Schwadronen und Schützengruppen. Der Schreiber des 3. Zuges hat genaue Listen geführt. Ich habe hier die von Ihnen gewünschten Namen.«

»Ausgezeichnet«, sagte Carella. »Kann ich sie bitte haben?«

»Haben Sie einen Stift zur Hand?«

»Schießen Sie los.«

»Gefreiter Rudy Tanner, Sturmgewehr. Geschrieben T-a-n-n-e-r.«

»Hab' ich.«

»Karl Fiersen, Obergefreiter, Grenadier.«

»Carl mit C?«

»Nein, mit K.«

»Würden Sie den Familiennamen buchstabieren?«

»F-i-e-r-s-e-n.«

»Weiter, bitte.«

»James Harris und Russell Poole, Gefreite, als Gewehrschützen. Russel mit zwei s und zwei l. Poole hinten mit e.«

»Okay.«

»Der Sergeant, der die Schützengruppe führte, hieß Robert Hopewell, geschrieben wie gesprochen.«

»In Ordnung«, sagte Carella.

»Wollen Sie auch die Namen des Zugführers und seines Stellvertreters?«

»Falls verfügbar, ja.«

»Der kommandierende Offizier hieß Lieutenant Roger Blake, später gefallen. Der nächste Name ist schwierig. Ich will ihn lieber gleich buchstabieren. Es war Sergeant John Tataglia, also T-a-t-a-g-l-i-a.«

»Sind Sie sicher, daß das stimmt?«

»Ja, warum?«

»Tataglias Dienstgrad. Das ist doch der Name des Lieutenants, der den Gefechtsbericht unterschrieben hat. Moment mal.« Carella breitete die Papiere vor sich auf dem Schreibtisch aus. »Ja, hier steht es, Lieutenant John Francis Tataglia.«

»Hier steht er aber als Sergeant verzeichnet.«

»Wo steht das?«

»Im Morgenbericht des Zuges.«

»Ist das Datum vermerkt?«

»3. Dezember.«

»Der Gefechtsbericht stammt vom 15. Dezember.«

»Tja, da ist entweder das eine oder das andere falsch«, meinte O'Neill. »Es sei denn, er wäre in der Zwischenzeit befördert worden.«

»Erscheint das wahrscheinlich?«

»Immerhin möglich.«

»Kann ich die Adressen dieser Leute haben?«

»Ich dachte, Sie würden nicht danach fragen«, sagte O'Neill anzüglich.

Die Liste der zuletzt bekannt gewesenen Adressen der vier Männer von Jimmys Schützengruppe sah so aus:

John Francis Tataglia, Fort Lee, Petersburg, Virginia; Rudy Tanner, 1147 Marathon Drive, Los Angeles, California; Karl Fiersen, 324 Barter Street, Los Angeles, California; Robert Hopewell, 163 Oleander Crescent, Sarasota, Florida.

Russell Poole, der letzte Mann auf der Liste, war der einzige, der in der Stadt wohnte. Jedenfalls war er nach der Entlassung aus der Armee hierhergezogen. Seine Anschrift war unter 3167 Avenue L in Majesta eingetragen.

Eine Reihe von Anfragen bei der Telefonauskunft ergab, daß die Anschriften von Robert Hopewell in Sarasota und Russell Poole hier in der Stadt noch stimmten. Rudy Tanner und Karl Fiersen waren im Telefonverzeichnis von Los Angeles nicht zu finden. Carella konnte daraus nur schließen, daß beide Männer inzwischen umgezogen waren. Er hatte keine Möglichkeit, sie ausfindig zu machen, es sei denn, sie wären nach ihrer Entlassung straffällig geworden. Er rief die Polizei in San Francisco an und erbat eine Nachsuche in der Karte des Erkennungsdienstes. Der Detective-Sergeant, mit dem er sprach – in Los Angeles war die Polizei, was die Dienstgrade anbetraf, weit mehr paramilitärisch organisiert als in dieser Stadt – versprach Carella, daß er noch vor Feierabend zurückrufen werde.

Danach rief Carella in Fort Lee in Virginia an und erfuhr dort, daß der ehemalige Zugführer, Sergeant John Francis Tataglia, der damals angeblich zum Lieutenant befördert worden war, inzwischen den Rang eines Majors bekleidete und im vergangenen September nach Fort Kirby versetzt worden war. Fort Kirby lag im benachbarten Staat, etwas mehr als hundert Kilometer jenseits der Hamilton-Brücke. Carella rief den Major dort sofort an und meldete seinen Besuch für den Nachmittag an. Der Major konnte sich eines Gefreiten James Harris nicht entsinnen, und Carella erklärte ihm, es handle sich um den Soldaten, der im Gefecht blindgeschossen worden war. Cotton Hawes kam gerade durch das Sperrgitter, als Carella sein Ferngespräch beendete. Er gab ihm einen Wink, woraufhin Hawes zu seinem Schreibtisch herüberkam. Cottons rotes Haar war vom Wind zerzaust, sein Gesicht gerötet. Er sah richtig wild und böse aus.

»Bist du sehr beschäftigt?« sprach Carella ihn an.

»Warum?«

»Weil ich jemanden brauche, der für mich einen Anruf in Saratoga erledigt. Ich muß sofort hinaus nach Fort Kirby.«

»Saratoga? Wo ist das?«

»In Florida.«

»Florida, so so? Warum soll ich nicht rasch mal hinfliegen?« meinte Hawes grinsend.

»Weil ich dich außerdem bitten möchte, einen Mann in Majesta aufzusuchen. Was meinst du dazu?«

»Was mache ich inzwischen mit den drei Einbrüchen, die ich bearbeite?«

»Hier geht es um Mord, Cotton.«

»Ich habe auch einen Mordfall«, erklärte Hawes. »Bestimmt liegt irgendwo auf meinem Schreibtisch eine Mordsache herum.«

»Kannst du mir helfen?«

»Erklär mir, worum es geht.«

13. KAPITEL

Um nach Fort Kirby im benachbarten Bundesstaat zu gelangen, fuhr man über die Hamilton-Brücke und durch die Gemeinde Baylorville, wo sich in den guten alten Zeiten einmal das Zentrum der Schweinezucht des Landes befunden hatte. Heutzutage hörte man in dieser Gegend kaum noch ein solches Rüsseltier grunzen. Dennoch war der Ort von Gestank erfüllt. Meyer hielt sich beim Erreichen der Ortseinfahrt das Taschentuch vor die Nase. Bisher war ihm nie aufgegangen, daß sein Geruchssinn so fein entwickelt war. Er überlegte, wie sich daraus Vorteile für seine kriminalistische Tätigkeit erlangen ließen. Unterdessen blickte er mißmutig auf die Reihen der Fabriken und Raffinerien, der Müllverbrennungsanlagen und Mühlen zu beiden Seiten der Durchgangsstraße. Das Wetter war unheilverkündend grau geworden. Selbst ohne die giftigen Qualmwolken aus den Schornsteinen hätte hier und heute der Himmel bleiern ausgesehen.

Die beiden Männer hatten ihre Mäntel fest zugeknöpft und sich darin verkrochen. Um zwölf Uhr dreißig war Fort Kirby immer noch sechzig Kilometer entfernt. Alle sechs Kilometer wurde eine neue Autobahn-Benutzungsgebühr erhoben. Dauernd mußte Carella das Fenster auf der Fahrerseite herunterkurbeln und Vierteldollarmünzen verteilen. Meyer notierte die verauslagte Summe. Sie wollten später der Verwaltung eine Rechnung einreichen in der Hoffnung, daß ihnen diese Auslagen ersetzt würden. Bei der Polizei wurden alle Spesenabrechnungen genau überprüft, wobei man wohl von der Ansicht ausging, daß Verbrecherjäger selbst Verbrecher sein mußten, wo sie doch durch ihre Ausbildung mit allen Arten von Diebereien und Betrügereien vertraut waren. Wer wollte schließlich mit

Gewißheit entscheiden, daß die fünfzig Cents Brückengeld wirklich dafür und nicht für einen Hamburger, halb durchgebraten, ausgegeben worden waren? Carella verlangte an jeder Mautstelle eine Quittung, die er Meyer reichte. Sein Partner heftete die Zettel an den Innendeckel seines Notizbuches.

Zwanzig Minuten nach ein Uhr trafen sie in Fort Kirby ein. Carella wies sich beim Wachhabenden aus. Um das Militärgelände war ein starker Zaun zum Schutz gegen Zyklone errichtet. Ein riesiges Schild verkündete schwarz auf weiß, daß hier nur befugtes Personal Zutritt habe. Der Posten prüfte Carellas Ausweis nebst Polizeimarke, blätterte in einem zusammengeklammerten Bündel von Papierstreifen und sagte dann: »Der Major erwartet Sie, Sir. Sie können vor der Kantine parken. Dort, das rote Ziegelgebäude rechts. Der Major ist in A-4.«

»Besten Dank«, sagte Carella.

Major John Francis Tataglia war knapp über dreißig Jahre alt, mit kurz geschnittenem, blonden Haar und einem ebenfalls blonden Schnurrbart, der wie angeklebt wirkte. Er war schlank, etwa eins siebzig groß, mit hellwachen blauen Augen und dem Gehabe vollkommener Tüchtigkeit. Man konnte sich diesen Mann im ›Stillgestanden‹ auf einem Paradefeld vorstellen, ohne eine Miene zu verziehen und nicht einmal schwitzend. Als der Sergeant die Besucher hereinführte, erhob sich der Major sofort hinter seinem Schreibtisch und streckte ihnen die Hand entgegen.

»Major Tataglia«, stellte er sich vor. »Seien Sie willkommen.«

Die beiden Kriminalbeamten schüttelten ihm die Hand und nahmen vor dem Schreibtisch Platz. Der Sergeant bewegte sich rückwärts zur Tür hinaus, wie ein wohlerzogener Diener. Geräuschlos schloß er die Tür hinter sich.

Irgendwo draußen auf dem Exerzierplatz brüllte ein Sergeant seine Kommandos. »Ein, zwei, drei, vier!« wiederholte er immer wieder unüberhörbar. Carella fühlte sich an die Zeit seiner eigenen Grundausbildung erinnert. Das lag viele Jahre zurück. Meyer dachte dabei unerklärlicherweise an die Tage, da er in der Hochschulmannschaft Fußball gespielt hatte. Hinter dem großen Fenster des Majorsbüro dehnte sich bleiern graue Novemberluft. Das war ein guter Monat für Erinnerungen, der November.

»Wie ich schon am Telefon erklärte«, begann Carella, »untersuchen wir eine Reihe von Mordfällen ...«

»Mehr als einen?« fiel Tataglia ein. »Als Sie mir sagten, sie brauchten Informationen über Harris, nahm ich an ...«

»Bisher hat es drei Morde gegeben«, fuhr Carella fort. »Wir sind nicht sicher, ob zwischen allen ein Zusammenhang besteht. Die beiden ersten hängen jedoch mit Sicherheit zusammen.«

»Ich verstehe. Wer waren die anderen Opfer?«

»Harris' Frau Isabel und eine gewisse Hester Mathieson.«

»Wie kann ich behilflich sein?« fragte Tataglia.

Seine Schreibtischplatte war leer. Da lagen keine Papiere, nicht einmal Schreibstifte herum. Auf einem Messingschild stand ›Maj. J. F. Tataglia‹. Ein dreifacher Bilderrahmen zeigte die Fotos einer dunkelhaarigen Frau und zweier kleiner Mädchen, von denen eines dunkelhaarig, das andere so blond wie der Major war. Er legte die Fingerspitzen beider Hände knapp unter seinem Kinn zusammen, als wolle er beten.

Meyer beobachtete ihn genau. Mit seinem hochentwickelten Geruchssinn nahm er den Duft von Kölnisch Wasser wahr, der hinter dem Schreibtisch des Majors hervorströmte. Männer, die Kölnisch Wasser benutzten, hatte er noch nie ausstehen können, auch nicht bei Sportsleuten, die dafür gegen Barzahlung Reklame machten. Und Tataglia gefiel ihm insgesamt gar nicht. Der Mann war ihm allzu korrekt und viel zu steif. Er behielt ihn im Auge. Tataglia hielt offenbar Carella für den Sprecher. Meyer beobachtete Tataglia, während dieser alle Aufmerksamkeit Carella zuwendete.

»Wir haben Grund zu der Annahme, daß Harris vielleicht mit einem ehemaligen Kriegskameraden Kontakt aufgenommen hat, um einen bestimmten Plan durchzuführen«, sagte Carella.

»Was für einen Plan?«

»Möglicherweise ging es um eine illegale Sache.«

»Sie sagen, möglicherweise ...«

»Weil wir es nicht genau wissen«, erklärte der Detective. »Sie waren Führer des dritten Zugs, nicht wahr?«

»Ja.«

»Waren Sie zugegen, als Harris blindgeschossen wurde?«

»Ja. Ich habe später den Gefechtsbericht geschrieben.«

»Und als kommandierender Offizier unterschrieben?«

»Ja.«

»Das war am 15. Dezember. Harris erblindete am 14. – das stimmt doch? –, und Sie schrieben den Bericht am 15. Dezember.«

»Ja, so waren die Daten«, nickte Tataglia.

»Waren Sie kurz zuvor befördert worden?«

»Ja.«

»Vor dem Gefecht, in dem Harris ...«

»Ja, acht oder zehn Tage zuvor. Wir hatten mit der Operation Ala Moana zu Anfang Dezember begonnen. Leutenant Blake fiel, kurz nachdem uns die Hubschrauber abgesetzt hatten. Ich wurde vor dem Feind befördert. Für den

Rest des Unternehmens war ich der kommandierende Offizier.«

»Sie wurden zum Lieutenant befördert?«

»Ja, und mit der Führung des ganzen Zuges beauftragt. Das war nicht eine einfache Eroberung eines Dorfes, müssen Sie wissen. Wir befanden uns in Bataillonsstärke bei einem Umzingelungsangriff – motorisierte Verbände, Artillerie, Unterstützung aus der Luft und alles, was dazu gehört. Am Tag, bevor Harris erblindete, entdeckte unsere Erkundungspatrouille etwa zwei Kilometer südwestlich ein feindliches Lager. Wir marschierten durch den Dschungel darauf zu, als wir angegriffen wurden.«

»Was geschah?«

»Es handelte sich um einen L-förmigen Hinterhalt. Der erste Schützenzug hatte an der kurzen Seite des L alle Hände voll zu tun. Bravo kam gerade bei der langen Seite an. Da war nichts zu machen. Der Feind hatte den Pfad besetzt. Gewehre und Maschinengewehre nahmen uns unter Kreuzfeuer. Wir sprangen in die Büsche und konnten nur hoffen, daß dort keine Punjisspeere auf uns warteten. Wir lagen da, feuerten zurück und hofften, daß Bravo uns erreichte, ehe wir alle abgeknallt wurden. Bravo kam an, und gleich dahinter die dritte Schwadron mit ihren Maschinengewehren. Hinterher war ich erstaunt, daß wir das überstanden hatten und nur Harris verwundet worden war. Eine Granate hatte ihm fast den Schädel abgerissen.«

»Keine weiteren Verletzten?«

»Nicht bei Alpha. Zwei Leute von Bravo fielen, und bei der dritten Schwadron gab es einige Verwundete. Aber das war alles. Da hatten wir wirklich Glück. Der Überfall kam allzu überraschend.«

»Könnten Sie sich daran erinnern, welcher von den Männern Harris am nächsten stand?«

»Wie meinen Sie das? Im Gefecht? Als er getroffen wurde?«

»Nein, nein – wer waren seine Freunde? Gab es einen, mit dem er auf vertrautem Fuße stand?«

»Das wüßte ich wirklich nicht zu sagen. Ich weiß nicht recht, ob Sie die Verhältnisse richtig überblicken. Zu einem Zug gehören vierundvierzig Mann, plus kommandierender Offizier und Zugsergeant. Der Lieutenant richtet seinen Gefechtsstand dort ein, von wo aus er die Vorgänge am besten überblicken kann. Ich war an jenem Tage bei jenem Schützenzug, weil er die Spitze der Marschordnung bildete.«

»Demnach kannten sie die Männer von der Gruppe Alpha nicht sonderlich gut?«

»Nicht als Einzelpersonen.«

»Obwohl die Operation schon zu Anfang des Monats begonnen worden war?«

»Ich kannte die Namen und Gesichter. Ich will lediglich klarmachen, daß ich kaum persönlichen Kontakt zu den Leuten hatte. Ich war Offizier, die Männer waren ...«

»Ja, aber Sie waren erst vor kurzem befördert worden.«

»Stimmt«, gab Tataglia zurück. »Aber zwischen den Sergeanten der oberen Ränge und den Leuten herrscht wenig Liebe. Ich war schon Zugführer-Sergeant, bevor Lieutenant Blake fiel.«

»Wie kam er zu Tode?« fragte Meyer dazwischen.

»Mörserbeschuß«, gab Tataglia kurz zurück.

»Und wann?«

»Irgendwann Anfang des Monats. Zwei oder drei Tage, nachdem wir abgesetzt worden waren. Genau weiß ich es nicht.«

»Würden Sie etwas davon wissen, falls Harris nach seiner Entlassung die Verbindung zu einem seiner Kameraden aufrechterhalten hätte?«

»Keine Ahnung.«

»Haben Sie irgendwelche Kontakte gehabt?«

»Sie meinen, mit Leuten aus der Alpha-Gruppe?«

»Ja.«

»Nein. Ich tausche regelmäßig Briefe mit dem Führer des ersten Zuges der D-Kompanie. Das ist aber auch alles. Er ist Berufssoldat wie ich, momentan in Deutschland stationiert. Er wurde gleich nach dem Kameradschaftstreffen dorthin versetzt.«

»Was für ein Treffen war das, Major?«

»Im August veranstaltete die D-Kompanie ein großes Kameradschaftstreffen aus Anlaß des zehnten Jahrestages unserer Verschiffung nach Übersee.«

»Wo fand das Treffen statt?«

»Fort Monmoth in New Jersey.«

»Waren Sie auch dort?«

»Nein, ich habe an dem Treffen nicht teilgenommen.«

»Aber Ihr Freund?«

»Ja, er war dabei. Er erwähnte es in einem seiner Briefe an mich. Jetzt tut es mir leid, daß ich nicht hingefahren bin.«

»Nun«, meinte Carella. Er erhob sich und streckte dem Major die Hand hin.

»Tut mir leid, daß ich nicht weiterhelfen konnte«, verabschiedete sich Tataglia.

Als sie ins Revier zurückkehrten, sah Carella das DD-Formblatt auf seinem Tisch. Meyer fragte ihn, ob er einen Becher Kaffee haben wollte, und machte sich auf den Weg ins Verwaltungsbüro. Es war 3 Uhr 37. Die Schatten wurden länger. Carella schaltete die Tischlampe ein und griff nach dem Bericht, an dem mit einer Büroklammer ein Zettel mit einem handschriftlichen Vermerk befestigt war.

Steve –
hier ist der Bericht über das Telefongespräch mit Hopewell. Viel ist nicht dabei herausgekommen. Ich habe die Nummer in Majesta angerufen, die du mir gabst. Hatte die Mutter von Russel Poole am Apparat, später rief ich ihn an seinem Arbeitsplatz an. Er kommt um drei Uhr heim. Ich habe mich zu diesem Zeitpunkt mit ihm verabredet. Wenn es spät wird, rufe ich dich daheim an.
Cotton.

Carella entfernte die Büroklammer, knüllte Cottons Notiz zusammen und warf sie in den Papierkorb. Hawes war auf der Schreibmaschine besser als die meisten Männer des Reviers. Sein Bericht sah einigermaßen sauber aus:

Telefongespräch – Rief Hopewell unter Privatnummer an, wurde von Ehefrau Mary Louise ans Geschäft weiterverwiesen. Hopewell betreibt Geschäft für Gartengeräte und -möbel im Southgate Shopping Center, Route 41, Saratoga. Sagte, er habe sein ganzes Leben in Saratoga zugebracht, heiratete, als er zur Armee eingezogen wurde. Gleiche Adresse wie damals. Er erinnerte sich an James Harris und an das Gefecht, als Harris erblindete. Beschrieb es als L-förmigen Hinterhalt, Alpha-Schützengruppe überraschend angegriffen. Von Bravo und einer Maschinengewehrabteilung herausgehauen. Harris von Sprenggranate getroffen, von Sanitätern zum Hauptverbandsplatz gebracht. Später per Hubschrauber zum Feldlazarett. Hopewell hat Harris seither nicht gesehen. Hoperwell war Unteroffizier und Gruppenführer. Zur Zeit des Gefechts war der den Zug führende Offizier bei ihnen, Lieutenant John Tataglia. Seit Entlassung aus Armee hat Hopewell niemanden von der Einheit wiedergesehen. Er selbst wurde im März des folgenden Jahres verwundet.

Es schien ihm leid zu tun, daß er das kürzliche Kameradschaftstreffen der D-Kompanie versäumen mußte. Konnte das Fahrgeld nach Fort Monmoth, New Jersey, nicht erübrigen, wo Treffen stattfand. Zehnter Jahrestag der Verschiffung der D-Kompanie nach Übersee. Korrespondenz mit anderen Leuten der Alpha-Gruppe – Karl Fiersen, jetzt wohnhaft in Amsterdam, Holland – Treffen war großer Erfolg. Gefragt, ob Harris dabei war, sagte er, er wisse es nicht. Drückte Mitleid aus bei Mitteilung, daß Harris ermordet worden ist.

Der Name Majesta stammte natürlich aus der Zeit, als Amerika noch den Briten gehörte. Der Stadtteil war nach seiner Majestät König George benannt worden. Damals wurde vielerlei nach König George benannt. So ging auch Georgetown auf ihn zurück. In jenen Zeiten, als die Briten Quadrille tanzten und selbst die Namen einfacher Soldaten adelig klangen, war Majesta eine elegante Hügelstadt gewesen. »Oh, ja, Majesta«, pflegten die Briten zu sagen, »recht elegant.« Majesta war immer noch hügelig, aber nicht mehr elegant. Eher das Gegenteil. Genauer gesagt, es war ziemlich heruntergekommen.

Einige Bewohner von Majesta hausten ganz draußen auf der Halbinsel, die sich wie eine Zunge in den Atlantik erstreckte. Sie gehörten zwar zur Stadt, waren aber fern von ihr und ihrem verrückten Menschengewühl. Diese Leute hielten George Washington und den kontinentalen Kongreß für einen Haufen irregeleiteter Zeloten. Diese

Leute waren der Meinung, daß Majesta viel besser eine britische Kolonie hätte bleiben sollen. Das galt besonders für das benachbarte Sand's Spit, das sogar heute noch ganz wie eine britische Kolonie wirkte. Das lag daran, daß die Menschen dort draußen im Sommer Pimms Cups tranken und meistens durch die Nase sprachen. Die Leute in Sand's Spit waren schwerreich, die meisten jedenfalls. Einige waren nur schrecklich reich. Die Leute in Majesta waren schrecklich arm, die meisten jedenfalls. Einige waren nur jämmerlich arm. Russel Poole war ziemlich gottverdammt arm.

Er bewohnte zusammen mit seiner Mutter eines der Reihenhäuser, wie man sie in England entlang der Victoria Street oder der Gladstone Road finden konnte – der Apfel fällt nicht weit vom Stamm. Russell Poole war Neger. Er war nie in England gewesen, träumte aber oft von einer Reise dorthin. Er wußte nicht, daß England seine eigenen Probleme mit Leuten von dunkler Hautfarbe hatte – der Apfel fällt eben nicht weit vom Stamm. Poole wußte nur, daß er arm war und in einer üblen Gegend hausen mußte. Cotton Hawes' Anblick mißfiel ihm. Denn Cotton sah aus wie ein ganz verdammt mieser Polyp. Poole schickte seine Mutter ins andere Zimmer.

Auch Hawes gefiel nicht, was er von Poole zu sehen bekam.

In der Tat ähnelten die beiden Männer einander, ausgenommen die Tatsache, daß der eine weiß und der andere schwarz war. Vielleicht lag darin der ganze Unterschied. Poole war ungefähr so groß und stark wie Hawes, gute eins fünfundachtzig groß und neunzig Kilo schwer. Beide waren breitschultrig und schmal um die Hüften. Poole hatte kein rotes Haar wie Hawes – aber wer hatte schon welches? Poole schloß die Tür des Schlafzimmers, in dem seine Mutter verschwunden war, und fragte: »Okay, worum handelt es sich?«

»Das sagte ich schon am Telefon«, sagte Hawes. »James Harris ist ermordet worden.«

»Und?«

»Sie waren mit ihm zusammen bei der gleichen Einheit in Übersee, nicht wahr?«

»Ja. Aber ich wiederhole – na, und?«

»Wann haben Sie ihn zum letztenmal gesehen?«

»Im August.«

»Im vergangenen August?«

»Ja.«

»Wo war das?«

»Beim Kameradschaftstreffen in New Jersey.«

»Worüber haben Sie mit ihm geredet?«

»Über die alten Zeiten.«

»Nicht auch über neue Zeiten?«

»Was meinen Sie damit?«

»Erwähnte er irgendwelche Pläne, die er hegte?«

»Pläne – worüber?«

»Pläne, die mit der Alpha-Gruppe zusammenhingen.«

»Was für Pläne?«

»Das möchte ich von Ihnen hören«, sagte Hawes.

»Ich weiß gar nicht, wovon Sie reden.«

»Sprach er davon, daß er von Alpha Hilfe für irgend etwas brauchte?«

»Nein.«

»Vielleicht ein geschäftlicher Vorschlag?«

»Wie gesagt – nichts dergleichen.«

»Wer war sonst noch da – von der Alpha-Gruppe, meine ich?«

»Nur wir vier.«

»Wer?«

»Ich und Jimmy, Karl Fiersen, der auf dem Wege nach Amsterdam war, und Rudy Tanner, der von Kalifornien herübergeflogen kam.«

»Wissen Sie, wie wir diese anderen Männer erreichen können?«

»Ich habe Tanners Adresse. Fiersen sagte, wie sollten ihm einfach über American Express in Amsterdam schreiben.«

»Sie haben die Anschriften ausgetauscht?«

»Ja, das haben wir alle gemacht.«

»Auch Jimmy?«

»Auch er.«

»Sie haben ihm Ihre Adresse gegeben?«

»Wir haben alle die Adressen ausgetauscht.«

»Hat Jimmy Ihnen mal geschrieben?«

»Nein.«

»Würden Sie etwas davon wissen, ob er anderen geschrieben hat?«

»Woher sollte ich?«

»War Lieutenant Tataglia bei dem Treffen?«

»Nein. Wir waren überrascht, denn er ist in Fort Lee in Virginia stationiert, und das ist kein gar so weiter Weg bis nach New Jersey. Tanner kam ganz von Kalifornien herauf.«

»Woher wissen Sie, wo er stationiert ist?«

»Tataglia? Nun, bei dem Treffen war ein Captain, der früher mal den ersten Zug kommandiert hat. Ein paar von uns kamen mit ihm ins Gespräch. Er sagte, Tataglia sei jetzt Major in Fort Lee.«

»Wem hat er das gesagt?«

»Ich weiß nicht mehr, wer da alles herumgestanden hat. Ich war dabei, dann Jimmy und noch einer von der Schwadron, aber keiner sonst von Alpha.«

»Wer könnte das gewesen sein?«

»Einer von der Bravo-Gruppe. Von Bravo sind nicht viele übriggeblieben. Zwei sind am Tage von Jimmys Verwundung gefallen, ein weiterer fiel gleich nach Weihnachten.«

»Kennen Sie den Namen des Mannes, der an dem Treffen teilnahm?«

»Natürlich kenne ich den. Danny Cortez, er wohnt in Philadelphia.«

»Haben Sie auch seine Anschrift?«

»Ja, ich habe sie mir aufgeschrieben.«

»Hat Jimmy diese Adresse auch bekommen?«

»Das weiß ich nicht. Ich bin nicht hinter Jimmy hergelaufen, um festzustellen, wessen Adresse er aufschrieb und wessen nicht.«

»Aber Sie wissen genau, daß Jimmy die Anschriften der Männer aufschrieb, die zu Alpha gehört hatten?«

»Ja, denn wir standen alle beieinander und quatschten herum. Zum Aufschreiben der Adressen benutzten wir alle den gleichen Bleistift.«

»Worüber wurde denn gequatscht?«

»Das sagte ich doch, über die alten Zeiten. Wir haben da drüben gemeinsam vieles durchgemacht.«

»Was zum Beispiel?«

»Viele Gefechte. Aber auch in den Lagern und in den Hurenhäusern.«

»Was verstehen Sie unter Lagern?«

»Na, draußen im Dschungel, befestigte Lager.«

»An welchen Gefechten haben sie teilgenommen?«

»Meistens ging es um die Dörfer. Wir umzingelten sie bei Nacht und griffen im ersten Tageslicht an, ehe die Männer Abschied nahmen von ihren Frauen und den Reisschalen, um wieder im Dschungel unterzutauchen. Was wir fanden, wurde zerstört – Sprengminen, eingemachter Fisch, Revolverpatronen, der ganze Kram.«

»Waren Sie im Einsatz gegen ein Dorf, als Jimmy verwundet wurde?«

»Nein, das war Ala Moana. Ein großes Unternehmen. Mit dem ganzen Bataillon.«

»War das schlimm?«

»Gut jedenfalls nicht. Wir haben da drüben viel mehr Leute verloren, als in den Zeitungen zu lesen war. Da wurden immer nur die feindlichen Leichen gezählt. Verstehen Sie? Uns zählte niemand.«

»Kam Jimmy mit all den Leuten in der Alpha-Gruppe gut aus?«

»Ja.«

»Mit allen in der Schwadron?«

»Ja.«

»Können Sie sich vorstellen, daß einer ihm den Tod gewünscht hat?«

»Nein.«

»Und seither haben Sie ihn nicht mehr gesehen? Seit August?«

»Seither nicht mehr.«

»Kann ich dann bitte mal die Anschriften von den anderen haben?« schloß Hawes das Gespräch.

Das Telefon klingelte schon wieder.

Das Telefon war für die Polizeibeamten genauso wichtig wie ein Brecheisen für den Einbrecher. Sie hatten jetzt die Adressen von Rudy Tanner und von einem gewissen Danny Cortez, der in der 2. Schwadron zur Schützengruppe Bravo gehört hatte. Sie wußten auch, daß Karl Fiersen in Amsterdam über American Express zu erreichen war. Aber das nutzte ihnen wenig. Denn die Stadt würde niemals ein transatlantisches Ferngespräch genehmigen, selbst wenn Fiersen telefonisch zu erreichen gewesen wäre. Die Beamten bemühten die Auskunft in Los Angeles und Philadelphia, die ihnen die Nummern von Tanner und Cortez verschaffte. Carella rief zuerst Tanner an. Er stellte fast die gleichen Fragen über das Gefecht an jenem Dezembertag und bekam auch fast die gleichen Antworten. Nichts, was nicht ins Bild paßte. Deshalb bohrte er weiter.

»Wann haben Sie Harris zuletzt gesehen?«

»Beim Kameradschaftstreffen im August.«

»Hat er mit Ihnen über irgendwelche Pläne gesprochen?«

»Pläne? Ich verstehe die Frage nicht.«

»Pläne für sich und jemanden von Alpha.«

»Von Alpha? Das wird mir immer unverständlicher.«

»Er hat nicht um Ihre Hilfe bei der Durchführung eines von ihm entwickelten Planes gebeten?«

»Nein, keineswegs.«

»Hat er Ihnen nach dem Treffen geschrieben?«

»Nein.«

»Aber Sie haben ihm Ihre Anschrift gegeben, nicht wahr?«

»Ja.«

»Und er gab ihnen seine Adresse, ja?«

»Ja.«

»Wann waren Sie zum letztenmal hier in der Stadt?«

»Im August, auf dem Wege zum Treffen.«

»Seither nicht wieder?«

»Nein.«

»Okay, vielen Dank.«

Häng den Hörer ein, sieh deine Notizen durch, vergleiche Tanners Angaben mit denen, die du schon von Tataglia, Hopewell und Poole hast. Denke darüber nach, überlege genau. Frage dich vor allem, was es mit Jimmys Alpträumen auf sich haben mag, die der Doktor auf eine Vergewaltigung im Keller zurückführt, die niemals stattgefunden hat. Notiere, daß du den Polizeipsychiater – wie heißt er doch gleich? – anrufen mußt. Zieh die Möglichkeit in Betracht, daß die drei Morde vielleicht gar kein Motiv haben.

Früher hatten die meisten Morde ihren Ursprung in Familienstreitigkeiten, die dann mit Beil und Revolver ausgetragen wurden. Lag eine Dame tot im Badezimmer, brauchte man nur nach dem Ehemann zu suchen. Fand man einen Mann mit gebrochenen Beinen und außerdem einem Messerstich im Herzen, galt die Suche dem Ehemann der Freundin, und den mußte man fix finden, möglichst, ehe er sie obendrein aus dem Fenster warf. Das waren noch Zeiten. Da gab es kaum mal eine Mordtat, bei der alles von vornherein geplant war – wie zum Beispiel von der Frau, die ihren Gatten loswerden wollte und darum einen komplizierten Plan ausheckte, in dem das Drüsengift einer grünen südamerikanischen Schlange die Hauptrolle spielte. Damit würzte sie ihm einige Zeit seinen abendlichen Kognak, bis der arme Mann sechs Monate später in Zuckungen verfiel und starb, während sich die liebende Gattin an der Riviera mit einem Gigolo aus Kopenhagen amüsierte. Nichts dergleichen. In der guten alten Zeit mit ihren lebensechten Morden gab es höchstens mal eine Frau, die heimkam und den Alten schon wieder besoffen vorfand. Das langte ihr schließlich, und sie holte aus der Küche ein Brotmesser, um es ihm sechzehnmal in den Brustkorb und in den Hals zu stechen. Das war noch echtes Leben, Baby. Wenn man Unsinn lesen wollte, hielt man sich an die Krimis, die von in Sussex wohnenden Ladies geschrieben wurden und Thriller hießen. Ungefähr so aufregend wie Tante Lucys Schlafhaube in Schiffchenarbeit.

In der guten, alten Zeit war so ein Fall in drei, höchstens vier Tagen geklärt – sozusagen zwischen Lunch und Cocktail. Meistens war nicht der Butler der Täter und auch nicht der unheimliche Bösewicht Flibbertigibbet, sondern der eigene Bruder oder die Frau des Bruders oder Onkel Tim aus Nome in Alaska. Heutzutage war alles anders. Bei einem Drittel aller Morde, die in dieser Stadt begangen wurden, handelte es sich um ein Opfer und einen Täter, die sich bis zum Augenblick der Untat überhaupt nicht gekannt hatten. Absolut Fremde, gänzlich und vollkommen Fremde, die erst in den letzten scheußlichen Sekunden zusammentrafen, wenn ein Schuß abgefeuert oder ein Dolch gezückt wurde. Warum also nicht annehmen, daß Jimmy und Isabel und Hester die Opfer eines ihnen völlig Unbekannten geworden waren, irgendeines Verrückten, der etwas gegen Blinde hatte? Warum nicht? Einer, der sie als Nachbarn kannte, die er schon oft herumschlurfen gesehen hatte und deren bloßes Dasein ihm zuwider war, bis er beschloß, sie zu beseitigen. Warum nicht?

Vielleicht.

Seufzend wählte Carella die Nummer für Philadelphia und dann den Anschluß von Danny Cortez. Es war bald 5 Uhr 30. Er hoffte, daß der Mann inzwischen von der Arbeit heimgekehrt sei. Das Telefon läutete dreimal und wurde dann von einer Frau abgenommen.

»Hallo?« sagte sie. Er glaubte, in diesem einzigen Wort schon einen spanischen Akzent wahrzunehmen. Aber vielleicht lag es nur daran, daß Danny mit Familienamen Cortez hieß. »Ich möchte gern mit Danny Cortez sprechen, bitte«, sagte Carella.

»Wer ist da?« fragte die Frau, jetzt mit unverkennbarem Akzent.

»Detective Carella, 87. Revier in Isola.«

»Wer?« fragte die Frau erstaunt.

»Polizei«, sagte er.

»Polizei? *Que desea usted?*«

»Ich möchte gern mit Danny Cortez sprechen. Wer ist am Apparat, bitte?«

»Seine Frau. *Qual es su nombre?*«

»Carella, Detective Carella.«

»Er kennt Sie, mein Mann?«

»Nein. Dies ist ein Ferngespräch.«

»Ah, Ferngespräch«, sagte sie. »Eine Minute, *por favor.*«

Carella wartete. Er vernahm Stimmen im Hintergrund, die leise in Spanisch redeten. Stille. Irgendwer nahm den Hörer auf.

»Hallo?« meldete sich eine Männerstimme.

»Mister Cortez?«

»Ja?«

»Hier spricht Detective Carella vom 87. Revier in Isola. Ich rufe wegen eines Mordes an, den wir bearbeiten.«

»Ein Mord?«

»Ja, es handelt sich um einen Mann namens James Harris. Er hat mit Ihnen zusammen in der Armee gedient. Erinnern sie sich zufällig an ihn?«

»Ja, gewiß. Er wurde ermordet, sagen Sie?«

»Ja. Ich würde Ihnen gern ein paar Fragen vorlegen.«

»Bitte, fragen Sie.«

»Wann haben Sie ihn zum letztenmal gesehen, Mister Cortez?«

»Jimmy? Im August. Da fand ein Kompanietreffen

statt. Ich fuhr hin nach New Jersey. Dort habe ich ihn getroffen.«

»Haben Sie mit ihm gesprochen?«

»Oh, gewiß.«

»Worüber?«

»Oh, über vielerlei. Wir waren in der gleichen Schwadron, müssen Sie wissen. Er war in der Schützengruppe Alpha und ich bei Bravo. Wir waren es, die die andere Gruppe an dem Tage freikämpfte, als er verwundet wurde. Sie waren in eine Falle geraten, wir holten sie heraus.«

»Waren Sie mit ihm befreundet?«

»Nur so-so. Wir hausten im gleichen Hootch, Alpha und Bravo, aber ...«

»Im gleichen – was?«

»Hootch.«

»Was ist das?«

»Ein Hootch? Sie wissen doch, was ein Hootch ist.«

»Nein, das weiß ich nicht.«

»Darin haben wir gehaust. Im Lager. Je acht lagen in einem Hootch, die Unteroffiziere hatten ihre eigenen Playboyvillen.«

»War das eine Art Hütte oder dergleichen?«

»Nein, mehr ein Zelt, wissen Sie, die obere Hälfte aus Zeltleinwand. Unser Hootch hatte ein metallenes Dach. Das hatten nicht alle.«

»Und jeweils acht Mann hausten in einem Hootch, stimmt das?«

»Ja, vier von Alpha und vier von Bravo. Die Sergeanten – die beiden Gruppenführer und der Schwadronsführer – hatten ein eigenes Hootch. Aber, worauf ich hinauswollte, die Jungen von Alpha hielten untereinander mehr zusammen als mit uns von Bravo, obgleich wir alle zur gleichen Schwadron gehörten. Das liegt daran, wissen Sie, daß eine

Schützengruppe ein verschworener Haufen ist. Das eigene Leben hängt von den Kameraden in der Gruppe ab. Verstehen Sie mich? Man macht gemeinsam eine Menge durch. Bravo machte viel durch und Alpha auch, aber jede Gruppe für sich. Verstehen Sie? Obwohl wir alle in der gleichen Schwadron dienten.«

»Mhm«, machte Carella. »Was hat denn Alpha so für sie selbst an Besonderem durchgemacht?«

»Oh, eine ganze Menge. Ich meine, im Gefecht und beim Ausgang.«

Seine Stimme wurde leiser. »In den Bars, verstehen Sie? Und bei den Nutten, verstehen Sie?«

»Was haben die Leute im Gefecht miteinander durchgemacht?« fragte Carella weiter.

»Na ja, halt so Dörferkämpfe, wissen Sie. Und bei Ala Moana – das war ein großer Einsatz – waren sie dabei, als der Lieutenant fiel.«

»Lieutenant Blake, wenn ich das richtig sehe?«

»Ja, Lieutenant Blake, der Zugführer.«

»Alpha war dabei, aber Bravo nicht. Stimmt das?«

»Wir waren schon hügelaufwärts unterwegs. Vor uns war eine Patrouille, deren Führer per Funk mitteilte, sie hätten oben im Berg ein halbes Dutzend Bunker und einige Gänge gefunden. Wir zogen los, um ihnen Verstärkung zu bringen.«

»Das heißt, Bravo zog los?«

»Ja. Alpha machte Rast.«

»Rast«, nickte Carella.

»Ja. Wir hatten den ganzen Monat hindurch schwere Gefechte gehabt. Die Schützengruppe Alpha war unten, wo der Lieutenant am Fuße des Hügels in der Nähe eines Bambusgebüsches seinen Kommandostand eingerichtet hatte.«

»Einen Kommandostand«, sagte Carella.

»Na ja, nicht richtig eine Kommandozentrale. Ich meine, nicht so mit Zelten und was man sich sonst darunter vorstellt. Der Kommandostand ist dort, wo sich der kommandierende Offizier befindet. Von wo aus er den Einsatz leitet.«

»Mhm«, meinte Carella. »Und an dieser Stelle ist der Lieutenant gefallen. Da unten bei der Gruppe Alpha?«

»Ja – nein, nicht ganz so. Mal der Reihe nach. Alpha war zusammen mit dem Zugsergeanten da unten …«

»Tataglia?«

»Richtig, Johnny Tataglia. Bravo ging den Hügel hinauf, wo sich der Feind eingegraben hatte. Der Lieutenant kehrte um und wollte nachsehen, wo zum Teufel die Gruppe Alpha geblieben war. Denn Alpha sollte die Nachhut bilden. Verstehen Sie?«

»Ja.«

»In diesem Augenblick setzte Mörserfeuer ein. Die Bastarde hatten sich auf das Bambusdickicht eingeschossen und setzten uns mächtig zu.«

»Und dabei wurde der Lieutenant getötet?«

»Ja, während des Mörserfeuers. Ein Splitter muß ihn getroffen haben. Es war schrecklich. Die Männer von Alpha gingen bei Beginn des Angriffs in Deckung, und deshalb erreichten sie den Lieutenant nicht mehr rechtzeitig.«

»Was wollen Sie damit sagen?«

»Im Dschungelkrieg da drüben mußten wir unsere Toten und Verwundeten sofort bergen, sonst wurden Sie vom Feind ins Gebüsch gezerrt und in Stücke gehackt. Vom Feind – verstehen Sie?«

»Und – Lieutenant Blake ist es so ergangen?«

»Ja. Es muß ihn erwischt haben, während er hügelab

lief. Die Männer von der Gruppe Alpha haben uns später berichtet, daß sie ihm wegen des Mörserfeuers nicht hatten helfen können. Sie konnten nur hilflos zusehen, wie er in den Dschungel gezerrt wurde. Später fanden sie seinen total zerfetzten Körper in einer offenen Grube. Die Bastarde zerschnitten und zerstachen ihre Opfer immer und ließen sie in offenen Gruben liegen.«

»Aha«, nickte Carella.

»Das machten sie mit ihren Bajonetten«, fügte Cortez hinzu.

»Mhm.«

»Worauf ich also hinauswollte – wenn man solche schrecklichen Dinge zusammen durchgestanden hat, dann schließt man sich natürlich mit den Kumpels aus der eigenen Schützengruppe enger zusammen.«

»Hmm«, machte Carella. »Das geschah am 3. Dezember, nicht wahr?«

»Ich weiß es nicht, kann es wirklich nicht sagen. Wir waren ja nicht einmal dabei. Wir waren auf dem Wege zu den Bunkern. Wie sich später herausstellte, befand sich da oben ein großes Materiallager. Sehen Sie, manche Dinge sind in einem Gefecht wichtig für diesen und jenen, weil er unmittelbar dabei war. Für den, der nicht direkt daran beteiligt ist, bleibt es ein Ereignis am Rande. Deshalb weiß ich nicht, ob der Lieutenant am dritten, vierten und sonstwann gefallen ist. Für mich war das nur ein irgendwie fernes Erlebnis. Ich war draußen bei meiner Gruppe auf der Suche nach den feindlichen Vorratslagern, um sie zu vernichten. Für mich bestand keine unmittelbare Gefahr. In unserer Nähe gab es keine Einschläge von Mörsergranaten. Waren Sie schon mal bei einem Mörserangriff dabei? Das macht einen gewaltigen Krach, selbst aus einiger Entfernung.«

»Aha – Mister Cortez, hat Jimmy bei dem Kameradschaftstreffen in New Jersey mit Ihnen über einen Plan gesprochen, den er im Auge hatte?«

»Einen Plan? Nein, wir haben von den alten Zeiten in Übersee geredet. Was meinen Sie mit einem Plan?«

»Um an Geld zu kommen.«

»Ich wünschte nur, er hätte mit mir darüber gesprochen«, seufzte Cortez vernehmlich und lachte dann. »Ich könnte etwas Geld gebrauchen.«

»Sie wissen nicht, ob er mit einem solchen Plan an einen von den anderen Männern herangetreten ist.«

»Nein, nicht daß ich wüßte. Ich will Ihnen etwas sagen – wir sind alle nicht gerade auf Rosen gebettet, verstehen Sie? In New Jersey haben wir alle davon geredet, wie lausig es uns geht. Als Veteranen, meine ich. Wenn Jimmy einen Plan entwickelt hätte, wie man zu Geld kommen könnte – he, da wären wir aber sofort mit eingestiegen, kann ich Ihnen sagen.« Cortez lachte noch einmal. »Solange uns die Sache nichts gekostet hätte.«

»Aber Sie haben von einem solchen Plan nichts erfahren?«

»Nein.«

»Haben Sie Jimmy Ihre Adresse gegeben?«

»Ja.«

»Hat er Ihnen nach dem Treffen geschrieben?«

»Nein.«

»Hat er mit Ihnen telefoniert oder auf andere Weise Kontakt gesucht?«

»Nein.«

»Mhm«, murmelte Carella und seufzte dann: »Vielen Dank, Mister Cortez. Nett von Ihnen, daß Sie so viel Zeit geopfert haben.«

»Ich wünsche Ihnen viel Glück«, sagte Cortez und legte auf.

Sergeant Dave Murchison blickte zu der Eisentreppe hinüber, auf der Carella herunterkam. Im Pausenzimmer saßen zwei Streifenpolizisten. Die hatten ihre Uniformjacken ausgezogen und saßen in Hosenträgern und langärmeligen Unterhemden am Tisch und tranken Kaffee. Einer hatte gerade einen Witz erzählt. Beide lachten.

Carella warf einen Blick durch die offene Tür und trat dann an den Schreibtisch. »Ich gehe nach Hause«, sagte er.

»Was wird aus dem Hund?« wollte Murchison wissen.

»Was? Oh, Himmel, an den habe ich überhaupt nicht mehr gedacht. Hat ihn jemand abgeholt?«

»Er ist unten in einer der Arrestzellen. Was hast du mit ihm vor?«

»Keine Ahnung«, sagte Carella. »Schätze, ich werde ihn zu Harris' Mutter bringen.«

»Wann? Steve, es verstößt gegen die Vorschriften, Tiere im Reviergebäude zu halten.«

»Miscolo hat eine Katze im Verwaltungsbüro.«

»Das ist etwas anderes«, erklärte Murchison. »Er hält die Katze nicht in einer Arrestzelle.«

»Soll ich den Hund zur Verwaltung bringen?«

»Dann frißt er Miscolos Katze. Das ist ein sehr großer Hund, Steve. Hast du ihn schon gesehen?«

»Er ist gar nicht so groß. Ein Labrador von mittlerer Größe.«

»Ein mittelgroßer Labrador ist ein sehr großer Hund. Ich schätze ihn auf mindestens neunzig Pfund, ganz bestimmt hat er die. Außerdem will er nicht fressen.«

»Gut, ich bringe ihn gleich morgen früh zu Harris' Mutter. Ich muß sowieso mit ihr reden.«

»Hoffentlich kommt nicht Captain Frick auf die Idee, einen Rundgang durchs Haus zu machen. Wenn er dort unten einen Hund vorfindet, kriegt er einen Anfall.«

»Dann sag ihm, er ist ein Verkleidungskünstler.«

»Was?« fragte Murchison.

»Sag ihm, das ist ein Verbrecher, der sich als Hund verkleidet hat.«

»Ha, ha.« Murchison konnte darüber nicht so richtig lachen.

»Gleich morgen früh wird der Hund weggebracht«, versprach Carella. »Dave, ich bin müde und will heim.«

»Wie spät ist es überhaupt, verdammt?« fragte Murchison und blickte zur Uhr hinauf. »Charlie Maynard hat vor einer Stunde angerufen, er würde sich etwas verspäten. Eigentlich sollte er mich um Viertel vor vier ablösen. Viertel vor fünf teilte er mit, er würde sich ein wenig verspäten. Jetzt ist es ein Viertel vor sechs, und er ist immer noch nicht hier. Als er anrief, habe ich ihm geraten, sich auf Tarzan zu setzen und so schnell wie möglich hierherzureiten.«

»Sich auf Tarzan setzen? Was heißt das?«

»Tarzan war Ken Maynards Pferd«, erklärte Murchison.

»Nein, Tarzan hieß das Pferd von Tom Mix.«

»Das Pferd von Tom Mix hieß Tony.«

»Wo bleibt denn Trigger?« höhnte Carella.

»Von Trigger weiß ich nichts. Vielleicht das Pferd von Jones.«

»Jedenfalls ist Charlie Maynard nicht Ken Maynard.«

»Wo liegt der Unterschied?« fragte Murchison. »Er kommt so oder so zwei Stunden zu spät zum Dienst.«

Carella blinzelte. »Gute Nacht, Dave«, sagte er, ging quer durch den Flur zur Tür und trat auf die Straße hinaus.

Der Wind zerrte am Mantel des Blinden.

Der Mann hielt sich am Geschirr eines deutschen Schäferhundes fest. Er verfluchte den Wind und die Tatsache, daß er dringend mal auf die Toilette mußte und dabei noch drei Blocks von seiner Wohnung entfernt war. Wenn man einen Zeitungsstand betrieb, lag die Hauptschwierigkeit darin, daß man zum Pinkeln immer in die Cafeteria oder in den Buchladen gehen mußte. Die Leute waren ja ganz nett und sahen ein, daß ein Mann nicht den ganzen Tag draußen an der Straßenecke stehen konnte, ohne mal auf die Toilette zu müssen. Dennoch mochte er sie nicht gern andauernd belästigen.

Er überlegte, wie es wohl die Astronauten damit halten mochten. Pinkelten sie in ihre Raumanzüge? War da vielleicht eine Röhre eingebaut? Er hätte doch besser noch mal in die Cafeteria gehen sollen, ehe er sich auf den Heimweg machte. Der Bücherladen war schon geschlossen, aber die Cafeteria war rund um die Uhr geöffnet, und der Manager hatte dem Blinden mehrfach versichert, ihm mache es nichts aus, wenn er hereinkäme, um die im Keller befindliche Toilette zu benutzen. Indessen bekam er es nicht fertig, da alle paar Minuten hineinzulaufen und die Gastfreundschaft des Mannes auszunutzen. Er gab sich Mühe, seine Besuche auf die Lunchzeit und dann vielleicht noch einmal am Nachmittag zu beschränken. Seinen Lunch nahm er immer in der Cafeteria, um mit deren Manager auf freundlichem Fuß zu bleiben. In den Bücherladen ging er nur hin und wieder, wenn es ihm peinlich war, schon wieder die Toilette in der Cafeteria zu benutzen. Aber in dem Buchladen war es für ihn schwieriger, denn dort kaufte er nur ab und zu etwas, wenn er ein Geschenk für einen seiner sehenden Freunde benötigte. Im Buchladen gab es überdies die gleichen Magazine, die auch er feilhielt. Deswegen meinte er, man hielte ihn im Geschäft vielleicht für einen Konkurrenten.

Himmel, er mußte unbedingt mal pinkeln!

Plötzlich blieb der Hund mitten auf dem Gehweg stehen.

»Was hast du, Ralph?« fragte der Blinde.

Der Hund begann zu knurren.

»Ralph?« sagte der Mann. »Was ist los, mein Junge?«

In diesem Augenblick roch er etwas Süßliches, das Übelkeit bereitete, erstickend, nach Klinik – Chloroform, es war Chloroform. Der Hund knurrte noch einmal, ein angreiferisches Knurren tief hinten aus der Kehle, und plötzlich riß er dem Blinden das Führgeschirr aus der Hand, und jemand schrie vor Schmerzen laut auf. Der Blinde hörte schlurfende Füße auf dem Gehweg, hörte keuchende Atemstöße, abermals das tiefe Knurren des Hundes und dann davonrennende Schritte, die in der Ferne verhallten. Der Hund bellte und wollte gar nicht wieder aufhören damit.

»Schon gut«, sagte er, »schon gut.« Er tastete nach dem Führgeschirr und bekam es in die Finger. Er tätschelte den Kopf des Tieres. »Bring mich nach Hause, mein Junge. Heimwärts jetzt, Ralph.«

Daheim gab es ein Telefon.

Er rief die Polizei an. Nicht weil er meinte, daß man dort etwas unternehmen würde. Die Polizei in dieser verdammten Stadt unternahm nie etwas gegen irgendwas. Er telefonierte nur, weil ihn dieser Angriff in Wut versetzt hatte. Der Streifenpolizist, der in seine Wohnung kam, ging auch gleich auf ihn los.

»Woher wollen Sie wissen, daß es sich um einen Angriff gehandelt hat, Mister Masler?«

Der Mann hieß Eugene Maslen, hinten mit ›n‹. Er hatte den Polizisten schon zweimal verbessert, aber der blieb stur bei Masler. Vielleicht hörte er schwer. Der Blinde versuchte es noch einmal.

»Ich heiße Maslen«, sagte er, »hinten mit ›n‹, und ich weiß, daß es sich um einen Angriff handelte, weil der Hund sonst nicht so geknurrt hätte. Das tut er nur, wenn er fühlt, daß wir bedroht werden.«

»Mhm«, murrte der Polizist. Er hieß McGrew und gehörte zur Vier-Eins unten im Bankeninstitut nahe dem Gebäude der Polizeidirektion. »Und Sie sagen, es hätte nach Chloroform gerochen?«

»Es roch nach Chloroform. Ich kenne es, seit mir die Mandeln entfernt wurden.«

»Wann war das, Mister Masler?«

»Als ich sieben Jahre alt war.«

»Und Sie erinnern sich noch immer, wie Chloroform riecht, was?«

»Ja, ich erinnere mich.«

»Was wollen Sie also damit sagen, Mister Masler? Wollen Sie behaupten, jemand hätte versucht, den Hund zu chloroformieren?«

»Ich weiß nicht, was der Betreffende vorhatte. Ich habe nur zu melden, daß sich jemand mit Chloroform uns näherte, der Hund hat angegriffen und zugebissen.«

»Oh, der Hund hat ihn gebissen. Woher wissen Sie das?«

»Weil ich den Mann schreien hörte.«

»Woher wissen Sie, daß es ein Mann war?«

»Es hörte sich nach einer Männerstimme an.«

»Was hat er geschrien?«

»Er hat einfach vor Schmerz aufgeschrien. Ich kann sehr wohl den Schrei eines Mannes von dem einer Frau unterscheiden. Hier handelte es sich um einen Mann.«

»Ihr Hund ist doch nicht etwa tollwütig?«

»Nein, er ist erst im vorigen Jahr geimpft worden. Das Datum ist auf dem Anhänger des Halsbandes vermerkt.«

McGrew überlegte, ob er sich das Halsband ansehen

sollte. Aber das war ein Hund, der schon einen Mann gebissen hatte. Er wollte nicht gern der zweite sein, der heute abend gebissen wurde.

»Wo hat sich der Vorfall zugetragen?« fragte er.

»Drei Häuserblocks von hier entfernt, an der Cherry Street. Nahe der Mercantile Bank an der Ecke.«

»Sie wußten genau, wo Sie sich befanden, wie?«

»Ja«, erklärte Maslen mit Nachdruck, »ich weiß genau, wo ich war. Ich mag zwar blind sein, aber dumm bin ich nicht.«

»Mhm.« McGrew bemühte sich, Zweifel in seinen Tonfall zu legen. »Wir werden der Sache nachgehen, Mister Masler. Sie bekommen Bescheid, wenn sich etwas herausstellt.«

»Danke«, sagte Maslen. Er glaubte keineswegs, daß sich jemand um die Sache kümmern oder gar etwas herausfinden würde.

Ein zweiter Polizist wartete unten im Funkstreifenwagen. Sie hatten routinemäßig die Meldung von dem versuchten Überfall aufgenommen – und bei Maslens Wohnhaus angekommen erschien es ihnen unnötig, zu zweien bis ganz hinauf ins vierte Stockwerk zu gehen. McGrews Partner Kelly saß schlafend im Wagen, als der andere wieder auf die Straße trat. McGrew klopfte an die Scheibe. Kelly fuhr aus seinem Schlaf auf, sah sich vorerst blinzelnd im Wagen um und dann durch die Scheibe, vor der sich McGrew niederbeugte, um hereinschauen zu können. »Oh«, sagte Kelly und öffnete die Tür zum Beifahrersitz. McGrew stieg ein.

»Was war denn?« fragte Kelly.

»Wer, zum Teufel, soll das wissen?« knurrte McGrew. »Fahr doch mal rüber zur Cherry in die Nähe der Mercantile.«

»Die Bank dort?«

»Ja, die Bank dort.« McGrew nahm das Handmikrofon vom Armaturenbrett. Vor fünf Minuten hatte er der Zentrale 10-88 gemeldet – das hieß: Am Tatort angekommen – jetzt meldete er eine Kombination aus 10-80D und 10-98 – zur Weitergabe an die Kriminalpolizei, und Wiederaufnahme der Streifenfahrt, für weiteren Einsatz verfügbar. Von der Telefonzelle an der Ecke Cherry und Laird aus rief er im Revier an und ließ sich vom Schreibstubensergeanten mit der Revierwache oben verbinden. Der Detective, der den Anruf entgegennahm, war ein Mann namens Underhill. McGrew berichtete über den jüngsten Einsatz und fragte dann, ob Underhill herkommen wolle oder nicht.

»Sie sind jetzt am Ort des Geschehens?« fragte Underhill.

»Ja, wo sich die Sache angeblich abgespielt hat.«

»Warum halten Sie nicht Umschau und rufen mich dann noch einmal an?«

»Wonach sollen wir suchen?«

»Sie sprachen von Chloroform, ja?«

»Ja.«

»Also suchen Sie nach etwas mit Chloroform darauf – einen Lappen, einen Wattebausch oder so. Wenn Sie etwas finden, dürfen Sie nichts anrühren. Verstanden?«

»Okay«, sagte McGrew.

»Und passen Sie auf Blutspuren auf. Sie sagten doch, der Hund hätte ihn gebissen?«

»Das hat jedenfalls der blinde Mann erzählt.«

»Okay, also suchen Sie auch nach Blutspuren. Wenn Sie etwas finden, rufen Sie sofort an. Ist der Blinde verletzt worden?«

»Nein.«

»Ist der Hund verletzt?«

»Nein.«

»Ist der Hund etwa tollwütig oder sowas?«

»Nein, er wurde erst vorigen Monat geimpft.«

»Also okay, sehen Sie sich mal um«, sagte Underhill und hängte ein.

McGrew kehrte zum Wagen zurück und öffnete die Tür.

»Was sollen wir jetzt machen?« fragte Kelly.

»Uns umsehen«, entgegnete McGrew.

Kelly stieg mit einer langen Stablampe in der Hand aus dem Wagen. Er ließ den Lichtstrahl in der Nähe des Briefkastens über das Pflaster spielen, dann an der Telefonzelle, beim Laternenmast und wieder zurück bis zur Wand des Bankhauses.

»Sieh mal, sieht aus wie Blut«, sagte er.

»Ja«, meinte McGrew, »dann will ich mal lieber Underhill verständigen.«

Detective George Underhill hatte keine Lust, sein Büro zu verlassen.

Er hatte damit zu tun, den ganzen Papierkram wegen der Reihe von Überfällen auf Schnapsläden knapp diesseits in Chinatown zu ordnen, diese Arbeit nahm ihn völlig in Anspruch, und außerdem war es draußen kalt. Underhill war im Staat Kalifornien geboren und aufgewachsen, wo es immer warm und schön ist, trotz der Meinung einiger Liedermacher, die da behaupten, in Kalifornien sei es kühl und feucht. Underhill mochte diese Stadt nicht leiden. Ihm gefiel San Diego. Underhill wohnte in dieser Stadt, weil die Mutter seiner Frau hier lebte, und seine Frau wollte in der Nähe von Mama bleiben, die Underhill seinerseits beinahe genauso haßte wie die ganze Stadt. Hätte Underhill die Macht dazu gehabt – die er leider nicht hatte –, würde er eine Katastrophe bewirken, durch die die ganze Stadt in Trümmer gelegt und mitsamt der Schwiegermutter in den Atlantik hinausgespült würde. Solcherlei Gefühle hegte Underhill gegen die Stadt und gegen seine Schwiegermutter. Aber dieser dämliche McGrew mußte natürlich Blut auf dem Gehweg entdecken, woraus Underhill schloß, daß der Hund wirklich gebissen hatte. Ob der Hund jemanden gebissen hatte, der gerade den Blinden angriff, war freilich eine andere Frage. Niemand war verletzt worden, nicht der Blinde und auch nicht sein Hund. Underhill überlegte und kam zu dem Schluß, daß man diesen Vorfall auch unter Aufbietung aller Phantasie kaum einen Überfall nennen konnte, ja, so etwas war doch kaum als versuchter Überfall einzustufen. Und dann lohnte es sich doch nicht, den ganzen Weg hinüber zur Ecke Cherry und Laird zurückzulegen, noch dazu in einer Nacht, in der man keinen Hund auf die Straße jagte.

Underhill wußte nicht, daß seit dem vergangenen Donnerstag drei Blinde ermordet worden waren, zwei davon im Bereich der Acht-Sieben und einer in Midtown East. Carellas Rundschreiben mit der Aufforderung, ungewöhnliche Verbrechen und insbesondere solche an Blinden zu melden, befand sich in diesem Augenblick auf dem Schreibtisch von Detective Ramon Jiminez, keine zwei Meter von Underhills eigenem Arbeitsplatz im Wachraum der Detectives des 41. Reviers entfernt, aber Underhill hatte es noch nicht zu sehen bekommen. Sonst hätte er wahrscheinlich sofort bei Carella angerufen. Aber hier hatte es Underhill nicht mit einem Mord, nicht einmal mit einem Überfall zu tun, vielleicht war es ein versuchter Überfall gewesen – oder es handelte sich um einen knurrigen alten Hund, der nur so zum Spaß jemanden gebissen hatte.

Als gewissenhafter Mann gab er jedoch eine Anforderung an die Zentralstelle am Market auf, von der aus die Krankenhäuser bearbeitet wurden, und bat um Meldung über Patienten, die wegen eines Hundebisses ärztliche Betreuung verlangt hatten. Er hatte keine Ahnung, wohin der Mann gebissen worden war, vermutlich ins Bein, diese Einzelheit erwähnte er jedoch nicht in seiner Eingabe. Zu spät fiel ihm ein, daß er keine Möglichkeit hatte, den Betreffenden zu identifizieren, falls eines der Krankenhäuser tatsächlich einen Patienten wegen einem Hundebiß behandelte. Dazu brauchte er eine Blutprobe. Deshalb rief er auch beim Polizeilaboratorium an, woraufhin sich ein Laborant um 8 Uhr 15 am Abend zum Tatort begab, um Blutproben vom Gehweg zu nehmen.

Von alledem erfuhr Carella nichts.

Er lebte in einer großen Stadt.

14. KAPITEL

Sophie Harris wollte den Hund nicht haben.

»Ich könnte mich überhaupt nicht um das Tier kümmern«, lehnte sie ab. »Chrissie ist in der Schule, und ich bin den ganzen Tag über fort auf Arbeit. Und wie sollte ich einen so großen Hund in meiner kleinen Wohnung unterbringen? Niemand kann sich um ihn kümmern.«

»Ich dachte, Sie wollten ihn vielleicht«, meinte Carella.

»Kein Hund wird mir meinen Jimmy zurückbringen. Nehmen Sie ihn wieder mit, wenn Sie gehen.«

»Na ja«, meinte Carella und sah den Hund an, den anscheinend niemand haben wollte. Verdammt noch mal, er wollte ihn auch nicht. Der Hund sah ihn vorwurfsvoll an. Carella hatte ihm das Blindengeschirr abgenommen, aber das Tier trug immer noch das mit Metallknöpfen beschlagene Halsband, an dem eine ganze Sammlung von Blechmarken hing. Wenn er den Hund behielt, würde er alle diese Metallscheiben prüfen und nachsehen müssen, welche Impfungen das Tier bekommen hatte. Er wollte keinen Hund. Er mochte Hunde nicht einmal. Und Teddy brach bestimmt zusammen, wenn er mit dem Tier anrückte. »Wollen Sie ihn ganz bestimmt nicht haben?« fragte er Sophie.

»Bestimmt nicht«, versicherte sie. Gestern war ihr Sohn bestattet worden. Sie wollte den verdammten Hund nicht haben, der sie nur immer wieder an das Unglück erinnern würde. An der Seite der Schwiegertochter, die sie geliebt hatte, war er beerdigt worden. Nun waren beide fort. Bei dem Gedanken mußte Sophie wieder in Tränen ausbrechen, gerade jetzt in Gegenwart des Polizisten. Sie mußte lernen, diese plötzlichen Weinkrämpfe unter Kontrolle zu halten, die sie immer wieder befielen.«

»Nun«, sagte Carella, »da muß ich mir wohl etwas einfallen lassen.« Er sah wieder den Hund an, der vertrauensvoll zu ihm aufschaute. »Das ist allerdings nicht mein einziger Grund für meinen heutigen Besuch. Mrs. Harris, erinnern Sie sich, daß Sie mir gesagt haben, Jimmy habe Kontakt mit einem ehemaligen Kriegskameraden aufgenommen …«

»Ja.«

»Um Hilfe bei etwas zu finden, das Ihnen wie ein illegaler Plan vorkam?«

»Ja.«

»Und Sie sagten außerdem, daß Sie den Namen des Mannes nicht mehr wüßten.«

»Stimmt.«

»Würde es weiterhelfen, wenn ich Ihnen einige Namen vorlege?«

»Wäre möglich.«

»Wie steht es mit Russell Poole? Hat Ihr Sohn ihm geschrieben oder mit ihm telefoniert?«

»Der Name sagt mir nichts.«

»Rudy Tanner?«

»Nein.«

»John Tataglia?«

»Ich kann mich wirklich nicht erinnern. Mein Namengedächtnis war schon immer schlecht.«

»Robert Hopewell?«

»Tut mir leid, aber …«

»Karl Fiersen?«

»Diese Namen klingen für mich alle gleich.«

Carella dachte darüber nach. Mochte sein, daß Tanner tatsächlich ähnlich klang wie Tataglia, vielleicht ähnelten auch Roussell Poole und Robert Hopewell einander. Aber Fiersen war doch kaum zu verwechseln. Und was Cortez anbetraf …

»Cortez?« sagte er. »Danny Cortez?«

»Ich kann mich nicht erinnern«, erklärte Sophie. »Tut mir leid.«

»Hat Ihr Sohn an die fragliche Person geschrieben oder mit ihr telefoniert?«

»Er hat geschrieben.«

»Woher wissen Sie das?«

»Er hat es mir gesagt.«

»Haben Sie den Brief gesehen?«

»Nein.«

»Wissen Sie, was darin stand?«

»Nein, Jimmy hat mir nicht anvertraut, was darin stand. Nur daß er einem Mann geschrieben habe, der ihm und Isabel zu Reichtum verhelfen wollte.«

»Sagte er, wieviel Geld er sich von der Sache versprach?«

»Nein.«

»Frau Harris, von welchem Betrag an hätte sich Jimmy für einen reichen Mann gehalten?«

»Ich habe keine Ahnung.«

»Wo fängt für Sie der Reichtum an?«

»Ich wäre die reichste Frau der Welt, wenn ich meinen Jimmy und seine Frau zurückhaben könnte«, sagte Sophie und begann wieder zu weinen.

Der Hund gab auf dem ganzen Rückweg in die Innenstadt keinen Laut von sich. Er saß auf der Hinterbank, schaute zum Fenster hinaus und beobachtete den Verkehr. Carella überlegte, ob er ihn in ein Tierheim bringen sollte. Er dachte an das, was Maloney von der Hundestaffel ihm erzählt hatte, daß die Luft aus dem Container gepumpt wird. Maloney hatte gemeint, für das Tier sei es einfach ein

Einschlafen. Carella bezweifelte, daß man ruhig einschlagen kann, während man nach Luft und Atem ringt. Er mochte keine Hunde, und dieser hier war ihm obendrein völlig gleichgültig – aber er bekam es nicht fertig, ihn ins Tierheim zu geben.

Er stellte den Wagen an der Dutchman's Road in der Nähe des alten Harrison Life Building ab. Als er die Wagentür abschloß, sah ihn der Hund vom Rücksitz her beunruhigt an. »Das ist okay«, sagte Carella zu ihm und ging davon. Die Straßen waren mit Autos und Fußgängern überfüllt. An der Ecke schwatzte ein Verkehrspolizist mit einem dunkelhaarigen Mädchen im Minirock, unechter Pelzjacke und schwarzen Lederstiefeln. Das Mädchen sah aus wie eine Nutte. Der Verkehrspolizist schwatzte mit dem Mädchen, das wahrscheinlich eine Nutte war, und schmiß sich dabei gewaltig in die Brust, während ringsherum Hupen dröhnten, Fahrer schimpften und der Verkehr sich bis zum Hafentunnel zurückstaute. Carella wich einem Taxi aus, das sich durch den stockenden Verkehr schlängelte. Der Wagen hätte ihn um ein Haar erfaßt. Der Fahrer rollte sein Fenster herunter und schrie: »Sie sind wohl lebensmüde, Mister?«

Er fand die Firma Prestige Novelty an der anderen Straßenseite, einige Gebäude von der Ecke entfernt. Irgendwer hatte vor der Eingangstür Wasser ausgegossen, das zu einer gefährlichen Eisfläche gefroren war. Automatisch blickte Carella an dem Gebäude hoch, um nachzusehen, ob dort etwa Fensterreiniger auf ihren Gerüsten am Werk waren. Nichts und niemand. Er fragte sich, wo das Wasser hergekommen sein mochte. Geheimnisse zu jeder Zeit und überall. Er ging um die Eisfläche herum und schob sich durch die Drehtür. Auf dem Hauswegweiser entdeckte er Prestige Novelty unter Nummer 501. Er fuhr mit dem Lift hinauf und suchte im Korridor des fünften Stockwerks nach dem Büro. Schließlich stand er vor einer Tür, deren obere Hälfte aus einer Milchglasscheibe bestand. ›Prestige Novelty‹ stand in goldenen Buchstaben darauf und darunter die Zahl 501. So weit, so gut. Das war eine ausgezeichnete kriminalistische Arbeit – ein Büro finden, nachdem man sich unten auf der Hinweistafel orientiert hatte. Carella nahm an, daß er angesichts solcher Fähigkeiten noch innerhalb dieses Monats zum Detective ersten Grades befördert werden würde. Er öffnete die Tür. Auch das ließ auf hohe Intelligenz und ein hervorragendes motorisches Nervensystem schließen – den Drehknopf mit der rechten Hand packen, herunterdrehen, die Tür nach innen aufstoßen. Er befand sich in einem kleinen Empfangsraum, der in verschiedenen Grünschattierungen, aber gallig, ausgemalt war. In der Wand gegenüber der Tür befand sich eine durch Schiebefenster verschlossene Öffnung. Dahinter saß eine dunkelhaarige Frau von etwa Dreißig. In ihr vermutete er Jennie D'Amato, mit der er am vergangenen Freitag abend gesprochen hatte. Als er an die Trennwand herantrat, wurde eines der Fenster zur Seite geschoben.

»Bitte?«

»Detective Carella«, stellte er sich vor. »Ich würde gern mal Mister Preston sprechen, bitte.«

»Oh«, entfuhr es ihr.

»Sind Sie Miss D'Amato?«

»Ja.«

»Ist Mister Preston da?«

»Ich werde nachfragen«, sagte sie und schob das Fenster wieder zu. Sie nahm den Telefonhörer ab und stieß mit spitzem Finger auf einen Knopf. Durch das Glas vernahm er ihre Stimme. »Mister Preston? Hier ist ein Detective

Carella, der Sie sprechen möchte.« Sie lauschte und sagte dann: »Ja, Sir.« Sie legte den Hörer auf die Gabel zurück und schob das Fenster wieder auf. »Ich mache Ihnen auf«, sagte sie und deutete auf eine Tür zu ihrer Rechten. Carella ging hin, nahm den Knopf in die Hand und wartete auf das Summen des elektrischen Türöffners. Dann trat er in das dahinter liegende Büro. Schreibtische, Aktenschränke. An einem der Tische arbeitete eine Frau mit Pferdegesicht an etwas, das er für die Geschäftsbücher der Firma hielt. Das war vermutlich Miss Houlihan. Sie blickte nicht von ihren Büchern auf.

»Die Tür da drüben«, sagte Jennie. »Gehen Sie nur gleich hinein.«

»Danke«, sagte Carella, trat vor die Tür und klopfte an.

»Herein«, forderte Preston ihn auf.

Er saß hinter einem großen Schreibtisch. Die in Leder gebundenen Bücher auf den Regalen hinter ihm sahen alt und verstaubt aus. Er trug einen dunklen Anzug mit Nadelstreifenmuster, dazu ein weißes Hemd und eine Krawatte in dezenten Farben. Als Carella ihn zuletzt gesehen hatte, war er mit einem Bademantel bekleidet gewesen. Diesmal wirkte er viel eleganter, irgendwie erinnerte er an den Rechtsanwalt aus dem Streifen ›Große Erwartungen‹. Ein weißer Haarkranz umschloß seinen massigen Hinterkopf. Die blauen Augen blitzten wachsam unter den buschigen weißen Brauen. Sofort erhob er sich und reichte Carella die Hand, um gleich zu fragen:

»Gibt es etwas Neues?«

»Nein, nichts«, entgegnete Carella. »Ich möchte Ihnen gern noch einige Fragen vorlegen, wenn es Ihnen nichts ausmacht.«

»Keineswegs. Die andere Frau, die ermordet wurde ...«

»Sie wissen darüber Bescheid?« fragte Carella sofort.

»Ja, die Sache stand in den Zeitungen. Steht ihr Tod mit dem Mord an Isabel in Verbindung?«

»Das wissen wir bisher nicht.«

»Wenn es der Fall wäre ...« Preston zuckte mit den Schultern. »Nun, dann haben Sie es offenbar mit einem Verrückten zu tun. Meinen Sie nicht auch?«

»Möglich«, nickte Carella. »Mister Preston, ich nehme an, Ihre Beziehung zu Isabel war so eng, daß sie frei und offen über alles miteinander gesprochen haben.«

»Ganz recht.«

»Wurde auch gelegentlich über die beiderseitigen Ehen gesprochen?«

»Ja, durchaus.«

»Mister Preston, wir haben Grund zu der Annahme, daß sich Jimmy Harris schriftlich an einen ehemaligen Kriegskameraden gewendet und ihm irgendeinen geschäftlichen Vorschlag unterbreitet hat – möglicherweise illegaler Art. Hat Isabel Ihnen gegenüber jemals etwas davon erwähnt?«

»Nein, bestimmt nicht.«

»Sie hat nie erwähnt, Jimmy habe sich mit ehemaligen Kriegskameraden in Verbindung gesetzt?«

»Nein.«

»Hat Sie davon erzählt, daß Jimmy im August an einem Treffen seiner Kompanie teilgenommen hat?«

»Ja, in der Tat ...«

»Ja, Mister Preston?«

»Wir ... haben da ein paar Tage für uns gestohlen.«

»Sie sind zusammen mit Isabel verreist, wollten Sie damit sagen?«

»Ja.«

»Während Jimmy bei dem Treffen war?«

»Ja.«

»Hat sie später irgend etwas erwähnt, was ihr Jimmy von diesem Kameradschaftstreffen erzählt hat?«

»Nein.«

»Hat Jimmy ihr gegenüber mal etwas von einem Plan gesagt, der ihm schnellen Reichtum bringen sollte?«

»Sie hat mir niemals von einem solchen Plan erzählt.«

»Mister Preston, als wir die Wohnung durchsuchten, haben wir nichts gefunden, das wie ein Tage- oder Notizbuch aussah, das Isabel vielleicht geführt haben könnte …«

»Sie war doch blind«, warf Preston ein.

»Ja, das ist mir durchaus bewußt, aber es gibt die Blindenschrift, und ich bin sicher, daß auch manche blinden Leute so etwas wie Tagebücher führen. Hat Isabel jemals von einem Tage- oder Notizbuch gesprochen?«

»Nein.«

»Wo war ihr Arbeitsplatz, Mister Preston?«

»Bei uns, meinen Sie?«

»Ja.«

»Im Postraum.«

»Wo ist das?«

»Warum wollen Sie das wissen?«

»Weil sie womöglich ein solches Tagebuch hier im Büro aufbewahrt hat. Daheim hätte es ihr Mann finden können.«

»Nein, ich glaube nicht, daß sie ein Tagebuch geführt hat.«

»Aber Sie sind nicht sicher.«

»Nun, absolut sicher kann ich natürlich nicht sein …, aber sie hat niemals von einem Tagebuch gesprochen. Ich bin sicher, daß sie es mir gegenüber erwähnt hätte, wenn eins existierte.«

»Mister Preston, darf ich mir bitte mal den Arbeitsplatz ansehen?«

»Ich … ich wüßte nicht, was …«

»Was wäre dagegen einzuwenden, Mister Preston?«

»Da gibt es kein Problem, und nichts ist einzuwenden. Ich finde nur, Sie verschwenden Ihre Zeit.«

»Nun ja, es ist meine Zeit, nicht wahr?«

»Ja, aber …«

»Was haben Sie nur, Mister Preston?«

»Nichts.«

»Würden Sie mir also bitte den Postraum zeigen?«

Seufzend erhob sich Preston hinter seinem Schreibtisch.

»Hier entlang«, sagte er und ging durch das Büro zur Tür. Er öffnete sie und trat in das andere Büro hinaus, wobei ihm Carella auf dem Fuß folgte.

Die Tür zum Postraum befand sich gleich neben dem Schreibtisch, an dem Miss Houlihan immer noch über ihren Büchern saß. Diesmal schaute sie auf, als die beiden Männer vorübergingen. Auf ihrem Gesicht erschien ein leicht fragender Ausdruck. Preston öffnete die Tür, die in eine Art Gewölbe führte. In dem fensterlosen Raum saß eine Frau an einem Arbeitstisch. Neben ihr lagen Stapel von Broschüren auf dem Fußboden. Die Frau griff nach den Druckschriften und steckte sie in Versandumschläge. Das machte sie völlig mechanisch – hinlangen, einstecken, Klappe anfeuchten, Umschlag verschließen.

»Würden Sie uns mal eine Weile allein lassen, Beth?« sagte Preston. Die Frau erhob sich sofort und ging hinaus. Preston schloß die Tür hinter ihr. Müßig und ohne bestimmte Absicht, denn er war nicht hier, um sich Reklameblätter für Aschenbecher, Salz- und Pfefferstreuer, Flaschenuntersetzer, Grogstäbchen und andere Geschenkartikel anzusehen, nahm Carella eine der Broschüren zur Hand.

Die Umschlagseite zeigte die Federzeichnung eines

Mannes und einer Frau, die einander küßten. Über dem Kopf der Frau zog sich von links nach rechts in geschwungener Schönheit die Zeile EHEHILFEN FÜR LIEBENDE. Unter dem Wort LIEBENDE war ganz rechts ein weißes Herz mit Prestons Firma darin eingedruckt, darunter die Anschrift in der Dutchman's Row. Links unten entdeckte Carella in sehr kleinem Druck die Worte: ›Nur für Erwachsene! Hilfen für ein gesundes Sexualleben!‹ Darunter stand die Warnung:

Dieser Katalog enthält Anzeigen, die nach dem neuen Postgesetz unter die Sperrbestimmungen für Sexualmaterial fallen könnten. Das Gesetz soll davor schützen, daß Kindern und Personen, die es nicht wünschen, solches Material zugestellt wird. Falls Sie also unter 21 Jahre alt sind oder Sex-Reklame nicht zu erhalten wünschen, öffnen Sie diesen Katalog nicht. Bitte machen Sie uns eine entsprechende Mitteilung, damit wir Ihre Anschrift aus unserer Versandliste streichen. Wir werden dann unser Verzeichnis korrigieren und dafür sorgen, daß Ihnen in Zukunft solche Reklamesendungen nicht mehr zugestellt werden.

»Das ist deutlich genug«, meinte Carella.

»Entspricht genau den Vorschriften des Gesetzes«, verteidigte sich Preston.

»Ganz bestimmt«, meinte Carella. Da er über einundzwanzig Jahre alt und obendrein begierig war, einmal eine solche Druckschrift anzusehen, öffnete er den Katalog.

Darin wurden vielerlei unterschiedliche Dinge angepriesen. Da gab es einen kalbellosen Massageapparat mit hübschem körnigen Muster in Schwarz und Nußbraun. Gleich auf der zweiten Seite folgten Abbildung und Beschreibung von doppelten Ben-Wa-Kugeln mit Fernbedienung und die Anpreisung der einzelnen Ben-Wa-Kugeln mit Kitzelbesatz, danach kam eine Reihe von Liebestränken und Einreibmitteln zur Erhöhung der Erregbarkeit und der Manneskraft. Es gab Mittel, um Vagina und Penis liebesbereit zu machen, wozu eine Reihe von erotisch-exotischen Zubereitungen in schillernden Farben dienen sollte, wie ›Cunnilinguspuder‹, ›Erectos- Kapseln‹, ›Reizgewürz‹ und ›Dschungelliebe‹. Dann war da eine lebensgroße Puppe komplett mit Brüsten und Vagina zu haben, die Blonde kostete splitternackt zweiunddreißig Dollar, mit Unterwäsche siebenunddreißig, ähnlich nackte oder spärlich bekleidete brünette Puppen waren etwas billiger, wogegen Rothaarige kaum angeboten wurden. Ferner gab es im Angebot eine doppelvibrierende Ehehilfe neben der einfachen vibrierenden Ausführung. Auf der nächsten Seite war eine überall mitführbare Vagina in hübscher Geschenkpackung als Ehehilfe angepriesen, kräftige Ausführung mit echt wirkendem Haar darum herum – nur siebzehn Dollar. Daneben gab es die sogenannte automatische Vagina, die als Ehehilfe für den Mann beschrieben wurde. Zu ihrem Betrieb sollte garantiert der Strom aus dem Anschluß für den Zigarettenanzünder im Auto genügen.

Die Liste der Produkte ging weiter und weiter. Seite auf Seite folgte mit Erektionshilfen, elektrischen Apparaten für die Applikation sinnlicher Reize, Sexkartenspiele mit Abbildungen männlich-weiblicher Aktivitäten oder nur weiblicher ›Liebe‹, achtspurige Platten oder Kassetten, auf denen angeblich ›echte Liebegeräusche bei voller Aktion‹ zu hören waren, eine Badematte, deren Oberfläche mit weiblichen Brüsten aus Schaumgummi verziert war, eine Armbanduhr, die anstelle der Ziffern Abbildungen von Stellungen beim Geschlechtsverkehr besaß, ein Wörterbuch der Lust mit farbigen Fotos, und schließlich, nicht weniger erfinderisch gemacht, ein Lippenstift in Form eines Penis – beschrieben als ›geschmackvolles Geschenk für jede Frau‹.

Carella klappte den Katalog zu.

»Und was haben Sie Isabel für den Postversand fertigmachen lassen?« fragte er Preston.

»Da sie es nicht sehen konnte, hat es ihr sicherlich nichts ausgemacht«, verteidigte Preston sich.

Carella hatte plötzlich das Gefühl, daß man für immer und ewig versuchen konnte, sich mit dem Buschmesser einen Weg durch das dichte Unterholz der Stadt zu bahnen, ohne jemals auf eine Lichtung zu stoßen, wo die Sonne schien. Nach einem kurzen Blick auf Preston begann er, Isabels bisherigen Schreibtisch zu durchsuchen. Er fand kein Tagebuch, keine Notizen, einfach gar nichts. Nachdem er das Büro verlassen hatte, suchte er am Ende des Ganges die Herrentoilette auf, um sich die Hände zu waschen.

Die Zeit für eine zusammenfassende Betrachtung war gekommen.

Es war Dienstag vor dem Erntedankfest, zehn Minuten nach zwölf Uhr mittags. Sie saßen im Büro von Lieutenant Byrnes, tranken Kaffee aus der Verwaltung und aßen Sandwiches. Hawes war schon eine halbe Stunde früher hineingeworfen worden. Jetzt saßen sie zu viert da, Carella und Meyer, Hawes und der Lieutenant.

Byrnes war ein untersetzter Mann, dem alle seine Sachen zu eng zu sein schienen. Über seiner breiten Brust klaffte die Weste auf, die Jacke kniff an den breiten Schultern, die Krawatte hatte er heruntergezogen und den Kragenknopf geöffnet, als könne er anders nicht durch den dicken Hals atmen, auf dem sein massiger Schädel saß. Sein Haar war grau wie schmutziger Stadtschnee, seine Augen stahlblau. Die Männer vom 87. Revier nannten ihn ›Loot‹ oder ›Pete‹ oder ›Boss‹. Er war der Boss, der Mann, der die sechzehn Detectives der Abteilung befehligte, verantwortlich nur dem Chef der Reviers, Captain John Marshall Frick, der zwar theoretisch dem ganzen Laden vorstand, in der Praxis aber Byrnes und seinen Detectives völlig freie Hand ließ. Byrnes hatte die von Carella, Meyer und Hawes verfaßten Berichte gelesen und wollte jetzt wissen, was, zum Teufel, da vor sich ging. Es gab vier Verbrechen, die ihn mehr aufbrachten als alles andere, was sich auf diesem Gebiet häufig genug in der Stadt zutrug. Obenan auf der Liste stand Mord, danach – was relativ selten vorkam – Brandstiftung. Danach folgten Vergewaltigung und Rauschgifthandel. Blinden die Kehle aufzuschlitzen war in Byrnes' Augen fast noch schlimmer, als Babys in ihren Bettchen zu erwürgen. Er war nicht gerade glücklich über das, was seine Leute bisher in diesem Fall erreicht hatten. Er war sogar an diesem Vormittag etwas gereizt und übel gelaunt. Die Männer spürten, daß er kurz vor dem Explodieren stand, und schlichen auf Zehenspitzen um ihn herum, wie Einbrecher in einem Haus, dessen Bewohner daheim sind.

»Warum wird so viel Zeit mit Nachforschungen im militärischen Bereich vergeudet?« wollte Byrnes wissen.

»Immerhin litt der Mann unter Alpträumen, Pete«, gab Carella zu bedenken.

»Die habe ich auch. Also, was soll das?«

»Er hat sich wegen eines Plans, den er im Kopf wälzte, mit einem ehemaligen Kriegskameraden in Verbindung gesetzt, was immer es gewesen sein mag.«

»Das behauptet seine Mutter«, meinte Byrnes.

»Sie erschien mir als verläßliche Zeugin«, sagte Carella.

»Zeugin wofür?« entgegnete Byrnes. »Sie hat den Brief nicht gesehen, den er angeblich geschrieben hat.«

»Aber er hat ihr davon erzählt.«

»Er hat ihr gesagt, daß er einen Brief an einen seiner alten Kameraden geschrieben hätte?«

»Er hat sogar den Namen genannt.«

»Aber sie kann sich an den Namen nicht entsinnen.«

»Ganz recht.«

»Also, was nutzt sie uns dann, verflucht?« Byrnes griff nach seinem Kaffeebecher, nippte daran und stellte ihn wieder hin. Der verdammte Kaffee war kalt geworden. »Er kann irgendwem aus der Gruppe Alpha geschrieben haben, wo er doch sämtliche Adressen hatte. So war es doch, wie?«

»Ja, die hatte er beim Kompanietreffen erhalten.«

»Egal, was hat schließlich der Brief mit seiner Ermordung zu tun? Ich komme noch einmal auf meine ursprüngliche Frage zurück. Warum wird so viel Zeit mit Nachforschungen auf der militärischen Seite verwendet?«

»Wegen seiner Alpträume«, sagte Carella achselzuckend.

»Was er vermutet«, fiel Meyer ein, »geht darauf ...«

»Stottert er plötzlich?« fiel ihm Byrnes ins Wort.

»Was?«

»Ob Detective Carella stottert?«

»Nein, Sir, aber ...«

»Dann lassen Sie ihn mal hübsch für sich selbst antworten, was er vermutet.«

»Ich weiß eben nicht recht, was ich dahinter vermuten soll«, sagte Carella. »Es gibt mir zu denken, daß Jimmy Harris sich an eine Vergewaltigung erinnert, die es nie gegeben hat.«

»Falls man der Frau glauben darf.«

»Ich glaube der Frau«, versicherte Carella.

»Ich auch«, fiel Meyer ein.

»Was hat das mit den Mordtaten zu tun?« kam Byrnes wieder auf die Kernfrage zurück. »Der Mann wurde ermordet, ebenso seine Frau und noch eine Blinde.«

»Ich glaube nicht an einen unmittelbaren Zusammenhang bei den drei Morden«, meinte Carella. »Bei den beiden ersten scheint die Verbindung klar ersichtlich, aber bei dem dritten Fall ...«

»Er hat sich also blindlings ein weiteres Opfer gesucht, wollen Sie das sagen?«

»Nein, nicht blindlings«, sagte Carella. »Gewiß, es hätte irgendwer sein können, ja, insofern durchaus blindlings gewählt. Aber das Opfer mußte blind sein. Der Täter hat mit voller Absicht eine blinde Person ausgesucht.«

Hawes hatte bis zu diesem Augenblick geschwiegen. Sehr leise und behutsam mischte er sich jetzt ein, zumal er in diesem Falle nur am Rande mitgewirkt hatte. Der Lieutenant machte schon Wind genug, deshalb wollte Hawes nicht noch mehr Staub aufwirbeln.

»Es könnte sich um eine Ablenkungstat handeln, Pete.«

»So dämlich ist wohl keiner«, sagte Byrnes.

»Es bedarf keiner besonderen Klugheit, um jemanden umzubringen«, warf Meyer ein.

»Nein, aber man muß dumm sein, wenn man seine Spuren durch eine weitere Mordtat verwischen möchte.«

»Betrachten wir noch einmal das einzige, was wir haben«, schlug Carella vor.

»Das wäre?«

»Jimmy hat an einen Kumpel aus dem Krieg geschrieben und ihm einen Plan vorgelegt, der schnellen Reichtum bringen sollte.«

»Okay, weiter ...«

»Seine Mutter meint, Jimmy habe dabei etwas Illegales im Sinn gehabt.«

»Zum Beispiel?«

»Sie hat da nur geraten, aber sie war der Meinung, Jimmy brauchte jemanden, der mit Schußwaffen umgehen konnte. Okay, nehmen wir mal an, er hat dem Betroffenen nach dem Kompanietreffen vom August geschrieben.«

»Warum erst danach?«

»Weil er davor keine Adressen gehabt hat.«

»Warum hat er mit dem Mann nicht einfach gesprochen?«

»Wie soll ich das verstehen?«

»Beim Treffen. Warum ist er nicht einfach hingegangen und hat zu ihm gesagt: ›Hör mal, ich plane einen Überfall auf einen Schnapsladen. Bist du daran interessiert?‹«

»Vielleicht ist er erst nach dem Treffen auf die Idee dazu gekommen«, sagte Meyer.

»Dann hat er dem Mann irgendwann im September geschrieben«, dachte Hawes laut.

»Gut, nehmen wir an, der Mann ging auf Jimmys Plan ein. Er schrieb zurück, rief an und was auch immer, um zu erklären: ›Okay, ich mache mit, laß uns eine Bank ausrauben.«

»Okay«, nickte Byrnes.

»Okay, also haben sie eine Bank, eine Tankstelle, einen Schnapsladen oder sonst etwas überfallen ...«

»Und?«

»Und Jimmy versteckte die Beute in seiner Wohnung.«

»Im Blumenkasten vor dem Fenster«, dachte Meyer laut.

»Und dann will er seinem Partner nicht verraten, wohin er das Geld gebracht hat«, meinte Hawes. »Also verfolgt der Partner Jimmy am Donnerstag abend auf dem Heimweg, versucht mit ihm zu reden, aber Jimmy weigert sich.«

»Also schneidet der Mann Jimmy die Kehle durch, geht in die Wohnung, weil er dort die Beute vermutet ...«

»Dreht dort alles um ...«

»Findet das Geld ...«

»Tötet Isabel ...«

»Und dann bringt er am nächsten Abend Hester Mathieson um ...«

»Weil er damit den Eindruck erwecken will, irgendein Verrückter gehe um, der es auf Blinde abgesehen hat.«

»Wie hört sich das an, Pete?« fragte Carella.

»Beschissen«, sagte Byrnes.

Der Polizeipsychologe war ein Mann namens Manfred Leider. Seine Hauptaufgabe bestand darin, den Angehörigen der Abteilung bei Problemen weiterzuhelfen, die nicht durch die Anwendung von Ehehilfen zu lösen waren, wie sie von Preston Novelty per Post verschickt wurden. Manchmal kam auch ein Polizeibeamter zu ihm, um sich über Verhaltensweisen von Verbrechen unterrichten zu lassen. Er hatte schon vorher mit Detectives wie Carella zu tun gehabt. Er hielt den Mann für ernsthaft, wenn auch von beschränktem Wissen. Allzu oft verfügt auch der hellste Kopf unter den Kriminalisten nur über recht oberflächliche Kenntnisse über die Schwierigkeiten psychiatrischer Arbeitsweise. Dieser wollte etwas über Träume erklärt haben. Wo sollte man da beginnen? Bei den Grunderkenntnissen Freuds?

»Also, was genau wollen Sie wissen?« fragte er.

Sie saßen in Leiders Büro im vierzehnten Stockwerk des Direktionsgebäudes an der High Street in der Innenstadt.

Die Insel war hier schmal. Durch die Fenster hatte man Ausblick auf beide Flüsse, die die Stadt umschlossen. Der Tag war kalt und klar, die Luft scharf, man konnte meilenweit in den Nachbarstaat blicken.

»Ich untersuche einen Mordfall«, begann Carella, »und das Opfer litt an Alpträumen.«

»Mhm«, machte Leider. Er war ein Mann in den Fünfzigern und trug einen ergrauenden Bart, von dem er glaubte, er verliehe ihm das Aussehen eines Psychiaters. In diesem Bundesland mußte ein angehender Psychiater vier Jahre das College besuchen, dann vier Jahre Medizin studieren, ein Jahr allgemeine Medizin ableisten, drei Jahre in einer Anstalt als Assistent arbeiten und weitere zwei Jahre klinische Praxis erwerben, ehe er nach mündlicher und schriftlicher Prüfung zu seiner eigentlichen Tätigkeit zugelassen wurde. Das war der Grund dafür, daß Psychiater fünfzig Dollar für eine Stunde ihres Dienstes verlangten.

Leider war nur Psychologe.

Als Leider begann, konnte jeder Mechaniker ein Schild an die Tür hängen und sich als ›Psychologe‹ ausgeben, was immer man darunter verstehen wollte. Die Zeiten hatten sich geändert. Jetzt gab es strikte Vorschriften für den Erwerb einer entsprechenden Zulassung. Aber einige Psychologen, Leider nicht ausgenommen, fühlten sich immer noch in der Gegenwart eines Psychiaters oder – Gott bewahre – in der Gegenwart eines der Halbgötter auf diesem Gebiet, eines Psychoanalytikers, etwas beklommen und minderwertig. Bei einem Tee-Empfang oder einer abendlichen Veranstaltung redete Leider in Gegenwart eines so gelehrten Mannes oft von ödipaler Fixierung, Paranoia oder Entdifferenzierung, nur um zu zeigen, daß er seine Sache beherrschte. Merkwürdig daran war nur, daß er sich in diesen Dingen wirklich auskannte. Leider hätte mal einen Psychiater aufsuchen müssen, um sich von seinem Gefühl der Unterlegenheit befreien zu lassen. Statt dessen verbrachte er acht Stunden des Tages in einem Büro der Polizeidirektion in der Innenstadt, wo er mit aktiven Polizisten zu reden hatte, was ihm das Gefühl seiner eigenen Überlegenheit vermittelte.

»Was für Alpträume?« fragte er.

»Nun, es ist jedesmal derselbe Alptraum.«

»Sie meinen, es handelt sich um einen ständig wiederkehrenden Alptraum?«

»Ja«, nickte Carella. Leiders Gegenwart erweckte in ihm das Gefühl der Unterlegenheit. Er wußte, daß das Wort, nach dem er gesucht hatte, ›wiederkehrend‹ lauten mußte. Aber irgendwie war er nicht darauf gekommen. Leider trug eine Zweischärfenbrille. Seine Augen wirkten dahinter riesengroß. In seinem Bart hing ein Krümel. Wahrscheinlich hatte er vor kurzem erst gegessen.

»Können Sie mir den Inhalt des wiederkehrenden Traumes erzählen?« verlangte er.

»Ja«, sagte Carella und erzählte ihm den Traum.

Es ist kurz vor Weihnachten.

Jimmys Vater und Mutter schmücken einen Weihnachtsbaum. Jimmy und vier weitere Jungen sitzen im Wohnzimmer auf dem Fußboden und sehen zu. Jimmys Vater fordert die Jungen auf, ihm beim Schmücken des Baums zu helfen. Die Jungen weigern sich. Jimmys Mutter sagt, sie brauchen nicht zu helfen, wenn sie zu müde wären. Da fallen Weihnachtskugeln vom Baum herunter, zerbersten krachend auf dem Fußboden, von dem lauten Krach erschrickt Jimmys Vater. Er verliert das Gleichgewicht auf der Leiter und fällt auf den Fußboden, landet inmitten der zerbrochenen Weihnachtskugeln und schneidet sich dabei. Der Teppich ist grün, das Blut versickert darin. Er verblu-

tet auf dem Teppich. Jimmys Mutter weint. Sie hebt ihren Rock und enthüllt einen Penis.

»Mhm.« Leider wiegte den Kopf.

»Das ist der Traum«, sagte Carella.

»Mhm«, machte Leider noch einmal.

»Der Traum wurde bereits von Major Ralph Lemarre analysiert ...«

»Ein Armeearzt, so, so«, sagte Leider.

»Und er schien eine Verbindung zu einer Massenvergewaltigung zu vermuten, die sich einige Jahre vorher zugetragen hatte.«

»Einige Jahre vor was?«

»Bevor er den Patienten behandelte?«

»Wann hat er den Patienten behandelt?«

»Vor zehn Jahren.«

»Vor zehn Jahren, mhm. Und die Vergewaltigung trug sich wie viele Jahre vorher zu?«

»Ja, das ist es ja eben«, erklärte Carella. »Die Vergewaltigung hat nie stattgefunden. Wir haben mit der Frau gesprochen, die angeblich das Opfer gewesen ist, und sie stritt alles ab, glaubhaft.«

»Vielleicht hat sie doch gelogen. Viele Opfer einer Vergewaltigung ...«

»Nein, sie hat bestimmt die Wahrheit gesagt.«

»Woher wissen Sie das?«

»Weil sie uns geschildert hat, was sich wirklich zutrug, es war ein sexuelles Erlebnis, aber keine Vergewaltigung.«

»Was ist denn wirklich geschehen?« forschte Leider.

Carella erzählte ihm von Roxanne und Jimmy, die an einem verregneten Tag allein im Kellerraum gewesen waren. Der Geschlechtsverkehr am Stützpfeiler der Kellerdecke. Draußen Blitz und Donner. Die Angst vor Entdeckung und Bestrafung.

»Was mich interessiert«, begann Carella, »ist die Frage, ob es nötig wäre – sehen Sie, ich verstehe nicht viel von diesen Dingen. Ich möchte herausfinden, ob das Liebesspiel im Keller an jenem Tag sich in Jimmys Kopf in etwas anderes verwandelt haben kann, daß in seinem Kopf daraus eine ganze, große Vergewaltigungsszene geworden ist, was schließlich zu seinen Alpträumen führte. Das möchte ich gern wissen.«

»Sie sagen, da war auch Angst vor Bestrafung im Spiel?«

»Ja. Wenn der Anführer der Gang dahintergekommen wäre, hätte beiden schwerste Bestrafung gedroht.«

»Mhm«, machte Leider.

»Was halten Sie davon?« drängte Carella.

»Nun, in diesem Traum steckt ohne Zweifel eine Menge an sexuellem Symbolgehalt«, sagte Leider. »Ein Baum ist das Traumsymbol für männliche Geschlechtsteile, jede scharfe Waffe ein solches für den Penis. Die zerbrochenen Weihnachtskugeln – man denke an die Ähnlichkeit mit Hoden – läßt sich als ein weiterer Bezug auf männliche Geschlechtsteile deuten. Und daß die Traumfigur sich selbst schneidet, läßt auf eine symbolische Penetration – auf Geschlechtsverkehr – schließen.«

»Demnach wäre dieser Traum …«

»Und die Erinnerung«, fuhr Leider fort. »Sie ist in sich selbst gleichfalls eine Art Traum, zumal Sie mir sagen, daß es die Vergewaltigung nie gegeben hat. Die Erinnerung substantiiert das Traummaterial durch die Benutzung verschiedenartiger sexueller Symbole, um im Grunde die gleiche Sache wiederaufleben zu lassen. Freud benutzte als Symbole für geschlechtlichen Verkehr viele rhythmische Vorgänge wie Tanzen, Reiten und Klettern. In der verfälschten Erinnerung wird doch der Anführer als derjenige beschrieben, der zuerst mit dem Mädchen tanzt. So sagten Sie doch?«

»Ja, ganz recht.«

»Und Sie beschrieben weiter, daß das Mädchen später zu einem mit Weidenbüschen umstandenen Platz gebracht wird ...«

»Ja ...«

»Nun, in den Träumen beider Geschlechter wird das Schamhaar oft als Waldung oder Gebüsch symbolisiert. Deshalb meine ich, daß wir Weiden da durchaus in Betracht ziehen können. In dem Traum sind, wie ich mich zu erinnern glaube, die grünen Weiden in einen grünen Teppich verwandelt. Die Vaterschaft verblutet auf einem grünen Teppich. Nicht wahr?«

»Ja, stimmt.«

»Damit kommen wir auf die zerbrochenen Weihnachtskugeln zurück. Eine Vase, ein Blumentopf oder ein ähnliches Gefäß – dem letztlich runde Weihnachtsbaumkugeln irgendwie ähneln – stehen als Symbole für weibliche Geschlechtsteile, deren Zerbrechen mag verlorene Jungfräulichkeit symbolisieren, und eine Blutung wird normalerweise mit dem ersten Geschlechtsverkehr in Verbindung gebracht. Wissen sie zufällig, ob das Mädchen noch Jungfrau gewesen ist?«

»Ich weiß es nicht, bezweifle es aber«, gab Carella Auskunft.

»Mhm«, machte Leider wieder. Er nahm die Brille ab und putzte die Gläser. Seine Augen waren dahinter blaßblau. Er sah plötzlich nachdenklich und viel, viel älter aus. Er setzte die Gläser wieder auf.

Seine durch die Linsen vergrößerten Augäpfel beherrschten das Bild. »Bleibt schließlich noch die Gewalttat – gewalttätige Erlebnisse in Träumen können gewöhnlich als unterbewußte Repräsentation für Geschlechtsverkehr verstanden werden.«

»Ich dachte immer, Träume wären dazu da, etwas zu verbergen, zu verdrängen oder zu maskieren«, wendete Carella ein, »um es unkenntlich zu machen.«

»Um es vor der Zensur des Bewußten zu verbergen, ja«, pflichtete ihm Leider bei. »Wenn man die Dinge strikt nach den Lehren von Freud betrachtet, muß man annehmen – ich zitiere –, daß die Traumursachen in der Tat böse oder extravagante Sexualwünsche sind, die die Zensur und Verfremdung durch den Traum nötig haben. Ende des Zitats.«

»Mhm«, machte jetzt Carella.

»Mhm«, echote Leider. »Aber das sind natürlich Freuds sehr frühe Auffassungen, seither haben wir in der Traumdeutung erhebliche Fortschritte gemacht. In diesem Falle, wo der Patient unter wiederkehrenden Alpträumen leidet, würde ich annehmen, daß er versucht, mit einem ursprünglichen Trauma fertig zu werden ... ihm die Kraft durch, wenn man so will, immer neues Erleben und Erforschen zu nehmen. Das wären die Schlüsse, die ich aus dieser Traumgeschichte zu ziehen hätte.«

»Aber, welches Trauma?« fragte Carella.

»Das weiß ich doch nicht«, sagte Leider. »Sie kennen seine Geschichte, also müßten Sie es mir sagen.«

»Er wurde im Krieg blindgeschossen. Ich schätze, das könnte ...«, begann Carella.

»Das ist ganz sicherlich ein traumatisches Erlebnis«, sagte Leider.

»Aber ... nein«, redete der Detective weiter. »Denn – Moment mal. Als Jimmy Doktor Lemarre seinen Traum schilderte, sagte er, Gott habe ihn anstelle der anderen Jungen bestraft. Er sagte Lemarre, die Vergewaltigung habe engen Zusammenhang mit seiner Erblindung.«

»Aber es gab keine Vergewaltigung«, sagte Leider. »Statt dessen setzte ein Trauma ein.«

»Richtig, und ein Trauma kann ihn doch wohl nicht blind gemacht haben, weil er später seine Erblindung auf das zurückführte, was sich zugetragen hatte – was immer es auch war.«

»Was hat sich also zugetragen?« fragte Leider.

»Das weiß ich nicht«, antwortete Carella.

»Wann ist er verwundet worden?«

»Am 14.Dezember.«

»Hatte er vorher schon an Gefechten teilgenommen?«

»Ja, die Kämpfe liefen schon seit Anfang des Monats ...«

Ihr hattet während des ganzen Monats gegen eine andere Bande gekämpft ...

Schwere Kämpfe, Mann.

Und nun wolltet ihr ausruhen.

Ja, und Lloyd sagte uns, wir sollten hinaufgehen.

»Was also?« fragte Leider.

»Wäre es möglich, daß ...«

»Was wäre möglich?«

»Ich weiß es nicht«, wand sich Carella. »Lassen Sie mich ... lassen Sie mich mal einen Augenblick nachdenken. Okay?«

»Bitte, nehmen Sie sich Zeit.«

Sein Mund wurde plötzlich trocken. Er leckte sich die Lippen mit der Zunge, nickte und versuchte sich an alles zu erinnern, was er oben im Lazarett in Lemarres Bericht gelesen hatte, während er bemüht war, sein eigenes sexuelles Verlangen nach Janet zu unterdrücken, versuchte sich an alle Einzelheiten des Berichts und an das zu erinnern, was ihm Danny Cortez gestern am Telefon erzählt hatte.

Wir hatten während des ganzen Monats schwere Gefechte zu bestehen gehabt. Alpha war unten, wo der Lieutenant in der

Nähe eines Bambusdickichts seinen Gefechtsstand am Fuß eines Hügels eingerichtet hatte ... Bravo war hügelaufwärts unterwegs, wo sich der Feind eingegraben hatte. Der Lieutenant war auf dem Wege zurück nach unten, um zu sehen, wo Alpha blieb ... da setzte der Feuerüberfall durch Mörser ein. Die Bastarde hatten sich auf das Bambusgebüsch eingeschossen und machten dort alles kurz und klein.

So hatte Danny Cortez über die Vorgänge am dritten Tag des Dezember berichtet, vor zehn Jahren, als Lieutenant Roger Blake durch einen Splitter einer Mörsergranate getötet wurde.

Es war schrecklich. Alpha ging bei Beginn des Feuers in Deckung, und dann erreichten sie den Lieutenant nicht mehr rechtzeitig ... Im Krieg da drüben mußten wir unsere eigenen Toten und Verwundeten bergen, wenn das nicht gelang, wurden sie ins Gebüsch geschleppt und in Stücke gehackt. Vom Feind, verstehen Sie mich? ... Die Männer von Alpha sagten uns später, sie hätten sich wegen des Mörserfeuers nicht um ihn bemühen können. Sie konnten nur zusehen, wie er in den Dschungel geschleppt wurde. Hinterher fanden sie ihn in einer offenen Grube – im Stücke gehackt. Die Bastarde pflegten die Toten zu zerhacken und in offenen Gruben liegenzulassen ... Das machten sie mit ihren Bajonetten.

Das war immer noch Danny Cortez, der sich über das Thema Dschungelkrieg verbreitete. Und dann kam Jimmy Harris mit seiner Geschichte von einer Vergewaltigung, die sich niemals zugetragen hatte.

Lloyd befahl uns hinaufzugehen – die Treppe hinauf. Die Jungen sagten Lloyd, er könne sich seine Befehle an den Hut stecken. Dann packten sie ihn alle, wissen Sie, zerrten ihn von Roxanne fort, wo sie inmitten des Kellerraumes standen. Die Schallplatte läuft noch, ganz laute Pauken. Irgendwer haute da gewaltig auf die Pauken.

(Wir hörten nur das Krachen und Bersten, hatte Cortez die Situation beschrieben. Haben Sie mal Mörserfeuer erlebt? Das macht, selbst aus einiger Entfernung gehört, einen gewaltigen Lärm.)

Da ist dieser Stützpfosten mitten im Keller. Wissen Sie. So etwas, wissen Sie, wie ein stählerner Mast, der die Kellerdecke abstützt. Sie schieben ihn an den Pfosten heran. Ich hatte keine Ahnung, was sie mit ihm vorhatten, wo er doch der Präsident war, das konnte nur Ärger bringen. He, mal ruhig, Leute, er ist der Vorsitzende. Aber sie … sie … sie wollten nicht auf mich hören, Mann. Sie hielten … hielten ihn fest am Baum, Roxanne weint jetzt. Sie packen Roxanne. Sie geht auf die Jungen los und will nicht zulassen, was geschieht. Aber sie machen es trotzdem, stecken ihn ihr einer nach dem anderen rein, alle nacheinander … Danach wurde sie hinausgeschleppt, sie hoben sie auf und trugen sie hinaus … weil sie blutete. Weil sie Roxanne verletzt hatten, als sie es mit ihr trieben.

(Sie konnten lediglich zusehen, wie er in den Dschungel geschleppt wurde, hatte Cortez gesagt. Sie fanden ihn später in der offenen Grube – im Stücke gehackt. Die Bastarde pflegten die Leichen zu zerhacken und in offenen Gruben liegenzulassen. Mit Bajonetten machten sie es.)

»Was haben Sie, Mister Carella?« fragte Leider. »Sind Sie auf eine Spur gestoßen?«

Der Hund befand sich unten im Erdgeschoß in einem kleinen Büro neben der Polizeigarage. Ein uniformierter Polizist hatte versprochen, auf ihn aufzupassen, während Carella oben war. Der Polizist wollte wissen, was der Hund habe. Er hatte ihn füttern wollen, aber das Tier hatte nichts angenommen. Carella erklärte, daß es sich um einen

Blindenhund handelte. Der Polizist sah den Hund an und fragte: »Ja, was ist damit erklärt?«

»Er ist darauf abgerichtet, sich nur von seinem Herrn füttern zu lassen.«

»Wo ist der?«

»Tot«, sagte Carella.

»Dann muß der Hund verhungern«, philosophierte der Polizist und griff nach einem Magazin, um darin zu blättern. Mit dieser schlichten Geste schob er die weitläufige und komplizierte Welt der Hundeprobleme von sich.

Carella packte den Hund mit einer Hand am Halsband und führte ihn zum Wagen hinaus. Er wollte keinen Hund haben und schon gar keinen, der die Nahrung verweigerte. Er stellte sich vor, wie das Tier immer mehr abmagern und schließlich zu einem Schatten seiner selbst werden würde. Er fragte sich, ob der Hund wirklich alle benötigten Impfungen erhalten hatte, was immer dazu gehören mochte. Er wollte keinen Hund haben, schon gar keinen, der freiwillig verhungerte, aber vor allem wollte er keinen tollwütigen Hund um sich haben. Er beschloß, sich einmal die Sammlung von Metallmarken anzusehen, die am Halsband des Tieres baumelten.

Darunter befand sich eine Art Anhänger mit dem Stempel der Stadt und dem Aufdruck ›Hundemarke‹, dazu die Jahreszahl und eine sechsstellige Nummer. Ferner fand er eine Platte aus rostfreiem Stahl mit Namen und Anschrift eines Dr. James Kopel, vermutlich eines Tierarztes, und darunter die Worte ›Ich bin gegen Tollwut geimpft‹, dazu die Jahreszahl und eine vierstellige Nummer. Eine weitere Platte aus rostfreiem Stahl zeigte den Stempel der Schule für Blindenführhunde und darunter die Adresse des Ausbildungsinstitutes an der Perry Street. Da war noch eine Metallplatte mit den Worten ›Ich gehöre James R. Harris‹

und der Adresse an der siebzehnten Straße South und eine Telefonnummer.

Darüber hinaus fand sich am Halsband ein Schlüssel aus rostfreiem Stahl.

Carella konnte sich nicht vorstellen, was ein Schlüssel am Halsband eines Hundes zu bedeuten hatte, bis er das Wort ›Mosler‹ entdeckte, das dicht unter dem Loch eingeprägt war, durch das der Befestigungsring für das Halsband gezogen war. Am Rand des Lochs befand sich Schmutz – wahrscheinlich Blumenerde –, der dort eingetrocknet war. Der Schlüssel gehörte zu einem Schließfach, und Carella war breit, sein nächstes Jahresgehalt darauf zu verwetten, daß der Schlüssel vor nicht langer Zeit im Blumenkasten vor dem Fenster der Harris-Wohnung vergraben gewesen war. Er kannte den Namen von Jimmys Bank, weil sie in einem Sparbuch verzeichnet war, das Meyer in der Wohnung gefunden hatte – First Federal an der Yates Avenue. Er wußte auch, daß er einen richterlichen Befehl haben mußte, um das Schließfach zu öffnen, ganz gleich, ob er den Schlüssel besaß oder nicht. So paßte es gut, daß er sich gerade in der Innenstadt beim Polizeipräsidenten befand. Innerhalb von fünf Häuserblocks lagen die städtischen und staatlichen Gerichte darum herum. Er nahm den Schlüssel vom Halsband des Hundes und führte das Tier zu dem Polizisten ins Büro zurück.

»Was, schon wieder?« rief der Mann.

15. KAPITEL

Kurz nach zwei Uhr rief Sam Grossman bei Detective George Underhill im Vier-Eins an.

»Ich habe einen Bericht über die Blutprobe«, sagte er.

»Was für eine Blutprobe?« fragte Underhill.

»Von dem Gehweg.«

»Oh, ja.«

Underhill hatte die Sache bis zu diesem Augenblick vergessen, genauer gesagt, er hatte seit seiner Anforderung beim Labor am vergangenen Abend nicht mehr daran gedacht. Und jetzt kam Grossman mit seinem Bericht an. Underhill wußte nicht, was er mit diesem Bericht anfangen sollte, denn von den städtischen Krankenhäusern hatte keines einen Patienten mit einem Hundebiß gemeldet. Er griff nach einem Bleistift und sagte: »Okay, geben Sie den Bericht durch.«

»Zunächst mal, ja, es ist Blut«, sagte Grossman, »und zweitens, ja, es ist Menschenblut.«

»Welche Gruppe«, wollte Underhill wissen.

»Vielleicht haben Sie Glück. Es ist Gruppe B.«

»Warum soll mich das glücklich machen?«

»Sie hätten noch mehr Glück, wenn es die Gruppe AB hätte, denn nur drei bis sechs Prozent der Bevölkerung fallen darunter, wohingegen diese Probe in die Gruppe der zehn bis fünfzehn Prozent fällt.«

»Und darüber soll ich mich jetzt freuen, wie?«

»Es hätte auch Null oder A sein können, die Gruppen, die am häufigsten vorkommen.«

»Okay, vielen Dank auch«, sagte Underhill

»Kann ich sonst noch etwas für Sie tun?«

»Nur wenn sie jemanden kennen, der einen Hundebiß davongetragen hat.«

»Handelt es sich um jemanden, der gebissen worden ist?«
»Ja.«
»Der Hund war doch nicht etwa tollwütig?«
»Nein.«
»Woher wissen Sie das?«
»Der Mann hat es dem Streifenpolizisten gesagt, der die ersten Ermittlungen anstellte.«
»Denn wenn es sich um Tollwut handelt ...«
»Nein, nein – es war ein Blindenhund. Wie könnte der tollwütig sein?«
»Auch Blindenführhunde können Tollwut haben«, belehrte ihn Grossman. »Genauso wie andere Hunde.«
»Ja, aber dieser war geimpft.«
»Wen hat er gebissen?«
»Das wissen wir nicht. Jemanden, der seinen Besitzer angreifen wollte.«
»Was soll das heißen?« wurde Grossman auf einmal hellhörig.
»Jemand hat versucht, den Eigentümer anzugreifen, und der Hund hat ihn gebissen.«
»Einen Blinden?«
»Ja, den Hundebesitzer. Es handelt sich um einen Blindenhund. Demnach ist der Besitzer natürlich ...«
»Handelt es sich um eine Sache, an der Sie zusammen mit Carella arbeiten?« fragte Grossman.
»Nein«, erwiderte Underhill. »Wer ist Carella?«
»Ein Detective von der Acht-Sieben.«
»Nein, kenne ich nicht.«
»Er bearbeitet nämlich mehrere Mordfälle an Blinden.«
»Das hier war kein Mord«, sagte Underhill, »es war nicht mal ein Überfall, falls Sie es genau wissen wollen. Jemand machte sich an den Blinden heran, und der Hund hat ihn gebissen.«

»Wo?«

»Wo er ihn gebissen hat? Das wissen wir nicht.«

»Ich meine, wo hat sich der Vorfall zugetragen.«

»Ecke Cherry und Lane.«

»Ganz da unten, wie?«

»Ja, also – ich habe eine Menge zu tun. Danke für den Bericht«, sagte Underhill und hängte ein. Grossman legte den Hörer auf die Gabel, überlegte einen Moment, ob Underhills Fall nicht etwa doch mit Carellas Morden zusammenhängen könnte, und beschloß, für alle Fälle mal bei der Sieben-Acht anzurufen.

Genero kam ans Telefon.

»87. Revier, Detective Genero«, meldete er sich. Seinen Titel ließ er niemals weg. Jeder andere Detective in der Abteilung nannte lediglich den Namen. Genero aber stellte sich jedem Anrufer mit Titel und Namen vor.

»Hier ist Sam Grossman vom Labor. Ich möchte gern mit Carella sprechen.«

»Nicht hier«, gab Genero Auskunft.

»Wo ist er?«

»Keine Ahnung.«

»Haben sie eine andere Ahnung, nämlich wann er zurück sein wird?«

»Nein«, sagte Genero kurz.

»Wer bearbeitet mit ihm zusammen die Blindenmorde? Wissen sie wenigstens das?«

»Meyer, glaube ich.«

»Ist er da?«

Genero schaute sich im Büro um. »Nein, ich sehe ihn nicht.«

»Na, dann sagen Sie dem von beiden, der zuerst auftaucht, ich bitte um sofortigen Rückruf.«

»Wird gemacht«, versprach Genero.

»Ach, es ist vielleicht besser, ich spreche gleich mit dem Lieutenant.«

»Ich lasse Sie von der Vermittlung durchstellen.« Genero tippte auf die Gabel. Als sich Murchison einschaltete, sagte er: »Dave, stellen Sie dieses Gespräch zum Lieutenant durch. Ja?«

Grossman wartete. Er glaubte schon, die Leitung sei unterbrochen.

»87. Detectiveabteilung, Byrnes.

»Pete, hier ist Sam Grossman vom Labor.«

»Ja, Sam, wie geht's?«

»Gut. Ich habe gerade mit Detective George Underhill von Vier-Eins telefoniert, der eine Sache mit einem blinden Opfer bearbeitet.«

»Ein Mord?«

»Versuchter Überfall. Ich habe keine Ahnung, ob ein Zusammenhang mit Steves Fällen besteht oder nicht. Aber es wäre vielleicht gut, mal mit Underhill zu sprechen.«

»Gut, ich gebe es an Steve weiter.«

»Der Angreifer ist vom Hund des Opfers gebissen worden«, fuhr Grossman fort. »Vielleicht müßte man sofort einen Rundruf an die Krankenhäuser herausgeben.«

»Hat das Underhill nicht veranlaßt?«

»Weiß ich nicht.«

»Ich werde jemanden darauf ansetzen«, versprach Byrnes. »Vielen Dank, Sam.«

»Keine Ursache«, entgegnete Grossman und hängte ein.

Byrnes ging ins Büro des Detective hinüber. Genero starrte ein Paar blauer Bikinihöschen auf seinem Schreibtisch an.

»Was machen denn die Schlüpfer da?« wollte Byrnes wissen.

»Ein Beweisstück«, sagte Genero.

»Wofür?«

»Geschlechtsverkehr«, erklärte Genero.

»Hab' ich mir fast gedacht. Rufen Sie bei der Zentrale an und lassen Sie einen Rundruf an die Krankenhäuser herausgeben. Alle Patienten mit Hundebissen sind sofort zu melden. Verlangen Sie Meldung an Carella von der Acht-Sieben.«

»Ist das die Sache, wegen der Captain Grossman anrief?«

»Ja, er wollte den Rundruf haben.«

»Bedeutet das, daß ich Carella von dem Anruf nicht zu unterrichten habe?«

»Legen Sie eine Notiz auf Carellas Schreibtisch.«

»Auf Meyers auch?«

»Für Meyer auch.«

»Soll ich zuerst bei der Zentrale anrufen?«

»Falls Sie sich zur Erledigung von drei Dingen hintereinander imstande fühlen, ohne eins davon zu vergessen ...«

»Oh, gewiß«, sagte Genero.

Der Beamte des Landgerichts las Carellas Eingabe und sagte dann: »Was suchen Sie in diesem Schließfach, Detective Carella? Hier steht nicht, was Sie da wollen.«

»Das kommt daher, daß ich nicht weiß, was darin ist, Euer Ehren.«

»Wie kann ich dann für Sie einen Durchsuchungsbefehl unterschreiben?«

»Euer Ehren«, sagte Carella, »wie Sie der Eingabe entnehmen wollen, handelt es sich um eine Mordsache, die ich bearbeite, und ich habe Grund zu der Annahme, daß das, was der Mörder in der Wohnung der beiden Opfer gesucht hat ...«

»Ja, ja – das steht alles hier.«

»… sich in dem Schließfach befinden und wichtiges Beweismaterial darstellen könnte, Euer Ehren.«

»Aber Sie wissen nicht im einzelnen, wonach Sie suchen?«

»Nein, Euer Ehren, das weiß ich nicht.«

»Haben Sie persönliche Kenntnis vom Vorhandensein solchen Beweismaterials?«

»Meine Kenntnis basiert nur auf der Tatsache, daß der Mörder in der Wohnung intensiv nach etwas gesucht haben muß, Euer Ehren, wie in dem Gesuch niedergeschrieben.«

»Das ist keine persönliche Kenntnis vom Inhalt des Faches«, sagte der Richter.

»Euer Ehren, ich glaube nicht, daß sich daraus eine illegale Durchsuchung herleiten ließe. Das ist nicht mehr, als wenn wir am Tatort die Kommode eines Opfers durchsuchen.«

»Hier handelt es sich nicht um den Tatort eines Mordes.«

»Das ist mir bekannt, Euer Ehren, aber ich habe schon mal einen Gerichtsbeschluß zur Durchsuchung eines Bankschließfachs bekommen, als es um eine ungesetzliche Wettannahme ging, eine reine Polizeiaktion, Euer Ehren, und das hier ist ein Mordfall.«

»Hatten Sie in dem anderen Fall persönliche Kenntnis von dem, was Sie in dem Fach vorfinden würden?«

»Ich hatte Informationen von einem Informanten,«

»Das beinhaltet persönliche Kenntnis«, sagte der Richter.

»Euer Ehren, ich muß dieses Bankfach wirklich öffnen. Drei Menschen sind bereits ermordet worden, alles Blinde, und ich glaube, daß sich in dem Fach etwas befindet, das mir weiterhelfen würde. Es besteht begründeter Verdacht, daß sich etwas Derartiges darin befindet, Euer Ehren.«

»Wenn ich den Durchsuchungsbefehl ausstelle«, meinte der Richter, »könnte Ihnen das mehr schaden als nützen. Ihr Gesuch könnte später gegen Sie gerichtet werden als Versuch, die dadurch erlangten Beweismittel zu unterdrücken.«

»Darauf würde ich es ankommen lassen, Euer Ehren«, drängte Carella. »Euer Ehren, hiermit kann niemandem Schaden zugefügt werden als dem Mörder. Wir beeinträchtigen keine Rechte eines der Opfer, wenn wir das Fach öffnen, Euer Ehren.«

»Gut, ich unterschreibe«, sagte der Richter.

Auf dem Wege stadtauswärts fragte sich Carella, warum ihm der Richter die Sache so schwer gemacht hatte. Aber die Schwierigkeiten schienen ihm die Angelegenheit wert. Der Schutz der Rechte des einzelnen diente schließlich dem Schutz der Rechte aller. Es war beinahe 2 Uhr 30, als er im Büro ankam. Er wollte eigentlich nur hereinschauen und Byrnes davon unterrichten, wohin er fuhr und was er vorhatte. Es war immer gut, Fortschritte zu melden, zumal sich der Lieutenant über das schleppende Vorankommen beklagt hatte. Genero saß am Tisch und starrte ein Paar blaue Bikinihöschen an.

»Ich habe einen Zettel auf deine Schreibmaschine gelegt«, sagte Genero.

»Danke«, erwiderte Carella und zog das Papier unter der Walze hervor. Grossman hatte also angerufen. Genero hatte ›Grossman‹ hingeschrieben. Carella war im Begriff, im Labor anzurufen, als Byrnes aus seinem Büro kam und ihm von Underhill, dem versuchten Überfall und dem Hundebiß berichtete.

»Okay, gut«, sagte Carella und berichtete seinerseits von dem Bankschließfach und dem gerichtlichen Durchsuchungsbeschluß. Dann drehte er sein Namensschild an der Diensttafel um und ging nach unten zu seinem Auto, wo der Hund inzwischen den Rücksitz begeifert hatte. Er versuchte, sich an den Namen des Tieres zu erinnern. Er fiel ihm nicht ein. Niemand ist vollkommen.

Der Direktor der First Federal Bank an der Yates Avenue war ein Farbiger namens Samuel Hobbs. Er begrüßte Carella in seinem Büro, reichte ihm die Hand und studierte dann den Gerichtsbeschluß mit der Ernsthaftigkeit, die einem königlichen Todesurteil zugestanden hätte. Carella reichte ihm den Mosler-Schlüssel. Hobbs drückte auf einenKnopf unter seinem Telefon. Eine junge Schwarze trat ein, und Hobbs beauftragte sie, die Schließfachnummer von James Randolph Harris herauszusuchen und dann Detective Carella ins Kellergewölbe zu begleiten und das Schließfach für ihn zu öffnen. Carella folgte ihr. Sie hatte lange, schlanke Beine und einen Knackarsch. Einer Kartei entnahm sie die Nummer und führte ihn dann in den Keller. Unterwegs lächelte sie ihn immer wieder an, was er für verschwendete Mühe hielt.

Sie öffnete das Fach und nahm das Stahlkästchen heraus. Ob er einen Raum für sich haben wolle, fragte sie ihn. Ja, er wollte einen. Sie führte ihn durch eine Tür in ein winziges Büro, stellte das Kästchen auf den Schreibtisch und machte die Tür hinter ihm zu. Über dem Schreibtisch hing eine Schere an der Wand zur Bequemlichkeit der Kunden, die Coupons von ihren Aktien schneiden wollten. Er öffnete den Deckel des Kästchens. Es enthielt nur einen einzigen Gegenstand, den Kohlepapier-Durchschlag eines auf der Maschine geschriebenen Briefes. Er besah den Brief. Er war an Major John Francis Tataglia in Fort Lee,

Virginia, gerichtet. Und zwar unter dem Datum vom 6. November. Das Schreiben lautete:

6. November

Hallo, Major Tataglia,
ich habe beschlossen, für mein Augenlicht etwas Geld zu verlangen. Ich nahm im August am Treffen der D-Kompanie teil und habe dort festgestellt, daß alle anderen Frontschweine genauso arm sind wie ich selbst. Es hätte also keinen Sinn, von dort irgendwelche Hilfe zu erbitten. Ich habe mit Captain Anderson gesprochen, der damals den 1. Zug befehligte, und von ihm erfuhr ich, daß Sie jetzt als Major in Fort Lee stationiert sind, wohin ich diesen Brief richte. Major, ich verlange etwas Geld von Ihnen. Ich will Geld für meine Augen haben. Ich verlange für den Rest meines Lebens tausend Dollar pro Monat von Ihnen, oder ich schreibe an die Armee und melde, was mit Lieutenant Blake geschehen ist. Ich werde berichten, daß Sie ihn gemeinsam mit den anderen ermordet haben. Mir ist egal, was aus Ihnen oder den anderen wird. Die anderen können mir nicht helfen, weil sie genauso pleite sind wie ich. Sie aber sind ein Berufsoffizier geworden und können mir Geld schicken, Major. Ich verlange das Geld sofort, Major. Ich bin bereit, Ihnen bis zum Ende des Monats Zeit zu lassen. Wenn dann der erste Scheck über eintausend Dollar nicht hier ist, werde ich die Armee der United States anrufen und berichten, was sich während Ala Moana zugetragen hat. Sie werden denken, ich kann vielleicht nichts beweisen, Major, aber das spielt keine Rolle. Ich bin ein blinder Veteran mit voller Versehrtenpension, und, Major, ich brauche Ihnen nicht zu schildern, was

alles auf Sie zukommen würde, wenn erst einmal von der Armee untersucht wird, was sich an jenem Tage ereignet hat. Sie haben als erster mit dem Bajonett zugestoßen, Major, und wenn die anderen befragt werden, dann dürften sie aussagen, daß Sie alles ganz allein getan haben, andernfalls würden sie zugeben müssen, daß sie alle daran beteiligt gewesen sind. Von ihnen ist keiner mehr in der Armee, nur Sie. Sie stecken in Schwierigkeiten, Major, wenn Sie mir kein Geld schicken. Von diesem Brief gibt es eine Kopie, und wenn mir etwas zustoßen sollte, weiß meine Frau davon, und dann werden Ihre Schwierigkeiten nur um so größer, als sie jetzt schon sind. Also schicken Sie mir bis zum 1. Dezember einen Scheck über eintausend Dollar, und dann senden Sie mir weitere Schecks am Ersten eines jeden Monats, oder Sie haben den Hals in der Schlinge. Die Schecks sind auszustellen auf James R. Harris und zu adressieren an 2415 South Seventh Street, Isola.

Nach dem 1.Dezember werde ich nicht länger warten.

Ihr alter Kriegskamerad

James R. Harris

Diesmal ging Carellas Antrag mehr in die Einzelheiten: Er lautete:

1. Ich bin Detective der dem 87. Revier zugeteilten Kriminalabteilung.

2. Ich habe persönliche Kenntnis davon sowie auf Annahme und Tatsachen beruhende Informationen, die mir durch den Polizeiarzt zuteil wurden, daß drei Morde verübt wurden und daß alle Opfer blind waren.

3. Ich besitze weitere Informationen, die auf meiner persönlichen Kenntnis beruhen sowie auf Annahmen und

Tatsachen, die mir durch Detective Lieutenant Peter Byrnes, Chef der 87. Detective-Abteilung, zugänglich gemacht wurden, daß am Abend des 22. November ein Überfall auf einen Blinden versucht worden ist und daß bei diesem Versuch der Täter vom Führerhund des Opfers gebissen worden ist.

4. Ich habe ferner Informationen, die auf eigener Kenntnis und Annahme beruhen, daß der versuchte Überfall auf den Blinden unter den Sammelbegriff für ›Ungewöhnliche Verbrechen‹ fällt, und es besteht wahrscheinlich Grund zu der Annahme, daß dieser Fall mit drei Morden in Verbindung steht, die gleichfalls zur Kategorie der ›Ungewöhnlichen Verbrechen‹ gehören und die sich innerhalb eines kurzen Zeitraumes, beginnend mit dem ersten Mord am Abend des Donnerstag, 18. November, und kulminierend mit dem versuchten Überfall am Abend des Montag, 22. November, ereignet haben.

5. Ich habe ferner Informationen, die auf meiner persönlichen Kenntnis und Annahme beruhen, wonach eines der Opfer, James R. Harris, an seinen früheren kommandierenden Offizier John Francis Tataglia einen Erpresserbrief geschrieben hat, daß ferner dieser Brief am 6. November geschrieben wurde, worin die monatliche Zahlung von eintausend Dollar an James R. Harris auf dessen Lebenszeit gefordert wurde, andernfalls werde er die Information enthüllen, wonach Tataglia mit anderen gemeinschaftlich handelnd am dritten Tag des Dezember vor zehn Jahren während der Armeeoperation namens Ala Moana den Lieutenant Roger Blake ermordet hat.

6. Auf der vorerwähnten verläßlichen Information und auf meiner eigenen Kenntnis basierend, besteht wahrscheinlich berechtigter Grund zu der Annahme, daß ein Hundebiß am Körper des John Francis Tataglia den Beweis

dafür erbringen würde, daß dieser an dem versuchten Überfall und womöglich an den drei Morden beteiligt war.

Deshalb bitte ich das Gericht respektvoll um den Erlaß eines Beschlusses in der hier beigefügten Form, wonach eine körperliche Untersuchung der Person des Major John Francis Tataglia auf eine durch Hundebiß verursachte Verletzung angeordnet wird.

In dieser Angelegenheit ist bisher kein Antrag bei diesem oder einem anderen Gericht und bei keinem anderen Richter, Rechtswahrer oder Friedensrichter gestellt worden.

Stephen Louis Carella	764-5632	Det/2. Grd.	87 Revier
Polizeibeamter	Marke	Rang	Abteilung

Der Friedensrichter, dem Carella den Antrag vorlegte, war der gleiche, dem er auch die Erlaubnis zum Öffnen des Bankschließfaches von Jimmy Harris abgerungen hatte. Er las den Antrag sorgfältig durch und unterschrieb den angehefteten Durchsuchungsbefehl.

Der Posten am Haupttor wollte Carella nicht durchlassen.

Carella wies den Durchsuchungsbefehl vor, und der Posten meinte, er müsse zunächst seinen Vorgesetzten verständigen. Er wählte eine Nummer und sagte zu irgendwem, da sei ein Detective mit einem Durchsuchungsbefehl, und dann reichte er Carella den Hörer mit den Worten: »Der Oberst will mit Ihnen sprechen.«

Carella nahm das Telefon entgegen. »Hallo«, meldete er sich.

»Ja, hier ist Oberst Humphries. Was für ein Problem gibt es denn?«

»Kein Problem, Sir«, sagte Carella. »Obwohl ich einen

gerichtlichen Beschluß bei mir habe, will mich ihr Posten nicht passieren lassen.«

»Was für einen Beschluß?«

»Die Person des Majors John Francis Tataglia zu untersuchen.«

»Wonach oder worauf«

»Auf einen Hundebiß, Sir.«

»Warum?«

»Der Mann steht unter Mordverdacht«, erklärte Carella.

»Geben Sie mir mal den Posten«, sagte der Oberst. Carella reichte das Telefon durch das Wagenfenster. Der Posten nahm es und sagte: »Ja, Sir?« und dann lauschte er. »Jawohl, Sir«, sagte er. »Jawohl, Sir«, sagte er abermals und hängte dann den Hörer an den Wandhaken. »Drittes Gebäude rechts«, wendete er sich an Carella. »Über der Tür steht ›Militärpolizei.«

»Danke«, sagte Carella. Er stellte den Wagen auf dem Kiesoval vor einem großen, roten Ziegelgebäude ab und ging hinein. Hinter einem Schreibtisch saß ein Unteroffizier. Carella fragte nach Oberst Humphries, und der Unteroffizier wollte wissen, wer er sei, und Carella sagte es ihm, woraufhin der Mann auf einen Knopf drückte und über die Sprechanlage Carella anmeldete. Erst dann sagte er, es sei die Tür gleich geradeaus, und er solle direkt hineingehen.

Oberst Humphries war Anfang Fünfzig alt, groß und von der Sonne gebräunt, mit einem festen Handschlag und whiskyheiserer Stimme. Er erklärte Carella, daß er soeben mit dem Kommandeur gesprochen habe, der eine körperliche Untersuchung genehmigt habe unter der Voraussetzung, daß ein Armeerichter und ein Militärarzt daran teilnähmen. Dafür hatte Carella volles Verständnis. Das Militär wollte die Rechte eines der Seinen schützen. Dic fünf Männer versammelten sich im Krankenrevier der Einheit – ein Oberstleutnant als Vertreter der Militärgerichtsbarkeit; ein Armeearzt im Range eines Majors; Oberst Humphries als dienstältester Offizier der Militärpolizei des Standortes; Carella, der sich unter dem vielen Lametta unterlegen zu fühlen begann; und Major John Francis Tataglia, der den Gerichtsbeschluß las und dann achselzuckend erklärte: »Das verstehe ich nicht.«

»Er hat damit das Recht, nach einem Hundebiß zu suchen«, erklärte der Militärrichter. »General Kihlborg hat seine Zustimmung bereits erteilt.«

»Würden Sie sich bitte mal ausziehen?« sagte Carella.

»Das ist doch lächerlich«, erwiderte Tataglia, begann aber trotzdem mit dem Entkleiden. An den Armen waren keine Verletzungen festzustellen, aber am linken Fuß, knapp über dem Knöchel trug er einen Verband.

»Was ist das?« wollte Carella sofort wissen.

Tataglia stand in khakifarbenen Unterhosen und hochgeschlossenem Unterhemd vor ihm. »Ich habe mich geschnitten«, behauptete er.

»Würden Sie bitte mal den Verband abnehmen?« sagte Carella.

»Ich fürchte, dann fängt die Wunde wieder an zu bluten«, widersetzte sich Tataglia.

»Wir haben einen Arzt hier«, beruhigte ihn Carella. »Er wird den Verband abnehmen, wenn Ihnen das lieber ist.«

»Das mache ich schon selbst.« Der Major wickelte langsam den Verband ab.

»Das ist kein Schnitt«, stellte Carella fest.

»Es ist ein Schnitt«, beharrte Tataglia.

»Was bedeuten dann diese Löcher in der Haut?«

»Ich weiß nicht, was Sie damit meinen.«

»Das sind Zahnabdrücke.«

»Sind Sie Arzt?« fragte Tataglia.

»Nein, aber Zahnspuren erkennt jeder.« Er wendete sich an den Militärarzt. »Major, sind das Zahnabdrücke?«

»Es könnte sich um solche handeln«, meinte der Major. »Ich müßte mir die Verletzung natürlich genauer ansehen.«

»Würden Sie das bitte tun?« sagte Carella.

Der Arzt ging zu einem Kästchen aus rostfreiem Stahl, öffnete es und nahm eine Lupe heraus. »Würden Sie sich bitte mal auf den Tisch stellen«, forderte er Tataglia auf. Der Major kletterte auf den Tisch. Der Arzt richtete den Strahl einer Lampe genau auf die Beinverletzung. Er blickte durch das Vergrößerungsglas. »Nun, die Wunde könnte wohl durch die Einwirkung von Hundezähnen und Zupacken der Molaren entstanden sein. Mit Sicherheit läßt sich das nicht sagen.«

Carella wandte sich an den Militärrichter. »Oberst, ich werde diesen Mann in Gewahrsam nehmen und eine genaue Untersuchung durch den Polizeiarzt veranlassen. Außerdem muß er wegen drei Mordtaten und einem versuchten Überfall vernommen werden.«

»Tja, aber wir sind nicht sicher, daß es sich um einen Hundebiß handelt«, antwortete er ablehnend.

»Fest steht jedenfalls, daß es sich um den Biß durch ein Tier handelt«, sagte Carella.

»Das muß nicht unbedingt auf einen Hund deuten. Ihr Gerichtsbeschluß spricht ausdrücklich von der Suche nach einem Hundebiß. Also, wenn es sich nicht um einen Hundebiß handelt ...«

»Der Militärarzt hat gesagt, die Wunde könnte ...«

»Nein, ich habe gesagt, man kann es nicht mit Sicherheit feststellen«, fiel ihm der Militärarzt ins Wort.

»Also, was zum Teufel wird hier gespielt?« wurde Carella grob.

»Ich soll diesen Mann aus der militärischen Jurisdiktion entlassen«, sagte der militärische Rechtsgelehrte, »und dazu bin ich nicht …«

»Das hängt lediglich vom Ausgang dieser Untersuchung ab.«

»Ich bin nicht sicher, daß ich das tun kann.«

»Soll ich vielleicht einen Distriksstaatsanwalt herholen?« fragte Carella. »Okay, ich rufe in der Stadt an und lasse einen herauskommen. Wo ist das Telefon?«

»Nun mal mit der Ruhe«, mischte sich Oberst Humphries ein.

»Quatsch – mit der Ruhe!« sagte Carella. »Ich habe hier einen Mann, der womöglich drei Menschen ermordet hat, und Sie haben nichts zu sagen als: Nun mal mit der Ruhe. Ich werde diesen Mann festnehmen, und wenn ich dazu den Präsidenten persönlich ans Telefon holen müßte. Was sagen Sie dazu? Er ist der Oberkommandierende der …«

»Nur mit der Ruhe«, sagte Humphries.

»Also, was nun?« fragte Carella.

»Lassen Sie mich mit dem General sprechen«, sagte der Oberst.

»Bitte, reden Sie mit ihm.«

»Bin gleich wieder da«, sagte Humphries von der Tür her und ging ins Nebenzimmer.

Carella hörte, wie die Nummernscheibe betätigt wurde. Er begann, hin und her zu gehen. Die Offiziere sahen durch das Fenster auf den viereckigen Platz draußen und wichen den Blicken des Kriminalbeamten aus. Tataglia hatte sein Bein wieder verbunden und zog sich an, als Humphries zurückkam.

»Der General sagt, es ist okay.«

So ganz einfach war es nicht.

Der Militärrichter begleitete Tataglia, um seine Rechte wahrzunehmen, wie es in diesem Land üblich war – und das war im Grunde genommen gar nicht so verkehrt, wenn man es recht überlegte. Angenommen, Tataglia war nicht der Mann, der Jimmy Harris und Isabel Harris umgebracht hatte, ganz zu schweigen von Hester Mathieson, wie? Angenommen, er war nicht der Mann, der den alten Eugene Maslen überfallen hatte und von dessen Hund Ralph gebissen worden war? Angenommen, er war von seiner Frau oder seiner Hauskatze gebissen worden, wie? Deshalb war es notwendig, daß Oberstleutnant Anthony Loomis zugegen war, um sicherzustellen, daß die Polizisten vom 87. Revier Tataglia nicht mit Gummischläuchen bearbeiteten – was Polizisten heutzutage nicht mehr tun, was aber Loomis nicht wußte.

Als Carella forderte, daß man Tataglia eine Blutprobe abnehmen sollte zwecks Vergleich mit der auf dem Gehweg vor der Mercantile Bank an der Ecke Cherry und Lane gefundenen Blutspur, mischte sich Loomis ein und erklärte, damit würden Tataglias Rechte verletzt. Unterdessen war ein Assessor von der Distriktsstaatsanwaltschaft namens Andrew Stewart eingetroffen. Denn die Sache sah ziemlich übel aus, und die Staatsanwaltschaft wollte verhindern, daß etwa ein mehrfacher Mörder ungestraft davonkäme, nur weil ein dickschädeliger Berufsoffizier als sein Verteidiger gegen alles und jedes Einspruch erhob und nicht mal dem Polizeiarzt einen Blick auf die Wunde zugestehen wollte, um festzustellen, ob das nun ein Hundebiß war oder nicht. Stewart war selbst ein hartgesottener Karrieremann, der hoffte, eines Tages Gouverneur im Staate zu werden. Während eines der vielen Kriege seiner Nation hatte er bei der US-Army gedient.

Deshalb mochte er keine Offiziere, schon gar keinen Oberstleutnant.

»Ich glaube, ich sollte Sie in ein paar kleine Geheimnisse einweihen«, wendete er sich an den Militärrichter, »ehe Sie sich ohne Nachschub hinter den feindlichen Linien befinden«, sagte er und grinste dabei wie ein Eichhörnchen. Er hielt das für einen guten Vergleich, was es in der Tat auch war. »Oberst«, fuhr er fort, denn bei der United States Army wird ein Oberstleutnant mit Oberst tituliert, »ich werde Sie über den Fall Miranda-Escobedo und über die Rechte eines Festgenommenen informieren. Oder besser noch, da heutzutage sowieso alle Leute immer nur von den Rechten der Gefangenen reden, werde ich Sie über die Rechte eines Polizeibeamten aufklären. Also passen Sie gut auf, Oberst ...«

»Ihr herablassender Ton mißfällt mir«, sagte Loomis.

»Das mag sein, wie es will«, fuhr Stewart fort und grinste wieder wie ein Eichhörnchen. »Ich darf Sie darüber informieren, daß ein Polizeibeamter sehr wohl einen Gefangenen zur Blut- oder Atemprobe auffordern darf, er darf ferner seine Fingerabdrücke nehmen und ihn fotografieren, seinen Körper untersuchen, er kann ihn mit anderen zwecks Identifikation in eine Reihe stellen, von ihm verlangen, daß er einen Hut aufsetzt oder einen Mantel anzieht, er kann ihn auffordern, Münzen vom Fußboden zu klauben, sich mit dem Finger an die Nase zu fassen und ähnliches zu tun, ohne ihn vorher auf seine Rechte hinzuweisen, nämlich daß er einen Anwalt hinzuziehen kann und sich nicht selbst zu beschuldigen braucht.«

»Das ist Ihre Auffassung«, wendete Loomis ein.

»Nein, das ist die Auffassung des Obersten Gerichtshofes dieses Staates, Oberst. Der Unterschied zwischen allen diesen Aktionen und einer Aussage in Beantwortung einer Befragung ist einfach der Unterschied zwischen nicht beweiskräftigen und beweiskräftigen Entgegnungen von seiten des Gefangenen. Den ersteren braucht keine Belehrung über die Rechte voranzugehen, bei den zweiten muß dies der Fall sein. Ob Sie es wollen oder nicht, Oberst, sie werden Major Tataglia eine Blutprobe abnehmen, und wir werden seine Beinwunde auch durch einen Polizeiarzt darauf untersuchen lassen, ob sie auf einen Hundebiß zurückgeht oder nicht. So liegen die Dinge, Oberst, wir halten uns strikt an unsere Rechte, und Sie können protestieren, bis die Hölle zufriert, gemacht wird es trotzdem. Ist das klar?«

»Ich protestiere«, sagte Loomis.

»Fein. Und ich rufe das Büro an, um die sofortige Entsendung eines Polizeiarztes zu veranlassen.«

Dieser traf etwa vierzig Minuten später ein. Inzwischen war es fast neun Uhr geworden. Der Arzt besah sich die Wunde und meinte, sie scheine auf einen Hundebiß zurückzugehen. Dann wollte er wissen, ob der Hund tollwütig gewesen sei.

»Ja«, sagte Carella.

Die Lüge kam ihm plötzlich und ohne Zögern über die Lippen. In den Vorschriften stand nichts darüber, daß man einen Polizeiarzt nicht belügen dürfe, also baute er die Lüge gleich noch aus.

»Bei der Hundestaffel hat der Veterinär dem toten Hund den Kopf abgeschnitten und das Gehirn untersucht«, fuhr er fort. »Das Tier war tollwütig.«

»Dann sollten wir diesen Mann sofort entsprechend behandeln«, meinte der Polizeiarzt. Er verbreitete sich angelegentlich über die schlimme Seuche, deren Inkubationszeit irgendwo zwischen zwei bis zweiundzwanzig Wochen liegen konnte, wonach der Major an der inzwischen verheilten Wunde schwere Schmerzen zu erwarten habe, gefolgt von Kopfschmerz, Appetitverlust, Erbrechen, Unrast, Erwartungsangst, Schluckbeschwerden, schließlich Zuckungen, Delirium, Koma – und Tod. Das Wort ›Tod‹ fügte er mit passender Endgültigkeit hinzu.

Tataglia blieb ungerührt. Er hatte keinen Grund zu der Annahme, daß dieser Vorgang abgesprochen worden sei, was wirklich nicht der Fall war. Carella hatte nicht telefoniert, um den Polizeiarzt anzufordern, noch hatte er mit ihm ein einziges Wort gewechselt, bevor dieser sich erkundigte, ob der Hund tollwütig gewesen sei. Diese Frage erschien durchaus natürlich, die Antwort absolut ehrlich und die Besorgnis des Arztes durchaus beruflich. Er hatte lediglich als Arzt auf eine mögliche Gefährdung hingewiesen und medizinische Ratschläge erteilt. Aber Tataglia blinzelte nicht einmal.

Carella zog Stewart zur Seite. Die Männer hielten eine kurze Beratung im Flüsterton ab.

»Was halten Sie davon?« fragte Carella.

»Ich halte ihn für einen ausgekochten Bastard, aber wir werden ihn knacken.«

»Was wird mit dem Oberst?«

»Wenn es um die Strafgesetze geht, kann Loomis zwischen Arsch und Ellenbogen nicht unterscheiden.«

»Wollen Sie die Befragung fortsetzen?«

»Nein, übernehmen Sie das. Sie wissen mehr über den Fall als ich.«

»Soll ich ihm den Brief zeigen?«

»Weisen Sie ihn zunächst auf seine Rechte hin.«

»Vielleicht verweigert er dann jede Aussage.«

»Nein, wenn sich die Leute so verdammt gerissen aufspielen« sagte Stewart, »dann sind sie nur einfach dumm.«

Die beiden Männer kehrten zu den anderen zurück, die

sich um Generos Schreibtisch versammelt hatten. Genero war schon längst heimgegangen, aber das blaue Bikinihöschen lag immer noch neben seinem Telefon.

»Major Tataglia«, begann Carella, »unter Hinweis auf die Entscheidung des Obergerichtes im Falle Miranda gegen Arizona dürfen wir Ihnen keinerlei Fragen stellen, bevor wir Sie nicht über Ihr Recht auf einen Anwalt und Ihr Recht, daß Sie sich nicht selbst belasten müssen, hingewiesen haben.«

»Was bedeutet das?« fragte Loomis argwöhnisch.

»Wir bezeichnen dies als Aufklärung Ihres Klienten über seine Rechte«, meinte Stewart und grinste.

»Erstens«, fuhr Carella fort, »Sie haben das Recht zu schweigen, falls Sie dies für angebracht halten. Wird das verstanden?«

»Ja, natürlich«, sagte Tataglia.

»Gut. Zweitens, falls Sie sich entschließen, irgendwelche Fragen zu beantworten, können die Antworten gegen Sie verwendet werden. Verstehen Sie das?«

»Ja, ja«, meinte Tataglia und bekam tatsächlich ein Gähnen zustande.

Wir kriegen dich schon, du kleiner Angeber, dachte Carella und fuhr fort: »Sie haben ferner das Recht auf Konsultation eines Anwaltes vor oder während der polizeilichen Vernehmung ...«

»Mein Rechtsvertreter ist Oberst Loomis.«

»... und können die Vernehmung zu jeder Zeit abbrechen. Ist das alles klar?«

»Ja, absolut klar«, sagte Tataglia.

»Gut«, meinte Carella und zog aus der inneren Jackentasche den Brief, den er in Harris' Bankschließfach gefunden hatte. »Haben Sie dieses Papier schon einmal gesehen?« fragte er.

»Was ist das?«

»Ich sollte der Genauigkeit halber fragen, ob Sie das Original dieses Briefes schon gesehen haben. Das hier ist ein Durchschlag mit Kohlepapier. Haben Sie jemals das Original davon gesehen?«

Tataglia nahm den Brief und prüfte ihn. »Nein«, sagte er schließlich.

»Er ist an Sie adressiert«, fuhr Carella fort.

»Nach Fort Lee in Virginia. Ich bin schon im September von dort versetzt worden. Dieser Brief trägt das Datum vom 6. November.«

»Ah«, machte Carella.

»Darf ich den Brief bitte mal sehen?« mischte sich Loomis ein.

»Gewiß.« Carella rechte ihm das Papier. »Sie haben demnach diesen Brief nie erhalten, Major, stimmt das?«

»Das stimmt. Bei der Armee klappt es nicht immer mit der Nachsendung der Post«, erklärte Tataglia lächelnd.

»Was halten Sie vom Inhalt?« fragte Carella.

»Vom Inhalt?«

»Ja. Sie haben den Brief zum erstenmal ...«

»Ich habe ihn noch nicht einmal gelesen.«

»Oh, ich dachte, Sie hätten ihn durchgelesen, Oberst Loomis, würden Sie ihm bitte den Brief geben.«

»Ich würde an ihrer Stelle keine weiteren Fragen beantworten«, sagte Loomis. »Mister Carella, Mister Stewart, ich würde gern vorschlagen, daß ...«

»Machen Sie sich nicht lächerlich«, fiel ihm Tataglia ins Wort und nahm Loomis den Brief ab. »Ich habe nichts zu verbergen.«

Gut, dachte Carella, du bist genauso dumm, wie wir uns das gedacht haben, und jetzt wirst du festgenagelt. Er sah genau hin, als Tataglia sorgfältig und eingehend den Brief las. Schließlich blickte der Major auf.

»Haben Sie jetzt alles gelesen?« erkundigte sich Carella.

»Ja.«

»Zum erstenmal, ja?«

»Das stimmt.«

»Was halten Sie davon?«

»Ich habe keine Ahnung, was das soll.«

»Sie wissen nicht, was das bedeutet?« fragte Carella.

»Stimmt.«

»Mir scheint, Jimmy Harris stellt hier die Behauptung auf, daß Sie Lieutenant Blake mit dem Bajonett erstochen haben.«

»Das ist Unsinn.«

»Lieutenant Blake wurde getötet, nicht wahr?«

»Natürlich wurde er das.«

»Aber nicht so, wie Jimmy Harris es darstellt.«

»Er fiel, als in seiner Nähe eine Mörsergranate explodierte.«

»Ach so«, meinte Carella.

»Das habe ich Ihnen doch bei Ihrem gestrigen Besuch schon gesagt.«

»Ja, aber Jimmy scheint der Meinung zu sein, daß Sie den Lieutenant mit dem Bajonett erstochen haben.«

»Ich habe keine Ahnung, was Jimmy meinte oder nicht meinte. Jimmy ist tot.«

»Das ist er. Er scheint auch gemeint zu haben, daß die anderen gleichfalls mit dem Bajonett auf den Lieutenant eingestochen haben.«

»Ich wiederhole …«

»Denn in seinem Brief schreibt er, Sie und die anderen hätten den Lieutenant gemeinschaftlich getötet.«

»Ich weiß nicht, welche anderen gemeint sein sollen.«

»Ich würde annehmen, daß die Männer von der Schützengruppe Alpha gemeint sind. Sie nicht auch?«

»Ich weiß nicht, was der Brief zu bedeuten hat. Ich kann nur annehmen, daß Jimmy verrückt war, als er ihn geschrieben hat.«

»Ah, ich verstehe«, sagte Carella. »Sie wollen darauf hinaus, daß er sich das alles ausgedacht hat.«

»Ich weiß nicht, was er sich ausgedacht hat und was nicht. Ich begreife nur, daß es sich hier offenbar um einen Erpressungsversuch handelt.«

»Demnach haben Sie Lieutenant Blake nicht erstochen?«

»Natürlich nicht.«

»Entschuldigung«, mischte sich Loomis ein, »aber ich bin wirklich der Ansicht, daß der Major jede weitere Aussage verweigern sollte. Major Tataglia, als Ihr Rechtsberater ...«

»Ich habe nichts zu verbergen«, beharrte Tataglia.

»Was hat sich an jenem Tage zugetragen?« fuhr Carella fort.

»An welchem Tage?«

»Als Lieutenant Blake zu Tode kam.«

»Da waren wir unter Mörserbeschuß.« Tataglia zuckte mit den Schultern. »Er wurde durch eine Mörsergranate getötet.«

»War das, bevor er die Gruppe Alpha auf den Hügel beorderte, oder erst hinterher?«

»Welchen Hügel?«

»Den Hügel hinauf, um die Mörserstellungen anzugreifen.«

»Ich kann mich an einen solchen Befehl nicht erinnern.«

Ihr hattet den ganzen Monat über gegen eine andere Gang gekämpft –

Schwere Kämpfe, Mann.

Und nun wolltet ihr rasten.

Ja, und Lloyd befahl uns hinaufzugehen.

Das sagte ich doch. Hinauf.

»Der Lieutenant hat die Gruppe Alpha nicht auf den Hügel beordert?« forschte Carella.

»Ich weiß überhaupt nicht, welchen Hügel Sie meinen.«

»Wo befand sich der Befehlsstand des Lieutenants?«

»Das weiß ich nicht mehr.«

»War er nicht unten in der Niederung? In der Nähe eines Bambusdickichts?«

»Ich erinnere mich nicht.«

»An diesem Tage wurden Sie vor dem Feind befördert, nicht wahr?«

»Ja, aber ich kann mich nicht entsinnen, wo sich der Gefechtsstand befunden hat.«

»Danny Cortez sagte mir, er befand sich am Fuß eines Hügels neben einem Bambusgebüsch.«

»Ich weiß nicht einmal, wer Danny Cortez ist.«

»Er gehörte zur Gruppe Bravo. Der Lieutenant beorderte Bravo den Hügel hinauf und ging dann zurück, um Alpha zu holen. Er beorderte auch Alpha den Hügel hinauf. Nicht wahr?«

»Nein.«

»Aber die Männer verweigerten den Gehorsam, nicht wahr?«

Glattweg, Mann. Die Jungen sagten Lloyd, er könne sich seine Befehle an den Hut stecken. Dann packten Sie ihn alle, wissen Sie, zogen ihn von Roxanne fort, die mitten im Kellerraum stand. Die Platte lief immer noch mit ganz lauten Pauken. Einer schlug da mächtig auf die Pauken.

»Ist es denn nicht so gewesen?« fragte Carella. Seine Kopfhaut begann zu kribbeln. Ihm war jetzt alles völlig klar. Er hatte lange gebraucht, um die Zusammenhänge zu durchschauen, aber jetzt war die Sache für ihn kristallklar. Er brauchte keinen Lemarre oder Leider, um zu erklären, was sich an jenem Tage zugetragen hatte. Er wußte, was geschehen war. »Haben Sie mit dem Lieutenant gekämpft?«

»Nein, der Lieutenant und ich haben nicht miteinander gekämpft.«

»Haben Sie ihm nicht gesagt, die Leute brauchten nicht den Hügel hinaufzugehen, wenn sie nicht wollten? Haben Sie ihm nicht gesagt, die Männer wären dazu zu müde?«

»Ich habe ihm nichts dergleichen gesagt.«

»Aber er war doch dort, nicht wahr?«

»Wo? Ich weiß nicht, was Sie meinen.«

»Beim Befehlsstand. Er fiel nicht, bevor er den Befehlsstand erreichte, nicht wahr?«

»Ich weiß nicht ... ich kann mich nicht erinnern, wann er gefallen ist. Wir ... das Mörserfeuer setzte ein, als er den Hügel herabkam.«

Da ist so ein Pfeiler mitten im Raum, wissen Sie? So ein stählerner Pfosten, der die Kellerdecke stützt. Sie stoßen ihn gegen den Pfosten. Ich hatte keine Ahnung, was sie mit ihm vorhatten. Wo er doch der Präsident war. Das mußte Krach geben.

»Wie hieß der Lieutenant mit Vornamen?« erkundigte sich Carella.

»Was?«

»Lieutenant Blake, wie hieß er mit Vornamen?«

»Roger.«

Roxanne weint. Sie packen sie. Sie wehrt sich jetzt, sie will es nicht zulassen, aber sie tun es trotzdem, sie stecken ihn ihr rein, einer nach dem anderen, sie alle.

»Danny Cortez hat alles gesehen«, fuhr Carella fort. Er log schon wieder, aber das war ihm verdammt gleichgültig. Dieser Lump sollte ihm nicht ungestraft davonkommen. Wenn das Gericht den Fall später anders ansah – zum Teufel damit. Ihm aber sollte dieser Mann nicht durch die Lappen gehen.

»Ich ... ich habe keine Ahnung, wer Danny Cortez ist.«

»Schützengruppe Bravo, wie ich schon sagte. Er sah alles, während er hügelaufwärts stieg. Er blickte nach unten und zurück und sah den Lieutenant und Sie miteinander kämpfen.«

»Nein«, rief Tataglia.

»Er sah, wie Sie das Bajonett zückten ...«

»Nein.«

»Wie Sie zustachen.«

»Nein!« schrie Tataglia. Er schlug plötzlich die Hände vor das Gesicht und begann zu schluchzen. »Oh, Himmel, ich wollte es doch nicht ... ich tat es nicht für ... ich wollte die Männer schützen. Sie waren übermüdet, sie ... ich war ihr Sergeant, der Mann, dem sie vertrauten. Er verlangte von ihnen ... da oben war der Feind mit seinen Mörsern, wie konnten wir denn ... oh, Himmel, ich habe ihnen gesagt, sie brauchten nicht hinauf, wenn sie zu müde waren. Wir ... er fuhr zu mir herum, wollte zuschlagen, und ich packte ihn und ... wir ... wie hielten ihn gegen einen Baum, und ich ... ich zog mein Seitengewehr heraus ... und stach damit zu. Überall ringsumher feuerten die Mörser, und wir ... wir haben alle zugestochen. Alle mit Ausnahme von Jimmy. Alle anderen stachen auf ihn ein. Und dann ... haben wir ihn in den Dschungel geschleppt ... und ihn zerfetzt ... in Stücke gehackt, damit es so aussah, als hätte ... es der Feind getan. Als ich Jimmys Brief bekam ... versuchte ich mich ... zu erinnern. Alles war so lange her. Wer würde sich daran erinnern? Ich wußte es kaum noch. Aber mir war klar, daß ich mich ruinieren konnte ... ich wußte, er ... ich mußte mich verteidigen. Ich habe Frau und Familie, ich liebe meine Angehörigen, ich mußte sie beschützen. Ich wußte, wenn die Armee mit Nachforschungen begann, würde alles herauskommen, irgendwer würde bestimmt den Mund aufmachen. Also – er hatte seine Adresse angegeben, wissen Sie, auf seinem Brief, wissen Sie – so fand ich ihn ... und ich habe ihn umgebracht. Und dann habe ich seine Wohnung nach der Briefkopie durchsucht, von deren Vorhandensein er geschrieben hatte. Ich gab seiner Frau eine Chance, wirklich. Ich gab ihr eine Chance, mir die Kopie auszuhändigen, aber sie wollte nicht, also – also schlitzte ich ihr mit demselben Seitengewehr die Kehle auf. Die anderen – die Frau mit dem Akkordeon und der Überfall auf den Mann gestern abend, den ich ebenfalls umbringen wollte ... das geschah nur, damit man an einen Verrückten als Täter glauben sollte.«

Plötzlich schaute er auf. Tränen strömten über sein Gesicht. Es war verzerrt, von Schmerz gezeichnet und kläglich anzusehen.

»Hatte der Hund wirklich die Tollwut?« fragte er.

Sie brachten Tataglia nach unten und nahmen ihn wegen dreier Morde fest. Den versuchten Überfall fügten sie hinzu, weil sie wußten, daß die Ablenkungstat Teil des Prozesses werden würde, und sie wollten nichts außer acht lassen. Alles übrige war Angelegenheit der Armee. Anthony Loomis versprach, die Räder der militärischen Gerichtsmaschinerie sofort nach seiner Rückkehr nach Fort Kirby in Bewegung zu setzen. Der Tod des Lieutenants Roger Blake würde genau untersucht werden, sagte er, und er sei sicher, daß alle Täter vor das zuständige

Kriegsgericht gestellt werden würden. Carella fand es interessant, daß Loomis das Wort ›Täter‹ benutzt hatte.

Zwanzig Minuten vor elf Uhr verließ er das Revier. Die Nacht war kalt und windig. Mit zwischen die Schultern gezogenem Kopf stemmte er sich gegen den heftigen Wind, wobei er einen eingepackten Hamburger gegen die Brust drückte. Er hatte ihn durch Miscolo besorgen lassen, während Tataglia formgerecht in Haft genommen worden war. Der Hund schlief auf dem Rücksitz. Carella hatte das Fenster an der Gehwegseite ein wenig offen gelassen in der Annahme, niemand werde das Auto eines Polizeibeamten stehlen. Zur besseren Kenntlichmachung hatte er an der heruntergeklappten Sonnenblende ein Schild mit dem Aufdruck ›Polizei‹ angebracht. Er schloß die Vordertür auf, zog den Sperrknopf der Hintertür hoch, öffnete sie, beugte sich in den Wagen. Er konnte sich immer noch nicht erinnern, wie der Hund hieß. Ich muß wohl Sophie Harris danach fragen, dachte er.

»He, Junge, aufwachen!« rief er.

Der Hund blinzelte ihn an.

»Möchtest du einen Hamburger?« fragte Carella und schlug die Papierhülle auf.

Der Hund blinzelte abermals.

»Miscolo hat ihn besorgt. Er ist kalt, schmeckt aber bestimmt prima. Riech mal.«

Er streckte die Hand nach dem Hund aus, den Hamburger auf der offenen Fläche. Der Hund schnüffelte. Dann knabberte er zögernd daran.

»Brav«, sagte Carella. Er faltete das Papier ganz auseinander und legte den Hamburger neben den Hund auf den Sitz. Als er zur Fahrerseite herumgekommen war, leckte der Hund bereits das leere Papier ab. Der Hamburger war verschwunden. Carella saß eine Weile hinter dem Steuer, bevor er den Motor anspringen ließ. Durch die Windschutzscheibe sah er hinüber zur Wache und auf die grünen Glaskugeln neben dem Eingang, auf denen eine große ›87‹ in Weiß hingepinselt war. Er überlegte, ob er noch etwas vergessen hatte, kam zu einem negativen Schluß und drehte den Zündschlüssel herum. Es war schon immer seine Meinung gewesen, daß man am besten nach Hause fährt, wenn man eine Sache geschafft hat.

Er fuhr heim.

ENDE

UWE ANTON
ED Mc BAIN – MAGAZIN
5. Folge
INTERVIEW MIT ED McBAIN (1. Teil)

Geboren wurde er am 15. Oktober 1926 in New York City als Salvatore A. Lombino. 1944 wurde er zur Kriegsmarine eingezogen, dann besuchte er das Hunter College, das er 1950 mit einem Bachelor of Arts abschloß; anschließend arbeitete er für die Literarische Agentur Scott Meredith. 1952 veröffentlichte er unter dem Pseudonym Richard Marsten einen Science Fiction Roman für jugendliche Leser (ROCKET TO LUNA); im gleichen Jahr erschien der Roman SCHLAF DES VERGESSENS unter dem Namen Evan Hunter (den er mittlerweile als legalen Namen angenommen hatte). Es folgten u. a. die Kriminalromane CUT ME IN (1954, als Hunt Collins; u. a. schrieb Hunter auch unter den Pseudonymen Curt Cannon und Ezra Hannon), bevor er 1956 schließlich erstmals den Namen benutzte, unter dem er am bekanntesten werden sollte: Der Roman POLIZISTEN LEBEN GEFÄHRLICH erschien unter dem Pseudonym Ed McBain und war gleichzeitig der erste um das 87. Polizeirevier, einer Serie, die heute an die fünfzig Titel umfaßt und das Genre des Polizeiromans grundlegend innoviert und geprägt hat. Nun veröffentlichte Hunter in rascher Reihenfolge sowohl Mainstream-Texte (u. a. SAAT DER GEWALT, 1954; MÜTTER UND TÖCHTER, 1961; SÖHNE, 1969; ABER WEHE DEM EINZELNEN, 1974; WEITAB VOM MEER, 1983) wie auch Kriminalromane (Neben denen um das 87. Polizeirevier auch immer wieder andere). 1978 folgte ES BLEIBT IN DER FAMILIE, der erste Roman einer zweiten Serie, deren Protagonist der in Florida ansässige Anwalt Matthew Hope ist.

Mehrere seiner Romane wurden verfilmt (1955 z. B. SAAT DER GEWALT, mit Glenn Ford, Sidney Poitier und Vic Morror in den Hauptrollen), und der kürzlich verstorbene Robert Lansing ist noch immer unvergessen in seiner Rolle als Detective Carella in einer Fernsehserie um das 87. Polizeirevier, die 1961/62 entstand. Darüber hinaus arbeitete Hunter oft für das Fernsehen, zuletzt für die Serie *Dream West* (mit Richard Chamberlaine in der Hauptrolle).

Ed McBain – bleiben wir bei diesem Namen – ist in zweiter Ehe verheiratet und hat drei Söhne. Er lebt und schreibt abwechselnd in Florida und Connecticut; auch im ›Pensionsalter‹ von fast siebzig Jahren ist seine Produktivität ungebrochen.

Mit Ed McBain sprach Russell Wm. Hultgren, seines Zeichens Begründer des 87th PRECINCT SQUADROOM, einer Interessengemeinschaft, die sich speziell mit dem Werk Ed McBains beschäftigt. Der erste Teil des Interviews gibt Auskunft über Ed McBains Jugend und der Entstehung der Romane um das 87. Polizeirevier.

F: Viele Ihrer Romane spielen in der Großstadt. Sind Sie auch in einer aufgewachsen?

A: Ich bin auf der 120. Straße groß geworden, einer Gegend zwischen der First und der Second Avenue in New York. Früher hieß sie Italienisch-Harlem, aber jetzt gehört sie zu Spanisch-Harlem. Als ich dort aufwuchs, war die Nachbarschaft ein italienisches Getto. Es gab dort alles, was man auch in einer Kleinstadt in Italien finden konnte: die kleinen Geschäfte, die Metzgereien – eine absolut italienische Gegend mit dem typischen italienischen Straßenlärm. Weiter im Westen lag das schwarze Harlem. Die Lexington Avenue war

die Grenze; damals gab es kein Spanisch-Harlem. Zuerst kamen die Italiener, dann die Farbigen.
Nach dem Zweiten Weltkrieg kamen in größerer Zahl die Puertoricaner, und die Gegend zwischen der Lexington Avenue bis zur 7th Avenue verwandelte sich in Puerto Rico. Das schwarze Harlem bildete sich erst danach. Jetzt gibt es dort keine Italiener mehr. Die Immigranten zogen in einer Art aufwärtsstrebender Mobilität stets vom Getto in die Vorstädte einer Metropole, die danach auf gewisse Art ebenfalls zum Getto wurden.
Der Teil der Bronx, in dem ich zu jener Zeit gewohnt habe, ist jetzt puertoricanisch, und die Italiener wohnen in Long Island in den Vorstädten. Ein jeder steigt die Erfolgsleiter immer höher, und so sollte es auch sein.

F: Waren Ihre Eltern Amerikaner?

A: Ja. Von Geburt an. Auch meine Großmutter. Mein Großvater stammte aus Italien. Aber ich habe ihn nie kennengelernt; er starb, als mein Vater noch ein kleiner Junge war.
Wenn man in einem Getto aufwächst, führt man auf gewisse Weise ein abgeschiedenes, behütetes Leben. So war es zumindest in Little Italy: man war ein Teil davon. Aber wenn man erwachsen wird und die High-School besucht, lernt man die unterschiedlichsten Menschen kennen. Dann kommt das College, und so nach und nach fängt man an, die wirkliche Welt zu sehen, was einem ganz schön die Augen öffnet.

F: Gab es in Ihrer Kindheit Einflüsse, die für Ihre Entscheidung wichtig waren, Schriftsteller zu werden?

A: Nein, eigentlich nicht. Ich wollte Künstler werden. Dieser Wunsch hat mich während meiner gesamten

Zeit auf der High School begleitet. Nach der High-School gewann ich bei einem Wettbewerb, der die ganze Stadt umfaßte, ein Stipendium für die Art Students League in New York. Dann wurde ich von der Cooper Union aufgenommen, aber erst nach ein paar ziemlich strengen Aufnahmeprüfungen, die sich sowohl auf praktische wie auch auf grundsätzliche akademische Fähigkeiten erstreckten. Diese Aufnahmeprüfung dauerte zwei Tage; man mußte malen und zeichnen, bildhauen und alles mögliche mehr. Jedenfalls wurde ich aufgenommen und blieb dort ein Jahr. Bis 1944, als ich in die Navy eintrat, wollte ich immer noch Künstler werden. Als ich dann in der Navy war, korrespondierte ich mit einem Mädchen, das ich auf der High School kennengelernt hatte. Sie besuchte die Universität von Visconsin. Ich wollte auch dort studieren; und ich wollte nach Princeton. Sie hatte einen Abschluß in Englisch und wollte Schriftstellerin werden, aber sie war unglaublich schlecht. Ihre Briefe waren entsetzlich! Also dachte ich mir, ich kann bestimmt besser schreiben als sie, und verfaßte an Bord des Schiffes meine ersten Kurzgeschichten.

Wie es das Schicksal wollte, gab es an Bord einen Offizier, der im Zivilberuf Philosophiedozent an der Universität von Wisconsin war. Eines Tages kam er zu mir und sagte: »Ich habe gehört, Sie schreiben Kurzgeschichten.« Ich bejahte, und er meinte, er würde sie gern einmal lesen. Das war mir gar nicht recht, doch er war hartnäckig, und ich zeigte ihm die Stories. Er hat mir sehr, sehr geholfen. Bei der Grammatik etwa – die zu jener Zeit nicht gerade meine Stärke war –, bei dem Aufbau der Stories, einfach bei allem.

Ich schickte meine Stories dann vom Schiff aus an die

entsprechenden Magazine. Keine wurde je gekauft, aber es hat Spaß gemacht. Meine Kameraden feuerten mich an. Wir befanden uns zum Beispiel gerade auf dem Pazifik, als ein Brief vom *Ladies Home Journal* kam, der an Bord für nicht geringe Aufregung sorgte, auch wenn sich die Sache dann als Pleite erwies. Aber eine dieser Stories habe ich später tatsächlich verkaufen können.

Als ich 1946 aus der Navy entlassen wurde, hatte ich mich entschieden. Ich wollte schreiben.

F: Waren Sie in Übersee in Kampfhandlungen verwickelt?

A: Nein. Bei Kriegsende war ich in Boston. Und ich Trottel blieb dort, weil ich mich in ein Mädchen verliebt hatte, das dort wohnte. Ich wäre besser in die größte Stadt der Welt gefahren, in der die größte Party der Welt gefeiert wurde. Ich saß sogar schon im Zug nach New York, stieg aber in Boston aus und rief statt dessen das Mädchen an.

Ich kam im Dezember, nach Kriegsende also, nach Japan. Ich gehörte der Besatzungstruppe an. Unsere Aufgabe bestand darin, japanische Schiffe nach Waffen oder Munition zu durchsuchen. Nach dem Kriegsende mußten die Japaner alle Waffen abgeben. Also kontrollierten wir die Häfen und schickten auf jeden japanischen Zerstörer eine Suchmannschaft, die nach Munition forschte. Der Job war nicht gerade aufregend, doch ich kam in ganz Japan herum.

F: Was haben sie gemacht, bevor Sie hauptberuflicher Schriftsteller wurden?

A: 1946 war ich wieder zu Hause und besuchte das Hunter College. Ich gehörte zu den ersten Männern, die dort aufgenommen wurden. Da habe ich dann auch

meine erste Frau kennengelernt, die ich während meines letzten Jahres dort heiratete. Ich machte 1950 meinen Abschluß, einen B.A. in englischer Sprache.
Nach dem Studium war ich kurze Zeit über Lehrer an einer Berufsschule in New York. Die Erfahrungen, die ich dort gemacht habe, bildeten die Grundlage für SAAT DER GEWALT. Dieser Roman wird als mein erstes ernstzunehmendes Werk angesehen.
Aber die Arbeit als Lehrer war hart. Sie frustrierte mich durch und durch. Ich hatte wirklich das Gefühl, diesen Kindern etwas bieten zu müssen. Ich hatte eine gute Ausbildung, war intelligent, humorvoll, ich liebte die englische Sprache und wollte sie ihnen beibringen ... aber sie zeigten nicht das geringste Interesse. Ich gab buchstäblich mein Letztes, ging jeden Tag beinahe mit Tränen in den Augen nach Hause und hatte nicht die geringste Lust, am nächsten Tag wieder zu unterrichten. Es machte wirklich keinen Spaß.
Nachdem ich gekündigt hatte, beantwortete ich Anrufe für die AAA (American Automobile Association); danach machte ich andere Telefonjobs. Ich rief Restaurants an und fragte nach, ob sie heute frischen Hummer aus Maine bestellen wollten. Dann meldete ich mich auf eine Anzeige, in der ein Redakteur gesucht wurde, und landete bei der Literarischen Agentur von Scott Meredith.
Zu dieser Zeit änderte ich meinen Namen von Salvatore Lombino in Evan Hunter. Das war 1952. Ich schrieb eine Menge Stories für die Pulps und benutzte eine Menge verschiedener Pseudonyme. Ich schrieb so viel, daß ich in manchen Ausgaben mehrere Stories hatte, ohne daß die Herausgeber, die sie gekauft hatten, etwas davon wußten. Eines Tages rief mich der

Herausgeber des Verlages Popular Library an, weil ich ihm als Agent einen Roman von einem Autor namens Evan Hunter angeboten hatte. Er wollte sich mit mir treffen. Ich fragte Scott um Rat. »Geh hin!« sagte er. Als ich erklärte, *ich* sei Evan Hunter, war der Mann von der Popular Library natürlich ganz schön überrascht, wollte das Buch aber trotzdem kaufen. Ich fragte ihn, ob ich den Roman unter meinem richtigen Namen veröffentlichen sollte. »Ich glaube, Evan Hunter wird mehr verkaufen«, meinte er. Also wurde ich zu Evan Hunter.

F: Während dieser Zeit waren Sie sehr produktiv …

A: Damals habe ich eine Menge Kurzgeschichten geschrieben. Ich weiß das, weil ich kürzlich die Copyrights erneuern mußte, und es waren wirklich *eine Menge* Geschichten. Später, 1956, als ich die Serie um das 87. Polizeirevier angefangen hatte, schrieb ich pro Jahr drei McBains, einen Evan Hunter und noch jede Menge andere Sachen. Ganz abgesehen von den Büchern als Curt Cannon, Hunt Collins und Richard Marsten. *Das* kam mir dann sehr viel vor.
Ich versuchte, mir den Lebensunterhalt zu verdienen. Im Mai 1953 hatte ich bei Meredith aufgehört, und SAAT DER GEWALT wurde erst im Oktober 1954 veröffentlicht; deshalb mußte ich in diesem Jahr so viel schreiben wie nur möglich. Als SAAT DER GEWALT die ersten Tantiemen abwarf, ging mir allmählich das Geld aus …

F: Sind Sie nicht ein gewaltiges Risiko eingegangen? Sie hatten doch für eine Familie zu sorgen.

A: Ich hatte dreitausend Dollar gespart, aber auch eine Frau und drei Kinder. Ich hatte mir ausgerechnet, daß ich mit dem Geld ein halbes Jahr lang über die Runden kommen würde, also setzte ich mir selbst einen Termin. Wenn ich nach sechs Monaten nichts verkauft, also kein Geld als Schriftsteller verdient hätte, wäre ich ins Verlagsgeschäft zurückgekehrt. Zu dieser Zeit kannte ich eine Menge Leute aus der Verlagsbranche, ich hätte also überall einen Job bekommen. Aber das Risiko machte sich bezahlt. Gott sei Dank.

F: Sind Sie nach all den Jahren der Meinung, daß die Kritiker Ihre Arbeit noch als unbedeutend abtun?

A: Keine Ahnung. Das ist eine seltsame Sache. Ich glaube, die Romane unter Evan Hunter verwirren die Kritiker. Sie wissen, das ist kein Schund, kein Harold Robbins, keine Judith Kranz. Das wissen sie. Aber trotzdem können sie sich nicht überwinden, diese Bücher als richtige Literatur anzusehen, wie etwa die Werke von John Updike, Saul Bellow oder Joseph Heller. Meine Bücher als Evan Hunter liegen zwischen zwei Extremen, und Kritiker wissen nicht, was sie damit anfangen sollen.

Zum Beispiel die Rezension eines meiner letzten Bücher, LIZZIE …(1)

F: Ein ›Faction‹-Roman, die Geschichte der Mörderin Lizzie Borden, die ihre Eltern mit der Axt erschlug …

A: Genau. Ein Rezensent schrieb, es handele sich zwar nicht um einen oberflächlichen Unterhaltungsroman, andererseits aber auch nicht um ernstzunehmende Literatur. Ich glaube, genauso denken die Kritiker meistens über die Romane von Evan Hunter: sie können sie nicht einordnen.

Es ist schon komisch mit den Lesegewohnheiten. Es gab auch eine Menge Rezensionen über LIZZIE, in denen sich die Kritiker beklagten, es sei sehr schwierig, sich auf die ständigen Zeitenwechsel in den einzelnen Kapiteln einzustellen. Ein Kapitel schildert die Verwandlung, das nächste die Europareise, das nächste spielt wieder vor Gericht, und so weiter. Mir ist das unbegreiflich. Wer liest diese Bücher? Ausgemachte Dummköpfe? Und das wollen Kritiker sein? Was ist denn so verdammt schwierig daran, der Handlung zu folgen, wenn ein Kapitel 1892 in Fall Rivers spielt und das nächste 1890 in Paris?

Es ist natürlich auch ein Problem, daß ich bei jedem neuen Buch meinen Stil ändere. Kauft man ein Buch von John Updike, findet man immer den gleichen Stil. Bei Saul Bellow genauso …

F: Aber engt das den Schriftsteller nicht zu sehr ein?

A: Genau! Ich habe es lieber, wenn der Stil eines Romans von Evan Hunter dem Thema angepaßt ist. Wenn ich über sechzehnjährige Kinder schreibe, kann ich nicht im gleichen Stil schreiben wie in einem Buch über einen vierzigjährigen Mann.

Trotzdem hat Ed McBain wohl eine größere Anhängerschaft als Evan Hunter; wohl auch, weil da der Stil immer gleich bleibt. Der Stil der Romane um Matthew Hope unterscheidet sich zwar von dem der Romane um das 87. Polizeirevier, doch innerhalb der Serien bleibt er gleich.

F: Wie fing die Serie um das 87. Polizeirevier eigentlich an?

A: Wahrscheinlich kennen Sie die Geschichte schon. Nachdem ich bei Meredith aufgehört hatte, schrieb ich zuerst einen Kriminalroman mit dem Titel CUT ME IN, unter dem Pseudonym Hunt Collins. Ein paar Jahre später war er noch immer nicht veröffentlicht worden. SAAT DER GEWALT war zu dieser Zeit bereits erschienen, aber für CUT ME IN hatten wir

noch immer keinen Markt gefunden. Also schickten wir das Manuskript herum. Herb Alexander, der Herausgeber der Pocket Books, der SAAT DER GEWALT mit großem Erfolg verlegt hatte, bekam es auch zugeschickt. Als Autor war noch immer Hunt Collins angegeben. Alexander rief meinen Agenten an und sagte: »Hat das unser Freund Hunter geschrieben?« Irgendwie hatte er es herausgefunden, wie, weiß ich nicht. Und mein Agent bejahte.
»Ich wußte gar nicht, daß er auch Krimis schreibt«, meinte Alexander, und mein Agent erwiderte: »Er hat schon mehrere geschrieben.« Daraufhin wollte sich Alexander mit mir zum Mittagessen treffen.
Ich fuhr also nach New York, und in der Hauptsache drehte sich das Gespräch dann darum, das Erle Stanley Gardner alt wurde. Viele Jahre lang war Gardner eine der Hauptsäulen von Pocket Books gewesen. Sie veröffentlichten mittlerweile alle fünf Jahre Neuauflagen seiner Romane mit neuen Titelbildern und suchten einen Krimiautor, der Gardners Stelle einnehmen konnte, wenn dieser starb. Alexander fragte mich, ob ich eine Idee für eine ganze Serie von Kriminalromanen habe. »Nein«, erwiderte ich, »aber ich denke darüber nach und melde mich wieder bei Ihnen.«
Ein paar Wochen später rief ich ihn an. »Ich bin der Meinung«, sagte ich, »die einzigen Leute, die einen stichhaltigen Grund haben, Mordfälle zu untersuchen, sind Polizisten.« Bis zu diesem Zeitpunkt hatte ich alle möglichen Krimis geschrieben – Kurzgeschichten, in denen jeder über einen Mord stolpern konnte, und Romane um Privatdektive – und immer den Eindruck gehabt, es sei falsch, einen Otto Normalverbraucher oder einen Privatdetektiv in die Handlung einzubrin-

gen, um einen Mordfall zu lösen. »Ich würde gern eine Serie über Cops schreiben«, sagte ich, »aber über *echte* Cops, und ich möchte ein Team zum Helden machen.« Natürlich gab es schon Polizeiromane, bevor ich mit der Serie um das 87. Revier anfing. Ich glaube, wenn ich überhaupt einen Beitrag auf dem Gebiet des Polizeiromans geleistet habe, dann den, ein Team als Held und eine imaginäre Stadt eingeführt zu haben. Das Team war von Anfang an so geplant, und die imaginäre Stadt entwickelte sich zufällig, als ich mit der Recherche anfing. Und Alexander sagte: »Das klingt vielversprechend. Wir schicken Ihnen einen Vertrag über drei Romane zu und warten dann ab, wie sich alles entwickelt.«

Ich schrieb dann den ersten, POLIZISTEN LEBEN GEFÄHRLICH, und er wurde sehr gut aufgenommen. Damals rezensierte Anthony Boucher in der *New York Times* Kriminalromane, und er wurde so eine Art Vorkämpfer für mein Buch. Ich habe ihn nie kennengelernt, doch er trat für die ganze Serie ein; später maß er alle anderen Kriminalromane an denen um das 87. Revier. So erschien mein Name beinahe jede Woche in seiner Kolumne. Es war unglaublich!

Das Team als Held war, wie bereits gesagt, geplant, aber die imaginäre Stadt entstand, weil ich sooft mit Cops telefonieren mußte, um herauszufinden, wie die New Yorker Polizei wirklich arbeitet. Diese Recherche war sehr lästig; und das alles wegen drei Romanen?, dachte ich mir. Und was ist, wenn es mehr werden sollten? Also erfand ich im ersten Buch die imaginäre Stadt, und ich bin wirklich froh darüber.

F: Die Stadt trägt sehr zum Reiz der Serie bei.

A: Natürlich macht die Stadt einen Teil des Charakters

der Serie aus. Wie übrigens auch das Wetter. Und McBains Stimme erklingt immer im Hintergrund, in letzter Zeit allerdings nicht mehr so oft, das habe ich ich etwas eingeschränkt.

Anmerkungen

(1) Noch keine deutsche Ausgabe.

Der zweite Teil des Interviews erscheint in vier Monaten in Ed McBains elftem Roman um den Anwalt Matthew Hope, ES WAR EINMAL EIN KLEINES MÄDCHEN (Bastei-Lübbe 13 735, April 1995).

Das Interview wurde übersetzt und für den deutschen Leser eingerichtet von Uwe Anton.

Band 13 595
Ed McBain
Graffiti
Deutsche Erstveröffentlichung

Eine Stadt im Aufruhr! Ein Mörder, der es offensichtlich auf Graffiti-Künstler abgesehen hat, hält die Cops vom 87. Revier in Atem. Drei Morde innerhalb kürzester Zeit, und Steve Carella und seine Leute tappen vollkommen im dunkeln. Zu allem Überfluß meldet sich der geheimnisvolle ›Taube Mann‹ zurück. Er versucht sich die Rassenunruhen zunutze zu machen und inszeniert ein Rap-Konzert, um seinen letzten großen Coup zu landen. Den Männern vom 87. Revier läuft die Zeit davon. Doch in einem packenden Showdown, wie ihn nur Ed McBain schreiben kann, gelingt es ihnen, eine Katastrophe zu verhindern.

BASTEI LÜBBE

Sie erhalten diesen Band im Buchhandel, bei Ihrem Zeitschriftenhändler sowie im Bahnhofsbuchhandel.